키스의
여왕

키스의
여왕 1

— 이재익 장편소설 —

예담

차례

1화

남편이 사라졌다

"언니, 나 무서워죽겠어."

결혼식이 열리는 제주도로 떠나는 유리의 얼굴은 긴장한 기색이 역력했다.

"무섭긴. 세상 모든 여자들이 부러워하는 결혼식의 주인공인데."

지희가 유리를 다독였다. 아시아 최고의 배우 손유리의 결혼식에서 들러리를 맡기로 한 이지희는 3년 동안 유리의 곁을 지킨 매니저이자 절친한 언니였다. 유리는 지희의 손을 꼭 잡았다.

두 사람이 서 있는 곳은 초호화 요트의 갑판이었다. 이선호가 2년 전에 구입한 그 요트의 원래 이름은 '빅토리아(Victoria)'. 로마 신화에 나오는 승리의 여신의 이름을 땄다. 그런데 오늘 선착장에서 유리는 배의 몸체에 적힌, 새로 바뀐 이름을 보았다.

유리(Yuri).

그녀의 몸에 짜릿한 전율이 흘렀다. 유리를 감동시키는 일은 선호의 주특기였고 이번에도 대성공이었다.

빌 게이츠가 소유한 요트와 같은 기종인 그 배는 작은 여객선이라고 해도 무방할 정도로 크고 호화로웠다. 오늘만 해도 선장과 승무원, 요리사와 청소부, 그리고 배 안에서 유리의 드레스를 입혀주고 메이크업을 해줄 스타일링팀까지 함께 승선했다.

유리와 지희는 빅토리아호, 아니 유리호의 갑판 위에서 싱그러운 바닷바람을 맞으며 서 있었다. 두 시간 뒤에 펼쳐질 지상 최고의 결혼식이 열리는 섬으로 가기 위해.

"도망간 줄 알았는데 여기 있었군."

선호의 목소리에 두 사람은 뒤를 돌아보았다. 턱시도를 입은 선호가 미소를 지으며 서 있었다.

'이 세상에 완벽한 남자가 있다면 바로 이이일 거야.'

유리는 당장이라도 그의 품으로 달려가 떨리는 마음을 진정시키고 싶었지만 꾹 참았다.

"세상에. 선호 씨, 당신은 정말 배려심이 없군요."

지희가 눈살을 찌푸리며 말했다.

"네?"

"이렇게 멋지게 차려입으면 신부의 아름다움이 가려지잖아요. 결혼식의 주인공은 어디까지나 신부라고요!"

그 말에 유리는 지희의 팔을 툭 쳤다.

"과찬이에요."

선호는 싱긋 웃으며 말했다.

대부분의 여론은 이선호의 신부가 될 손유리를 운 좋은 여자로 묘사했다. 유리 역시 세상 모든 남자들이 흠모하는 대상이었지만 선호는 개인자산만 1조 원에 달하는 IT 업계의 슈퍼 리치였으니 그럴 만도 했다.

"그럼 새신랑과 새색시 둘이서 달콤한 시간 보내세요. 저는 배가 고파서 스낵바에 가야겠어요."

"스낵바는 2층이에요."

"고마워요."

지희는 유리에게 찡긋 윙크하고는 객실로 들어갔다. 선호는 난간으로 와서 유리의 허리에 팔을 둘렀다.

"춥지 않아? 들어갈까?"

"괜찮아요. 좀 있으면 스타일리스트들이 두 시간 동안 저를 꼼짝도 못하게 만들 테니 조금이라도 더 나와 있어야죠."

"민얼굴로 웨딩드레스를 입어도 충분히 예쁠 텐데."

"그건 계약위반이에요."

"무슨 계약?"

"우리 소속사 계약서에는 공식적인 자리에서 노 메이크업으로 나타나면 안 된다는 조항이 있어요."

"말도 안 돼!"

"더한 조항도 있는걸요?"

"배우라는 직업, 썩 좋지만은 않군. 은퇴하는 건 어때?"

"당신이 더 서운해할걸요? 당신은 스크린에서 내 모습을 보며 야한 생각을 하는 게 취미잖아요."

유리의 도발적인 농담에 선호는 웃음을 터뜨렸다. 애정이 가득 담긴 그의 눈이 말하고 있었다.

'당신처럼 사랑스러운 여자는 지구라는 행성에 없을 거야.'

몇 시간 후 남편이 될 남자의 품에 안긴 채 유리는 스르르 눈을 감았다. 그녀의 얼굴을 어루만지는 바닷바람 속에서 그녀는 행복을 만끽했다.

백현서는 내년이면 마흔을 바라보는 연예부 기자다. 대학을 졸업하자마자 스포츠서울 연예 담당 기자로 입사해 인터넷신문, 케이블TV 등 여러 매체를 거치면서 15년 동안 현장을 누빈 베테랑 중의 베테랑이었다.

그녀는 케이블TV의 연예정보 프로그램을 녹화 중이었다. 1년째 고정 게스트로 활약하고 있는 이 프로그램에서 오늘 그녀가 맡은 소식은 IT 업계의 거물 이선호와 아시아 최고의 배우 손유리의 결혼 소식이었다. 백 기자는 특유의 또록또록한 목소리로 멘트를 이어갔다.

"키스의 여왕 손유리 씨의 어린 시절은 무척이나 가난했다고 합니다. 빈곤의 나락에서 벗어나지 못하던 중 스물한 살이라는, 배우 지망생치고는 많은 나이로 연기 생활을 시작했습니다. 이름 없는 단역으로 출발한 그녀는 데뷔 1년 만에 운 좋게 드라마의 신스틸러 자리를 따낼 수 있었죠. 나오는 분량은 많지 않지만 강렬한 인상을 남길 수 있는 배역이었고, 드라마가 예상보다 훨씬 더 크게 성공하면서 손유리 씨에게도 점점 비중 있는 배역들이 들어오기 시작했습니다."

다 아는 이야기지만 흥미롭다는 듯 듣고 있던 진행자가 물었다.

"손유리 씨가 처음 주인공을 맡은 영화가 뭐였죠?"

"한 인디 음악영화의 주인공을 맡았는데 그 영화가 대박이 났죠. 모든 스포트라이트가 손유리 씨에게 쏟아졌고요. 그녀의 힘든 성장기와 암 투병 중인 홀아버지의 사연까지 소개되면서 일약 청순함의 아이콘으로 떠올랐습니다. 그리고 바로 손유리 씨를 톱스타의 자리로 밀어 올린 작품이 나타나죠."

"「키스할래요!」 맞죠?"

"그렇습니다. 지상파 월화드라마였는데요, 손유리 씨가 맡은 역할은 유난히 키스신이 많았습니다. 무려 30퍼센트의 시청률을 기록한 그 드라마는 한국을 넘어 아시아 전체에 신드롬을 일으켰고, 손유리 씨에게는 별명이 생겼습니다. 바로 키스의 여왕이죠."

"중국에서의 인기도 대단했잖아요?"

"맞습니다. 이어서 촬영한 중국과 한국의 합작영화 역시 손유리 씨의 상품성을 내세운 제목을 달았습니다. 「키스 앤 세이 굿바이」. 그 영화에서 손유리 씨는 총 일곱 번의 키스신을 선보였는데 키스신이 나올 때마다 관객들은 그녀에게 혼을 빼앗겼다고 하죠? 게다가 함께 연기한 중국 최고의 미남 배우가 손유리 씨에게 반했음을 공개적으로 인정한 사건은 키스의 여왕이라는 그녀의 이미지를 더욱 굳히는 계기가 되었는데요, 자료화면 보시죠."

한중 합작영화에서 손유리와 호흡을 맞췄던 남자 배우가 인터뷰했던 영상이 삽입되었다. 그는 황홀감을 감추지 못하며 고백했다.

"그동안 만났던 여자분들에게는 죄송하지만 제가 그전에 했던 키스는 장난이었더군요. 손유리 양과 키스하는 순간 새로운 세상에 눈을 떠버렸어요."

"저는 혹시 저 배우와 스캔들이 나려나 조마조마했어요."

진행자가 웃으며 말했다.

"하하. 손유리 씨의 팬들 중에 그런 걱정 하신 분들 많을 텐데요, 다행히 그런 일은 벌어지지 않았죠. 키스의 여왕 손유리 씨는 불과 몇 년 전만 해도 생계를 걱정하던 소녀 가장에서 아시아의 연인으로 등극했습니다. 그리고 이선호 대표를 만나게 되죠."

"이선호 대표는 어떤 인물이죠?"

"일반 대중들에게는 낯선 이름이지만 IT 업계에서 이선호 대표는 거물입니다. 아시아에서 가장 많이 다운로드된 스마트폰 게임을 개발한 게임회사와 동남아의 통신회사, 그리고 열 개가 넘는 소프트웨어 벤처 기업을 거느린 IT 재벌이라고 할 수 있죠."

"둘은 어떻게 만났나요?"

"이선호 대표의 회사 게임 광고를 손유리 씨가 맡으면서 식사 자리를 가졌고, 이 대표가 손유리 씨에게 첫눈에 반했다고 합니다."

"와우. 그럼 둘의 러브스토리, 광고 후에 본격적으로 들어보겠습니다!"

광고가 나가는 동안 백 기자는 물을 한 모금 마셨다. 프로그램 녹화는 순조롭게 진행 중이었다. 이 프로그램뿐 아니라, 오늘 하루 동안은 이선호와 손유리의 결혼 소식으로 모든 채널이 도배가 될 터였다.

결혼식에는 초대장을 갖고 온 500명의 하객들이 참석했다. 선호가 소유하고 있는 제주도의 땅을 야외 결혼식장으로 꾸민 곳에 하객들이 모여들었다. 유리 측 하객인 배우, 감독, 피디들은 물론이고 국내

외 IT 업계를 좌지우지하는 CEO들에 투자자들까지. 심지어 유력 정치가들의 모습도 보였다. 유리는 대단한 사람들과 인사를 나누느라 얼이 빠질 지경이었다.

"정말 당신이 다 아는 사람들이에요?"

유리가 선호에게 물었다.

"내 친구들이지. 이제 당신의 친구가 되고 싶어서 안달이 난 사람들이고."

모두의 축복 속에 두 사람은 부부가 되었다.

결혼식이 끝나고 선호와 유리는 제주항에 정박 중인 요트에 올랐다. 유리호보다는 작지만 직접 항해를 하기에 딱 적당한 개인용 요트였다. 물론 그 안에는 침실과 주방, 욕실, 심지어 IT 천재답게 게임룸까지 완비되어 있었다. 백억 원에 달하는 럭셔리 요트의 이름은 데스티니(Destiny).

노을이 서서히 바다를 물들일 무렵, 항구까지 배웅을 나온 수행원들을 뒤로하고 요트에 오르면서 선호는 유리에게 속삭였다.

"지금 이 순간부터 며칠 동안 아무도 우릴 보거나 말을 걸지 못할거야. 오직 우리 둘이서만 시간을 보내야 해."

"며칠 갖고는 모자라겠는데요?"

유리도 떨리는 가슴을 애써 누르며 유머러스하게 응수했다.

능숙한 항해사라던 선호의 말은 허풍이 아니었다. 그는 물살이 잔잔한 바다로 거침없이 나아갔다. 그런 그의 곁에서 유리는 노을 지는 바다를 보며 감탄하고 어린 별이 떠오르는 밤하늘을 보며 감동했다.

밤하늘이 이토록 환상적인지, 별이 이토록 반짝이는지, 바다가 이토록 평화로운지, 그녀는 지금까지 알지 못했다. 그리고 인정할 수밖에 없었다. 지상 최고의 허니문 여행을 약속했던 선호가 그 약속을 지켰음을.

저녁 식사는 유리가 준비했다. 편찮으신 아버지와 단둘이 살았기에 그녀의 음식 솜씨는 프로 주부 수준이었다. 그러나 배 안에서 만들 수 있는 요리에 한계가 있어 김치볶음밥에 와인으로 허니문의 첫날 저녁을 때워야 했다.

선호는 마치 진수성찬이라도 받은 듯 싹싹 밥을 비우고는 탄성을 질렀다.

"완벽해. 이 세상에 우리 둘뿐인 기분이야."

"무서워요. 제가 이런 행복을 누릴 자격이 있는 여자인지……."

선호는 대답 대신 와인잔을 내밀었다.

바다 위에서 별과 달의 노래를 들으며 마시는 와인은 금방 그녀를 취하게 했다. 그리고…….

선호는 유리를 번쩍 들어 침대에 눕히고는 거침없는 태도로 옷을 벗겨 알몸으로 만들었다. 유리는 그의 앞에 알몸으로 누워 있다는 사실만으로도 흥분되어 온몸이 바르르 떨렸다. 선호는 이 순간을 위해 아껴둔 사랑을 남김없이 퍼부었다.

사랑이 끝나고, 유리는 녹초가 된 채 나른하게 말했다.

"밤새도록 계속 사랑을 나누고 싶어요. 그럼 당신은 내일 아침에 시체로 발견되겠죠?"

"정말 그럴까?"

그날 밤, 선호는 다섯 번의 절정을 그녀에게 선물했다. 유리는 몸이 녹아버릴지도 모르겠다고 생각했다. 더 이상 걷기도 힘들 정도로 힘이 빠졌을 무렵…… 둘은 기분 좋게 흔들리는 바다 위 침대에서 잠이 들었다. 아담과 이브처럼 알몸으로. 파도 소리를 자장가 삼아, 은하수를 이불 삼아.

와인 탓이었을까, 아니면 밤새도록 이어진 열락의 사랑 때문이었을까. 말 그대로 죽은 듯이 잠들었던 유리가 눈을 뜬 건 정오가 지나서였다.

'말도 안 돼! 이런 잠꾸러기!'

선호는 이미 일어났는지 침대에 없었다. 유리는 몸을 일으키며 선호를 불렀다.

"선호 씨!"

몇 번을 소리쳤는데도 대답이 없었다.

그녀는 가운을 입고 갑판 위로 나갔다. 여전히 날씨는 좋고 파도도 잔잔했다. 망망대해에서 불어오는 바람을 한껏 들이마신 후 유리는 남편을 찾아 나섰다.

'이건 또 무슨 로맨틱한 장난일까?'

숨어 있다가 갑자기 튀어나온 선호가 자신을 다시 침대로 데려가는 상상을 하니 절로 웃음이 나왔다. 그녀는 귀여운 협박을 하며 요트를 뒤졌다.

"선호 씨? 이제 그만 나오는 게 좋을걸요? 자수하기 전에 나한테 먼저 잡히면 남은 여행 내내 요리와 설거지를 시킬 테니까!"

그러나 로맨틱한 상상은 그를 찾기 시작한 지 10분이 지나자 초조함으로 바뀌었고, 30분이 지나자 공포로 바뀌었다.

"선호 씨…… 어디 있어요? 말도 안 돼…… 허니! 어디 있어요?"

그녀는 배를 다 뒤졌다. 객실은 물론이고 조타실, 엔진룸, 갑판 아래 창고까지 모두 뒤졌다. 그 결과, 불가능한 현실과 맞닥뜨렸다.

남편이 사라졌다. 바다 한복판에서.

선호를 처음 만나고 결혼식을 올릴 때까지의 두 달이 꿈결 같았다면 그가 사라지고 난 뒤 그 꿈은 악몽으로 바뀌었다.

유리는 배고픔도 잊은 채 망망대해에서 밤을 맞이했다. 캄캄한 밤하늘이 장막을 드리우고 유일하게 움직이는 것이 요트를 때리는 파도뿐이라는 사실을 거듭 확인한 뒤에야 그녀의 눈에서 눈물이 흘러내렸다.

'어떻게 이런 일이 생길 수 있을까?'

분명 선호는 어젯밤 함께 잠자리에 들었다. 그런데 오늘 흔적도 없이 사라졌다. 주변은 온통 푸른 바다뿐. 누가 찾아왔을 리도 없고 선호가 어디론가 갔을 리도 없다.

유리는 혹시나 싶어서 요트 옆에 매달린 구명정을 확인했지만 그대로 매달려 있었다. 제주항을 떠나 몇 시간을 항해했으니 헤엄을 쳐서 어디론가 간다는 것은 불가능하다. 선호는 대체 어디로 사라진 것일까?

유리는 전날 밤의 기억을 더듬어보았다. 선호가 많이 취했었나? 아니다. 그는 위스키 한 병을 혼자 비우고도 얼굴색 하나 변하지 않고

발음 하나 흔들리지 않는 사람이다. 겨우 와인 한 병을 나눠 마셨을 뿐인데…….

그래도 혹시 술에 만취했다면…… 만에 하나 자다가 깬 그가 혼자 갑판으로 나갔다가 난간을 넘어 바다에 떨어졌을 가능성은…….

'말도 안 돼!'

유리는 세차게 고개를 흔들었다.

'데려갈 사람도 없고, 사라질 사람도 아닌데 왜…… 사라졌지?'

형언할 수 없는 공포가 그녀를 죄어왔다. 유리는 객실에서 뛰쳐나갔다. 갑판 위로 나가 난간을 붙잡았다. 난간 아래로 출렁이는 파도가 마치 그녀를 비웃는 것 같았다. 바로 하루 전만 해도 로맨틱한 물결로 보이던 파도였는데.

언젠가 선호가 했던 말이 떠올랐다. 그의 전용기를 타고 날아갔던 캘리포니아의 해변 별장에서 파도를 보며 선호는 말했다.

"나는 바다를 볼 때마다 사람의 인연을 떠올렸어."

그는 저녁 하늘 한 귀퉁이에 애처롭게 걸린 초승달을 가리키며 말을 이었다.

"너무 멀리 떨어져서 아무 상관도 없어 보이지만 달이 이끄는 힘 때문에 파도가 치고 밀물과 썰물이 드나들어."

그는 유리의 뺨을 두 손으로 감쌌다.

"나를 한국으로 이끈 힘…… 그게 너였다는 걸 알겠어. 꼭 달의 중력이 바다를 이끄는 것처럼 말이야."

그녀가 태어나서 들어본 인연에 관한 말 중에 가장 로맨틱한 말이었다.

아름다웠던 추억의 한 순간을 떠올리자 유리는 가슴이 찢어질 듯 아팠다.

방해하는 불빛이 전혀 없는 바다 위에서의 밤하늘은 여전히 찬란했다. 달은 여전히 아름다웠고 별들은 경쟁하듯 반짝였다. 그러나 모든 것은 변했다. 그가 사라졌으니.

"선호 씨!"

유리는 있는 힘을 다해 소리쳤다. 막막한 바다를 향해. 산이었다면 돌아오는 메아리라도 있었을 텐데.

"제발…… 이러지 마요…… 당신 어디로 사라진 거예요?"

그녀는 난간을 붙잡고 오열했다.

어떻게 잠이 들었는지 몰랐다. 꿈속에서 그녀는 달콤한 속삭임을 들었다.

─유리야. 사랑해.

번쩍 눈을 떠보니 아침이었다. 지상 최고의 로맨틱 허니문을 위해 선호가 특별히 맞춰놓은 덕시아나 킹사이즈 침대 위에 그녀 혼자 누워 있었다.

잠에서는 깼지만 유리는 침대에서 일어나지 못했다. 어쩌면 기적을 기대했는지도 몰랐다. 자고 일어났더니 선호가 미소 지으며 옆에 누워 있는…… 그러나 그녀는 여전히 망망대해 위에 혼자였다.

한참이 지나서야 유리는 갑판 위로 나갔다. 이틀 내내 구름 한 점 없이 맑던 하늘에선 멀리서부터 먹구름이 몰려오고 있었다. 그제야 그녀는 한 명의 인간으로서 생존에 대한 공포를 느꼈다.

유리는 배에 대해 아는 것이 아무것도 없었다. 항해는 고사하고 항구와 무전을 하는 방법도 몰랐다. 비가 오면 어떻게 할지, 폭풍이 덮치면 어떻게 할지, 그녀는 아무것도 몰랐다. 심지어 지금 배가 어디로 흘러가는지조차 알 수 없었다.

'오, 세상에…… 이렇게 영원히 바다를 떠돌지는 않겠지?'

유리는 그저께 저녁 이후로 아무것도 먹지 못했다는 사실을 깨달았다. 일단 주방에 물과 음식은 충분했다. 두 명이 최대 열흘까지 먹을 양을 준비해왔으니. 하지만 만약 한 달, 두 달이 되도록 구조되지 못한다면?

손이 떨리기 시작했다. 멀리서 몰려오는 먹구름이 마치 자신의 운명을 암시하는 듯했다.

한참 전부터 배가 고팠지만 요리를 할 정신까지는 없었다. 냉장고에 있는 음식들은 천천히 아껴 먹어야 하므로 상온에 놔뒀던 음식부터 먹기 시작했다.

겨우 허기를 달래고 난 다음에는 요트 설명서를 찾기 시작했다. 그러나 한 시간을 넘게 객실과 조타실을 뒤져 찾아낸 설명서는 영어와 중국어, 일본어, 독일어로만 번역이 되어 있었다. 도저히 해독이 불가능했다.

'침착하자. 당황하면 안 돼…….'

유리는 설명서 해독을 포기하고 조타실로 달려가 무전기를 찾았다. 어떻게 작동해야 할지 몰라 계속 버튼을 눌렀다 떼면서 마이크에 대고 소리만 질렀다.

"살려주세요! 바다 위에 혼자 떠 있어요! 제 위치는 알 수 없고요,

배 이름은 데스티니호예요. 제발 구해주세요!"

그렇게 바다 위에서 세 번째 밤을 맞이했다.

다음 날 아침 유리는 총 쏘는 소리에 잠에서 깼다. 요트가 대포에 맞은 듯 쿵, 하고 흔들렸다. 객실 창밖으로 미친 듯이 쏟아지는 빗줄기가 보였다. 그녀를 더 놀라게 한 것은 요동치는 파도였다. 즉각적인 공포가 그녀를 옥죄어왔다.

시계는 아침 9시를 가리키고 있지만 밖은 저녁처럼 어두웠다. 곧이어 천둥이 울리고 번개가 폭풍우 사이를 가로질러 내리꽂혔다.

"안 돼……."

유리는 절망적인 신음을 내뱉었다. 하지만 아무리 두렵더라도 상황이 어떤지는 알아봐야 했다. 그녀는 용기를 내어 갑판으로 나갔다.

"맙소사……."

하늘은 마치 거대한 소용돌이로 변해버린 듯했다. 데스티니호는 태풍의 한가운데로 흘러들어 와 있었다. 아니 어쩌면 태풍이 데스티니호를 집어삼켰을지도.

폭우도 문제지만 바람이 더 문제였다. 순식간에 불어닥친 바람이 유리의 몸을 날려버렸다.

"아악!"

유리는 바다로 나가떨어졌다. 요트 밖으로 날아가기 직전에 난간을 잡지 않았다면 흔적도 없이 바닷속으로 빨려 들어갔을 것이다.

'살아야 해…… 반드시 살아야 해…….'

생에 대한 의지만큼은 그녀는 어느 누구보다 강했다. 가난과 싸우면서 홀아버지를 돌봤던 어린 시절에 생긴 의지랄까. 그러나 이번만큼은 그녀의 의지보다 자연의 힘이 더 센 듯했다. 난간에 매달린 채 파도 위에서 대롱대롱 흔들리는 처지가 되었으니.

발아래 시커멓게 요동치는 파도는 그녀를 잡아먹으려는 괴물의 입처럼 느껴졌다. 며칠 전만 해도 온화하고 평화로운 미소로 로맨틱함을 선사해주던 자연이 이제는 극강의 공포로 그녀를 위협하고 있었다. 그것은 마치 그녀의 처지와도 비슷했다. 이 세상 누구보다 행복했던 그녀가 바다에 빠져 죽기 일보 직전인 신세로 전락했으니.

선호의 미소 짓는 얼굴이 떠올랐다. 그녀만을 기다리고 있는 병든 아버지의 얼굴, 그녀를 흠모하는 수많은 팬들의 얼굴도…….

'살아야 한다. 나에겐 살아야 할 너무나 많은 이유가 있다.'

유리는 기를 쓰고 난간 위로 기어올랐다. 맹렬한 비바람이 그녀를 바다에 내팽개치려고 악을 썼지만 그녀의 의지를 이길 순 없었다.

유리는 겨우 난간 안으로 들어왔다. 태풍은 그녀를 다시 요트 밖으로 날려버리려고 작정한 듯 한층 더 매섭게 몰아쳤다. 그녀는 바닥을 엉금엉금 기다시피 해서 객실로 들어왔다.

"아…….."

태어나서 이토록 육체가 혹사당한 적은 없었다. 팔다리는 원래부터 달려 있지 않았던 것처럼 감각이 없었다. 데스티니호는 놀이동산의 배처럼 흔들렸다. 뒤집히거나 부서지는 것은 시간문제로 보였다. 그 순간 배의 이름이 의미심장하게 다가왔다.

운명.

'신혼 첫날밤에 남편이 사라지고 폭풍우 치는 바다에 빠져 죽는 것

이 나의 운명일까?'

유리는 탈진해버렸다. 눈을 감고, 정신을 잃었다. 객실 창밖으로 번쩍 번개가 내리치는 섬광이 그녀가 본 마지막 장면이었다. 거대한 손이 요트를 들어서 내던져버리는 충격이 그녀가 느낀 마지막 감각이었다.

무의식중에도 그녀는 찾고 있었다. 그녀를 여기까지 데리고 온 남자. 지상 최고의 로맨틱 허니문을 함께 하기로 했던 남자. 망망대해에서 증발해버린 남자. 폭풍처럼 그녀를 휩쓸듯 사로잡은 남자. 그녀가 온 몸과 마음을 바쳐 사랑했던 남자, 선호를.

유리는 무의식의 세계에서 목 놓아 외쳤다.

'내 사랑! 어디 있나요? 저를 이렇게 버리지 말아주세요!'

길지환 반장은 170센티미터가 조금 넘는 중키에 단단한 체격을 갖춘 전형적인 강력계 형사반장 외모의 소유자였다. 언제나 짧게 자르고 다니는 헤어스타일 때문에 가끔 조폭으로 오인받기도 하지만, 막상 그 자신이 백 명이 넘는 조폭을 잡아넣은 조폭 킬러이기도 했다. 전 국민의 이목이 쏠린 사건에 투입된 경험도 여러 번 있었다. 시민 열두 명을 무참히 살해한 연쇄살인마를 6개월이나 쫓은 끝에 잡은 뒤 포상금과 특진을 받은 적도 있었고.

이제는 사건의 개요만 봐도 대충 상황을 짐작해내는 촉이 발휘되는 15년 차 베테랑 형사. 그런 그조차도 이번 사건만은 바짝 긴장하지 않을 수 없었다. 손유리 사건은 우리나라뿐 아니라 전 세계인의 이목이 쏠린 사건이었다.

특별수사본부로 차출된 수십 명의 형사들 앞에서 브리핑을 하고 있는 사람은 문지환 검사였다. 길 반장은 그를 잘 알았다. 나이도 동갑인데 이름까지 같았기 때문이다. 길지환, 문지환. 한 번도 같은 팀을 해본 적은 없으나 문 검사와 함께 일했던 수사관 중에서 길 반장과 절친한 형사가 있었다. 그는 문 검사를 이렇게 정의했다.

─사십 대 검찰총장이 인생의 목표인 놈이야.

검찰이라는 엄격한 조직사회 안에서 파격적 승진은 극히 예외적인 일이었다. 그러나 문 검사는 예외적인 집념과 지성의 소유자였다.

서울대 법대에 입학해 3학년 때 사법고시에 패스한 것부터가 그의 무시무시한 집념을 보여주는 좋은 예였다. 평검사 시절인 스물여덟 살에 법무부장관의 딸과 결혼한 것도 이미 그의 인생 플랜에 들어 있던 작은 목표 중 하나라고 보는 사람들도 있었다. 그렇게 시작한 성공 레이스는 현재 한창 진행 중이었다.

42세라는 나이에 이미 초스피드로 부장검사까지 온 그였지만 사십 대 검찰총장이라는 꿈을 이루려면 아직 갈 길이 멀었다. 차장검사, 지검장……. 그러나 이번 사건을 해결하면 파격 인사의 혜택을 받을 가능성이 컸다. 따라서 손유리 사건은 그에게 궁극적인 목표로 향하는 가장 중요한 단계인 셈이었다.

사람들은 그의 궁극적인 목표가 사십 대 검찰총장인 줄 알지만, 아니었다. 사십 대 검찰총장은 오십 대 대통령으로 가기 위한 과정일 뿐이었다.

어쩌면 이 땅에서 가장 큰 야심을 품고 있는 문 검사가 수십 명의 베테랑 형사들 앞에서 말했다.

"이미 나눠드린 자료와 언론 보도 내용을 통해 사건의 개요는 파악하고 계시리라 믿습니다."

사건의 개요는 이랬다.

대중의 이목이 집중된 가운데 결혼한 세기의 커플 이선호─손유리. 그들은 이선호 소유의 개인 요트를 타고 제주도 인근 해역에서 항해를 즐기고 있었다. 그런데 항해 첫날 이선호가 배에서 사라졌고 손유리는 배와 함께 표류하다가 무려 11일 만에 근처 해역을 지나던 고깃배에 의해 구조되었다. 당시 손유리는 심한 타박상과 영양실조로 목숨이 위태로운 상태였으나 지금은 회복하여 퇴원한 상황.

"여러분께 먼저 이 말씀부터 드리죠."

문 검사는 매서운 눈초리로 좌중을 휘어잡은 채 말했다.

"이 사건의 최종 지휘자는 VIP이십니다."

형사들이 술렁거리기 시작했다. 대통령이 사건을 지휘한다고?

"어제 저희 검찰청에 대통령께서 방문하셨습니다. 방문한 목적은 단 하나, 조속한 시일 내에 이선호 대표의 행방을 파악하라는 지시를 내리기 위해서였습니다."

좌중이 고요해졌다.

"이는 대한민국 검찰과 경찰의 명예가 달린 문제입니다. 아시다시피 이선호 대표는 우리나라뿐 아니라 세계적으로 촉망받던 기업가입니다. 이런 분이 영해 상에서 증발하듯 사라진다면……."

길 반장은 문 검사의 브리핑을 들으며 감탄해 마지않았다.

'마치 정치인의 연설을 듣는 것 같군.'

"존경하는 형사 여러분. 만약 이 사건을 해결하지 못한다면 우리나라는 세계적인 망신과 불신을 뒤집어쓰게 될 겁니다. 한 사람의 실종 사건이 아니라 국익이 걸린 문제라 생각하고 혼신의 힘을 다해 사건 해결에 임해주시기 바랍니다."

형사들 중에서는 그 말에 감격한 표정으로 고개를 끄덕이는 자들도 있었다.

'가관이군…….'

길 반장은 원인을 알 수 없는 반감이 들었다. 나이도 같고 이름도 같은 야심가에게.

오랜 세월 숱한 검사들을 봐온 그는 검사를 볼 때 한 가지 기준이 있었다. 야망은 검사의 미덕이 아니다.

"여러분에게는 일반적인 수사권 이상의 권한이 부여됩니다. VIP께 서는 미국의 기준에 맞춘 속도와 결과를 요구하십니다. 저 역시 오늘 부터 검찰청 특수부 사무실에서 숙식을 하면서 24시간 풀가동 체제 에 들어갈 예정입니다."

'뭐야 이 새끼…… 지금 자발적 야근을 강요하는 거야? 까고 있네.'

숙취 때문일까? 길 반장은 시원한 대구탕 한 그릇이 간절했다.

유리는 선호가 마련해놓은 신혼집 거실에 혼자 앉아 있었다. 유리 가 청혼을 승낙하자마자 선호가 바로 구입한 아파트였다. 삼성동 아 이파크 아파트의 펜트하우스. 60억 원이라는 집값에 어울리는 크기 와 전망을 갖춘 곳이었다. 거대하다고 말할 수밖에 없는 거실에서는 한강이 집 앞 시냇물처럼 내려다보이고, 밤이면 청담대교 건너 야경 이 1년 내내 크리스마스트리처럼 반짝였다. 그러나 이제는 산속의 절간과 다를 게 없는 집이었다. 주인을 잃은 거대한 펜트하우스는 외롭게 방치되어 있었다.

유리는 엉망진창으로 구겨져버린 이 상황을 어디서부터 어떻게 해결해나가야 할지 짐작조차 되지 않았다. 그녀의 소속사 역시 이 정도의 사태에 대응할 매뉴얼 같은 건 있지도 않았다. 병원에 있는 내내 그녀의 곁을 지켰던 매니저 지희도 힘내라며 다독이는 것 외엔 할 수 있는 게 없었다.

지독한 외로움이 그녀를 휘감았다. 망망대해에서 그녀를 덮쳤던 폭풍우보다 더 무서운 것이 바로 절망과 고독의 폭풍이었다. 하지만 없는 힘을 쥐어짜 내어 가봐야 할 곳이 있었다. 병원에 입원해 있는 유리의 아버지.

"유리야, 아파트 지하주차장에서 기다릴게."

지희의 전화였다.

"응, 언니. 곧 내려갈게."

현관문으로 걸어가는데 또 핸드폰이 울렸다. 모르는 번호였다. 유리는 전화를 받지 않고 현관을 나갔다. 그런데 엘리베이터가 도착하기도 전에 문자 한 통이 도착했다.

─ 이도준입니다. 전화 주십시오.

'아아…… 이럴 수가…….'

문자를 본 유리의 눈가가 파르르 떨렸다.

'믿을 수 없어. 도준 오빠라고?'

5년 만에 마주치는 이름…… 이도준. 그녀의 첫사랑이자 첫 이별. 함께 영원을 꿈꾸었던 남자. 봄, 여름, 가을, 겨울, 꼬박 1년을 죽도록 사랑하고 헤어졌던 남자의 이름이었다.

엘리베이터가 도착했지만 유리는 타지 않았다. 도준의 메시지에 시선을 고정한 채 한참을 그냥 서 있었다. 영원히 마주치지 않을 이름인 줄 알았다. 영원히 마주치고 싶지 않았다. 그에게 그녀는 죄인이었으니.

그가 헤어진 뒤에도 툭하면 연락하는 찌질한 스타일이었다면 이렇게 놀라지 않았으리라. 그러나 이별 후 5년 동안 단 한 번도 연락이 없던 그였다.

'아마 뉴스로 내 소식을 들었겠지…….'

유리는 전화를 할까 말까 망설였다. 그녀가 아는 한, 도준은 그녀에게 가장 헌신적인 사람이었다. 이렇게 힘들고 외로운 때에 그가 곁에 있어준다면…….

'아니야. 그건 인간으로서의 도리가 아니야. 그렇게 처절하게 버려놓고는…….'

유리는 핸드폰을 가방에 집어넣고는 다시 엘리베이터 버튼을 눌렀다.

매니저 경력 10년에 유리만 3년째 전담하고 있는 베테랑 매니저 지희는 웬만한 택시 운전사보다 더 운전을 잘하고 지리도 잘 알았다. 오늘의 목적지는 촬영장도 미팅 장소도 아니었다. 유리의 아버지가 입원해 있는 병원이었다.

"오늘은 하루 쉬고 내일 찾아뵙지 그러니."

"아니야. 하루라도 일찍 가서 뵈어야지."

"아버지도 걱정이 많으실 테니…… 잘 말씀드려. 곧 찾을 거라고."

"그래야지."

"유리야. 차가 막혀서 한 30분은 걸리니까 그동안 눈 좀 붙여."

"잠은 많이 잤어. 3일 내내 병원에서 누워 있었잖아. 언니가 제일 잘 알면서."

그때 유리의 핸드폰이 드르륵 떨렸다. 또 도준의 메시지였다.

― 내가 마지막으로 했던 말, 기억하나?

유리는 화들짝 놀라 핸드폰을 쏙 내려버렸다.

"왜 그래?"

지희가 힐끔 돌아보았다.

"어? 아냐. 아무것도."

유리는 오래된 기억을 더듬어 올라갔다.

갓 대학에 입학한 스무 살 유리는 무척 외로운 신입생이었다. 물론 그녀의 우월한 미모는 남학생들의 시선을 끌고도 남았다. 다짜고짜 그녀에게 대시하는 학생들도 적지 않았다. 캠퍼스 밖이라고 다르지 않았다. 길에서 전화번호를 물어오는 이들도 많았고, 오디션을 보러 오라는 제의도 여러 번 받았다.

그러나 그녀의 마음은 남자의 유혹으로부터 방탄유리를 덮은 꼴이나 마찬가지였다. 기억도 안 나는 어린 시절 엄마가 돌아가신 후 혼자 그녀를 키워온 아버지가 대학 입학 직후에 쓰러지셨기 때문이다. 마치 그녀가 대학에 들어갈 때까지 간신히 참아왔다는 듯이. 이제 소임을 다한 듯 맥없이 쓰러진 아버지는 그 뒤로 일어나지 못했다. 의사의 말로는 신경계통에 큰 손상이 왔다고 했다.

— 뇌의 연수와 연결된 부분이 크게 손상을 입었습니다. 혼자 거동하는 일은 불가능하고 말도 심하게 더듬거리시게 될 겁니다.

의사의 말처럼 아버지는 반신불수 신세가 되어버렸다. 평생 청소와 막노동을 전전하면서 하나뿐인 딸을 키워온 아버지였다. 유리는 병실에 누워 눈만 껌벅거리는 아버지의 손을 잡고 약속했다.

— 아빠. 난 절대 아빠를 포기하지 않아. 아빠가 날 포기하지 않았던 것처럼.

스무 살 새내기 대학생이 등록금과 병원비, 생활비까지 모두 마련하는 일은 불가능했다. 자칫하면 술을 따르고 몸을 파는 유혹에 넘어갈 뻔한 적도 있었다. 그러나 유리는 한 학기만 다니고 바로 휴학을 하고는 하루 종일 아르바이트를 뛰면서 돈을 벌었다. 햄버거를 굽는 일부터 옷 가게, 카페 서빙, 전단지 돌리기까지…… 학생이 할 수 있는 아르바이트는 가리지 않고 다 했다.

그 시절 같은 아르바이트생으로 만난 오빠가 바로 도준이었다. 도준은 유리와 함께 한 패밀리 레스토랑의 주말 서빙팀이었는데 큰 키에 조각 같은 얼굴, 하얀 피부로 귀공자 스타일이었다. 아르바이트생들 사이에서 도준의 인기는 최고였다. 여자애들이 그에게 환심을 사려고 말도 걸고 농담도 하고 술자리에도 불러내려고 했으나…… 그는 오직 손님에게만 웃어 보였다.

냉랭하기는 유리에게도 마찬가지였다. 아르바이트 시간이 같아서 수십 번 부딪치는데도 불구하고 일과 관련한 말이 아니면 전혀 대화를 나누지 않았다.

유리는 차츰 그에게 관심이 생겼다. 스무 살이 될 때까지 연애는 남의 얘기로 생각하며 오직 생존만 고민했던 그녀가 처음으로 관심이 생긴 남자였다.

누가 그랬나. 부풀어 오르는 여드름과 커지는 호감은 억지로 막을 수가 없다고. 유리는 결국 그에게 말을 걸고 말았다.

"고마워요. 오빠."

"뭐가?"

"묵묵히 일하는 오빠를 보면서 힘을 많이 얻었으니까요."

도준은 별 반응이 없었다. 그것이 끝인 줄 알았다.

며칠 뒤 도준은 유리에게 같이 밥을 먹지 않겠냐고 물어왔다. 유리는 아무렇지 않은 표정으로 고개를 끄덕였지만 속으로는 가슴이 터지는 줄 알았다.

아르바이트를 끝내고 도준이 그녀를 데리고 간 곳은 멋진 레스토랑도 분위기 좋은 술집도 아니었다. 구불구불한 골목이 끝없이 이어진 달동네 어귀의 기사식당이었다.

"이런 누추한 곳에 데려와서 미안하다. 괜히 멋진 척하고 싶지 않았어. 우리 집 사정이 워낙 좋지 않아서 여유가 없거든."

그의 담백하고 솔직한 말이 조심스러웠던 그녀의 마음을 활짝 열었다.

"좋은데요? 사실 저 이런 데 되게 익숙해요. 저도 집안 형편이 좋지 않아서 어릴 때부터 이런 식당에서 자주 밥을 먹었어요."

"나보단 나을걸? 난 고등학교 졸업식 날 두 판에 만 원짜리 피자를 시켜 먹었어."

"치이. 뭘 그 정도 가지고. 전 동네 중국집에서 짜장면이요."

두 사람은 서로 누가 더 가난한지 대결이라도 하듯 가정 형편을 털어놓았다.

사람이 친해지는 계기는 두 가지다. 욕망을 공유하거나 비밀을 공유하거나. 고픈 배를 김치찌개와 계란말이로 채우면서, 취하고픈 마음을 소주로 적시면서 둘은 욕망을 함께 채웠다. 치부처럼 감춰왔던 가난과 불운에 대해 털어놓으면서 비밀을 함께 공유했다.

유리는 도준에 관해 두 가지를 크게 오해하고 있었다. 먼저, 곱상한 외모 덕에 굉장한 부잣집의 아들이라고 생각했었던 것. 그러나 실상 도준은 어린 시절 아버지가 집을 나가고 파출부 일을 하는 어머니와 함께 살아왔다. 최근에는 어머니가 교통사고로 크게 다치는 바람에 가장 역할을 해오던 터였다.

그리고 두 번째.

"진짜 서울대학교 학생이에요?"

"왜?"

"전 오빠가 공부는 별로 못했을 거라고 생각했어요."

유리의 말에 도준은 깔깔 소리를 내어 웃었다.

"어째서? 내가 공부 못하게 생긴 얼굴인가?"

"네."

"뭐라고?"

"아니…… 오빠는 너무 잘생겼잖아요. 그냥 여자들한테 인기도 많고 왠지 막 잘 놀았을 것 같은 그런 이미지예요."

"네가 처음이야."

"네?"

"여자하고 이렇게 같이 술 마시는 거, 처음이라고."

그 말에 유리는 행복해졌다. 어쩌면 누군가의 첫사랑이 될지도 모른다는 생각에. 그리고 그녀도 첫사랑을 하게 될지 모른다는 생각에.

도준은 서울대학교에서도 제일 성적이 좋은 학생들이 가는 경영학과에 다니는 엘리트였다. 학원도 과외도 없이 어떻게 그렇게 공부를 잘했냐는 질문에 그는 담담하게 대답했다.

"아마 우리 과에서 내가 제일 가난할걸? 강남 8학군 출신이 반은 되는 것 같더라. 그런데 나는 공부밖에 길이 없었으니까. 서울대가 등록금도 제일 싸고. 너처럼 사립대학교에 갔으면 나도 휴학할 수밖에 없었을 거야. 그냥 죽어라고 공부만 했어."

"마침내 꿈을 이뤘네요?"

"꿈? 내 꿈은 따로 있어. 그래서 대학에 들어오자마자 바로 공부를 시작했어."

"무슨 공부요?"

"사법고시 공부."

"아…… 변호사……!"

유리는 소리를 지르고 말았다. 우연치고는 너무 기가 막힌 우연이어서.

"왜?"

"아니요…… 사실 제 꿈도 변호사였어요."

"그래?"

"오빠처럼 좋은 학교는 아니지만 저도 나름 법학과 학생이에요."

"왜 변호사가 되고 싶은데?"

"아빠가 일하시다가 사고가 난 적이 있는데 너무 억울하게도 보상금 한 푼 못 받고 직장에서 쫓겨만 나셨어요. 그때 꼭 변호사가 되어야겠다는 생각을 한 것 같아요."

"그랬구나…… 나도 비슷해."

"요즘은 로스쿨로 변호사를 뽑지 않나요?"

"사법고시도 병행하고 있어. 점점 사법고시 합격자 수를 줄이고 있지만. 몇 년 후엔 100퍼센트 로스쿨 출신만 뽑게 될 거고. 그러면 내 꿈은 영영 멀어지겠지."

그가 설명하지 않아도 유리는 로스쿨의 비싼 등록금에 대해 잘 알고 있었다.

"지금 붙기만 하면 오히려 다행일 수도 있어. 일선 로펌에서는 사법고시 출신을 훨씬 더 우대하거든. 합격만 한다면…… 로스쿨 출신 변호사들보다 훨씬 더 좋은 대우를 받을 수 있을 거야."

"정말 저보다 더 힘들겠네요. 전 공부는 엄두도 못 내는데…… 변호사 꿈도 접은 지 오래예요."

"여자친구는 나한테 사치였지."

사치였지. 과거형이었다.

그날 밤 두 사람은 기사식당에서 나와 손을 잡고 걸었다. 가난한 사람들이 노곤한 그림자를 질질 끌며 다니는 달동네 골목길을 걷는데도 행복하기만 했다. 도준이 문득 물었다.

"너 시 좋아하니?"

"아뇨. 시는 별로……."

"난 힘들 때면 시를 읽었어. 갑자기 떠오르는 시가 있는데 들어볼래?"

"네!"

"이근화 시인의 시야."

"제목이 뭔데요?"

"우리가 가난한 연인이었을 때."

"제목이 꼭……."

우리 같네요, 라는 말은 하지 못했다.

"다 외우진 못하고 중간에 내가 제일 좋아하는 부분만 외워볼게."

도준은 두 사람의 나란한 발걸음 속도에 맞춰 낮은 목소리로 시를 암송했다.

우리가 가난한 연인이었을 때
푸른곰팡이 붉은곰팡이도 꽃이었다
아무 데서나 마음이 꺾였고
은화를 줍듯 공들여 걸었다

생애 최초로 유리의 마음이 남자에게 열리는 순간이었다.

두 사람은 그날부터 가난한 연인의 사랑을 시작했다.

스무 살, 스물다섯 살. 둘은 함께 아르바이트를 했고 함께 공부를 했다. 따로 데이트할 시간도 돈도 없었지만 함께 있는 자체가 데이트였다. 그와 함께 있으면 곰팡이도 꽃이었고 시도 때도 없이 마음이 젖었고 한 걸음 한 걸음이 소중했다. 첫 키스도, 첫 경험도 근사한 레스토랑이나 부티크 호텔이 아닌 골목과 싸구려 여관에서 치렀지만 그와 살을 맞대고 온기를 나누는 일은 처절한 일상에서의 유일한 판타지처럼 느껴졌다.

그는 진심으로 그녀를 사랑하고 위해주었다. 그녀 역시 마찬가지였다. 다만, 그녀가 깨달았다는 것이 문제였다. 이런 식으로는 절대 가난을 벗어날 수 없음을.

아버지의 상태가 더 안 좋아지면서 문제가 생겼다. 직접 아버지를 돌보거나 간병인을 붙여야 하는데 아버지 곁에 있으면 돈을 벌 수 없으니 병원비조차 낼 수 없었다. 그렇다고 간병인을 두자니 아르바이트를 해서 버는 돈으로는 역부족이었다.

그 무렵 길에서 만난 기획사 직원은 전에 있었던 길거리 캐스팅과는 차원이 달랐다. 일단 여자라는 점이 그녀를 안심시켰다. 그전까지는 말도 나눠보지 않고 지나쳤었는데 처음으로 유리가 물었다.

"돈을 많이 벌 수 있나요?"

"그건 네가 하기 나름이지."

"저는 돈이 필요해요."

"우리는 네가 필요할 것 같구나. 일단 들러보는 게 어때?"

그 직원이 지희였다.

그날 밤 유리는 도준과 상의했다. 그는 반대 의사를 분명히 밝혔다. 하지만 유리도 완강했다.

"오빠. 이런 식으로 살다가는 평생 가난을 못 벗어날 거야. 도전해볼래."

"조금만 기다려. 올해는 오빠가 꼭 합격해서……."

"오빠. 기다릴 수가 없어. 당장 병원비가 필요하다고!"

사귄 지 1년 만에 처음으로 소리를 높여 싸운 날이었다.

며칠 뒤 지희와 통화한 후 신사동에 있는 기획사를 찾아갔을 때 유리는 깜짝 놀랐다. 건물이 너무도 크고 화려해서.

캐스팅 담당자는 지희와 함께 유리의 면접을 진행했다. 유리는 면접 끝에 자신의 상황을 설명하고 구차하게 구걸을 덧붙였다.

"초면에 이런 말씀 드리는 게 얼마나 실례인지 알지만…… 전…… 돈이 꼭 필요합니다. 지금 당장요……."

결국 눈물까지 보이고 나올 수밖에 없었다.

며칠 뒤 유리는 지희의 전화를 받았다. 그리고 태어나서 처음으로 천만 원이라는 돈을 직접 만져봤다. 도준은 여전히 유리의 연예계 진출에 반대했지만 그녀 입장에서는 어쩔 수 없다는 것도 알고 있었다.

유리는 연기 연습과 함께 단역 실습을 하며 바쁜 나날을 보냈다. 정말 하나도 놓치지 않고 배우겠다는 마음으로 집중했다. 소속사 매니저들과 작품의 연출자들이 그녀에 대해 내리는 평가는 크게 두 가지였다.

— 이 바닥에서 얼굴에 칼 한 번도 안 댄 애는 유리가 유일할 거다.

— 유리의 연기에서는 진심이 우러난다.

조금씩 그녀를 찾는 곳이 많아짐에 따라 도준과 만나는 횟수도 줄어들었다. 매일같이 붙어 다니던 둘이 일주일에 한 번도 못 만나는 일도 허다했다. 유리는 알고 있었다. 그녀 때문에 도준이 불안해하고 있음을. 그리고 그 불안감은 점점 커질 수밖에 없음을. 결국 도준이 사법고시에서 또 미끄러진 날 유리는 직감했다. 그녀가 곁에 있는 한 도준의 꿈과 미래는 물거품처럼 사라져버릴 것임을.

어느 눈 내리던 겨울날, 유리는 도준에게 이별을 고했다. 처음으로 도준이 그녀를 데리고 갔던 기사식당에서였다.

그녀는 여전히 그를 사랑했다. 아니, 그 어느 때보다 더 그를 사랑했다. 너무나 사랑하기에 헤어질 수밖에 없다는 말을 부정하는 사람은 그런 상황을 겪어보지 않았기 때문이다. 그를 사랑하기에 그를 떠날 수밖에 없었다.

이별을 선언하는 사람은 유리였는데 우는 쪽도 유리였다. 세상을 잃은 것처럼 울고 또 울었다. 도준은 끝까지 울지 않았다. 울고 있는 유리를 달래지도 않았다.

그렇게 일방적으로 통보하고 일방적으로 울고…… 이별 의식을 끝냈다. 일어서지 않는 그에게 등을 돌리고 유리는 집으로 돌아왔다.

그날 밤 도준에게 메시지가 왔다. 이별한 후 처음이자 마지막으로 온 그의 연락이었다. 유리는 도준의 마지막 메시지를 스크린샷으로 찍어서 보관했다.

그리고 5년 동안 그녀는 오직 일에만 전념했다. 하루하루가 그를 잊는 과정이라고 해도 틀리지 않을 만큼 그의 기억은 깊고도 깊었다. 그런데 지금, 인생 최악의 순간에 도준이 문자메시지를 보낸 것이다.

— 내가 마지막으로 했던 말, 기억하나?

유리는 운전하는 지희에게 들키지 않게 담담한 표정을 연기하며 다시 핸드폰을 열었다. 핸드폰을 몇 번이나 바꾸면서도 사진은 지우지 않고 그대로 옮겨놓는 그녀였기에 어쩌면 5년 전에 찍은 스크린샷이 남아 있을지도 몰랐다.

유리는 떨리는 손으로 핸드폰 갤러리 폴더를 열었다. 폴더 제일 아래쯤에 남아 있는 스크린샷 섬네일이 눈에 들어왔다. 5년 전, 도준이 남겼던 마지막 말이었다. 유리는 심호흡을 하면서 섬네일을 눌렀다. 도준의 마지막 말은…….

"어머…… 어떡해……!"

스크린샷을 확인한 유리의 입에서 탄식이 터져 나왔다. 급히 입을 막았지만 이미 지희도 들은 후였다.

"무슨 일이야? 유리야, 왜?"

지희가 놀라서 돌아보았다. 유리의 눈에서 눈물이 쏟아졌다.

— 약속할게. 너에게 필요한 사람이 되는 날 다시 너를 찾겠어.

5년 전에 도준이 마지막으로 남긴 메시지였다. 그때는 이별의 슬픔 때문에 메시지에 담긴 진심을 제대로 파악하지 못했다. 헤어질 때 많이들 하는 말이기도 했고.

그러나 지금, 그녀가 믿고 기댈 수 있는 사람이 너무나 절실한 지금! 도준이 다시 연락한 것이다. 5년 전의 약속을 지키기라도 하듯. 이제야 그가 남긴 말이 예언처럼 엄숙하게 다가왔다.

— 약속할게. 너에게 필요한 사람이 되는 날 다시 너를 찾겠어.

다 지운 줄 알았는데…….

— 유리야, 괜찮으냐?

유리는 입 모양만 보고도 아버지가 하는 말을 알아들었다.

중증 신경장애로 쓰러진 후로 아버지는 남의 도움 없이는 화장실도 갈 수 없는 상태로 살았다. 다행히 유리가 배우로 성공한 뒤에는

1인용 병실에 좋은 간병인을 두고 보살필 수 있었다. 유리는 아무리 바빠도 일주일에 두 번은 병실을 찾았고, 병실에 있는 동안에는 아버지의 손을 놓지 않았다. 곁에 앉아서 책을 읽어드리기도 하고 같이 텔레비전을 보기도 하고 지금처럼 입 모양을 보며 대화를 나누기도 했다.

"괜찮아요, 아빠."

유리는 아버지의 손을 꼭 잡고 말했다. 의미 없는 말임을 그녀도 잘 알았다. 어떻게 괜찮단 말인가. 무엇이 괜찮단 말인가. 그녀는 신혼 첫날밤 남편을 잃어버린 여자였다. 그것도 망망대해에서.

—밥은 잘 챙겨 먹지?

아버지가 입 모양으로 말했다.

"그럼요. 건강은 회복했으니까 걱정 마세요."

아버지는 기력을 짜내어 딸의 손등을 어루만져 주었다. 유리는 또 솟아오르는 눈물을 겨우 참았다.

한국에 온 지 몇 달 안 되는 시간 동안 선호도 여러 번 병실을 찾았다. 신혼여행에서 돌아오는 대로 미국의 존스홉킨스 대학병원에서 수술을 해보자고 말하기도 했다.

—미국에서 뇌수술을 가장 잘하는 의사가 내 친구야. 아버지를 꼭 두 발로 걷게 해드릴 거야.

아버지도 선호를 좋아했다.

"아빠, 오늘은 오래 있진 못해요."

—또 무슨 일이 있냐?

"의사가 안정을 취하래요. 집에 들어가서 쉬어야겠어요."

— 그래. 어서 들어가 봐. 얼굴 봤으니 됐다.

유리는 거짓말을 했다. 그녀는 오후 중으로 경찰에 출두해야 했다. 증인 자격으로. 상황이 상황인 만큼, 매우 이례적으로 유리의 집으로 형사들이 찾아오기로 했다. 경찰이라는 말만 들어도 아버지는 기겁을 하실 테니, 어쩔 수 없이 둘러댈 수밖에 없었다.

유리는 아버지를 꼭 안아드렸다.

"금방 다시 올게요."

— 그래. 사랑한다, 내 딸아.

이선호 대표 소유의 데스티니호는 해경의 인양선에 인도되어 인천항에 정박 중이었다. 손유리가 구출된 이후 해경이 1차적으로 현장 검증을 마친 상태였다. 피살사건의 현장이 아니었기에 감식반은 출동하지 않았다. 문지환 검사는 그 점이 못마땅했다.

"바로 여기가 실종자가 사라진 현장입니다. 살인현장을 검증하듯 샅샅이 감식하도록 부탁드립니다."

국과수 최고의 감식요원들을 직접 인천까지 데리고 온 문 검사는 함께 배에 올라 감식 현장을 지켜보았다. 그는 먼저 요트의 호화로움에 놀랐다. 이선호라는 사람이 세계적인 거부라는 건 알았지만 직접 부의 상징과 마주하자 다른 의미로 실감이 났다.

태풍에 며칠 동안 휩쓸렸던 요트치고는 아주 멀쩡했다. 파도에 뒤틀린 난간만 제대로 펴놓으면 금방 다시 항해를 떠나도 될 것 같아 보였다. 하지만 객실 안으로 들어가자 상황은 좀 달랐다. 곳곳에 물건들이 떨어져 있고 음식 썩는 냄새도 만만치 않았다.

'손유리가 여기서 열흘 동안 혼자 버텼다는 거지?'

문 검사는 유리의 근성과 끈질긴 생명력에 탄복했다.

감식반 요원들은 문 검사의 지시대로 살인현장에 준하는 기준으로 꼼꼼하게 현장을 살폈다. 문 검사도 객실 안을 예리한 시선으로 살폈다. 요원 한 명이 문 검사에게 다가왔다.

"검사님, 잠깐 나가주시겠습니까? 루미놀 검사를 해야 해서요."

"아, 그러지요."

문 검사는 객실을 나가 갑판 위로 올라갔다. 이른 오후의 인천항. 하늘은 구름 한 점 없이 깨끗했다.

'한가롭게 노니는 갈매기들은 지금 돌아가고 있는 급박한 상황을 모를 테지.'

문 검사는 먼 바다를 보며 바로 이 배의 이름인 운명에 대해 생각했다.

그는 운명론자였다. 자신의 운명이 이 나라의 지도자가 되는 것이라 믿었고 그 목표를 위해 무슨 일이든 할 생각이었다. 지금까지 그의 삶은 그랬다. 한 번의 실패도 없는 삶. 철저하게 계획대로 이끌어가는 삶. 그는 이번 사건을 자신이 총지휘하게 된 것도 자신의 운명과 관계가 있다고 믿었다.

언젠가부터 대통령이 되기 위해선 한 줄로 요약되는 상징성이 있어야 했다. 민주화의 상징이었던 김대중 대통령, 자수성가한 투사 노무현 대통령, 건설 시대의 전설 이명박 대통령, 박정희의 딸 박근혜 대통령…….

전 세계인의 이목이 쏠려 있는 이번 사건을 해결한다면 그의 앞에도 한 줄의 멋진 대표 문구가 붙는 셈이었다. 역사상 가장 미스터리한 사건을 해결한 검사.

따라서 이번 사건은 반드시 해결되어야 한다. 미결로 마무리한다면 인생 최고의 기회를 날려버리는 셈이니까. 실종자를 찾든, 납치범을 잡든, 당시 상황을 정확히 밝혀내든 간에 가시적인 성과를 내야했다.

문 검사는 난간에 기대어 자신이 이선호라고 감정이입을 해보았다. 그날 밤은 그의 인생에서 가장 행복한 밤이었으리라. 그가 염세론자였다면 이렇게 혼잣말을 하고 바다에 뛰어들었을 수도 있겠지.

'이제 내 삶에서 오늘보다 더 행복한 날은 없을 테니 여기서 죽는게 제일 현명하다.'

그러나 문 검사가 조사한 이선호는 절대로 그럴 사람이 아니었다.

문 검사는 사건을 맡으면서 이선호의 전기 작가라도 된 것처럼 그에 관한 모든 자료를 구해 읽었다. 그의 모든 특질 중에서 가장 도드라지는 특질을 이야기하라면 이렇게 말해야 온당할 것이다. '그는 항상 새로운 모험을 찾는 사람이었다.' 그런 사람이 신혼 첫날밤 자살한다? 문 검사는 그 가능성을 제일 먼저 배제시켰다.

그렇다면, 자살을 하지 않았다면, 남은 건 납치다.

누가 제주도 앞바다에서 납치를 계획했을까? 그의 요트가 어디 떠있는 줄 알고? 대형 화물선도 아니고 겨우 수백 미터만 떨어져도 눈에 잘 띄지 않는 크기의 요트인데. 게다가 납치를 할 정도로 가까이 다가왔다면 배의 엔진 소리가 들렸으리라. 게다가 침대에서 손유리와 꼭 안고 자고 있던 사람을, 손유리에게 들키지 않고 납치한다는 건 불가능하다.

'잠깐만…….'

문 검사의 촉이 뭔가를 건드렸다.

'만약 납치를 한 범인과 손유리가 공범이라면?'

이 사건에서 목격자는 없다. 손유리는 1차 진술에서 분명 아무것도 들은 것도, 본 것도 없다고 말했다. 본 것도 많고 들은 것도 많지만 입을 다물고 있는 거라면? 그렇다면 왜? 손유리는 왜 이선호를 납치했을까? 혹은 납치하는 데 협조했을까? 돈? 아니다. 돈은 손유리에게도 충분히 있다. 남자관계? 만약 손유리의 멘탈이 정상이 아니라면?

문 검사는 갑자기 손유리를 직접 만나고 싶어졌다.

'지금쯤 길지환 반장이 손유리를 만나러 집에 갔을 텐데…….'

문 검사는 길 반장에게 전화를 걸려고 핸드폰을 꺼냈다. 자신도 지금 손유리의 집으로 가겠다고 말하기 위해. 그때 객실 문이 열리더니 감식반 요원이 다급하게 문 검사를 불렀다.

"이리 좀 와보셔야겠습니다!"

문 검사는 통화를 포기하고 객실로 뛰어 들어갔다. 감식반 요원은 문 검사가 객실에 들어오자 문을 닫고 암막 커튼을 쳤다.

어둠 속에서 형광빛이 바닥을 따라 선명하게 빛났다. 마치 외계 생명체가 끌려가면서 흘린 형광색 핏자국 같았다.

"루미놀 반응이군……."

문 검사가 중얼거렸다.

"네, 맞습니다."

감식반 요원의 말에 문 검사는 온몸에 소름이 돋았다.

루미놀 검사는 혈흔 예비시험법의 하나로 혈흔의 유무가 불분명할 때 행하는 방법이다. 주로 혈흔을 찾아야 하는 살인현장에서 많이 사용되는데, 루미놀과 과산화수소수의 알칼리 혼합액을 현장에 뿌리면 혈액이 있는 경우 형광색으로 반응한다. 혈흔과 반응하는 정도가 매우 예민해서 혈액을 1만~2만 배로 희석해도 발광이 선명하게 나타난다. 심지어 몇 달, 1년이 넘은 혈흔도 반응하기 때문에 현장 감식에 있어서 확실한 증거로 쓰이는 방법이다.

캄캄한 객실 안에서 빛나는 형광색 흔적들이 말하고 있었다. 여기서 누가 피를 흘리며 끌려갔다고. 문 검사는 즉시 수사본부에 연락해 사건명을 변경했다. 이선호 대표 실종사건에서 납치사건으로.

문 검사는 아이패드를 열어 손유리가 직접 쓴 조서를 읽어보았다. 이선호가 사라졌던 밤에 관해 그녀는 분명히 이렇게 썼다. 아무것도 보지 못했고 아무것도 듣지 못했다고.

한 침대에서 자던 사람이, 바로 옆에서 이렇게 피를 흘리며 끌려가는데 아무것도 보지 못하고 듣지 못했다? 불가능하다. 이는 제삼자의 가능성을 일축하는 증언이었다. 이선호가 피를 흘리던 현장에 둘 외에는 아무도 없었음을 그녀 스스로 증언한 꼴이었다.

그날 밤 둘밖에 없었다면…… 이선호 대표 실종사건의 가장 유력한 용의자는…….

"제대로 걸렸어."

문 검사는 사랑스러운 형광빛 혈흔들을 바라보며 중얼거렸다.

그는 손유리의 얼굴을 떠올렸다. 화려한 드레스 대신 죄수복을 입고 럭셔리한 팔찌 대신 수갑을 찬 그녀의 모습을 상상했다.

'셀 수 없이 많은 카메라들이 그녀의 모습을 전 세계로 실어 나르겠지. 이 사건을 해결한 총지휘자로 내 이름이 알려질 테고 말야.'

문 검사는 전율에 온몸을 떨었다. 손유리는 역사상 가장 아름다운 죄수로 기록될 것이다.

길 반장은 후배 이 형사가 모는 소나타 조수석에 앉아서 기사를 검색하고 있었다. 손유리가 구조된 이후 인터넷은 온통 이선호 대표의 실종사건에 대해 추측하는 기사들로 뒤덮여 있었다. 이선호 대표가 얼마나 대단한 인물인지를 재조명하는 기사도 많고, 손유리의 드라마틱한 운명에 대해 재잘거리는 기사도 꽤나 많았다.

길 반장이 어렴풋이 짐작하는 사건의 개요는 간단했다. 미친놈이 필 받아서 바다에 뛰어든 거다.

15년 동안 강력범죄 현장에서 매일 구르다 보니 인간은 무슨 짓이든 할 수 있다는 사실을 깨달았다. 이선호 대표가 아무리 돈이 많다고 해도, 아무리 예쁜 아내와 결혼했다고 해도, 갑자기 미친놈처럼 바다에 뛰어들 수 있는 것이 인간의 광기라는 게 길 반장의 생각이었다.

그때 문 검사에게서 전화가 왔다.

"네, 검사님."

"도착했습니까?"

"곧 도착합니다. 20분 정도?"

"저도 같이 가려고 했는데 지금 여기 현장에서 긴박한 상황이 발생해서……."

"현장이요? 무슨 현장이요? 긴박한 상황은 또 뭡니까?"

"데스티니호에서 혈흔이 발견됐어요. 그것도 꽤 많은 양의. 누군가 피를 닦아내기 전에 객실 안은 피투성이였습니다."

문 검사의 말에 길 반장은 머리가 띵해졌다. 뭐가 어떻게 된 걸까…….

문 검사는 빠르면서도 정확한 말투로 지시를 쏟아냈다.

"용의자 신문 잘 부탁드리겠습니다."

"용의자요?"

"손유리는 10분 전에 참고인에서 용의자로 신분이 바뀌었습니다."

"아하……."

"영장이 나오려면 시간이 조금 걸릴 거라고 해서 당장의 구속 수사는 힘들 수도 있습니다. 일단 언론에는 엠바고를 걸어놨습니다. 신문하고 녹취록 바로 보내주세요."

"아…… 네, 알겠습니다."

문 검사가 급하게 전화를 끊었다. 잠시 후, 문 검사로부터 메시지가 전송되었다.

"이럴 수가…….''

첨부파일을 열어본 길 반장은 탄식을 내뱉을 수밖에 없었다. 암전 상태에서 찍은 요트 바닥이 온통 형광빛으로 뒤덮여 있었다.

'이 정도라면 치우기 전에는 바닥이 피바다였다는 이야긴데…….'

"문 검사가 뭐랍니까?"

운전하던 이 형사가 물었다.

"요트 안에서 혈흔이 발견됐다."

"진짜요?"

이 형사가 놀라서 소리를 질렀다. 길 반장은 문 검사가 보내온 요트 객실의 루미놀 반응 사진을 보여주었다.

"오 마이 갓…… 이건 완전 피 칠갑인데요?"

"천재 기업가의 광기 어린 자살은 아니란 얘기지."

"우와…… 진짜 그럴 줄은 상상도 못했는데. 혈흔 주인은 이선호가 맞답니까?"

"그건 아직 모르겠어. 맞겠지."

"혈흔의 주인이 이선호라면, 납치보다도 살인일 가능성이 더 크네요. 그 정도 혈흔이라면 현장에서 죽었을 가능성이 많겠는데요……."

길 반장은 동의의 표시로 고개를 끄덕이며 생각했다.

'누군가 이선호를 죽였다면…… 대체 누가?'

불과 몇십 분 사이에 많은 것이 바뀌었다. 증인이 용의자가 되고 면담이 신문이 되었다. 용의자가 피의자로 법정에 서기까지는 또 얼마의 시간이 걸릴까?

유리와 함께 병원에서 돌아온 지희는 아파트 지하주차장 엘리베이터 앞에 차를 세웠다.

"같이 올라가 있을까?"

"아냐, 언니. 그냥…… 혼자 있고 싶어."

형사들이 집에 찾아오기로 했다는 말은 하지 않았다.

"그래, 그럼. 언제든 필요하면 전화해. 바로 달려올게."

"고마워, 언니."

지희를 보내고 집에 돌아온 유리는 들어오자마자 소파에 뻗어버렸다. 그녀는 아직 몸도 정신도 정상이 아니었다. 이런 식으로 툭하면 허물어졌다. 시도 때도 없이 눈물이 흘렀고 무릎이 꺾였다. 차라리 잠이나 좀 자보려고 누워 있는데 초인종 소리가 들렸다.

'형사들이 왔구나. 전화를 하고 온다고 했는데⋯⋯.'

그러나 현관문을 열자 상상하지 못한 사람이 서 있었다.

"고집부리는 성격은 여전하군."

차갑게 내뱉는 남자, 도준이었다.

2화

저는 남편을 죽이지 않았어요

유리의 입술이 파르르 떨렸다.

"도…… 도준 씨."

"이름은 기억하고 있네."

"여기는 어떻게……."

"고집부리는 성격도 여전하지만, 누군지 안 물어보고 문 열어주는 습관도 여전하군."

도준은 불쑥 집에 들어와서는 현관문을 닫아버렸다.

"내가 강도라면 어쩔 뻔했어? 왜 이렇게 사람을 쉽게 믿어?"

유리는 멍한 얼굴로 도준을 보았다. 귀공자처럼 잘생긴 얼굴은 여전했지만 다른 것들은 모두 달라져 있었다. 마트 할인코너에서 산 옷을 걸치던 그는 한눈에 봐도 최고급 슈트를 입고 있었다. 호리호리하던 몸매는 탄탄한 근육질 몸매로 바뀌었다. 무엇보다 눈빛이 달라졌다. 슬픔과 따스함이 섞여 있던 눈빛은 깊이를 알 수 없는 분노로 변해 있었다.

"문자를 받았을 텐데, 왜 답장을 하지 않았지?"

"당신도 알잖아요. 그럴 상황이……."

"아니. 그래야 할 상황이지."

도준은 유리에게 명함을 건넸다.

'법무법인 K&J 변호사 이도준.'

'당신…… 결국 꿈을 이루었군요.'

유리는 이 와중에도 감격스러운 마음이 드는 것을 막을 수 없었다. 게다가 K&J라면 우리나라에서 최고의 변호사들만 모여 있다는 로펌이 아닌가.

"내가 헤어진 연인 안부나 물으려고 연락한 줄 알았어?"

"도준 씨……."

"당신을 도우려고 온 거야. 5년 전에 약속했잖아."

유리는 서 있기 힘들 정도로 가슴이 뛰었다.

"계속 이렇게 현관에 세워둘 건가?"

"아…… 드…… 들어오세요."

유리는 도준을 집 안으로 안내했다. 도준은 절도 있는 걸음으로 거실을 가로질러 소파에 앉았다. 그는 가볍게 주위를 둘러보았다.

"신혼집치고는 화려하군. 그 사람이 널 위해 마련해준 집이겠지?"

차갑지도, 그렇다고 따뜻하지도 않은 말이었다. 유리는 대답할 필요가 없다고 생각해 가만히 있었다. 다만 그의 입에서 '그 사람'이라는 표현이 나오는 것을 듣자 마음이 아팠다.

"그 사람…… 아니 남편 일은 유감이야."

"고마워요. 신경 써줘서."

"정신이 없지? 하지만 난 당신이 어떻게든 잘 버티고 있을 거라고 믿었어. 당신은 독한 여자니까."

이번에는 말에 돋친 가시가 느껴졌다.

"지금까진 버틸 만했을 거야. 하지만 앞으론 다를걸?"

"무슨…… 뜻인가요?"

"경찰에서는 당신을 용의자로 볼 수도 있어."

"네? 무슨 용의자요?"

"간단한 논리지. 당신의 남편 이선호는 바다 한복판 위 요트에서 사라졌어. 당신과 함께 침대에서 잠든 사이에 말이지. 당신은 제삼자가 침입하지는 않았다고 했어. 그렇다면 결론은 둘 중 하나야. 그 사람이 제 발로 바다에 뛰어들었거나, 아니면…… 당신이 그 사람을 물에 빠뜨렸거나."

놀란 유리가 손으로 입을 가렸다.

"당신 빼고는 모든 사람들이 추리해낼 수 있는 결과야. 이른바 밀실의 딜레마지."

"말도 안 돼요. 제가 어떻게…… 제가 왜……."

"심지어 동기도 만들어낼 수 있는걸?"

"동기요?"

"이선호는 자기 개인 재산만 수조 원에 달하는 슈퍼 리치야. 돈은 언제 어떤 상황에서건 모든 범죄의 최우선 동기로 변신할 수 있지."

"도준 씨!"

"내가 그렇게 생각한다는 얘기가 아니야. 당신을 제외한 모든 사람들이 그렇게 생각할 수 있단 얘기지. 물론! 지금은 당신에게 무한한 동정과 연민의 시선을 보내겠지. 하지만 그 시선이 의혹의 시선으로 바뀌는 건 시간문제야."

유리는 머릿속이 하얘졌다. 듣고 보니 그의 말에 타당성이 있었다.

"이러다가 만에 하나 당신에게 불리한 증거라도 발견된다면……."

"증거라니요?"

"때로는 검찰과 경찰이 증거를 만들기도 하지."

"증거를 조작한다고요?"

"아니. 무의미한 무엇에 의미를 부여할 수 있다는 뜻. 관련이 없는 것을 관련시킬 수도 있다는 뜻이야."

"세상에……."

"당신은 내가 꼭 필요해. 지금은 모르겠지만 곧 알게 될 거야."

"그러면 당신은 왜 나를 믿죠?"

그녀의 질문에 도준의 자신만만하던 눈빛이 흔들렸다.

"믿는다기보다는 믿으려고 애쓰고 있다고 해두지. 정확히 말하면 난 당신을 돕는 거야."

"왜 나를 돕죠?"

"고마워서."

"고……맙다고요? 제가?"

"당신을 원망하면서 이를 악물고 공부했거든. 당신 덕분에 나는 감정 따위에 휘둘리지 않는 냉정함을 얻었어. 당신 덕분에 나는 사랑 따위에 시간과 감정을 낭비하지 않을 수 있었어."

아아……. 그의 말에 유리는 가슴이 먹먹해졌다. 뭐라고 대꾸해야 할지 몰랐다.

"당신 덕분에 나는 최고의 변호사가 되었어. 그 은혜를 갚아주려고 온 거야."

도준이 심호흡을 하더니 일어섰다.

"이제 가야겠군."

그러고는 현관으로 걸어갔다. 멍하니 그의 뒷모습을 보고 있던 유리가 뒤늦게 따라갔다. 도준은 현관문을 열고 나가려다가 돌아서며 말했다.

"당신은 우리나라 법조계에 대해 잘 모르겠지만…… 이것 하나만 알아둬. 나보다 비싼 변호사는 많지만 나만큼 승률이 높은 변호사는 거의 없다는 걸. 적어도 형사사건에 있어서만큼은."

누구보다 온화하던 그의 얼굴은 감히 도전을 허락하지 않는 강인한 남자의 얼굴로 변해 있었다. 그는 냉정한 표정을 흐트러뜨리지 않은 채 집을 나섰다.

쿵, 닫히는 문소리에 유리는 깜짝 놀랐다. 잠시 정신이 나가 있었던 듯했다. 무언가에 홀린 듯, 타임머신을 타고 다른 시공간을 다녀온 것 같았다. 그러나 도준이 했던 말만큼은 그녀의 머릿속에 분명히 남았다.

─당신은 내가 꼭 필요해. 지금은 모르겠지만 곧 알게 될 거야.

도준은 차를 몰고 도로에 진입한 뒤에야 몸에 꽉 차 있던 긴장을 누그러뜨렸다. 늦은 오후, 코엑스 앞의 넓은 대로가 의외로 한산했다. 그는 마세라티 기블리 세단의 가속페달을 꾹 밟았다. 테헤란로로 접어들면서 다시 차는 막히기 시작했다. 고층 빌딩들이 즐비한 메트로폴리스 한복판. 도준이 살고 있는 정글이었다.

가끔 그는 스스로를 슈트 입은 맹수라고 생각했다. 그는 누구보다 강하고 빨라야 했다. 그것이 이도준 변호사가 서울이라는 정글에서 살아남은 방법이었다.

카스테레오를 켰다. 라흐마니노프 피아노 협주곡 3번이 흘러나왔다. 볼륨을 높이고 넘실대는 우울과 위로의 선율에 맞춰 천천히 숨을 쉬었다.

'유리를 다시 만나다니.'

처음엔 확신했었다. 언젠가는 오늘 같은 날이 오리라고. 그녀에게 필요한 사람이 되어 다시 그녀를 찾겠다는 의지로 쉼 없이 달려왔다. 그러나 그녀는 그만큼 더 멀리 도망가는 것만 같았다. 그의 연인에서 대한민국의 연인으로…… 그리고 아시아의 연인으로…….

세월이 흐르면서 그녀를 찾겠다는 확신은 막연한 희망으로 바뀌었다. 그리고 이선호 대표와 유리의 결혼 뉴스가 인터넷을 뒤덮었던 어느 날…….

'희망조차 산산이 부서졌었지. 왜 이제야……. 어쩌면 이젠 너무 늦어버린 것일까? 조금만 더 빨랐더라면…….'

그는 핸들을 꽉 쥔 손에 힘을 주었다. 하얀 손등 위로 푸른 핏줄이 솟아올랐다.

마치 세월이 멈춰버린 듯 유리는 그대로였다. 가난했으나 둘이어서 행복했던 그 시절의 추억들이 미치도록 떠올랐다.

그는 차오르는 추억을 밀어내기 위해 카스테레오 볼륨을 끝까지 높였다. 라흐마니노프의 선율이 차 안을 가득 메웠다.

도준을 보내고 멍하니 앉아 있던 유리는 갑자기 울린 전화벨에 소스라치게 놀랐다. 형사인가 싶어서 전화를 받았다.

"네, 손유리입니다."

"유리 씨, 저예요."

선호의 누나 이보라였다. 부모님이 모두 돌아가신 선호에게 보라는 유일한 가족이었다.

서울대 공대를 1등으로 졸업하고 같은 대학에서 경영학까지 전공한 보라는 IT 사업의 귀재였다. 인터넷 유료결제 시스템을 개발하는 벤처 기업을 차린 그녀는 선호보다 먼저 성공해 자리를 잡았다. 그러나 선호의 비즈니스가 상상을 초월하는 속도로 커지자 선호가 그녀에게 도움의 손길을 뻗었다.

선호가 게임과 테크놀로지의 천재라면 보라는 돈과 비즈니스에 있어서 본능적인 감각을 타고난 사람이었다. 현재 선호의 모든 비즈니스를 총체적으로 관리, 경영하는 지주회사의 대표이기도 한 그녀는 동생의 재능을 막대한 부를 창출하는 사업으로 만들었다.

보라는 유리를 별로 마음에 들어 하지 않았다. 인사하러 온 유리를 면전에 두고 비호감을 드러낸 적도 있었다. 나중에 선호가 대신 사과하긴 했지만.

—누나를 이해해. 좋아하는 게 별로 없는 사람이야. 어차피 결혼해도 누나하고 마주칠 일은 없을 거야. 회사에서 사는 사람이거든.

"만나서 할 얘기가 있어요. 내일 낮에 만나요."

보라의 말에 유리는 또 상처를 입었다. 그녀의 말투에서는 동생을 잃은 슬픔도, 올케에 대한 동정도 느껴지지 않았다.

"네. 알겠습니다, 대표님."

유리는 보라를 형님이라고 불러본 적이 없었다. 처음 만났을 때부터 지금까지 그녀는 대표님이었다.

"내일 다시 전화하죠."

전화는 거기서 딱 끊겼다. 할 말만 하고 인사 없이 전화를 끊는 보라의 습관이었다.

유리는 소파에 누웠다. 앉을 힘도 남아 있지 않았다.

'어쩌면 그 바다에서 죽어버리는 게 나았을까?'

길 반장은 이렇게 좋은 집은 처음 구경해보았다. 함께 온 이 형사도 마찬가지인지 80평이 넘는 펜트하우스 곳곳을 두리번거렸다. 압도적으로 넓은 페어글라스는 한강의 풍경을 소유하듯이 고스란히 담고 있었다. 그 앞에 놓인 1억 원짜리 이태리 가죽 소파로, 유리는 두 형사를 안내했다.

실제로 마주하고 보니 유리의 아름다움은 예상을 뛰어넘었다. 상대를 주눅 들게 한달까. 길 반장만의 반응이 아니었다. 이 형사는 왜 여기 왔는지를 잊은 채 넋을 놓고 유리를 보고 있었다.

'이렇게 아름다운 여자가 정말 남편을 살해했을까? 요트 객실 안을 피바다로 만들면서? 그것도 온 나라가 떠들썩할 정도로 성대한 결혼식을 치른 신혼 첫날밤에?'

길 반장의 마음은 아니라고, 그럴 리가 없다고 말하고 있었다. 그러나 논리와 증거를 담은 머리는 그럴 수밖에 없다고 말하고 있었다.

밀실살인이다. 증인도 용의자도 오직 한 명. 경우의 수가 하나밖에 없다. 손유리. 그녀가 남편을 죽였다.

길 반장은 무거운 마음으로 입을 열었다.

"먼저 이 말씀을 드려야 할 것 같군요. 오늘부로 손유리 씨는 참고인에서 용의자로 신분이 바뀌었습니다."

그의 말을 듣고서도 유리는 표정의 변화가 없었다. 아무 말도 못 들은 사람처럼 눈만 깜박깜박.

길 반장이 한 번 더 말했다.

"지금 참고인 조사가 아니라 용의자 신문을 하기 위해 온 것임을 미리 알려드립니다."

"무슨 말씀이신지 잘 모르겠는데요? 용의자라면……."

"손유리 씨가 남편인 이선호 대표를 납치 또는 살해한 사건의 용의자라는 이야깁니다."

유리의 입이 천천히 벌어졌다. 머리끝에서 발끝까지 피가 다 빠져나가는 기분이었다.

'내가…… 용의자라고? 선호 씨를 죽인?'

그녀는 더듬거리며 말했다.

"남편은…… 사라졌어요…… 바다 한복판에서……."

"그렇죠. 그런데 바다 한복판에 떠 있던 요트에서 혈흔이 검출되었습니다. 그것도 객실 바닥에 흥건할 정도의 혈흔이요."

"아…… 아니에요. 그럴 리가 없어요. 제가 요트에서 구조될 때만 해도 혈흔은 못 봤는데……."

"감식반에서 쓰는 약물 중에 루미놀이라는 시약이 있습니다. 사건 현장에서 피를 아무리 깨끗이 닦아낸다 해도 루미놀 시약을 뿌리면 피가 있던 자리에서 형광빛이 나죠."

길 반장은 문 검사가 보내온 요트 객실 사진을 보여주었다.

"요트 객실 바닥이 온통 형광색이죠? 이게 다 사람의 피입니다. 보통 이 정도 피를 흘리면…… 현장에서 죽죠."

유리는 정신이 아득해졌다.

'이건…… 말도 안 돼.'

유리는 그날 밤의 일을 다시 복기해보았다.

그날 밤…… 얼마나 별이 빛났는데…… 얼마나 와인이 달콤했는데…… 얼마나 뜨겁게 사랑을 나누었는데……. 피라니…… 그것도 이렇게 많은 피라니…… 절대로 있을 수 없는 일이다.

그녀는 깨달았다. 그녀 혼자서는 절대 헤쳐나갈 수 없는 폭풍을 만났음을.

도준의 얼굴이 떠올랐다. 그의 목소리도.

— 당신은 내가 꼭 필요해. 지금은 모르겠지만 곧 알게 될 거야.

"그럼 몇 가지를 여쭤보겠습니다."

길 반장은 녹음기를 소파 앞 테이블 위에 올려놓았다.

"원래 자동으로 녹화가 되는 경찰서 취조실에서 진행해야 하는데 손유리 씨의 특별한 상황을 고려해서 자택에서 진행하므로 따로 녹음을 하겠습니다. 동의하십니까?"

"네……."

"그날 밤 이선호 대표와 같은 침대를 썼나요?"

"형사님, 이미 다 대답했던 질문인데요."

"압니다. 구조되신 다음 최초 진술서에 다 있는 내용이죠. 하지만 용의자로서는 처음 하는 진술 아닙니까?"

길 반장은 내키지 않지만 강압적인 어조로 유리를 압박했다.

"네. 같은 침대를 썼습니다."

"같은 침대에서 한 이불을 덮고 잤다면…… 이선호 대표가 제삼자와 격투를 벌이거나 한 일을 알고 계신가요?"

"아니요. 모릅니다."

"제삼자의 인기척은 전혀 못 느끼셨다는 말씀이죠?"

"열 번도 더 대답했잖아요. 제삼자는 없었습니다."

"잠이 들기 전에 손유리 씨와 이선호 대표 사이에 특별한 일은 없었나요?"

"저녁을 먹고 와인을 마시고 이야기를 나누고…… 부부관계를 가졌어요. 그러고는 잠들었어요."

부부관계라는 표현에 이 형사가 자기도 모르게 움찔했다. 길 반장은 계속 신문을 진행했다.

"이선호 대표에게 특별히 이상한 점도 발견하지 못했고요?"

"전혀요. 평소처럼 활기차고 친절했어요."

"혹시 이선호 대표가 결혼 전에 누군가와 척을 질 만한 일이 있었습니까?"

"저는 남편의 비즈니스와 관련해서는 잘 알지 못합니다."

길 반장과 유리가 질문과 대답을 주고받는 동안 이 형사는 유리의 얼굴을 면밀하게 살폈다. 혹시라도 감정의 동요가 있거나 뭔가 숨기는 것이 있는지 잡아내기 위해서.

"이선호 대표가 사라진 다음 날, 객실에서 난투극이 벌어진 흔적은 전혀 못 느끼셨습니까?"

"아니요. 전날과 같았어요."

"핏자국도 보지 못했고요?"

유리는 고개를 내저었다. 그녀는 자괴감에 점점 움츠러들었다.

'혹시 내가 잠시 정신이 나갔던 건 아닐까? 너무 취해서, 너무 피곤해서, 선호 씨가 괴한들에게 살해당하는 것도 몰랐나? 하지만 그럴 리가……'

그녀는 스스로에 대한 믿음조차 흔들리고 있었다.

'바다 위에서 겪은 태풍 때문에 기억이 뒤섞여버린 것은 아닐까?'

그러나 아무리 생각해봐도 그날 바다 위에서 그녀와 선호 말고 다른 사람은 본 적이 없었다. 요트 아래에선 물고기들이 헤엄쳐 다녔겠지만 적어도 바다 위에서 눈에 띄는 생명체는 오직 둘뿐이었다.

"지금 답변하신 내용과 최초 진술이 일치하긴 한데…… 지금까지 하신 진술에 거짓은 없는 거죠?"

길 반장은 그녀가 진술을 번복하기를 바랐다. 차라리 그게 그녀가 살길이었다.

그녀의 진술은 그녀 외의 용의자가 있을 가능성을 원천 봉쇄해버리는 것이었다. 바꿔 말하면 그녀 스스로 자신이 이선호를 무참히 살해했다고 반복해서 증언하는 꼴이었다.

그러나…… 유리는 힘겹게 고개를 끄덕였다.

"알겠습니다. 후우."

길 반장은 한숨을 토해내며 녹음기를 껐다. 그는 넋을 잃고 손유리를 보고 있는 이 형사를 툭 치고는 자리에서 일어섰다.

"말씀 잘 들었습니다. 경찰서에서 곧 소환 통보가 갈 겁니다. 다음에는 어쩔 수 없이 경찰서로 출두하셔야 합니다."

"저는!"

유리가 짧게 외쳤다. 그 말에 길 반장과 이 형사는 몸이 얼어붙는 것 같았다. 그만큼 호소력 있는 목소리였다.

"저는…… 남편을 죽이지 않았어요."

유리의 입술이 파르르 떨렸다. 길 반장은 속으로 대답했다.

'저도 그렇게 믿고 싶은데 검사와 판사의 생각은 어떨지 모르겠습니다.'

집에서 나오기 직전에 길 반장은 마지막으로 유리에게 조언했다.

"소속사에서 어련히 잘 대처하리라 믿습니다만…… 변호사를 구하시는 게 좋을 듯싶습니다."

형사들이 떠났다. 유리는 한참을 멍하니 소파에 앉아 있었다. 그녀는 스스로에게 외치고 또 외쳤다.

'나는 남편을 죽이지 않았어. 나는 절대로……'

유리는 몇 시간을 절망 속에서 허우적대다가 겨우 정신을 차리고 소속사 대표에게 전화를 걸었다.

"무슨 일이야, 유리야?"

상황이 상황이니만큼, 그냥 전화를 걸었을 뿐인데도 소속사 이 대표는 기겁한 목소리였다.

"변호사가 필요해요."

"변호사? 변호사는 왜?"

"제가 용의자가 되어버렸어요."

"뭐? 무슨 용의자? 설마……."

"네……."

"정말 미치겠다……."

"상황이…… 좋지 않은 예감이 들어요."

"변호사 알아볼게. 우리 회사 변호사들은 전부 엔터테인먼트나 저작권 전문 변호사들이라서……."

"K&J의 형사소송 전문 변호사 정도면 괜찮을까요?"

"K&J? 거긴 로펌 중에 최고지. 거기에 있는 형사소송 전문 변호사라면 베스트 오브 베스트일걸."

"제가 아는 사람이 있는데…… 한번 물어볼까요?"

"그래. 아는 사람이면 더 좋고. 사실 나도 지금 네 일 때문에 다른 업무는 다 젖혀두고 스케줄 정리하고 기자들 막느라 정신이 없다. 이 것들이 아주 회사에 진을 치고 있어."

"죄송합니다, 대표님."

"아냐, 아냐. 네가 죄송할 게 뭐 있어. 필요한 게 있으면 뭐든 얘기해."

전화를 끊은 유리는 주머니에 들어 있는 도준의 명함을 꺼냈다.

'이 모든 것이 운명일까?'

그녀는 서재에서 거실로 나와 전화를 걸었다. 남편의 공간에서 도준에게 전화를 거는 일이 괜히 꺼림칙해서였다. 신호가 세 번 울린 뒤에 도준이 전화를 받았다.

"한번 만나고 싶어요."

"다른 식으로 말했으면 해."

"무슨 소리죠?"

"내가 필요하다고 해."

도준의 목소리는 여전히 싸늘했다. 유리는 서운하면서도 어쩔 수 없이 그가 시키는 대로 할 수밖에 없었다.

"그래요. 당신이 필요해요. 당신 도움이 필요해요."

"좋아."

"아까 형사가 왔었어요."

"무슨 일로?"

"제가…… 용의자래요."

도준은 잠시 말이 없다가 물었다.

"예상했던 수순이긴 한데 생각보다 이르군. 특별히 바뀐 상황이 있나?"

"요트 객실에서 혈흔이 나왔대요."

"뭐?"

놀란 도준의 목소리가 한껏 높아졌다.

"누구 혈흔이? 남편의 혈흔인가?"

"모르겠어요…… 전 아무것도 모르겠어요……. 진짜 아무 일도 없었는데……. 전 요트에서 피라고는 한 방울도 보지 못했어요."

"그럼 말이 안 되잖아?"

"만나서 얘기하고 싶은데요. 언제쯤 시간이 괜찮을까요?"

그렇게 물으면서 유리는 오래전 기억을 떠올렸다. 두 사람이 가난한 연인이었던 시절, 도준은 유리가 보고 싶어 할 때면 만사를 제치고 달려 나왔다.

"난 당신이 생각하는 것보다 훨씬 바쁜 사람이야. 약속 장소와 시간은 내가 정해서 알려주지."

도준의 목소리를 듣는 순간 유리는 알았다. 그는 이제 다른 사람이다. 나를 위해 모든 것을 버리고 달려와 줄 사람이 아니다. 어쩌면 그는 이 도시에서 가장 냉정한 변호사일지도 모른다. 그리고 그를 이렇게 변화시킨 사람은…… 바로 나다. 내가 그를 버렸으니까.

"알겠어요. 그럼 문자 기다릴게요."

도준이 먼저 전화를 끊었다. 무심하게 전화가 끊기는 소리가 마치 뾰족한 바늘처럼 그녀의 마음에 박혔다. 그는 절대 전화를 먼저 끊는 사람이 아니었는데.

연애하던 시절, 통화할 때마다 서로 먼저 전화를 끊으라며 실랑이를 하고는 했었지. 도준은 모든 걸 다 유리에게 양보했지만 그 문제에 있어서만큼은 물러서는 법이 없었다.

—1초라도 더 네 숨소리를 듣고 싶어.

그게 이유였다. 그러나 그 남자는 이제 없다.

삼성동 K&J 로펌 본사의 32층 사무실. 젊은 나이에 전문 변호사로서 단독 사무실을 쓰고 있는 도준은 전화를 끊고 창밖으로 시선을 던졌다.

'유리와 연애하던 시절, 밤새도록 통화하다가 아침 해를 본 적도 많았지. 무슨 할 말이 그리 많았는지 틈만 나면 전화기를 붙잡고 서

로의 목소리를 귀에 담았었지.'

그녀의 목소리는 얼굴만큼이나 아름다웠다, 여전히. 더 듣고 싶었다, 그녀의 목소리를…… 목소리가 아니라면 숨소리라도. 1초라도 더…….

그러나 그는 알았다. 지금 마음을 누르지 못하면 그의 인생은 다시 방향을 틀어야 한다는 걸.

그가 유리를 찾아간 이유는 분명했다. 5년 전 실연 이후 닻처럼 그를 붙잡고 있던 트라우마로부터 탈출하기 위해서였다. 이선호 대표가 바다 한복판에서 실종되었다는 뉴스를 보자마자 그는 확신했다. 그녀를 구해냄으로써 이 지긋지긋한 피해의식에서 벗어날 수 있을 거라고. 드디어 무의식의 깊은 심연에서 그를 붙잡고 있던 닻을 끊어낼 기회가 왔다고.

그의 예상대로 유리는 용의자로 지목되었다. 쉬운 재판이 아닐 것이다. 예상치도 못했던 변수가 튀어나와 그녀를 꼼짝없이 범인으로 몰아갈 수도 있다. 예를 들면 혈흔 같은.

'유리는 피를 본 적도 없다고 했는데, 대체 혈흔의 정체는 뭘까?'

또한 유리의 변호를 맡기 위해선 넘어야 할 장애물이 있었다. 회사의 승인을 받아야 했다. 더 정확히 말하면 K&J 로펌의 김성욱 대표에게.

'김 대표는 내가 이 사건을 맡겠다고 하면 어떤 반응을 보일까?'

도준은 쉽게 가늠할 수 없었다. 전적으로 김 대표가 이 사건을 어떻게 보느냐에 따라 달려 있었다. 그는 승산 없는 재판에는 절대 뛰어들지 않는 사람이었다. 1퍼센트까지 철저하게 승률을 예상해서 수임

하고는 했다.

김 대표는 도준이 아는 한 법조계에서 가장 냉혹하고 계산적인 인물이었다. 어쩌면 그런 치밀함이 K&J를 국내 최고의 로펌으로 성장시킨 비결일지도 모른다.

'만약 회사에서 반대한다면? 김 대표는 자기 명령을 거스르는 이를 용납하지 않는 사람으로 유명한데…….'

경우의 수를 계산하고 그에 따른 대응 전략을 세우는 이도준 변호사의 눈이 매섭도록 빛났다.

유리는 위스키를 한 잔 따라놓고 식탁에 앉았다. 싱글몰트 위스키의 깊은 향이 그녀의 몸 가득한 긴장을 조금이나마 누그려주었다. 길게 한숨을 내쉬었다. 앞이 보이지 않는 막막함이 몰려왔다. 그녀는 차가운 대리석 식탁의 표면을 손끝으로 문질렀다.

'이 식탁이 마법의 식탁이라면 얼마나 좋을까? 램프의 요정 대신 식탁의 요정이 나타나준다면…….'

선호 씨를 돌려주세요!

그러나 대리석에서 연기가 피어오르는 일은 일어나지 않았다. 대신 위스키 잔 옆에 올려둔 핸드폰이 부르르 몸을 떨었다. 도준의 문자였다.

―내일 저녁 7시에 만나. 우리가 처음 만났던 기사식당에서.

도준의 문자를 보는 유리의 시선이 애처롭게 흔들렸다. 그는 그곳을 처음 만난 곳이라고 했으나 그녀에게 그곳은 헤어진 곳이었다.

유리는 당장 전화를 걸어 약속 장소를 바꾸고 싶었다. 그러나 벌써 밤늦은 시간이었다.

'혹시 결혼을 했을지도 모르잖아.'

그녀는 맞서기로 했다. 과거의 아픔과 죄책감을 정면으로 마주하기로 했다. 앞으로 헤쳐나가야 할 일들은 이것보다 훨씬 더 힘들 테니까.

— 네. 알겠어요.

답장을 보내고, 위스키를 한 잔 더 마시고는 침대에 몸을 눕혔다.

문득 궁금해졌다. 도준은 결혼했을까?

문지환 검사는 아침에 출근하자마자 국립과학수사연구원에 전화부터 걸었다.

"요청드린 DNA 검사 결과 나왔습니까?"

"아이고, 검사님! 우리 연구소에 CCTV라도 달아놓으셨나. 딱 10분 전에 결과가 나왔는데 어떻게 알고 전화를 주셨나요?"

문 검사하고는 친분이 꽤 두터운 선임 연구원이 농담을 섞어 전화를 받았다. 하지만 문 검사는 농담을 할 기분이 아니었다.

"결과는요?"

"감식반에서 현장에서 수거해 보내준 모발들은 두 사람의 모발이었습니다. 한 사람은 여자, 다른 한 사람은 남자. 현장에서 보내온 혈흔과 남자 모발의 유전자는 99.98퍼센트 일치합니다."

문 검사는 속으로 '예스!'를 외치며 주먹을 꽉 쥐었다.

루미놀 검사를 통해 요트 객실에 유혈이 낭자했음을 알아낸 문 검사는 감식반을 하루 종일 다그쳐 결국 바닥에서 극소량의 혈흔을 찾아냈다. 객실에 있던 침대에서 모발을 채취하는 일은 어렵지 않았다. 검은색 긴 모발과 갈색 짧은 모발이 눈으로 보기에도 여럿 흩어져 있었다.

"수고하셨습니다."

"한번 놀러오세요, 검사님."

"이 사건만 마무리하면요. 제가 풀코스 점심을 대접하죠."

문 검사는 바로 전화를 끊고 빠른 속도로 머리를 회전시켰다. 손유리를 이선호 대표의 살인사건 피의자로 기소할 것이다. 이때 문제는 구속 수사의 여부. 문 검사는 덤덤한 표정으로 서 있는 길 반장에게 말했다.

"지금 국과수에서 유전자 감식 결과가 나왔습니다. 객실에서 발견한 혈흔이 이선호 대표의 혈흔이 맞답니다."

"그래요? 알겠습니다. 바로 기소하실 생각이십니까?"

"그래야죠. 어제 보고서를 읽어보고 녹취록도 봤습니다만 직접 대면한 형사님 말씀을 듣고 싶어서요."

"최초 진술하고 다른 점은 없었습니다. 상당히 불안해하고 있고."

"불안해해요?"

"불안하겠죠. 남편이 신혼 첫날밤 바다 한복판에서 사라지고 자신이 납치 용의자로 지목됐는데, 안 불안할 사람이 있습니까? 검사님은 확신하십니까?"

"제가 확신하는 게 아니라 증거가 확실한 거죠."

"정황증거는 그런데…… 본인이 계속 부인을 하고 있으니……. 현장에서 살해도구도 나왔습니까?"

"지금 객실에 있는 물건을 싸그리 갖고 와서 분석 중입니다."

"증거가 하나라도 더 나오면……."

"손유리는 감방행이죠."

검사와 형사 사이에 잠시 정적이 흘렀다. 문 검사의 입가에는 미소가, 길 반장의 입가에는 왠지 모를 떨떠름함이 묻어 있었다.

"일단 기소와 동시에 출국금지를 신청하고 압수수색 영장도 신청할 겁니다."

"압수수색 영장이요?"

"용의자의 집을 뒤져봐야죠."

문 검사는 이제 손유리라는 이름 대신 용의자라는 표현을 쓰고 있었다.

"알겠습니다. 손유리 씨 집에는 제가 갈까요?"

길 반장은 반대로 유리의 이름을 꼬박꼬박 '씨'까지 붙여서 불렀다. 문 검사가 자신감이 뚝뚝 흐르는 목소리로 대답했다.

"같이 가시죠."

백현서 기자에게 이선호 대표 실종사건은 일생일대의 취잿거리였다. 15년 동안 갈고닦은 현장 기자의 촉은 이 사건이 단순한 실종사건이 아니라는 경고음을 계속 내고 있었다.

오랜 세월 이 바닥을 누비고 다닌 터라 그녀에겐 곳곳에 숨어 있는 정보원들이 많았다. 이선호 대표 실종사건 특수수사본부에 합류한 이연우 형사는 그중에서도 아주 특별한 정보원이었다. 두 살 어린 연하에 얼굴도 번듯하고 몸도 좋은 그와는 연인이라고 해도 좋은 사이였다.

점심시간을 이용한 모텔 데이트. 이 형사는 옷을 벗자마자 백 기자에게 달려들어 본론부터 시작하려고 했다. 그러나 노련한 그녀가 그냥 넘어갈 리가 없었다. 백 기자는 몸을 틀며 이 형사를 옆에 눕혔다. 그리고 진득한 키스로 혼을 빼놓은 다음, 귀에다 속삭였다.

"이 형사. 뭐라도 있으면 귀띔이라도 좀 해줘."

"막내인 내가 뭘 알아."

이 형사는 어떻게든 회포부터 풀려고 했지만 백 기자의 태도는 완강했다. 기브 앤 테이크. 결국 이 형사는 슬쩍 힌트를 흘렸다.

"있잖아. 실종사건이 아니라 살인사건으로 전환될 것 같은 분위기야."

이 형사의 말에 백 기자는 온몸의 세포가 벌떡 일어나는 듯했다. 그녀는 풍만한 젖가슴이 출렁거릴 정도로 상체를 벌떡 일으켰다.

"살인사건? 그렇다면 용의자는? 설마…… 손유리?"

이 형사는 더 이상은 말해줄 수 없다는 듯 고개를 베개에 묻었다.

이 정도면 충분했다. 백 기자는 특수수사본부 책임자인 문지환 검사의 성향을 잘 알았다. 자신이 주목받을 기회, 노출될 기회는 절대 놓치지 않는 인물이었다. 이미 안면도 터서 얼굴과 이름을 아는 사이기도 하고.

"이 형사야. 아무래도 우린 참 좋은 인연인 것 같다. 항상 만나는 타이밍이 기가 막혀."

"누나가 기가 막힌 타이밍에만 연락을 하니까 그렇지."

"지금도 그래."

백 기자는 새된 소리로 이 형사의 귀에 속삭였다.

"응? 그게 무슨 소리야?"

"딱…… 좋은 타이밍이라고."

백 기자는 무장해제를 선언하듯 이불을 걷고 몸을 드러냈다. 농익은 삼십 대 여성의 육체가 이 형사의 혈기왕성한 기운을 자극했다.

두 사람 모두에게 꽤 만족스러운 데이트였다.

문 검사는 점심을 아예 걸렀다. 특수본 사무실의 막내 형사가 샌드위치와 김밥을 사왔지만 집어 먹을 시간조차 없었다.

손유리를 이선호 대표의 살인혐의로 고소하고, 출국금지 신청을 하고, 그녀의 집에 대해 압수수색 영장까지 신청했다. 겨우 숨을 돌리며 시계를 보니 어느덧 오후 2시였다. 바로 후배 검사 한 명을 데리고 사무실을 나섰다.

특수본이 있는 검찰청 입구에는 수많은 취재진들이 며칠째 상주 중이었다. 그들은 문 검사의 모습이 보일 때마다 쫓아가서 질문을 던졌다. 표현은 기자들마다 각기 달랐지만 요약하자면 다 같은 질문이었다.

—수사에 특별한 진전이 있나요?

며칠 동안 문 검사는 답해줄 거리가 없었다. 그러나 이제는 다르다.

어디까지 언론에 노출하느냐를 고민하는 것은 사건을 책임지는 팀장 검사의 몫이었다. 화려한 스포트라이트를 받는 것이 고민의 대가였고. 검찰청 입구까지 걸어가는 동안 문 검사는 어떻게 해야 노출 효과를 극대화할 수 있을지 잠깐 계산했다.

역시 입구를 나가자마자 기자들이 달려들었다.

"문 검사님! 오늘은 뭐 진전된 내용이 좀 있나요?"

"3일째 점심시간을 놓쳤다는 게 뉴스가 될까요?"

문 검사는 농담을 던지고는 기자들을 지나쳤다. 이렇게 떼거지로 몰려 있을 때는 정보를 흘릴 수가 없다. 후배 검사의 차로 가서 문을 막 열려는데 귀에 익은 목소리가 들렸다.

"문 검사님 오랜만이에요."

돌아보니 특종으로 유명한 기자 백현서였다. 텔레비전으로도 자주 봤고 식사도 몇 번 같이한 적이 있었다.

"아. 오랜만입니다, 기자님."

문 검사가 악수를 청했다. 백 기자는 악수를 받으며 어딘가 확신에 찬 목소리로 물었다.

"오늘 살짝이라도 흘려주실 만한 정보가 있나요? 제가 아주 기사 빨이 땡기는 날인데."

문 검사는 속으로 미소 지었다.

'타이밍 한번 기가 막히는군.'

도준은 클라이언트와 함께 서초동에 있는 일식당 '삿포로'에서 점심을 먹었다. 김 대표가 특별히 부탁했던 사건의 피의자였다. 말이 사업가지 조폭 두목이나 마찬가지였다. 부산에서 두 번째로 큰 폭력 조직의 보스 출신으로, 사채업을 끼고 서울에 올라와 건설 시공사업에 끼어들어 돈을 뜯어먹고 사는 자.

겉으로는 합법적인 기업이지만 속을 들여다보면 악취가 코를 찌르는 기업의 사기사건을 도준은 훌륭하게 처리했다. 도준이 아니었다면 지금쯤 감옥에서 콩밥을 먹어야 할 작자가 신선한 횟감에 고추냉이를 발라 즐기고 있었다.

"이번 시공 건 잘되면 내가 김 대표하고는 별도로 우리 이 변호사님한테도 아파트 한 칸 깔끔한 걸로 해드리겠소."

허풍을 떨어대는 깡패 앞에서 밥을 먹는 내내 도준의 머릿속을 가득 채운 생각은 '설득'이었다.

증인 신분에서 용의자 신분으로 전환되었다면 검찰에서 곧 유리를 기소할 터였다. 서둘러서 변호를 준비해야 한다. 그러나 아무리 생각해도 유리의 케이스는 K&J에서 맡을 성격의 사건이 아니었다. 이 말은 즉 회사와 김 대표를 설득해야 한다는 뜻이었다.

점심식사를 마치고 사무실에 들어오자마자 비서가 도준에게 메시지를 전해주었다.

"대표실에서 연락이 왔습니다. 들어오시는 대로 올라오시라는데요?"

정신이 번쩍 들었다.

'무슨 일을 맡기려는 것일까? 하필 이런 타이밍에 다른 일을 맡으면 곤란한데…….'

도준은 넥타이를 바짝 조여 매고 대표실을 찾아갔다. 아이보리색 투피스 정장을 타이트하게 입은 여비서가 도준을 대표실로 안내했다. 문 앞에서 허리를 굽혀 정중히 인사했다.

"대표님. 저 왔습니다."

"어, 도준이 왔나? 앉아."

김 대표는 거대한 집무실 한가운데 놓인 가죽 소파로 도준을 안내했다.

부장판사 출신의 김성욱 대표는 판사, 검사 출신의 동료 10여 명과 함께 K&J를 설립했다. 그리고 딱 10년 만에 매출 1위의 초대형 로펌으로 키워냈다. 그는 화려한 경력으로 맺은 다양하고 두터운 인맥과 함께 로펌을 통해 막대한 부까지 소유한 인물이었다. 이미 사회의 피라미드 꼭대기까지 도달했지만 더 큰 성공을 위해 얼마든지 대가를 치를 준비가 되어 있었다.

"부르셨습니까, 대표님?"

"점심은 먹었나?"

"네. 조현웅 대표하고 먹었습니다."

"오, 현웅이. 잘했어. 그런 친구들도 나중에 꼭 쓸 때가 생기니까 자르지 말고 가끔씩 인사는 받아주고 그래."

"네. 알겠습니다, 대표님."

도준은 틈을 보고 있었다. 이야기를 꺼낼 틈. 얼굴이나 보자고 부른 건 아닐 테니 뭔가를 맡기려고 할 텐데……. 이왕이면 그 전에 이야기를 꺼내야 한다.

도준이 막 입을 열려고 하는데 김 대표가 선수를 쳤다.

"자네, 아까 막 뜬 기사 읽어봤나?"

"아니요. 밥 먹고 들어오느라 아직 인터넷을 못 봤습니다."

김 대표는 테이블 위에 있던 아이패드를 도준에게 건네주었다. 아이패드 화면에 뜬 기사의 헤드라인이…….

키스의 여왕 손유리! 남편 이선호 대표 살해혐의로 조사받아

도준의 가슴이 철렁했다.

'벌써 기사가 터졌구나. 이제 물어뜯길 일만 남았군……'

김 대표는 흥미로운 표정으로 말했다.

"요트 객실에서 혈흔이 발견되었는데 유전자 감식 결과 이선호 대표의 혈흔으로 밝혀졌다고 하네. 증거가 확실하니 곧 재판이 열리겠지?"

"아마…… 그렇겠지요."

"손유리 말이야. 자네가 한번 맡아보겠나?"

김 대표의 말에 도준은 머리카락이 쭈뼛 서는 기분이었다. 그는 독사같이 가늘고 음흉한 김 대표의 시선을 마주했다.

'뭐지? 대체 어디까지 알고 있는 걸까? 나와 유리가 어떤 사이인지도 알고 있는 건가?'

도준은 당황한 티를 감추며 대답했다.

"저희 회사에서 맡을 만한 사건일까요?"

"아마도 향후 10년 안에 가장 센세이셔널한 재판이 될 것 같지 않나? 우리나라뿐 아니라 전 세계 언론이 주목할 테고. 우리 회사의 브랜드를 제고할 만한 좋은 기회가 아니겠나?"

김 대표는 도준을 보며 빙그레 웃었다. 그 미소 속에 무엇이 감추어져 있을지 도준은 알 수 없었다. 다만 김 대표를 설득할 필요가 없어져서 홀가분할 뿐이었다.

"네. 그럼 손유리 측에 연락을 해보겠습니다."

도준은 마지못해 승낙하는 듯 연기를 했다.

"좋아. 서두르게. 다른 놈들이 채가지 않게."

"네. 그럼 나가보겠습니다."

도준이 일어나서 꾸벅 인사하고 나가려는데, 등 뒤에서 김 대표의 목소리가 들렸다.

"조심해."

"네?"

"남자는 미인 앞에서는 판단이 흐려지는 법이지."

'네. 아무렴요. 허튼짓을 했다간 당신이 나를 땅에 묻을지도 모르죠.'

도준은 믿음직한 표정을 보여주며 대답했다.

"걱정 마십시오."

도준은 대표실을 나와 자신의 사무실로 향했다. 업무가 남아 있기는 했으나 일이 손에 잡히지 않았다. 뭐라 꼬집어 말할 순 없지만, 평소와는 뭔가 다른 김 대표의 태도와 표정이 계속 거슬렸다. 결국 자리에 앉아 신경만 긁다가 오후 시간을 다 보냈다.

강남대로가 개인 활주로처럼 내려다보이는 넓은 창으로 어린 달이 떠오를 무렵 도준은 시간을 확인했다. 쇼메 손목시계는 저녁 6시 반을 가리키고 있었다.

이제 그녀를 만나러 간다. 한때는 죽도록 사랑하고 그리워했던 그녀. 어쩌면 남편을 잔혹하게 살해했을지도 모를 그녀. 더 이상 연기자가 아닌 살인사건의 피의자로 세계의 이목을 받게 될 그녀.

몇 년 동안 냉정함을 잃은 적 없는 이도준 변호사의 심장이 빠른 속도로 쿵쾅거렸다. 단지 그녀를 생각하는 것만으로도.

유리는 폭풍 같은 오후를 어떻게 보냈는지 몰랐다. 그녀를 아는 모든 사람들로부터 전화가 걸려왔다. 소속사도 발칵 뒤집혔다. 정신없이 급하게 결혼하느라 신혼집이 공개되지 않아서 기자들이 아파트로 찾아오지 못했다는 것이 그나마 위안이었다.

하지만 이 집이 알려지는 건 시간문제였다. 기자들이 마음먹고 덤벼들면 이 집 주소 정도 알아내는 데는 하루도 걸리지 않을 테니까.

"유리야, 괜찮니?"

지희가 걱정 가득한 목소리로 전화를 걸어왔다.

"아직 상황을 잘 모르겠어. 일단…… 오늘 저녁에 변호사를 만나기로 했어."

"아, 잘됐다. 안 그래도 대표님이 네가 잘 아는 변호사가 있다고 하시길래 안심했어. 언니가 같이 있을까?"

"아니야. 오히려 눈에 띌 것 같아. 회사 앞에도 기자들 많지?"

"포위되어 있지."

"그럼 오지 마. 기자들이 언니 얼굴도 차 번호도 다 아는데 따라붙을 수도 있어."

"어떡하니, 유리야……"

"변호사님이 집에 오시기로 했으니까 상의해볼게."

유리는 어쩔 수 없이 거짓말을 했다. 밖에서, 그것도 황량한 동네의 기사식당에서 만나기로 했다고 말하면 절대 가도록 허락해주지 않을 테니까.

"그래. 얘기 잘 나누고 혹시라도 필요하면 언제든지 전화만 해. 달려갈게."

"고마워, 언니."

"유리야."

"응?"

"나는 너를 믿는다."

지희의 말에 유리는 울컥했다. 고맙다는 말을 하고 싶었지만 목이 메어 나오지 않았다.

'울지 말자. 이제 더 이상 울지 말자…….'

전화를 끊은 유리는 외출 준비를 했다. 상황이 어떻게 돌아가나 싶어서 텔레비전을 켜놓고. 그러나 그녀는 텔레비전을 오래 볼 수 없었다. 모든 채널에서 그녀의 얼굴이 나오고 있었으니까. 키스의 여왕 손유리가 신혼 첫날밤 남편을 살해하고 바다에 버린 혐의로 피의자 조사를 받고 있다는 뉴스 속보를 마다할 채널은 없었다.

온 국민의 눈이 그녀에게 쏠려 있다. 유리는 도준에게 전화해서 약속 장소를 바꿀까 생각했다. 그러나 한편으로 생각하면 지금 그녀에게 안전한 곳은 어디에도 없었다. 어쩌면 이 집과 소속사 사무실, 호텔 등등 알려지기 쉬운 장소가 그녀에게 가장 위험한 곳일 수도 있다. 청파동 산동네 언저리의 기사식당은 오히려 가장 안전한 장소일지도 몰랐다.

항상 아름답게 보이기 위해 옷을 입었던 그녀는 아름다움을 가리기 위해 옷을 입었다. 타이즈에 허름한 티셔츠를 입고 얇은 야상을 걸쳐 날씬한 몸매를 감추었다. 스냅백도 아닌 철 지난 야구모자에 마스크까지 쓰고 나니 오직 눈만 남았다. 거기에 도수 없는 안경까지 끼고 집을 나섰다. 차를 몰고 가려다가 혹시나 해서 택시를 탔다. 청파동 산동네에 에메랄드 빛깔을 뽐내는 3억 원짜리 벤틀리 쿠페가 세워져 있다면 누구나 의심할 테니까.

"청파동으로 가주세요."

유리는 혹시 택시기사가 알아볼까 싶어 시선을 피한 채 목적지를 밝혔다.

"네, 손님."

택시 안 라디오에서도 유리의 이야기가 나오고 있었다. 기자가 흥분한 목소리로 리포트를 전했다.

"저는 지금 특수수사본부가 설치된 서울지검 앞에 나와 있습니다. 이번 사건의 충격을 증명이라도 하듯 국내외 주요 매체의 기자들이 모두 모여 있다고 해도 과언이 아닙니다."

"이야…… 진짜 그 예쁜 여자가 살인마일 줄 누가 알았겠어?"

택시기사가 혀를 끌끌 차며 끼어들었다.

"잠시 전 이번 사건을 총괄 지휘하는 문지환 검사의 브리핑이 있었습니다. 들어보시죠."

기자의 멘트가 끝나자 단호한 말투의 검사 목소리가 흘러나왔다.

"저희 특별수사팀은 이선호 대표와 손유리 씨가 신혼여행을 보내던 요트 객실에서 이선호 대표의 혈흔을 발견했습니다. 따라서 원래 실종사건이었던 이 사건을 살인사건으로 전환해 수사를 계속하고 있습니다."

브리핑 현장에 있었던 기자가 질문하는 소리가 들렸다.

"납치되었을 가능성도 있지 않습니까?"

"당시 요트는 물론이고 인근 해역에도 제삼자는 없었습니다. 피의자이자 유일한 증인인 손유리 씨가 반복해서 그 점을 확인해주었고요."

"누군가 몰래 접근해서 요트에 올라탔을 가능성도 있지 않나요?"

"당시 상황은 이선호 대표와 손유리 씨가 한 침대에서 잠을 자던 상황이었습니다. 만에 하나 제삼자가 요트에 침입했다고 해도 손유리 씨에게 들키지 않고 이선호 대표와 그 정도의 피를 흘릴 정도로 난투극을 벌인 끝에 요트에서 데리고 나간다는 건…… 불가능하다고 봅니다."

"그렇다면 손유리 씨가 남편 이선호 대표를 살해한 후 바다에 버렸다는 이야기인가요?"

"아직 결론 내긴 어렵습니다. 수사에 더 박차를 가하겠습니다."

"손유리 씨를 구속하실 계획입니까?"

"증거인멸이나 도주의 가능성이 없기에 일단은 불구속 수사를 진행할 방침이고요. 앞으로 추가 증거가 더 확보되면 구속할 가능성도 있습니다. 수사에 진전이 생기면 다시 브리핑을 해드리겠습니다. 이상입니다."

문 검사의 목소리가 사라지자 택시기사가 열변을 토했다.

"자고로 예쁜 것들 믿지 말라고 했는데. 나는 걔 처음 봤을 때부터 분위기가 좀 우울하고 음산하더라고. 결국 지 서방을 죽여서 바다에 던지나…… 아휴……."

유리는 야상 소매 안으로 주먹을 꼭 쥐었다. 여전히 고개를 푹 숙인 채로.

'이건 현실이 아니야…… 지독한 악몽일 뿐이야…….'

하지만 그녀는 인정하지 않을 수 없었다. 자신이 세계에서 가장 행복한 여인에서 가장 불행한 여인으로 추락했다는 사실을.

그 순간, 유리는 아버지를 떠올리고 급히 병원으로 전화를 걸었다. 전화를 돌려받은 주치의 역시 뉴스를 봤는지 그녀의 안부부터 걱정했다.

"유리 씨…… 걱정 많이 했습니다. 괜찮으신지요?"

유리는 다급한 마음에 용건부터 전했다.

"아버지도 알고 계신가요?"

"아니요. 저희가 뉴스를 보자마자 텔레비전을 못 보시게 조치했습니다."

"아…… 다행이에요…… 고맙습니다."

"텔레비전 대신 유리 씨 드라마를 틀어드렸어요."

"감사합니다. 제가 내일 찾아뵐……."

"아니요. 여긴 안 오시는 게 좋겠습니다."

"네?"

"기자들이 병원에도 쫙 깔려 있어요. 병원을 개원한 이래 이렇게 많은 기자들은 처음 봅니다. 외신들까지…….."

"아……."

그렇다. 유리가 반신불수인 아버지를 지극정성으로 돌봐온 사실이 알려지면서 이곳 병원도 노출되었던 것이다.

"뉴스는 저희가 알아서 잘 차단할 테니 유리 씨는 힘내셔서 수사 잘 받으세요.”

“네…… 감사합니다…….”

의사는 무슨 할 말이 더 있는 것처럼 망설이다가 전화를 끊었다.

유리는 한숨 돌렸다. 만약 아버지가 지금 상황을 알게 된다면……
무슨 일이 벌어질지 몰랐다. 만약 그런 사태가 벌어진다면 그녀는 스
스로를 용서 못 할 것 같았다.

이 세상에서 가장 불행한 여자를 태운 택시는 꽉 막혀 있는 강변북
로를 꾸역꾸역 따라간 뒤 산동네 골목길을 더듬어 올라갔다. 택시 뒷
자리에서 유리도 오래된 기억을 더듬어 올라갔다.

청파동 산동네 입구에 있는 기사식당은 간판도 제대로 달려 있지
않았다. 20년째 같은 곳에서 같은 메뉴를 팔아온 이 식당의 주요 고
객은 택시기사들. 불과 50미터 남짓 떨어진 곳에 가스충전소가 있어
서 기사들이 택시에 가스를 충전하고 식사도 해결하고 가기에 그만
이었다.

도준은 약속 시간보다 10분 일찍 도착해서 최대한 구석 쪽 테이블
에 자리를 잡았다. 유리가 손님들에게 등을 돌리고 앉을 수 있는 자
리로. 허름한 점퍼 차림의 기사들 속에서 아르마니 블랙라벨 슈트를
입은 그가 튀어 보이는 건 어쩔 수 없었다.

7시 10분이 되자 식당 문이 열리고 펑퍼짐한 옷에 모자를 눌러쓰고
마스크로 얼굴을 가린 여자가 들어왔다. 유리였다.

3화

동거 아닌 동거

유리는 천천히 도준에게 다가와 그의 맞은편 자리에 앉았다. 두 사람은 한참 동안 아무 말도 없이 서로를 응시했다. 유리가 먼저 입을 열었다.

"이곳, 그대로 있었네요."

도준은 차갑게 식은 목소리로 대답했다.

"어떤 것들은 항상 그대로 있기도 하지. 어떤 것들은 사라져버리기도 하고."

다시 침묵이 흘렀다.

"일단 저녁부터 먹지. 이럴 때일수록 밥은 꼭 챙겨 먹어야 해."

도준은 미리 시켜놓은 김치찌개에 불을 올렸다. 혼자서 서빙을 다하느라 바쁜 아줌마가 던지듯 계란말이를 테이블에 놓고 갔다.

유리는 눈을 꾹 감았다.

'너무 잔인하다…… 김치찌개에 계란말이…….'

처음 데이트 할 때도, 헤어질 때도 먹었던 바로 그 메뉴였다. 그녀는 속으로 도준에게 외쳤다.

'당신, 저를 고문하고 싶으신 건가요? 저는 이미 더 이상 괴로울 수 없을 만큼 괴로워요. 그러니 이러지 말아요.'

유리는 북받치는 감정을 꾹 누르고 말했다.

"맛도 그대로일까요?"

"먹어보면 알겠지. 젓가락 들 힘은 있나?"

"아직 살아 있잖아요."

찌개가 끓기 시작하자 음식 냄새가 후각을 자극했다. 그러고 보니 오늘 한 끼도 제대로 먹지 못한 터였다. 유리는 계란말이를 하나 집어 입에 넣었다.

'맙소사. 똑같아. 어쩜 맛이 하나도 안 변했지?'

가끔은 노래, 가끔은 어떤 장면이 추억을 환기시킨다. 지금 이 순간 허름한 기사식당의 계란말이가 유리의 추억을 단숨에 소환했다.

'그땐 그랬지. 김치찌개에 계란말이만 있어도 밤새 이야기를 나누고 웃고 울 수 있었지. 가진 것이라고는 서로밖에 없었지만 누구보다 행복했었지.'

"맛도 그대로네요."

"앞으로 10분 동안 아무 말도 하지 마."

"네?"

"밥만 먹어."

도준은 유리 앞에 놓인 밥공기 뚜껑을 열어주었다.

"한 톨도 남기지 말고 비워. 그 전에는 아무 말도 안 할 테니까."

"알겠어요."

유리는 고개를 푹 숙인 채 밥을 먹었다. 찌개도 떠먹고 계란말이도 집어 먹었다. 허기졌던 배 속은 반갑게 음식을 맞이했다. 민망할 정도로 정신없이 먹었다. 속이 차고 나니 흐릿하던 정신이 조금 돌아왔다.

"검찰 출두일은 언제야?"

"아직 연락이 안 왔어요."

"아마 압수수색이 들어갈 거야. 빠르면 당장 내일."

"어딜 수색한다는 거예요?"

"집."

"해봤자 나올 만한 건 아무것도 없어요. 하루도 같이 산 적 없는 신혼집인걸요."

"한 가지 확실히 해둘 게 있어. 당신이 그랬나?"

유리는 담담하게 대답했다.

"아니요. 제가 진술한 그대로예요. 저는 정말 아무것도 몰라요. 잠이 들었다가 깨어보니 이미 일이 다 벌어져 있었다고요."

"그 말을 누가 믿겠어? 당신의 말을 정면으로 반박하는 상황과 증거들이 명명백백하게 있는데?"

"그래서 당신 같은 변호사들이 필요한 거 아닌가요? 저처럼 억울한 사람을 도와주기 위해?"

"순진한 소리 하지 마."

"대체…… 어디로 갔나요? 친절하고 정의롭던 그 남자는……. 내가 알던 당신이 맞나요?"

유리의 말에 도준은 싸늘한 얼굴로 대답했다.

"당신이 알던 그 남자는…… 5년 전 이 자리에서 죽었어."

참고 있던 유리의 눈물이 쏟아졌다. 도준은 그녀의 눈물을 닦아주지 않았다.

그때 유리의 핸드폰이 울렸다. 지희였다. 유리는 감정을 가다듬고 전화를 받았다.

"응, 언니."

"유리야! 큰일 났어!"

평소 들어본 적 없는 격양된 목소리였다.

"무슨 일인데?"

"지금 텔레비전 볼 수 있어? 기자들이 어떻게 알아냈는지 네 아파트 입구에 바글바글해."

드디어…… 유리는 한숨을 쉬었다.

"어차피 벌어질 일이었는데 뭘."

"너 지금 어디니?"

"밖에서 변호사님 만나고 있어."

"집에 들어가지 마. 알았지? 그러면 바로 기자들 밥이야."

"응…….."

"지금 우리 회사도 기자들로 거의 포위되다시피 했어. 대표님이 미행당한다며 회사 차도 쓰지 말래. 지금 형사들이 회사까지 찾아와서 난리야. 너한테 가봐야 하는데 어떡하니?"

"일단은 변호사님과 같이 있으니까 괜찮아. 거기도 정신없을 텐데 잘 수습하고…… 대표님한테 죄송하다고 말씀드려줘."

"유리야, 몸조심해야 해! 집에는 절대 들어가지 말고!"

"응. 알았어."

도준은 듣지 않고서도 상황을 파악한 듯했다. 그는 식당 안을 쓱 둘러보더니 말했다.

"여기도 오래 앉아 있기엔 불안하군."

"제 걱정은 마세요. 근처 호텔에서……."

"호텔 같은 소리 하지 마. 당신이 얼마나 유명한 사람인지 몰라? 대한민국 기자들이 얼마나 지독한지 몰라?"

"그럼 어떡해요?"

"조용히 따라와."

도준은 먼저 일어서서 계산대로 갔다. 유리는 고개를 푹 숙인 채 밖으로 나와 기다렸다.

마치 타임머신을 타고 온 기분이었다. 5년 전 인연이 끝났던 자리에 다시 와 있다. 영원히 보지 못할 거라 생각했던 그 사람과.

식당에서 나온 도준은 자신의 차에 유리를 태웠다. 조수석이 아닌 뒷자리에. 유리는 토를 달지 않고 그가 시키는 대로 했다. 차가 도로를 달리기 시작한 뒤에야 유리가 물었다.

"어디로 가는 거예요?"

"집."

"집은 위험해요. 아까 매니저한테 전화가 왔는데 이미 기자들이……."

도준이 그녀의 말을 잘랐다.

"당신 집이 아니라 우리 집."

유리는 심장이 덜컹 멈추는 것 같았다.

"지금, 당신의 집으로 간다고요?"

"더 안전한 곳이 있으면 얘기해봐."

유리는 머릿속이 하얘졌다. 정신을 가다듬고 몇몇 장소를 떠올려보았다. 그러나 도준의 집보다 안전한 곳은…… 없었다.

침묵을 동의로 받아들였는지 도준은 더 이상 말을 하지 않고 카스테레오를 켰다. 라흐마니노프의 피아노 협주곡이 흘러나왔다.

"집에 가도…… 괜찮아요?"

유리가 조심스럽게 물었다.

"내가 내 집에 가는데 무슨 문제가 있나?"

"제가 함께 가니까요."

"아무도 없어."

유리는 그 말에 안도감이 들면서 동시에 궁금해졌다.

'원래 같이 사는 사람이 있는데 오늘만 없다는 뜻인가? 아니면 원래 혼자 산다는 뜻인가? 결혼을 했을까?'

그러나 차마 그 질문이 입 밖으로 나오지는 않았다. 몰아치는 라흐마니노프의 음률 속에서 유리는 포격을 당하듯 쾅쾅 소리와 함께 흔들리던 요트가 떠올랐다.

'태풍 속에서 홀로 표류하던 막막한 나날. 용기를 내어 갑판으로 나갔던 나를 폭우와 바람이 날려버렸었지. 차라리 그때 죽었다면 남편의 살인범으로 몰리는 추락은 없었을 텐데. 그때 난간을 놓아버렸어야 했는데…….'

"혹시 김성욱이라고 아나?"

도준의 무미건조한 목소리에 유리는 회상에서 깨어나 눈을 떴다.

'김성욱?'

"김성욱이요? 글쎄요…… 뭐 하는 사람인데요?"

"우리 회사 대표야."

"아…… 글쎄요. 저는 잘 모르겠는데요."

"모르면 됐어."

도준은 운전을 하면서 생각에 잠겼다.

'김 대표가 유리하고 직접 아는 사이가 아니라면…… 혹시 유리의 소속사 대표와 친밀한 관계인가? 왜 나를 찍어서 이 사건을 맡으라고 했을까? 승률도 보장되지 않는 힘든 재판을? 정말 이미지 때문일까? 그건 재판에서 이겼을 때 이야기고, 모두가 주목하는 재판에서 진다면 회사 이미지에 득이 될 것도 없을 텐데.'

아무리 생각해도 김 대표가 이 사건을 맡긴 이유를 알 수 없었다.

'이유야 어떻든, 일단 사건에 집중하자.'

도준이 입을 열었다.

"아직 집에 도착하려면 20분은 더 걸려. 이선호를 어떻게 만나서 어떻게 연애했고 그날 밤은 무슨 일이 있었는지…… 하나도 빠짐없이 말해줘."

"그날 밤 일이야 몇 번이라도 되풀이해서 말할 수 있지만…… 선호 씨를 어떻게 만나서 연애했는지는…….'

"들어야 해. 그래야 혹시라도 숨어 있을지 모를 단서를 찾을 수 있지. 변호할 포인트를 하나라도 더 건질 테고. 피고인과 변호사 사이에 소통이 안 되면 재판을 절대 이길 수 없어."

유리는 차마 입이 떨어지지 않았다. 도준 앞에서 선호와 사랑에 빠진 순간을 말해야 하다니…….

그녀는 자신을 설득했다.

'이 사람은 나의 변호사야. 사건과 관련한 모든 것을 알아야 할 사람. 지금은 하나만 생각하자. 무시무시한 누명으로부터 벗어나는 일 하나만.'

"선호 씨를 처음 만난 건 두 달 전이었어요."

유리는 도준이 옆에 없다고 생각했다. 녹음기에 대고 진술을 한다고 생각하고 말을 시작했다.

도준은 음악 볼륨을 줄였다. 끼어들지 않고 유리의 이야기를 찬찬히 들었다. 선호와의 로맨틱한 만남, 성대한 결혼식, 그리고 믿을 수 없는 허니문의 비극까지.

"그 뒤부터는 당신도 아는 이야기예요. 저는 열흘 동안 바다를 떠돌다가 기적적으로 구조되었고, 지금은 신혼 첫날밤에 남편을 난자해서 죽이고 바다에 버린 마녀가 되어버렸죠."

"그리고 당신이 한 말은 모두 사실이다?"

"네. 모두요."

"확실한 건…… 판사는 절대 당신의 말을 안 믿겠군."

"제발 그렇게 비관적으로 생각하지 말아요. 날 도와주겠다면서요? 당신은 내 변호사잖아요."

"비관적으로 생각하는 게 아냐. 논리적으로 생각하는 거지."

유리가 애절하게 흐느꼈다.

"저는 남편을 죽이지 않았어요. 절대로……."

가속페달을 밟은 도준의 발에 힘이 들어갔다.

이보라 대표는 호화스러운 침실에서 뉴스를 보고 있었다. 침대에 누워서. 그녀 곁에는 애인이자 개인 경호원인 수지가 알몸으로 누워 있었다. 둘만 있을 때의 드레스 코드. 수지는 옷을 입지 못한다. 보라의 룰이었다.

보라보다 다섯 살 어린 수지는 원래 종합격투기 선수로 활약했을 정도로 강인한 육체의 소유자였다. 승률도 꽤 좋아서 챔피언까지는 몰라도 수준급의 선수로 성장이 기대되는 신인이었다. 보라는 우연히 초대를 받아서 갔던 격투기 경기장에서 수지가 경기하는 모습을 보고 바로 다음 날 비서를 통해 매니지먼트사에 연락을 취했다. 수지를 경호원으로 쓰고 싶다고.

보라 쪽에서 제시한 금액은, 매니지먼트사와의 계약금이 얼마가 되었든 그 열 배를 주고 현재 챔피언의 파이트머니와 같은 돈을 연봉으로 주겠다는 것이었다. 매니지먼트사도 선수인 수지도, 그 정도 제안을 거절하긴 어려웠다.

개인 경호원으로 일하기 시작한 지 정확히 일주일 되던 날, 보라는 수지를 침대로 불러들였다. 그 후 2년 동안 수지는 팔각형 옥타곤 링이 아닌 사각형 침대에서 보라의 다양한 요구들을 들어주어야 했다. 보라의 요구는 종잡을 수 없었다. 때로는 가만히 안겨서 잠들기도 했고, 어떤 날은 변태라고밖에 할 수 없는 행위들을 명령했다.

수지는 보라의 괴이한 욕망이 모든 면에서 우월했던 그녀의 동생 선호와의 보이지 않는 경쟁에서 기인한 것일지도 모른다는 생각을 했다. 물론 그녀의 추측일 뿐이었다. 보라는 수지에게 동생 선호에 관한 이야기를 거의 하지 않았으니까. 그간 만났던 여자들에게는 항상 주도적인 입장이었던 수지도 보라 앞에서는 그녀가 시키는 대로 하는 노예가 되어버렸다.

"재미있군."

텔레비전을 보던 보라가 중얼거렸다.

여론은 유리를 범인으로 몰아가는 분위기였다. 선호 소유의 요트 데스티니호에서 발견된 혈흔이 선호의 것과 일치한다는 증거가 결정적이었다. 외신에서도 그런 분위기였다. 외국 팬들은 '키스의 여왕(QUEEN OF KISS)'이라는 그녀의 별명을 '암살의 여왕(QUEEN OF MURDER)'이라고 바꾸어 부르기도 한다는 뉴스가 전해졌다.

텔레비전 화면에서는 해경이 선호의 시체를 찾기 위해 바닷속을 수색하는 장면이 나오고 있었다. 보라는 텔레비전에서 시선을 떼고, 옆에 누운 수지에게 물었다.

"암살의 여왕이 뭐라고 할까?"

"아, 만나기로 했죠? 아마, 도와달라고 하겠죠."

"그럴까? 내가 보기엔 쓸데없이 자존심이 무척 센 아이 같던데."

"예쁘긴 하잖아요."

"왜? 그 여자랑 하고 싶어?"

"하고 싶은 건 맞는데…… 암살의 여왕이 아니라 대표님하고……."

그러면서 보라의 몸 위로 올라가는 수지였다. 보라는 수지의 단단한 복근을 만지면서 텔레비전을 껐다.

도준의 집은 방배동의 한 동짜리 아파트였다. 지하주차장에 주차한 후 차에서 내린 유리는 본능적으로 주위를 살폈다. 도준은 차 문을 잠그고 앞장서서 엘리베이터로 향했다.

"다행히 이 아파트는 한 층에 한 세대밖에 없어. 우리 집은 제일 위층이고."

"네……."

엘리베이터는 제일 위 16층에서 멈췄다. 도준이 먼저 내리고 유리가 따라 내렸다. 도준은 비밀번호를 누르며 말했다.

"혹시 모르니까 번호 외워둬. 0102."

0102……. 별 의미가 없을 수도 있는 네 자리 숫자에 유리는 잠깐 숨을 멈췄다.

'혹시…… 그날인가요? 1월 2일……. 눈보라가 골목을 휩쓸던 그날? 이별의 아픔이 한겨울의 칼바람마저 이기고 뜨거운 눈물을 부르던 그날? 눈물이 뺨에 얼어붙던 그날?'

"들어와."

도준은 사이보그처럼 억양 없는 말투로 말했다. 유리는 그제야 실감이 났다.

'그렇다면…… 여기서 오늘 밤을 함께 지내야 하나?'

유리가 집에 들어오자 도준은 불을 환하게 켰다. 40평대쯤 되어 보이는 아파트는 여느 가정집하고 별 차이가 없었다. 소파, 텔레비전, 식탁, 냉장고…… 거실과 이어진 주방에는 있어야 할 가구들이 있었고 특별한 것들은 보이지 않았다. 무미건조할 만큼 단정한 배치였고 매일 청소를 하는 듯 먼지 하나 없이 깨끗했다.

"결혼…… 하셨어요?"

그 말에 도준은 유리를 뚫어지게 노려보았다. 그의 시선이 너무 서늘해 유리는 몸이 얼어붙는 것만 같았다.

"그게 뭐가 중요하지?"

"이렇게 늦은 밤에 불쑥 집에 왔으니까요. 혹시라도 다른 가족이 있으면……. 차라리 다른 데 지낼 곳을 알아봐야 하지 않나 싶어서요."

"당신은 내 의뢰인일 뿐이야. 갈 곳 없는 의뢰인을 재워주는 건 변호사로서 충분히 베풀 수 있는 친절이고."

그의 말에 유리는 입을 다물었다.

"당분간 지낼 곳이니까 간단하게 설명을 해주도록 하지."

도준은 집을 슥 보여주었다. 방 4개, 화장실 2개의 평범한 40평대 아파트였다.

"그 사람이 당신에게 선물한 신혼집에 비하면 초라하겠지만 참고 지내."

거실 안쪽으로 들어오니 CD와 DVD가 가득 차 있는 장식장이 보였다. 감상실이라고 부를 만할 정도의 컬렉션이었다. 그러고 보니 텔레비전도 일반 가정집치고는 매우 컸고, 오디오도 뱅앤올룹슨의 고가 시스템이었다.

침실에는 특이하게도 침대가 없었다. 침실의 주인이 책이었다. 창문이 있는 쪽만 빼고 나머지 3면은 전부 천장에 닿을 정도로 높은 책장으로 둘러져 있었고, 그 안에는 책들이 빽빽하게 정렬해 있었다. 그 가운데에 아무것도 놓여 있지 않은 책상이 덩그러니 있었다.

"여긴 서재야."

"책이 정말 많네요."

"내가 없을 땐 들어와서 책을 읽어도 좋아."

"이 많은 책을 다 봤다니…… 정말 대단하네요."

"뭐, 장식용도 꽤 있어."

도준의 말에 유리는 품, 웃음을 터뜨렸다.

그 순간 낯선 분위기가 유리를 감싸왔다. 생각해보니 선호가 사라진 후 보름이 지나도록 한 번도 웃은 적이 없었다. 미소조차 지은 적이 없었다. 그런데…… 웃고 말았다.

도준은 침실 옆의 방을 보여주며 말했다.

"여기서 자도록 해."

보통 집이라면 서재로 쓰였을 작은 방에 침구가 갖춰진 침대가 놓여 있었다. 유리는 원래 이 방이 도준의 침실이라는 걸 알아챘다.

"그럼 도준 씨는 어디서 자요?"

"소파에서."

"아니에요. 제가 소파에서 잘게요."

"또 고집을 부리는군."

도준의 말에 유리는 갑자기 왈칵 가슴이 미어졌다.

'왜 자꾸 그런 말을 해요?'

그들이 연인이었을 때 유리가 말을 안 들을 때면 도준은 그녀를 꼭 안고 속삭였다.

─우리 애기, 또 고집부린다.

유리는 자꾸 과거로 도망가려는 의식을 붙잡고 말했다.

"알겠어요. 여기서 잘게요."

거실을 가로질러 있는 방은 드레스룸이었다. 한쪽에는 슈트가 늘어서 있고 다른 한쪽에는 캐주얼 옷들과 액세서리들이 깔끔하게 정리되어 있었다.

그리고, 마지막 방만 남았다. 그런데 도준은 그 방만큼은 방문을 열지 않았다.

"이 방은 창고야. 이 방문은 열지 마."

그 말에 유리는 물끄러미 그의 표정을 살폈다. 그리고 그 방이 그냥 창고가 아님을 알아차렸다.

"알겠어요."

대답은 그렇게 했지만 호기심의 씨앗은 이미 싹을 틔웠다.

"집 안내는 끝났어. 당장 써야 할 것들이 있을 테니까 근처 마트에 갔다 오자."

"괜찮을까요?"

"아까처럼 꽁꽁 싸매고 가면 괜찮을 거야."

두 사람은 마트에서 간단한 화장품과 세안용품, 속옷 등만 급히 사서 돌아왔다.

"푹 자둬. 내일은 무척 피곤한 하루가 될 거야. 검사와 형사들이 사냥개처럼 당신 집을 뒤집어놓을 테니까."

"아…… 제가 나가 있어야 하나요?"

"아니. 절대 가면 안 되지. 내가 대신 나갈 거야. 집에 혹시 당신에게 불리한 증거가 될 만한 것들이 있나?"

"그럴 리가요."

"그럴 리가 없는 일들이 계속 생기고 있잖아."

"제가 아는 한, 절대 없어요."

도준은 유리의 눈을 깊이 들여다보며 말했다.

"일단, 당신을 한 번 더 믿겠어."

한 번 더.

그 말이 유리의 가슴을 쿡 찔렀다.

"약속해. 재판이 끝날 때까지 나에게 어떤 거짓말도 하지 않겠다고. 아무것도 숨기지 않겠다고."

"약속할게요."

"나도 약속하지. 최선을 다해 당신을 변호해주겠다고."

보라는 낮은 조명 속에서 몸을 일으켰다. 임무를 완수한 수지는 코까지 골면서 곯아떨어졌다. 보라는 침대 아래 벗어놓았던 실크 가운을 챙겨 입고 책상으로 가서 앉았다.

특수 해킹방지 코드를 깐 노트북을 켜고 프로그램 X를 열었다. 그녀의 회사에서 직접 개발한, 인터넷 접속 기록이 남지 않는 일종의 채팅창이었다. 채팅창에 커서를 옮기고 채팅을 시작했다.

—서울은 자정입니다.

상대가 메시지를 보내왔다.

—여긴 햇살이 좋은 오후야.

상대의 아이디는 Master.

—내일 키스의 여왕을 만납니다.

—오늘 만난다고 하지 않았나?

— 상황이 바뀌었습니다.

— 어떻게?

— 오늘부터 그녀는 이선호를 죽인 살해 용의자로 수사를 받습니다.

— 이런…… 예상보다 일이 빨리 돌아가는군.

— 일단 약속을 미뤘습니다.

— 잘했어. 계획이란 상황에 따라 바뀌어야만 하는 법이지.

— 꼭 물어보고 싶은 질문이 있으면 알려주십시오.

— 선호를 정말로 사랑해서 결혼했냐고 물어봐. 하하.

— 좋은 질문이군요. 하하.

— 당신을 믿어, 보라.

— 감사합니다.

— 당신이 끝까지 잘 해낼 수 있을 거라고 믿어.

— 믿음을 저버리지 않도록 하겠습니다.

— 내일 키스의 여왕을 만난 다음에 다시 이야기 나누도록 하지.

— 알겠습니다.

— 굿나잇, 보라.

— 굿나잇, 마스터.

채팅이 끝나자마자 보라는 창을 닫았다.

유리는 지금 남자의 침대에 누워 있다. 베개에서도 이불에서도 남자의 체취를 피할 수는 없었다. 어둠 속에서 그녀의 호기심은 구름처럼 부풀어 오르기만 했다. 당장은, 퀸 사이즈 침대에 나란히 놓인 베개가 신경 쓰였다.

냄새를 맡아봤지만 남자의 냄새도 여자의 냄새도 나지 않았다. 섬유 유연제의 희미한 향이 감돌 뿐이었다. 물론 혼자 살면서도 큰 침대와 두 개의 베개를 놓고 지낼 수는 있다. 그녀도 배우로 성공해서 여유가 생긴 뒤에는 큰 침대에 여러 개의 베개를 놓고 잤으니까. 그러나 왠지 이 침대는 오직 그만을 위한 침대 같지는 않다는 느낌이 들었다.

피곤이 온몸을 묵직하게 채우고 있지만 잠이 오지 않았다. 무시무시한 공포가 그녀를 짓눌렀다. 영화의 한 장면 같은 상상이 떠올랐다. 어두침침한 교도소 독방에 그녀가 웅크리고 있었다. 뒤이어 다른 죄수들에게 폭행당하는 모습도 그려졌다.

모든 증거가 입을 모아 말하고 있다. 손유리가 남편 이선호를 죽였다. 뭔가 반전이 일어나지 않으면 머지않아 끔찍한 상상은 현실로 찾아올 것이다.

"아, 미치겠다."

유리는 결국 침대에서 일어나고 말았다. 조심스럽게 문을 열고 주방으로 나갔다.

은은한 피아노 소리가 들렸다. 클래식을 좋아하는 도준이 음악을 틀어놓고 자나 싶었다. 유리는 제일 약한 조명만 켜고 주방을 둘러보았다. 천만다행으로 선반에 놓인 잭 다니엘 위스키가 보였다. 냉장고를 열어보니 코카콜라 식스팩도 눈에 들어왔다.

유리는 콜라 캔 하나를 빼서 글라스에 따르고 위스키도 따랐다. 얼음은 사치였다. 보통 때보다 훨씬 진하게 탄 잭콕을 한 잔 마시니 들썩이던 속이 좀 가라앉는 것 같았다. 순간 전날에도 술에 기대어 잠 들었단 사실이 떠올랐다.

'사형을 당하기 전에 알코올 중독으로 죽진 않겠지?'

다시 한 잔. 이번에는 아까보다 위스키를 더 많이 넣었다. 불이 난 곳에 물을 뿌리듯 얼른 술을 마시고 싶어서 두 번째 잭콕 잔을 드는 데 선호의 목소리가 들렸다.

"얼음이 필요한가?"

선호였다. 유리는 너무 놀라 소리쳤다.

"선호 씨!"

정신을 차리고 보니 도준이 서 있었다. 유리는 벌어졌던 입을 손으로 막았다.

"아…… 미안해요. 너무 피곤해서 잠깐 헛것이 보였나 봐요. 제가 부스럭대서 깼어요? 미안해요…….."

도준이 뚜벅뚜벅 그녀 앞으로 다가왔다. 그가 한 걸음씩 걸을 때마다 유리는 심장이 오그라드는 것 같았다. 그는 유리의 손에서 잔을 빼앗더니 정수기에서 얼음을 몇 개 받아 넣은 후 다시 돌려주었다.

"얼음이 없는 잭콕을 무슨 맛으로 마셔?"

"아…… 고마워요."

도준은 식탁에 있던 티슈를 뽑아 건네주었다. 유리는 뺨에 흥건한 눈물을 닦아냈다.

"남편을 몹시 사랑했나 보군."

대답하기 불편한 질문이었다. 유리는 가만히 있었다.

"판사 앞에서도 이런 모습을 꼭 보여주길."

"네……."

"술, 자주 마시나?"

"사고가 난 후부터는요. 잠이 잘 안 와서요."

"차라리 수면제를 먹어."

"그런 것까지 챙길 여유가 없었어요."

도준은 무슨 말인가를 하려는가 싶더니 그냥 거실로 돌아갔다. 잔잔한 피아노 선율 속에서 그가 소파에 눕는 소리가 들렸다.

유리는 남은 술을 한 번에 다 마시고, 다시 침대로 돌아가 잠을 청했다.

다음 날 아침, 도준은 출근하기 전에 몇 가지를 당부했다.

"당분간은 혼자서 외출, 배달 절대 금지야. 그럴 일 없겠지만 택배가 와도 문 열어주지 말고 집 전화도 받지 마. 아는 사람 아니면 핸드폰도 받지 말고. 특수본 쪽에서 연락이 오면 내 번호 알려줘. 냉장고 잘 뒤져보면 식재료는 꽤 있을 거야. 알아서 해 먹도록."

"네."

도준은 서둘러 방을 나가려다가 문을 연 채 뒤돌아보았다.

"일 보고 들어오면 저녁 다 되어서일 거야. 들어오기 전에 전화하지. 내 전화는 무슨 일이 있더라도 꼭 받아."

"맞다. 오늘 저녁에 선호 씨 누나를 만나기로 했는데, 어떡하죠?"

"뭐? 이보라 대표 말인가?"

"보라 언니를 어떻게 알죠?"

"이선호 쪽 사람들은 이미 다 조사했지. 그 여자 보통내기가 아니야. 지금 상황에서 상대할 인물이 아니니까, 약속 취소해."

"도준 씨! 그건 너무해요. 사건 이후에 처음 보는 거란 말이에요. 선호 씨의 유일한 가족이기도 하고요."

"그 여자가 동생을 잃은 슬픔을 나누려고 당신을 보자고 했을까?"

유리는 보라와 마지막으로 했던 통화를 떠올렸다. 동생의 죽음으로 인한 비통함은 조금도 찾아볼 수 없었던 목소리가 생각났다.

"그럼, 내가 동석하지."

"도준 씨, 이건 가족간의 문제예요."

도준은 단호한 표정으로 고개를 내저었고, 결국 유리가 뜻을 꺾을 수밖에 없었다.

"알겠어요. 같이 가요."

"약속 시간이 몇 시지?"

"7시요."

"6시까지 들어올게."

도준은 더 이상 할 말 없지? 하는 표정으로 방문을 닫고 나갔다.

문지환 검사는 서초동의 일식집 VIP룸에서 늦은 저녁을 들었다. 검찰총장과 함께.

예고 없이 찾아온 방문이었다. 특수부 출신 검찰총장인 정 총장은 문 검사가 초임 검사 시절 같은 팀에서 근무한 적이 있었다. 그 시절부터 그는 어렴풋이 문 검사의 야망을 눈치채고 있었다. 문 검사에게는 다행히도 정 총장은 야망 있는 자를 좋아하는 타입이었다.

"이 집 회가 좀 다르지?"

정 총장이 도미회 한 점을 우물거리며 말했다.

"네. 질감이 더 부드럽네요."

"숙성회를 내오는 집이거든. 숙성회에 맛들이면 활어는 질겨서 못 먹어."

"아, 그런가요?"

"식감도 식감이지만 숙성을 하는 동안 날생선에 있던 균도 제거되거든."

"감칠맛이 대단하군요."

"딱 한 잔만 하겠나?"

"네, 총장님."

검사들의 세계는 상명하복의 세계다. 위에서 아래로의 소통만 있을 뿐. 업무 시간에 절대 술을 입에 대지 않는다는 문 검사의 원칙도 상명하복의 원칙보다는 우선되지 않았다. 술을 좋아하는 정 총장은 맥주잔에 소주를 그득 따라 건네주었다. 정 총장이 건배사를 외쳤다.

"키스의 여왕을 위해 건배!"

문 검사는 딱 정 총장이 마신 만큼, 글라스의 절반을 마셨다. 크아, 소리와 함께 잔을 내려놓고 농어회를 한 점 집어 먹은 뒤에야 정 총장은 본론을 꺼냈다.

"VIP는 조속하게 사건이 해결되길 바라네. 이선호 대표가 외국에서도 유명한 인물인 만큼, 이번 사건은 해외 언론의 관심도 대단하다는 말이지. 절대로, 미결로 사건을 마무리 지어선 안 돼."

"철저하게 수사하겠습니다."

정 총장은 글라스를 들어 남아 있는 소주를 들이켰다. 문 검사도 글라스를 들었다.

"알다시피 우리 검찰 조직이 워낙 꽉 짜여져 있지 않나? 말 그대로 조직이지. 조직 안에서는 잘난 놈이나 못난 놈이나 같이 가게 되어 있어. 하지만 자네만큼은 예외로 눈여겨보고 있네."

"과찬의 말씀이십니다."

"자네도 알잖나. 지금까지 자네 진급 속도는 굉장히 이례적이라는 사실을."

"제 분에 넘치게 잘 봐주셔서 그렇습니다."

"능력을 인정해주는 거지. 그리고 자네의 야망에 우리 늙은이들도 호기심이 생기는 거고."

그렇게 말하는 정 총장의 눈이 반짝 빛났다. 문 검사는 고개를 숙여 눈빛을 숨겼다.

"낭중지추라고 했어. 송곳이 주머니 속에 있으면 삐져나오기 마련이지."

"조심하겠습니다."

"조심하라는 말이 아닐세. 우리 조직에도 송곳 같은 존재가 필요해. 잘 듣게."

정 총장은 문 검사의 시선을 요구했다. 그의 눈을 보면서 분명히 말했다.

"이번 사건을 나이스하게 해결하면 검찰 역사상 가장 이례적인 특진이 있을 거야."

"명심하겠습니다."

정 총장은 문 검사의 어깨를 툭툭 두드려주었다.

도준은 특수본 수사관들보다 먼저 유리의 집에 도착해서 집 안을 둘러보았다. 선호 혼자 살던 집이었기에 유리의 흔적은 거의 없었다. 신혼여행을 다녀와서 정리하려고 했는지 그녀의 방에 아직 포장을 풀지 않은 짐들이 그득했다. 아마도 혼자 살 때 쓰던 짐인 듯했다.

거대한 펜트하우스를 다 돌아보기도 전에 현관 벨이 울렸다.

'굶주린 늑대 떼처럼 빨리도 달려왔군.'

도준은 문을 열어주기 전에 인터폰 화면으로 밖의 상황을 확인했다. 수사관들의 모습이 보였고, 그중 한 명이 현관문 렌즈 앞에 압수수색 영장을 갖다 댔다.

"특수수사본부에서 나왔습니다."

도준은 심호흡을 한 번 하고 문을 열었다. 문이 열리자마자 카메라 플래시가 도준의 혼을 쏙 빼놓았다. 수사관들과 함께 온 경찰들이 가드를 치고 막긴 했지만 계단으로 올라온 언론사 기자들은 문틈을 향해 미친 듯이 셔터를 눌러댔다.

"손유리 씨! 손유리 씨 안에 있나요?"

수십 명이 한꺼번에 외치는 소리가 계단 통로에 쩌렁쩌렁 울렸다.

"손유리 씨! 컨디션은 좀 어떠신가요? 국민들에게 하실 말씀이 있다면요?"

도준이 나가서 인터뷰를 할 수도 있었다. 하지만 지금은 좋은 타이밍이 아니었다. 압수수색을 하는 장면 자체로 시청자들은 혐의를 강하게 느낄 수 있다. 가끔 이런 부산스러운 현장에서 언론 인터뷰를 하는 변호사들이 있는데 그런 치들을 볼 때마다 도준은 한심스러웠다. 인터뷰는 철저하게 계산된 장소에서 철저하게 준비를 한 뒤에만

한다는 것이 도준의 원칙이었다.

굳은 인상의 수사관들이 스무 명은 넘는 것 같았다. 기업이나 기관도 아니고 가정집을 압수수색하는데 이런 인원이 동원되는 건 처음이라 도준도 꽤 놀랐다. 다들 집에 들어오자마자 푸른색 압수수색용 박스를 곳곳에 펼치고 작업을 시작했다. 도준은 그중 책임자로 보이는 형사에게 다가가 인사를 건넸다.

"안녕하세요? 손유리 씨 변호를 맡은 이도준 변호사입니다."

길 반장은 반갑게 악수를 청했다.

"길지환 형사입니다. 지금 손유리 씨는 어디 있습니까?"

"시내에 안전한 거처를 마련했습니다. 소환 날짜가 나오는 대로 저한테 통보해주시면 모시고 가겠습니다."

도준은 길 반장에게 명함을 건넸다. 명함을 받은 길 반장은 재빠른 시선으로 도준의 타이틀과 인상을 스캔했다.

"변호사님이 아주 젊으시네요."

"젊게 봐주셔서 감사합니다. 수색하시는 데 제가 방해가 되지 않는다면 끝날 때까지 지켜보도록 하겠습니다."

"그러시죠. 저희야 뭐, 싹 다 가져가면 되는 거니까."

"문지환 검사님이 특수본을 맡으셨더라고요?"

"서로 아시는 사이입니까?"

"저는 검사님을 아는데 검사님은 저를 모르시겠죠."

"하긴 그 바닥에서 우리 검사님 모르는 사람은 없을 테니까. 하하."

도준은 가볍게 목례를 하고 길 반장 앞을 떠났다.

그는 까마득히 아래가 내려다보이는 페어글라스를 등지고 서서 수사관들이 선호의 손길이 닿은 물건들을 들고 나가는 장면을 관찰했다.

압수수색은 한 시간이 조금 넘게 걸려 끝났다. 도준은 수사관들이 빠져나간 집을 둘러보았다. 압수 대상이 집중적으로 몰린 곳은 선호의 서재였다. 컴퓨터는 물론이고 책장에 꽂혀 있던 서류들도 모조리 들고 갔다. 유리의 방은 워낙 물건이 없어서 들고 갈 것도 없었다. 그녀가 집에서 갖고 온 짐들이 전부 풀어헤쳐져 있을 뿐이었다. 도준은 볼썽사납게 흩어져 있는 유리의 옷가지를 보다가 비서에게 전화를 걸었다.

"오늘 점심 약속 취소해줘."

주인이 나간 집은 왠지 모를 썰렁함이 느껴졌다. 유리는 샤워를 하고 거실에 나와 텔레비전을 켰다. 종편 뉴스채널에서는 말 그대로 하루 종일 그녀에 관한 뉴스만 쏟아내고 있었다. 변호사 패널들이 나와서 모의재판을 벌이고 결과를 예측하는 모습을 보고 있자니 벌거벗겨진 채 200대의 카메라 앞에 홀로 서 있는 것 같은 수치심이 느껴졌다. 어느 프로그램이든 결론은 같았다. 머리가 큰 남자 앵커가 소리 높여 결론을 정리해준 것처럼.

"손유리 씨는 자신의 무혐의를 입증할 만한 획기적인 증거가 나오지 않는 이상 이선호 대표의 살인혐의를 벗기가 어려워 보입니다."

텔레비전을 껐다. 가만히 소파에 앉아 있자니 답답하고 머리가 이상해질 것 같아 괜히 집 안을 돌아다녔다. 산책하듯 집을 돌아다니던 그녀의 발걸음이 문득 멈췄다. 도준이 절대 열어보지 말라고 했던 방문 앞에서.

도준은 창고라고 설명했지만 유리는 그럴 리가 없다고 확신했다. 순간적인 강렬한 호기심에 이끌려 그녀는 방문 손잡이를 잡았다. 그 때 현관 비밀번호를 누르는 소리가 들렸다. 유리는 화들짝 놀라 얼른 소파로 돌아와 앉았다.

'하아…… 내가 무슨 짓을 한 거지?'

도준은 양손에 짐을 잔뜩 들고 거실로 들어왔다.

"이게 다 뭐예요?"

"수색은 끝났어. 방에 네 옷가지들이 보이길래 좀 싸왔어. 화장품도 챙겼고."

"고마워요. 별다른 건 없었죠?"

"모르지. 컴퓨터 하드들을 싹 들고 갔으니까 용량에 따라 다르지만 다 조사하는 데 며칠 걸릴 거야. 별 문제가 없길 바라야지."

"제가 아는 한은 나올 만한 게 없어요."

"그 말 믿어보겠어."

도준은 손가락에 끼워 들고 온 비닐봉지를 거실 테이블 위에 올려놓았다.

"집 앞 식당에서 먹을 걸 좀 싸왔어."

도준은 만두와 볶음밥을 꺼냈다.

"잘 먹어야지. 안 그러면 적들에게 금방 잡아먹혀."

"네……."

둘은 말없이 음식을 먹었다. 정적 속에서 먹는 소리만 들렸다. 도준이 워낙 말이 없어서 유리는 아까 텔레비전을 끈 걸 후회했다.

밥을 다 먹고 물을 마시고 나서도 도준은 말이 없었다. 결국 유리가 물었다.

"재판은…… 언제 열리나요?"

"아직 날짜는 안 나왔어. 그 전에 몇 번 검찰 소환이 있을 거야."

"어떤 준비를 해야 할까요?"

"가장 중요한 원칙은 일관성이야. 진술의 일관성. 처음에 했던 진술에서 변화가 생기면 검찰 측에서는 그 부분을 집중적으로 파고들거든. 결국 두 개의 진술 중에 너에게 불리한 쪽의 진술이 채택되는 데다가 차후에 하는 진술의 신빙성마저 떨어뜨리는 결과를 부르게 되지."

"전 진술을 바꿀 것도 없어요. 있었던 일 그대로를 말할 뿐이에요. 다만 워낙 일이 커지다 보니까 혼란스럽긴 해요. 그날 내가 본 것들이 진짜였을까? 내가 뭔가를 착각하진 않았을까?"

"많은 피의자들이 겪는 현상이야. 심지어 어떤 피의자는 수사 과정에서 하도 시달리다가 자기가 저지르지도 않은 범죄를 정말 저질렀다고 믿는 경우도 있어."

"무섭네요. 그런데 궁금한 게 있어요."

"말해봐."

"선호 씨 시체는 아직 못 찾았잖아요."

"그런데?"

"시체도 없는데 어떻게 살인사건이라고 주장할 수 있죠?"

도준의 입가가 슬며시 올라갔다. 그 모습에 유리는 깜짝 놀랐다.

'그가 웃었다!'

"학교 다닐 때 배운 것들이 조금 기억나나봐?"

웃음기가 섞인 그 말에 유리의 마음도 조금 풀어졌다.

"다 까먹었죠. 1학년을 겨우 마친 뒤로는 등록금 대느라 수업은 듣는 둥 마는 둥…… 나중에 연기 활동 시작하면서는 아예 수업에 들어가지도 못했는걸요. 졸업할 때 학점이 1점대였어요."

"수학 머리가 좋은 사람이 따로 있고 예술적 재능을 가진 사람이 따로 있는 것처럼, 법적 사고를 하는 능력도 따로 있지. 어느 정도는 타고나야 할 수 있다는 얘기야. 당신이 지금 한 질문이 바로 법적 사고라는 거고."

"좀 알기 쉽게 설명해줘요."

"질문 하나. 시신이 발견되지 않은 사건에서 살인죄 기소가 가능할까?"

"음…… 아니요?"

"답은 나라마다 다르다야. 법정에서는 증거에 기반해서 판결을 내리지? 증거를 채택함에 있어서 우리나라 형사소송법은 자유심증주의를 따르고 있어."

"그게 뭔데요?"

"여러 가지 증거를 판사가 고려해서 종합적이고 자의적인 판단을 내린다는 거지. 그러니까 우리나라에서는 꼭 시신이 없더라도 다른 증거들로 살인행위를 미루어 짐작할 수 있다면 기소가 가능해."

"그 반대 경우는요?"

"법정증거주의가 있지. 일정한 증거가 없으면 일정한 사실을 인정할 수 없다는 개념이야. 즉, 시체가 없으면 살인행위를 인정하지 않

아. 기소도 불가능하지."

"그런데 우리나라는 자유심증주의를 따른다는 거죠."

"그렇지. 실제로 대법원 판례도 있어. 살인죄처럼 법정형이 무거운 범죄에도 간접증거만으로 유죄를 인정할 수 있고, 피해자의 시체가 발견되지 않아도 역시 간접증거를 가지고 상호 관련되어 있는지 종합적으로 고찰해서 살인죄의 공소사실을 인정할 수 있어."

도준은 법 이야기가 나오자 열정적인 태도로 변했다. 그 모습에 유리는 감탄했다. 그러나 설명하는 내용은 절망적이었다.

"바로 제 경우네요."

도준은 무거운 표정으로 고개를 끄덕였다.

"선호 씨가 사라진 현장이 바다가 아니라 육지였다면 기소를 못할 수도 있었겠네요?"

"똑똑하군. 맞아. 육지였다면 이선호가 살아 있을 확률이 높아지니까. 그러나 지금 밝혀진 정황으로는 이선호가 살아 있을 가능성은 0퍼센트야."

0퍼센트……

유리는 인정하지 않을 수 없었다. 선호는 죽었다.

갑자기 도준이 유리를 보며 빙긋 웃었다.

"왜……요?"

"기억나? 한때 넌 변호사가 되고 싶어 했잖아."

"그랬죠. 오랫동안 제 꿈이었죠."

"피의자가 법에 관심을 갖는 건 아주 긍정적인 일이야."

"칭찬해줘서 고마워요."

도준은 살짝 머금었던 미소를 금세 거두고 일어섰다.

"6시까지 돌아오지. 이보라 대표를 만나러."

도준이 집을 나섰다.

다시 혼자 남은 집 안에서, 뱀이 이브를 유혹하듯 구석진 방이 그녀를 불렀다. 문을 열어보라고. 이 방에 뭐가 있는지 구경해보라고.

유리는 비밀의 방 앞에 섰다. 천천히 손을 들어 손잡이를 돌렸다. 가볍게 딸각 소리가 나면서 손잡이가 끝까지 돌아갔다.

문은 잠겨 있지 않다!

그 순간, 유리는 그리스 신화에 나오는 이야기이면서 현존하는 가장 오래된 오페라인 「오르페오와 에우리디체(Orfeo ed Euridice)」의 슬픈 이야기를 떠올렸다.

오르페오는 하프의 명수였다. 그가 하프를 연주하면 날뛰던 맹수도 얌전해지고 폭풍우도 물러갔다. 그에게는 사랑하는 아내 에우리디체가 있었는데 그만 먼저 세상을 떠나고 만다. 아내를 너무나 사랑한 나머지 도저히 보낼 수 없었던 오르페오는 저승이 있는 지하세계로 직접 찾아간다. 그리고 저승의 왕 하데스를 하프 연주로 감동시켜 아내 에우리디체를 되찾는 데 성공한다. 단, 하데스는 한 가지 경고를 한다. 지상으로 올라갈 때까지 절대 아내를 돌아보지 말라고. 그러나 오르페오는 지상을 몇 걸음 남기지 않은 곳에서 아내를 돌아보고, 그 순간 에우리디체는 소금기둥으로 변해버린다.

유리는 에우리디체의 비극을 떠올리고는 비밀의 방문 손잡이를 잡았던 손을 놓았다.

긴장이 갑자기 풀리면서 허탈한 한숨이 새어 나왔다.

'선호 씨가 살아 있을 확률은 얼마나 될까? 그가 살아 있다면, 대체 그를 납치해서 끌고 간 사람은 누굴까? 아니, 그 전에 내가 자고 있는 동안 침대 바로 옆에서 그렇게 엄청난 양의 피를 흘리고 또 닦는 일이 과연 가능할까?'

유리는 수백 번도 더 해본 생각에 또 빠져들었다. 그러나 생각의 끝은 언제나 수많은 물음표가 묻힌 의문의 무덤에 도착하는 여정일 뿐이었다.

유리는 기분 전환을 할까 싶어 거실의 DVD 진열장을 훑어보았다. 족히 천 편은 넘어 보이는 정품 DVD 컬렉션은 알파벳과 가나다 순으로 완벽하게 정렬되어 있었다. 그녀는 본능적으로 자신이 출연한 영화를 찾아보았다.

없다. 단 한 편도 없었다.

'당연하지. 바보같이 뭘 기대한 거야?'

유리는 서재로 향했다. 방을 가득 채운 수많은 책을 보며 이 방에서 책을 읽는 도준의 모습을 상상했다. 책장을 찬찬히 둘러봐도 그녀가 볼 만한 책은 없어 보였다. 그러다 눈길이 제일 닿지 않을 만한, 왼쪽 구석에 꽂힌 책 제목이 그녀의 시선을 사로잡았다. 『일반 시민을 위한 형사소송법 가이드』.

유리는 까치발을 하고 책을 빼 들고는 도준의 책상에 앉았다. 그러자 특별한 감상이 그녀를 휩쌌다. 이 책상에 앉아서 밤늦도록 재판 준비를 하는 도준의 모습이 마치 3차원 홀로그램처럼 그려졌다. 그의 몸 안으로 들어가는 느낌이었다.

그녀는 책을 읽기 시작했다. 변호사가 되고 싶어서 법대에 진학했던 스무 살 그때처럼.

"만나보니 어떤가?"

김 대표는 독사처럼 가느다란 눈을 치켜뜨고 도준에게 물었다. 도
준은 되도록 그의 시선을 피하며 대답했다.

"범행에 대해서는 전면 부인하고 있습니다. 그러나 증거를 반박할
논거가 없고 당시에 자고 있었다는 진술만 반복하고 있습니다."

김 대표는 확실히 유리의 사건에 관심이 많아 보였다. 도준이 출근
하자마자 자기 집무실로 불러들인 이유도 그것 때문이었다.

"그런 식으로 계속 버티면 안 되는데."

"제가 반론할 것들을 꼼꼼하게 만들어보겠습니다."

"오전에 압수수색 하는 장면이 하루 종일 텔레비전에 나오더군. 언
론에서 가장 좋아할 만한 먹잇감이지. 경제면과 사회면, 연예면까지
동시에 아우르는."

"피의자 집에도 기자들이 많이 몰려왔었습니다."

"기자들을 잘 상대하는 것도 변호사의 역할이야."

"아직 코멘트 할 시점은 아닌 것 같아 그냥 두었습니다."

"잘했네. 피의자는 절대 카메라 앞에 세우지 마."

"네. 아직은요."

"혹시 자네, 손유리 좋아하나?"

뜻밖의 질문에 도준은 흠칫 놀랐다.

'김 대표가 처음부터 나와 유리의 관계를 알고 있었나?'

김 대표는 묘한 눈초리로 도준을 응시했다.

'아마도 숱한 사람들이 그의 시선에 홀려 죄를 자백했겠지.'

도준이 대답을 하지 않자 김 대표가 껄껄 웃으며 말했다.

"이 친구야. 그게 그렇게 오래 생각할 일인가?"

"네?"

"영화배우로서 손유리를 좋아했느냐는 말일세. 자네가 영화광이라고 회사에 소문이 파다하던데."

"영화광까지는 아니고, 영화를 좋아하긴 합니다. 집에 DVD 타이틀이 2천 편쯤 있는데, 그중에 손유리 씨가 출연한 영화는 한 편도 없습니다."

"하하, 적절한 대답이야. 직접 만나보니 정말 그렇게 예쁘던가?"

"잘 모르겠습니다."

도준은 계속 불편한 질문만 해대는 김 대표로부터 빨리 벗어나고 싶었다.

"입술이 그렇게 탐스럽다던데. 오죽하면 키스의 여왕이라는 별명이 붙었겠나."

"지금은 그저 가련한 여자일 뿐이죠."

도준의 말에 김 대표는 걸려들었다는 듯 날카로운 눈을 치켜떴다.

"이변은 손유리의 무죄를 확신하는군?"

"네?"

"방금 가련한 여자라고 하지 않았나. 그 여자가 무시무시한 살인마일 수도 있잖나? 키스의 여왕이 아니라 암살의 여왕일 수도 있단 말이지."

김 대표는 가끔 일상 대화에서도 이런 식으로 법정 공방을 하듯 파고들고는 했다. 보통 사람이라면 무너졌겠지만 도준은 달랐다.

"자기 암시를 하는 중입니다. 손유리는 무죄다. 그녀는 정말 아무것도 모른다. 제 자신부터 그렇게 확신해야 승리를 위한 실낱같은 가능성이라도 찾을 테니까요."

김 대표는 여전히 속을 알 수 없는 표정으로 고개를 끄덕였다.

"알겠네. 또 한 가지. 자네가 상대해야 할 사람은 문지환 검사야."

"대단한 커리어의 소유자라고 들었습니다."

"무서운 야망가야. 자네하고 비슷한 면이 있는 것도 같군."

"저하고요?"

"무섭도록 빠른 속도로 승승장구하고 있다는 점이 비슷하지."

"사회 각 분야에 그런 사람들은 많습니다."

"현실에 만족하지 않는다는 점도 비슷하고."

도준은 대꾸하지 않았다.

"목적을 위해서는 수단과 방법을 가리지 않는다는 점도."

"대표님의 눈에 제가 그렇게 보였습니까?"

도준은 최대한 무표정한 시선으로 김 대표를 마주했다. 김 대표도 의중을 감춘 채 그의 시선을 피하지 않고 마주 보았다.

"좋은 뜻으로 한 말이니 칭찬으로 넣어두게."

김 대표는 도준의 어깨를 툭툭 두드려주는 것으로 보이지 않는 겨루기를 마무리했다.

"감사합니다."

"대다수의 사람들은 과연 손유리가 정말로 남편을 죽였는지 아닌지에만 관심이 있겠지만, 나를 비롯한 법조계 사람들은 자네와 문 검사의 대결 쪽을 더 흥미롭게 기대하고 있어. 사자와 호랑이의 싸움을 구경하는 기분이랄까?"

"대표님은 어느 쪽에 거실 겁니까?"

"나야 정해져 있지. 자네가 이기는 쪽으로 말이야. 그래서 내가 자네하고 특별한 사이가 된 거고."

"실망시켜드리지 않겠습니다."

"특별히 할 말 없으면 돌아가 보게. 바쁜 사람 시간을 너무 많이 뺏은 건 아닌지 모르겠군."

도준은 일어서서 공손하게 인사하고 자리로 돌아왔다.

이보라를 만나러 가기까지 두어 시간이 있었다. 도준은 그녀를 만나서 물어볼 것들을 컴퓨터로 정리하기 시작했다. 긴장의 끈을 새롭게 꽉 조이면서.

'이보라는 지구상에서 제일 똑똑한 여자일지도 몰라. 제대로 준비하지 않으면 아무것도 얻어내지 못할 거야.'

유리는 책의 마지막 장을 덮고 나서야 깨달았다. 이 책의 첫 장을 펼친 뒤 세 시간 동안 자리에서 한 번도 일어나지 않았다는 것을. 그녀는 마라토너처럼 멈추지 않고 법률서적 한 권을 정독해버렸다.

『일반 시민을 위한 형사소송법 가이드』.

비록 전공서적이 아닌 교양서적이었다고 해도 왠지 스스로가 뿌듯해졌다. 오랜만에 느끼는 기분이었다. 기지개를 켜고 책상에서 일어나는데 현관 도어록 비밀번호를 누르는 소리가 들렸다.

순간 '누구세요?' 하고 외칠 뻔했으나 이 집에 올 사람은 도준뿐이라는 사실을 금방 떠올렸다. 오후 내내 혼자 책을 읽었던 그녀는 반가운 마음으로 거실로 나갔다. 도준이 막 신발을 벗고 거실로 들어오는 중이었다.

"일은 잘 마치셨어요?"

대수롭지 않은 말 한마디였는데 도준은 멈칫했다. 순간적으로, 이 장면이 마치 일을 마치고 돌아온 남편을 아내가 반기는 상황처럼 느껴졌다.

"나가지."

"아, 벌써 시간이 그렇게 되었나요?"

"내가 갖고 온 옷들 중에 검은색 옷이 있나?"

"있었던 것 같아요. 아무래도 검은색 옷을 입어야겠죠?"

"앞으로 재판이 끝날 때까지는 항상 검은색 옷만 입어. 짧은 치마, 짙은 화장도 금지야."

"그런 것도 중요하군요."

"매우 중요하지. 판사도 검사도 매일 텔레비전을 보고 인터넷을 확인해. 당신이 언론에 어떻게 비춰지느냐는 매우 중요한 문제야."

"역시 현업 변호사는 다르군요. 책에 그런 말은 없었는데."

"책?"

"아…… 아까 오후에 도준 씨 기다리면서 책을 봤어요."

"당신이 볼 만한 책이 있던가?"

"일반 시민을 위한 형사소송법 가이드."

도준의 입꼬리가 슬며시 올라갔다.

"시키지도 않은 숙제를 다 하고, 기특한 의뢰인이네."

"재미있던데요?"

"이왕 읽기 시작한 거, 짬짬이 다 읽어봐."

"다 읽었어요. 재밌던데요?"

"뭐?"

도준은 흥미로운 표정으로 유리를 바라보았다. 그러고는 앞장서서 서재로 들어갔다. 아직 책상 위에 놓여 있는 책을 보고는 피식 웃으며 말했다.

"이렇게 형편없는 책을 재미있게 읽었다니. 그럼……."

도준은 서재를 쭉 훑어보더니 다른 책 한 권을 빼 들었다.

"다음에는 이 책에 도전해봐."

아까 읽은 책보다 좀 더 두껍고 딱딱하게 생긴 형사소송법 관련 책이었다.

"생긴 모양은 별로지만 내용은 훨씬 재미있을 거야. 정리도 제대로 되어 있고."

유리는 표지에 적힌 저자 이름을 보고 웃음을 터뜨렸다. 이도준. 책 날개에 실린 사진을 보고도 미소가 흘러나왔다. 그녀의 추억과 맞닿아 있는 몇 년 전 사진이었다. 책의 발행일을 보니 3년 전. 그녀는 책을 책상 가운데 올려두었다. 내일 낮 시간을 함께 보낼 친구였다.

보라가 약속 장소로 정한 곳은 신라호텔의 스위트룸이었다. 유리와 도준은 사람들의 눈에 띄지 않게 조심스럽게 올라왔다. 차분한 조명과 카펫이 어우러진 복도를 걷다 보니 검은색 바지 정장을 입은 단단한 체격의 여자가 객실 문 앞에 서 있었다. 보라의 비서이자 경호원인 수지였다. 그녀는 유리와 도준을 바로 알아보고 안내했다.

"들어가시죠. 대표님께서 기다리고 계십니다."

수지가 방문을 열어주었다. 도준은 유리를 앞세우고 뒤따라 들어갔다.

"오랜만이네요."

스위트룸의 거실에 앉아 창밖을 보고 있던 보라가 일어나 인사했다. 그녀의 얼굴에서 슬픔을 공유하는 시누이의 표정 따윈 손톱만큼도 찾아볼 수 없었다.

"안녕하세요? 소개가 늦었습니다. 손유리 씨의 법률대리인 이도준 변호사라고 합니다."

도준이 보라에게 명함을 건넸다. 보라는 형식적으로 명함을 쓱 훑어본 뒤 테이블에 놓고는 소파에 앉았다. 유리와 도준도 맞은편에 앉았다. 도준이 먼저 말을 꺼냈다.

"아직은 밝혀지지 않은 것들이 많습니다. 이선호 대표의 생사 여부도 그렇고요. 시체를 발견하기 전에는 죽음을 속단하긴 이릅니다."

보라가 빙긋 웃었다.

"변호사님이 아주 잘 따라오셨네요."

"네?"

보라는 도준에게 봉투에 든 서류를 건네주었다. 도준은 봉투를 열고 서류를 꺼냈다. 혼인계약서였다.

보라가 미소를 유지하며 말했다.

"보시면 알겠지만 선호와 유리 양이 결혼하기 전에 작성한 혼인계약서예요. 7조 재산 분할의 규정들을 보면 이번 사건과 관련한 계약이 맺어져 있죠."

도준은 계약서의 조항을 찾아보았다. 보라는 그 조항을 정확히 외우고 있었다.

"양쪽 배우자 중 한 명이 상대의 신체와 재산을 심각하게 훼손하는 행위를 저지르거나 연루된다면 재산 분할은 원천적으로 무효화한다."

그 말을 들은 도준의 표정이 굳었다. 보라가 말을 이었다.

"사실 그 서류는 읽어볼 필요도 없어요. 혼인신고를 하기도 전에 선호가 죽었기 때문에 혼인 자체가 없었던 셈이거든요. 만에 하나, 결혼식을 올렸으니 실질적인 혼인이 아니냐고 최소한의 재산 분할을 요구하는 억지를 쓸까봐, 미리 보여주는 겁니다."

"언니…… 정말 너무하시네요……. 이 얘기를 하려고 절 부르신 건가요?"

유리의 목소리가 파르르 떨렸다.

"아직 내 얘기 안 끝났다."

보라는 유리는 신경 쓰지도 않고 도준을 보며 계속 말했다.

"그럼에도 불구하고 어떻게든 재산을 뜯어내 보겠다는 욕심이 든다면, 해보세요. 당신이 얼마나 유능한 변호사인지는 모르겠지만, 저는 당신 같은 변호사 열 명쯤은 한꺼번에 쓸 돈과 각오가 있으니까요."

도준은 별 대응 없이 고개를 끄덕였다.

"잘 알겠습니다. 더 하실 얘기 없으신가요?"

"하나만요."

보라는 유리 쪽으로 살짝 몸을 기울이더니 있는 힘을 다해 뺨을 갈
겼다.

4화

새로운 증거

"아악!"

유리의 고개가 반대쪽으로 비틀어지고 입가에 피가 맺힐 만큼 강한 힘이었다.

"이게 무슨 짓입니까!"

도준이 소리치며 유리를 품에 안았다. 보라는 빙그레 웃으며 말했다.

"고소하시려면 하세요, 변호사 양반. 남동생을 죽인 살인마의 뺨을 때린 일을 폭행으로 볼 수 있을까요?"

"괜찮아?"

도준이 황급히 유리의 상태를 살폈다. 그의 품 안에서, 유리는 고개를 끄덕였다.

"다시 뵐 일이 없기를 바랍니다."

도준이 유리를 데리고 룸을 나가면서 마지막으로 남긴 말이었다.

두 사람이 나가고 몇 분 뒤 수지가 룸에 들어왔다. 수지는 할리우드 스타라도 목격한 양 호들갑을 떨었다.

"와우. 실제로 보니까 대단한데요?"

"뭐가 대단해?"

"예뻐서요."

"재미있군."

보라는 의미심장한 미소를 지으며 중얼거렸다.

"둘이 보통 사이가 아니야. 유리와 변호사."

"그걸 어떻게 알아요?"

"둘 사이에 뭔가 이상한 기류가 느껴지길래 내가 충격요법을 썼거든. 손유리의 뺨을 후려쳐줬지. 그랬더니 다정하게 안아주면서 변호사 입에서 반말이 나오더라고. 의뢰인한테 반말하는 변호사, 본 적 있어? 나한테 약점 하나를 크게 잡힌 거지. 이 약점을 어떻게 파고들지 고민을 좀 해봐야겠어."

수지는 진심으로 보라가 무서웠다.

도준과 유리는 싸운 사람들처럼 말없이 복도를 걸어 엘리베이터를 탔다. 유리는 정신이 없었다. 혼인계약서, 재산 분할 등등은 그녀가 생각지도 못했던 이슈였다. 보라가 뺨을 때린 일은 더더욱.

도준은 몹시 화가 난 것처럼 보였다. 엘리베이터가 로비 층에 도착하고 발레파킹 요원들이 있는 정문까지 걸어가는 동안 한마디도 하지 않았다. 차에 올라타고 나서야 유리가 물었다.

"혹시…… 화났어요?"

"내가 뭐라고 했지? 당신과 나 사이에는 모든 것이 공유되어야 한다고 했잖아. 왜 말하지 않았어?"

"혼인계약서는…… 생각도 못했어요……."

"혼인신고가 안 되어 있었다는 얘기도 했어야지!"

"그게 뭐가 중요하죠?"

"나, 사실 화나지 않았어. 여기 오기 전까지만 해도 우리가 이길 가능성은 1퍼센트 미만이었어. 그런데 지금은 10퍼센트로 껑충 뛰었어."

유리는 얼떨떨했다. 도준의 얼굴을 보니 정말 기쁨이 넘실거리는 표정이었다.

"설명을 좀 해주세요."

도준은 신라호텔을 나서는 구불구불한 길을 부드럽게 운전했다. 그는 마세라티 기블리의 핸들링만큼이나 여유로운 목소리로 설명을 시작했다.

"대부분의 범행에는 동기가 있어. 검찰 측에서 증거만큼이나 집착하는 부분이 바로 범행동기지. 당신이 문지환 검사라고 생각해봐. 손유리의 범행동기를 뭐라고 설명할 텐가?"

유리는 곰곰이 생각하다가 말했다.

"재산을 노리고?"

"빙고."

"그게 우리의 승률이 높아진 일과 무슨 상관이죠? 전 아직도 이해가 잘……."

"이보라는 당신을 몰아붙이려고 혼인계약서를 들먹였을 거야. 그

132

런데 그 계약서조차 효력이 없는 것이, 당신과 이선호는 아직 혼인신고도 하지 않은, 법적으로는 남남인 상태이기 때문이지. 즉, 당신이 이선호를 죽인다고 해도 그의 재산을 받을 수 없다는 거야."

"그렇군요!"

"만약 이 계약서가 없었다면 이보라의 말대로 혼인신고는 하지 않았으나 결혼식을 올린 사실혼이라고 파고들 여지가 있겠지만, 이 계약서로 그 방법조차 막혔어. 이보라는 당신을 끝까지 몰아붙이려고 이걸 들고 왔겠지만, 바로 이 서류가 우리의 숨통을 틔워준 거라고!"

도준은 기쁨에 차서 서류 봉투를 흔들었다.

"범행의 가장 큰 동기를 날려버린 셈이군요!"

도준은 시원하게 가속페달을 밟았다. 유리의 표정도 밝아졌다.

남편의 살해범으로 몰린 후, 처음으로 희망의 빛을 본 날이었다. 아주 멀고 가냘프긴 했지만, 빛은 빛이었다.

백현서 기자는 강남경찰서에서 멀리 떨어지지 않은 삼성동의 한 모텔에서 이 형사를 만났다. 이 형사가 들어오기 전에 백 기자는 이미 샤워를 마치고 알몸에 가운만 걸치고 있었다. 일부러 끈을 헐겁게 묶어서 가슴골이 훤히 다 보이게 해놓은 채.

급하게 모텔에 들어온 이 형사는 고혹적인 백 기자의 자태에 입맛을 다셨다.

"시간 없어."

그는 서둘러 백 기자를 침대로 이끌었다. 정신없이 옷을 벗고 알몸이 되어 그녀를 덮칠 때까지, 백 기자는 그를 가만히 내버려두었다.

그러다 결정적인 순간에 그녀는 슬쩍 몸을 틀었다.

"그런데 자기야, 나 너무 궁금해서 집중이 안 돼."

"응? 무슨 소리야?"

"상황이 발생했다며. 무슨 상황인데?"

"나중에 얘기해줄게."

"안 돼. 지금 얘기해줘."

이 형사는 백 기자를 오래 봐온 터라 그녀가 안 된다면 정말 안 된다는 것을 잘 알고 있었다. 그는 한숨을 내쉬고 입을 뗐다.

"새로운 증거가 발견됐어."

"무슨 증거?"

"누나, 알잖아. 우리 팀 공식 언론채널은 오직 딱 한 명, 문지환 검사님이야. 검사님이 직접 얘기한 내용이 아니면 기사에 나가면 안 돼."

"알겠어."

백 기자는 마치 아이를 어르듯이 이 형사의 등을 쓸어주었다. 속으로 이렇게 말하면서.

'잘했어, 이 형사야. 넌 내가 문 검사한테 언제 가야 하는지 타이밍을 알려주는 것만 해도 충분히 네 역할을 하고 있어.'

K&J 로펌에서는 손유리 사건을 맡을 전담팀을 구성했다. 팀의 구성만 봐도 회사가 이 사건을 얼마나 중요하게 생각하는지 알 수 있었다. 직접 사건을 맡지 않은 지가 10년 가까이 된 김성욱 대표가 총지휘를 맡은 것이었다. 경영진은 물론이고 일선 변호사들도 깜짝 놀란

결정이었다.

"아주 잘했어. 내가 사람 보는 눈이 틀리지 않았군!"

보라를 만나 혼인계약서를 받아온 도준에게 김 대표는 칭찬을 아끼지 않았다.

"사실 우연이었습니다. 제가 확인하기도 전에 그쪽에서 준 문건이니까요."

"자네, 최고의 공격이 뭔지 아나? 상대의 공격을 이용하는 거야. 힘은 적게 들이고, 효과는 크지. 아주 멋진 카운터펀치였어."

"소환을 미루고 있다는 느낌도 듭니다."

"문지환 검사가 보통내기는 아니지. 침착하고, 노련해."

김성욱 대표는 현역 변호사처럼 꼼꼼하게 상황을 점검하고 팀원들을 격려했다. 도준을 비롯해서 함께 팀원이 된 다른 변호사들도 이렇게 거대한 사건에 참여한다는 사실을 영광으로 받아들이면서 동시에 긴장하는 분위기였다.

정확히 저녁 6시가 되자 도준은 사무실을 빠져나왔다. 차에 올라타자마자 시동을 걸기 전에 유리에게 문자를 남겼다.

―지금 퇴근해. 먹고 싶은 게 있으면 말해.

유리가 도준의 집에서 동거 아닌 동거를 시작한 지도 일주일이 지났다. 처음에는 둘이 있으면 딱딱하고 어색한 분위기가 흘렀지만 이제는 제법 자연스러워졌다.

유리는 마치 굶주린 사람처럼 법률서적을 탐독했다. 외출이 불가능한 그녀는 하루 종일 법률서적만 읽는다고 해도 과언이 아니었다. 도준은 그가 몰랐던 그녀의 모습에 감탄했다. 마냥 여린 여자인 줄만 알았는데 알고 보니 지독한 근성의 소유자였다.

보통 퇴근하면 도준이 음식을 포장해가서 함께 저녁을 먹었는데, 유리는 밥을 먹는 동안에도 늘 법 관련된 질문을 쏟아냈다. 도준은 문득 깨달았다. 언젠가부터 퇴근 시간을 몹시 기다리게 되었음을.

서리풀 공원 옆을 지나다가 신호대기에 걸려 잠시 차를 멈췄다. 차 창으로 푸른빛이 저녁 어스름히 깔리는 하늘이 보였다. 신비로운 색 감의 하늘 구석에 얇은 붓으로 그린 양 가느다란 초승달이 나타났다. 그리고 그 옆으로 유리의 얼굴이 떠올랐다. 그는 잠시 눈을 감았다.

메시지 알림음이 들려 눈을 떴다. 액정에 뜬 유리의 답 메시지를 보며 도준은 웃고 말았다.

―치맥?

오후 내내 문 검사는 흥분 상태였다. 길 반장의 연락을 받자마자 특수본 사무실로 달려온 그는 국과수에서 온 두 가지 증거 앞에서 만세라도 부르고 싶었다. 데스티니호 객실에서 수거한 와인병에서 수면제가 발견된 것이다.

쉽지 않은 작업이었다. 요트가 태풍 속에서 며칠 동안 흔들리면서 잔은 다 깨져버렸는데 쓰레기통에 들어 있던 와인병만 무사했던 것이다.

빠져 있던 퍼즐 조각이 딱 들어맞자 사건 당시 손유리의 동선이 그려졌다. 수면제를 탄 와인을 남편에게 마시게 한 다음 남편을 잔혹하게 살해해 바다에 버리고 피는 깨끗이 닦고…….

'오케이!'

문 검사는 길 반장의 어깨를 두드려주었다.

"수고 많았습니다, 길 반장님."

"한 가지 더 말씀드릴 게 있습니다."

"좋은 뉴스인가요, 나쁜 뉴스인가요?"

"우리에겐 좋은 뉴스라고 해야겠죠. 손유리의 집에서 압수해온 물품들 중에 수면제가 있었는데 요트에서 발견된 수면제와 같은 종류라고 합니다."

문 검사는 '예스!' 하는 표정으로 주먹을 불끈 쥐었다.

"손유리의 방에 있던 수면제인가요?"

"아니요. 주방 서랍에서 발견한 수면제입니다."

"흠…… 그 부분은 좀 애매하네요. 손유리와 이선호 둘 중 누가 수면제를 복용했는지 알 수 없으니까요."

문 검사가 미간을 찌푸렸다.

"아무래도 손유리 쪽 아닐까요? 주방인데……."

"손유리가 그 집에 들어가 지낸 건 며칠에 불과해요. 차라리 손유리와 이선호의 병원 처방 기록을 확인해보는 쪽이 정확하겠네요."

"네, 바로 알아보겠습니다."

"그럼 이번 주 안으로 소환 통보하겠습니다."

"네, 알겠습니다."

문 검사는 순간 머릿속으로 어떤 장면을 떠올렸다.

'수십 명의 기자들이 보는 앞에서 검찰에 출두하는 손유리의 모습이 방송과 인터넷을 통해 전국에 퍼지겠지. 이 모든 상황을 제어하고 지시하는 사람이 나라는 사실을 각인시켜야 해.'

길 반장이 자리에서 일어났다.

"저는 또 국과수에 가보겠습니다."

"또 다른 증거가 있나요?"

"이선호 대표의 집에는 컴퓨터가 총 네 대 있었습니다. 아, 태블릿까지 하면 여섯 대군요. 태블릿 두 대에서는 사건과 관련된 특별한 파일이 없었고요. 나머지 네 대가 데스크톱 두 대와 노트북 두 대인데, 그중에서 손유리의 개인용 노트북과 이선호의 개인용 노트북 두 대의 하드가 포맷되어 있었습니다. 사건이 발생하기 며칠 전에요."

"뭔가 냄새가 나는데요?"

"저도 영 찜찜해서 계속 복구 상황을 확인하고 있습니다."

"복구는 가능하답니까?"

"100퍼센트 복구는 쉽지 않은데 하는 데까지 해보겠답니다."

"혹시 특별한 상황이 발생하면 즉시 보고해주세요."

"네, 검사님."

문 검사는 특수본에 딸린 개인 사무실로 들어가 의자에 몸을 기대고 고개를 젖혔다. 컴퓨터 하드디스크는 왜 포맷되었을까? 결혼식을 앞두고 두 대가 동시에 포맷된 것은 무슨 특별한 의미가 있는 걸까?

유리는 오늘까지 총 열여섯 권의 책을 읽었다. 가난으로 못다 이룬 법학도의 꿈을 이제야 다시 이루기라도 하듯 탐욕스럽게 지식을 습득해나갔다. 이제 전공서적이 아닌 교양서 종류로는 도준의 서재에서 더 이상 읽을 책이 없었다. 그녀는 소송과 재판의 과정은 물론이고 자신의 상황이 법적으로 어떤 상황인지 정확히 파악할 수 있게 되었다.

책장을 덮고 기지개를 켜고는 거실을 천천히 걸었다. 일주일이 넘도록 집에 갇혀 있자니 몸 안에 에너지가 지나치게 충전된 느낌이었다. 하루 종일 책을 읽는 것을 빼면 그녀의 유일한 낙은 도준이 퇴근하는 시간이었다. 그는 저녁 약속이 거의 없는 듯 매일 7시 즈음이면 집에 도착했다. 그리고 항상 그녀와 함께 저녁을 먹었다.

아니나 다를까, 7시가 넘자마자 현관문 도어록을 누르는 소리가 들렸다. 문이 열리고 도준이 들어섰다. 손에는 치킨 테이크아웃 박스를 들고. 도준은 치킨 박스를 거실 테이블 위에 내려놓았고 유리는 능숙하게 앞접시 두 개와 포크 두 개씩을 세팅했다. 크리넥스 티슈와 물티슈도 갖다놓고 냉장고에 들어 있던 필스너 우르켈 맥주와 컵 두 개도 올려놓았다.

편한 옷으로 갈아입은 도준이 거실로 나왔다. 유리가 조심스럽게 말했다.

"있잖아요. 앞으로는 제가 저녁을 해놓을게요."

그 말에 도준은 멈칫하는 표정이었다.

"다른 뜻은 없어요. 매번 밖에서 포장해오기 번거로울 것 같아서."

"됐어. 장 봐주는 거나 음식 포장해오는 거나 비슷하니까."

도준은 텔레비전을 켜 저녁 뉴스에 채널을 맞추었다. 유리는 컵에 맥주를 따랐다. 그렇게 두 사람은 거실 소파에 나란히 앉아 치킨을 먹으며 맥주를 마시기 시작했다.

도준은 미묘한 감상에 사로잡혔다.

'누가 이 모습을 본다면…… 퇴근하고 집에서 기다리고 있던 아내

와 함께 티브이를 보며 치맥을 하고 있는 거라고 생각하겠지?'

얼마 먹지도 않았을 때 뉴스 화면에 속보가 떴다. 앵커가 다급하게 멘트를 했다.

"이선호 대표의 납치 피살 사건을 수사하고 있는 특수수사본부는 오늘 오후 용의자 손유리 씨에 대한 새로운 증거가 발견되었으며 금주 내로 손 씨를 소환할 것임을 밝혔습니다. 검찰청 현장에 나가 있는 박도식 기자 연결합니다."

검찰청 앞에 구름 떼처럼 몰려 있는 기자들을 배경으로 젊은 남자 기자가 리포팅을 시작했다.

"네, 여기는 특수수사본부가 있는 검찰청 앞입니다."

"오늘 특수본에서 손유리 씨의 범행을 입증할 만한 새로운 증거를 공개했다고요?"

"네. 더불어 방금 전, 문지환 검사가 간단하게 브리핑을 가졌습니다. 그 화면, 직접 보시죠."

자료화면이 이어졌다.

수많은 기자들 앞으로 문지환 검사가 걸어 나왔다. 눈부신 플래시 세례 속에서 문 검사는 입을 열었다.

"사건 현장인 요트 객실에서 수거한 와인병에서 수면제 성분이 검출되었습니다. 이 수면제 성분은 이선호 대표와 손유리 씨의 집에서 압수수색을 통해 발견한 수면제와 종류가 일치하는 것으로 밝혀졌고요. 빠르면 이번 주 안에 손유리 씨를 소환해서 수사할 예정입니다."

문 검사의 말이 끝나자 다시 플래시 세례가 쏟아졌다. 문 검사는 수십 대의 카메라 앞에서도 조금도 주눅 들지 않고 당당하게 고개를 들고 있었다.

문 검사의 발표를 들은 도준과 유리는 얼음처럼 굳어버리고 말았다. 치맥 파티는 끝났다.

도준은 떨리는 목소리로 물었다.

"저 뉴스를 어떻게 해석해야 하는 거지?"

유리 역시 패닉 상태였다.

"저는 진짜 모르겠어요! 수면제라니…… 말도 안 돼요!"

도준은 분노에 찬 목소리로 캐물었다.

"손유리! 너 나한테 정말 숨기는 거 없이 다 말했어?"

"네!"

"그럼 왜 요트 객실에 있던 와인병에서 수면제가 나왔냐고! 너랑 이선호랑 둘만 있었다며?"

"저도 모른다니까요?"

"넌 모른다는 말밖에 모르니? 응? 이런 식으로 하면 내가 어떻게 널 변호해? 지금 우리 회사에서도 특별 전담팀이 꾸려졌는데 너 이런 식으로……."

그때 도준의 핸드폰이 울렸다. 김성욱 대표였다. 도준은 유리에게 조용히 하라는 신호를 하고 전화를 받았다.

"네, 대표님."

"뉴스 봤나?"

"네."

"자네 말이야. 의뢰인하고 커뮤니케이션에 문제가 있는 거 아닌가? 이렇게 뒤통수 맞고 어떻게 재판에 들어가나?"

"면목이 없습니다."

"어떻게 넘어갈지, 소환에 응할 건지 말 건지, 충분히 고민한 다음 내일 내 방으로 올라오게. 일단 손유리부터 만나보고."

전화는 매정하게 뚝 끊겼다. 도준은 핸드폰을 바닥에 던져버리려다가 겨우 참았다.

"미안해요."

유리의 목소리가 떨렸다.

"뭐가 미안한데? 넌 미안한 거 없잖아. 아무것도 모르는 일인데 뭐가 미안해?"

도준의 목소리는 격앙될 대로 격앙되어 있었다.

"미안하면 이제부터라도 솔직해지는 게 어때? 수면제는 뭐지? 혹시 네가 이선호에게 수면제를 먹이고……."

"제발!"

"그럼? 이선호가 너한테 수면제를 먹이고 자기 혼자 자해를 하고 바다에 뛰어들었나? 이건 말이 된다고 생각해?"

"저도 모르겠어요. 아무것도 모르겠어요."

"그놈의 모른다는 말 좀 하지 말라고! 계속 그렇게 모른다는 소리나 되풀이하고 있다간 오늘 먹은 치맥이 네 인생의 마지막 치맥이 될 거야!"

도준은 아까보다 더 크게 소리를 지르고는 서재로 들어가 버렸다.

유리는 끝까지 울음을 참아냈다. 먹다버린 치킨 조각들이 그녀를 보며 비웃는 것 같았다.

그녀는 한 시간이 넘도록 식어가는 치킨 조각들과 함께 소파에 앉아 있었다. 마치 악마가 그녀를 노리고 있는 것 같았다. 그녀를 파괴하기 위해, 그녀를 영원히 철창 안에 가두기 위해 하나씩 하나씩 간계를 부리는 것 같았다. 그녀 자신이 판사라고 가정해도…… 이미 이 정도의 증거라면 일급살인이다.

유리는 쓸쓸히 버려진 치맥 파티의 부산물을 치우기 시작했다.

도준은 밤늦도록 잠을 이루지 못했다. 보라의 실수로 희망의 빛이 보이나 싶었는데 혈흔만큼이나 결정적인 증거가 발견되었다. 그는 스스로에게 묻고 또 물었다.

'그녀를 믿나?'

자정이 넘은 시간, 도준은 이불을 박차고 침대에서 나왔다. 주방으로 가서 위스키를 글라스에 따랐다. 얼음과 콜라를 넣고 한 모금 들이켜자 답답한 화증이 조금 가시는 느낌이었다.

그의 기분을 무겁게 만드는 것은 불리한 증거뿐만이 아니었다. 유리에게 화를 내고 소리를 지른 일도 그를 우울하게 만들었다.

술을 한 모금 더 마시고 핸드폰으로 인터넷 기사를 검색했다. 당연하게도 새로 밝혀진 증거에 관한 기사들이 많이 본 기사 랭킹 1위에서 5위를 모두 차지하고 있었다. 처음 소식을 전한 기사는 오늘 하루가장 많이 본 뉴스와 가장 많은 댓글이 달린 뉴스가 되어 있었다. 후속 기사들도 쉴 새 없이 쏟아지고 있었다. 손유리가 곧 소환될 예정이라는 것이 당장의 핫이슈였다.

사건 이후 어디서도 모습이 보이지 않고 행방이 오리무중이던 그녀가 만천하에 모습을 드러내는 것이다.

'나는 그 옆에 선 바보로 등장하겠지.'

상상만 해도 머리가 지끈지끈 아팠다.

"후우……."

도준은 한숨을 안주 삼아 잭콕 한 잔을 끝까지 들이켰다.

"나도 한 잔 줘요."

돌아보니 유리가 서 있었다.

"주기 싫으면 제가 따라 마실게요."

유리가 주방으로 들어왔다. 도준은 그녀를 막아섰다.

"앉아 있어."

그는 잭 다니엘 로고가 프린트된 잭콕 전용잔에 갈색의 버번 위스키를 따랐다. 그리고 조금 더 많은 양의 콜라를 따르고 얼음을 넣었다. 유리는 받아든 잭콕 잔을 한 번에 다 비워버렸다. 그리고 또 잔을 내밀었다.

"콜라랑 얼음은 빼고, 위스키만 줘요."

"안 돼."

"제 심정 이해해달라고는 안 해요. 대신 술은 마시게 해줘요. 제정신으로는 오늘 밤 잘 수 없으니까."

"자꾸 술에 의존하기 시작하면……."

"지금 안 주면 밤새 현관문을 지키고 있어야 할걸요? 나 혼자 밖에 나가서라도 마실 테니까."

"지금 협박하는 건가?"

"쥐도 몰리면 물어요."

"내가 당신을 몰고 있나? 나는 당신을 도우려고 한 배를 탄 사람이야."

"제발……."

유리는 애원하는 눈빛으로 위스키 잔을 내밀었다. 결국 도준은 한숨을 쉬고는 술을 따라주었다. 유리는 남자들도 그냥 마시기 어려운 위스키를 쭉쭉 넘겼다. 미간을 찌푸리며 잔을 내려놓은 그녀의 눈은 젖어 있었다.

"도준 씨, 아직도 나를 믿나요?"

도준은 말없이 고개를 끄덕였다.

"그러면요. 그냥 한없이 믿어줘요. 당신은 당신 인생의 수많은 재판 중 하나를 지는 셈이지만 저는 이 재판에서 지면 평생을 감방에서 지내야 해요. 제가 왜 당신에게 거짓말을 하고 뭔가를 숨기겠어요?"

도준은 다시 고개를 끄덕여주었다. 유리의 뺨에 결국 눈물이 흘러내리고 말았다.

"저는 이제 아무도 못 믿겠어요. 온 세상이 작당하고 저를 살인마로 만드는 것 같아요. 제가 믿을 사람은 도준 씨밖에 없다고요……. 제발…… 제발 절 버리지 말아요."

잠시 보고 있기만 하던 도준이 그녀를 안아주었다. 달래주는 이가 있을 때 더 눈물이 차오르는 법. 유리는 오열하며 도준의 품에 안겨버렸다. 그녀가 쏟아내는 눈물에 그의 어깨가 젖어들었다.

"울어. 실컷 울어."

눈물에 젖은 뺨에 머리카락이 붙은 채로, 눈 주위가 벌겋게 부은 채로, 그러나 여전히 아름다운 얼굴로 유리가 그를 불렀다.

"오빠."

도준은 대답하지 못했다. 다만 바랄 뿐이었다. 그녀가 부른 호칭이 술에 취해 잘못 나온 것이기를.

같은 시간, 잠 못 이루는 이가 또 있었다. 문지환 검사는 늦은 시간에 퇴근을 하고도 뉴스 검색을 하느라 서재를 떠나지 못했다.

그는 오늘의 주인공이었다. 그의 사진과 말이 텔레비전과 인터넷을 점령했다. 백현서 기자에게 첫 기사를 슬쩍 흘린 다음, 잔뜩 몰려든 기자 앞에서 마지못해 브리핑을 해주는 식의 전략은 매우 효과적이었다.

"안 자요?"

아내가 서재 문을 열었다.

"어…… 기사 검색을 좀 하느라고."

"전부 당신 기사던걸요? 이러다가 연예인 되시겠어요."

아내는 문 검사에게 다가와 어깨를 주물러주었다. 문 검사는 핸드폰으로 뉴스 화면을 보여주며 물었다.

"안경을 바꿔볼까?"

"왜요?"

"무테 안경이 너무 차갑고 나이 들어 보이지 않아?"

"핑크색 패션 안경이라도 쓰시려고요?"

"얇은 뿔테 안경은 어떨까?"

"제가 한번 골라볼게요."

"그래. 당신 안목은 항상 훌륭하니까."

"사실 어제까지만 해도 전 반신반의였는데 정말 손유리가 남편을 죽였나봐요."

"이 정도면 확실하지 뭐. 수사팀에서 수면제 처방 내역을 확인하고 있어. 손유리가 최근에 그 약을 처방받은 사실이 밝혀지면, 게임 끝이라고 봐도 돼."

"무서운 세상이에요."

"그래. 맞아."

"당신 같은 사람이 있어서 다행이에요."

"과찬의 말씀을."

"제가 당신을 자랑스러워하는 거, 알죠?"

"고마워."

"그래도 건강은 꼭 챙기면서 다녀요. 내일부터 제가 아침 도시락 싸줄 테니까 저녁에 꼭 비워오세요."

"고마워. 안 그래도 직원이 사오는 샌드위치에 물릴 데로 물렸어."

아내는 문 검사를 꼭 안아준 뒤에 서재를 나갔다.

문 검사는 계속 기사를 검색했다. 손유리가 소환에 응할지 불응할지를 추측하는 기사들도 적지 않았다. 그날 취재 전쟁이 벌어질 것은 불 보듯 뻔한 일이었다. 문 검사는 손유리가 제발 소환에 불응하기를 기원하면서 서재를 나왔다.

아침 일찍 길 반장이 향한 곳은 국민건강보험공단이었다. 강남지부 사무실은 테헤란로에 있었다. 그는 미리 요청해놓은 자료를 받아들었다. 이선호와 손유리의 병원 처방전 내역이었다.

"감사합니다."

길 반장은 직원에게서 봉투를 받아 들고 사무실을 나왔다. 특수본 사무실에 가서 열어볼까 하던 그는 참지 못하고 차 안에서 봉투를 열어보았다. 서류를 보는 길 반장의 미간에 주름이 졌다.

아침에 일어난 도준은 낯선 소리와 냄새에 깜짝 놀랐다. 소리는 주방에서 들려왔고 냄새는 음식 냄새였다. 주방으로 가니 유리가 요리를 하고 있었다.

"이도준 변호사님, 좋은 아침이에요."

도준을 본 유리가 반갑게 인사했다. 도준은 얼떨떨했다.

'어젯밤 내 품에 안겨 울던 여자가 맞나?'

"밤새 내가 모르는 좋은 일이라도 있었나?"

"네."

"뭐지?"

"씩씩해지기로 했어요."

"흠…… 그래. 좋은 일이군."

"막 일어나서 정신이 없겠지만 제 얘기 잠깐 들어보실래요?"

"샤워만 하고 오면 안 될까?"

"아, 네. 다녀오세요."

도준은 유리가 하려는 이야기가 뭘까 궁금해하면서 빠르게 샤워를 마쳤다. 내친 김에 출근 복장으로 갈아입고 재킷을 들고는 식탁에 앉았다.

'맙소사…….'

식탁 위에는 시금칫국에 불고기, 김치와 콩자반이 정갈하게 놓여 있었다. 밥공기 옆에는 탐스러운 달걀프라이까지. 마치 신혼부부의 아침 식탁처럼 소담하게 두 명의 아침상이 차려져 있었다. 도준은 쉽게 수저를 들지 못했다.

"어서 먹어요."

"아까 하려던 말은 뭐지?"

"먹으면서 얘기해요."

유리가 먼저 밥을 먹기 시작했다. 도준도 수저를 들었다. 밥은 고슬고슬했고 불고기는 적당히 익었고 달걀프라이는 그가 좋아하는 반숙이었다.

"어젯밤에 자려고 누웠는데 갑자기 이런 생각이 들었어요. 수면제가 요트의 와인병에서 나왔다고 했죠?"

"응."

"그렇다면 둘 다 수면제를 먹게 되는 셈이잖아요."

"그렇지."

"만약 제가 범인이라면 그런 멍청한 짓을 했을까요? 제가 범인이라면 선호 씨의 잔에만 수면제를 탔어야 말이 되죠."

"잔에 수면제를 타기가 여의치 않았을 수도 있지. 눈치가 보인다든가. 그래서 병에 수면제를 타놓고 손유리는 와인을 안 마시고 사양했을 수도 있어."

"그건 억지예요. 어떻게 신혼여행 첫날밤에 와인을 안 마시고 버텨요?"

"억지? 아니. 충분히 가능성 있는 설명이야. 반박해봐."

149

"와인은 원래 배에 실려 있던 거였어요."

"그걸 어떻게 증명하지?"

"저는 그 데스티니호를 제주도에서 처음 봤어요. 그건 증명할 수 있어요. 부산에서 제주도까지 가면서 탔던 요트는 제 이름을 딴, 다른 배였어요. 원래 데스티니호에 실려 있던 와인병에 제가 수면제를 탈 확률이 그만큼 줄어든다는 거죠."

"그렇지 않지. 얼마든지 가능해. 이선호가 안 볼 때 와인병을 오픈하고 수면제를 탔을 수도 있어. 게다가 처음에는 수면제를 안 타고 마시다가 이선호가 잠깐 화장실에 간 사이에 탈 수도 있는 거고."

도준의 예리한 반박에 유리는 머리를 쥐어뜯었다.

"그래도 잘했어. 아주 멋진 접근이었어."

"소용이 없잖아요."

"아니지. 나는 당신 말을 믿으니까, 적어도 다른 용의자 후보를 찾은 셈이지."

"네?"

"데스티니호를 준비한 누군가."

도준의 말에 유리는 주먹을 불끈 쥐었다.

"그렇군요!"

"혹시 데스티니호를 세팅한 사람이 누군지 알 수 있을까?"

유리는 눈앞이 환해지는 기분이었다.

"선호 씨가 데스티니호에 탈 때 이런 말을 했어요. 이 요트는 보라 누나의 선물이라고."

"빙고."

문 검사는 길 반장에게서 받아 든 이선호와 손유리의 처방전 내역을 보며 안타까운 표정을 감추지 못했다. 둘 중 누구도 수면제를 처방받은 적이 없었다. 그렇다면 압수수색에서 발견된 수면제는 누구의 것일까? 약 상자에서 지문은 발견되지 않았다고 했다.

'손유리가 수면제를 처방받은 기록만 있으면 완벽한 홈런이 될 수 있는 건데.'

그러나 홈런이 아니라도 점수는 얼마든지 낼 수 있다. 그리고 변호인 측에서 수면제의 처방 여부를 언급하지 않을 수도 있다.

문 검사는 책상 앞에서 기다리고 있는 길 반장에게 서류를 돌려주며 말했다.

"알겠어요. 어쨌든 소환 통보는 오늘 중으로 하세요."

"알겠습니다."

"피의자 신문은 저하고 길 반장님 둘이 합니다."

"네, 알겠습니다."

길 반장이 나가자 문 검사는 바로 문서 파일을 띄웠다. 그는 피의자 소환을 자주 하는 스타일이 아니었다. 원 샷 원 킬. 이번에도 한 번에 끝낼 생각이었다.

도준은 사무실에 출근하자마자 검찰 소환 통보를 받았다. 전화 통화를 하는 유리의 목소리가 겁에 질려 있었다.

"어떡하죠? 소환에 불응하면 어떻게 되나요?"

"계속 불응할 수는 없고, 미룰 수는 있지. 다른 변호사들하고도 상의해볼게."

"전…… 아직 준비가 안 되어 있어요."

"그 누구도 검찰에 불려갈 때 완벽한 준비를 하고 가는 사람은 없어."

도준은 유리와 전화를 끊자마자 김 대표를 찾아가 소환 통보 사실을 알렸다. 회의가 소집되었다. 김 대표뿐만 아니라 이번 사건을 지원하는 다른 변호사들 세 명도 회의실로 모였다.

"이도준 변호사, 어떻게 생각하나?"

"일단 저희 의뢰인 측에서는 연기를 요청해왔습니다."

"그렇겠지."

"그러나, 출두하는 쪽이 유리해 보입니다."

"어째서지?"

"적절한 타이밍에 적절한 공격. 문지환 검사의 계산입니다. 아마우리 쪽에서 의뢰인의 심신미약이나 신변위협 등등의 이유로 출두 연기를 요청할 거라고 생각했을 겁니다. 우리가 출두 연기를 요청하면 그쪽에선 구속영장을 청구할 겁니다."

"출두를 한 번 연기했다고 구속영장이 나올까?"

"정말 수사 때문에 소환을 할 거였다면 벌써 했겠죠. 지금까지 소환을 미뤄온 건 그만한 이유가 있어서겠죠."

"어떤 이유?"

"새로운 증거와 함께 구속영장을 청구할 기회로 삼으려는 것으로 보입니다."

도준의 예리한 분석에 김 대표는 흡족한 표정으로 고개를 끄덕였다. 다른 변호사들도 수긍하는 얼굴이었다.

"좋아. 그럼 출두하지."

"한 가지 사안이 더 있습니다. 의뢰인 말에 따르면 그녀는 신혼여행을 떠날 때 데스티니호를 처음 봤다고 합니다. 데스티니호를 준비한 사람이 와인병에 수면제를 타놓았을 가능성도 있다는 거죠."

"오호…… 그래? 손유리가 거짓말을 한 게 아니라면 설득력 있는 얘기네. 그런데 누가 그 배를 준비했는지를 어떻게 알아내지?"

"이선호가 죽기 전에 얘기해줬답니다. 누나인 이보라 대표가 결혼 선물로 데스티니호를 줬다고. 허니문 준비를 다 해놓은 상태로요."

"좋아!"

김 대표가 무릎을 탁 쳤다. 그는 잠시 눈을 감고 생각하더니 도준말고 다른 두 변호사에게 말했다.

"오늘부터 이보라 쪽 관련한 정보는 가능한 한 다 모아봐. 특히 이선호와의 관계, 둘이 트러블은 없었는지 등등."

"네, 알겠습니다."

두 변호사가 동시에 대답했다.

회의가 끝나자마자 집으로 달려간 도준 앞에서 유리는 고개를 떨구었다.

"도준 씨 말이 이해는 가는데…… 자신이 없어요. 검찰에 소환될 때 수많은 카메라들이 저를 노릴 텐데……."

"카메라 앞에 서는 일은 익숙하잖아?"

"여주인공으로 설 때와 남편을 죽인 살인마로 설 때는 다르죠."

"걱정하지 마. 내가 동행할 테니까."

도준은 떨고 있는 유리의 손을 잡아주었다.

"그리고 또…… 부탁이 있어요. 상황에 어울리지 않는다고 생각될 지도 모르겠는데……."

"말해봐."

"운동을 좀 하고 싶어요. 몸이 무기력해지니까 마음도 자꾸 약해지 는 기분이에요."

도준은 알겠다는 듯 고개를 끄덕였다. 보라를 만나러 비밀 외출을 했던 걸 빼면 유리는 보름이 넘도록 집에만 갇혀 있었다.

"운동기구를 들여놓을게."

"혹시 오늘 밤에 잠깐 나가도 될까요?"

주민들이 대부분 퇴근한 시간인 밤 10시. 도준과 유리는 후드가 달 린 운동복 차림으로 옥상에 올라갔다. 벤치 몇 개와 간단한 운동기구 가 전부였지만 야경 하나만큼은 시원했다.

"한강도 보이네요."

유리가 난간에 기대어 북쪽을 바라보았다. 도준도 옆에 서서 야경 을 보다가 슬쩍 유리를 돌아보았다. 서울의 불빛을 고스란히 담은 양 그녀의 눈이 반짝였다.

"아…… 좋다."

유리는 눈을 지그시 감고 공기를 들이마셨다.

"많이 답답했지?"

"아니라면 거짓말이죠."

도준은 문득 겁이 났다. 만약 그녀가 유죄 선고를 받는다면 평생 감옥에서 나오지 못할지도 모른다. 이렇게 그녀와 함께 열린 공간에 있는 것도 마지막일지 모른다.

유리가 선택한 운동은 줄넘기였다. 도준이 사온 파란색 빨간색 줄넘기를 하나씩 들고 나란히 섰다.

"이게 우습게 보여도 한 시간만 뛰면 운동이 엄청 된다고요."

유리는 탁탁, 경쾌한 소리와 함께 줄을 넘기 시작했다. 줄넘기는 아시아에서 가장 바쁜 여배우 유리의 몸매 유지 비결이기도 했다. 제대로 잘 시간도 없는 스케줄 속에서 그녀는 줄넘기를 갖고 다니며 짬이 날 때마다 뛰었다.

겨우 제자리에서 줄을 넘는 것뿐인데도 유리는 행복했다. 건물 옥상에서 줄넘기를 해본 건 처음이었는데 생각보다 시원한 느낌이었다. 아래로 도시가 내려다보이고 위로는 하늘이 뚫려 있는 개방감 때문일까? 아니면, 그동안 아파트에 갇혀 꼼짝도 못했던 답답함이 해소되었기 때문일까?

익숙한 것들은 사라져봐야 소중함을 안다고 했다. 어쩌면 이런 자유가 사라질지도 모른다고 생각하니 지금 이 시간이 더욱 소중했다. 강렬한 감상에 사로잡혀 한참 줄을 넘고 있는데 이상한 기분이 들었다. 옆을 보니 도준이 가만히 서서 그녀를 구경하고 있었다.

"도준 씨는 왜 안 뛰어요? 피곤해요?"

도준은 빙긋이 웃으며 고개를 내저었다.

"나 신경 쓰지 말고 계속해."

정말 오랜만에 보는 그녀의 밝은 모습이었다.

'원래 유리는 이랬지.'

155

갑자기 유리가 줄넘기를 멈추더니 도준 앞으로 다가왔다. 그녀는 마치 영화에서 당돌한 캐릭터를 연기하듯 물었다.

"아저씨, 혹시 제 가슴 훔쳐보세요?"

"뭐어?"

도준이 허탈한 웃음을 터뜨렸다.

"그게 아니면, 여자가 줄넘기하는 모습을 뚫어지게 보는 이유가 뭐냐고요."

유리의 도발에 도준도 응수했다.

"손유리 씨. 배우 활동하면서 예쁘다는 얘기 많이 듣다 보니 깜빡하셨나 본데요. 당신 가슴은 훔쳐볼 만큼 그렇게 크지 않거든요?"

"뭐요!"

유리가 갑자기 도준을 때렸고 도준은 아슬아슬하게 피했다.

누가 먼저 웃었는지는 모르겠다. 누군가 먼저 박장대소를 터뜨렸고 둘은 미친 사람들처럼 웃었다. 그러다 누군가가 넘어졌고 두 사람은 자연스럽게 잔디 위에 나란히 누웠다.

가쁜 숨을 고르며 누워 있는 이 순간…… 유리는 눈을 깜박이는 시간조차 아까웠다. 이불처럼 위를 덮은 밤하늘에는 유난히 별이 총총했다. 서쪽 하늘에는 이상하리만큼 큰 보름달이 떠 있었다.

"달이 원래 저렇게 컸어요?"

"슈퍼문이래. 아까 기사에서 봤어."

"슈퍼문이 뭐예요?"

"달은 지구에서 38만 킬로미터가 넘게 떨어져 있는데 그 거리가 어떤 때는 가까워지고 어떤 때는 멀어져. 오늘은 지구와 달이 가장 가까워지는 날이래. 그래서 유난히 달이 크게 보이지."

"그럼 소원을 이뤄주는 힘도 더 크겠네요?"

"아마도."

유리는 눈을 뜬 채 달을 보고만 있었다. 선호가 살아 있기를 빌어야 할지, 이번 재판에서 이기기를 빌어야 할지, 판단이 서지 않았다. 그렇다고 소원을 두 개 빌자니 효험이 떨어질 것 같고.

"혹시 남편이 아직 살아 있다고 생각하나?"

도준이 조용히 물었다. 유리는 대답하지 않았다. 진정 알 수 없는 일이기에.

"그렇다면 남편이 살아 돌아오기를 빌어. 당신의 혐의 자체가 없어질 테니까."

유리는 눈을 감았다.

'이젠 제 마음까지 읽으시나요?'

다음 날 아침. 문 검사는 출근하자마자 하드디스크 복구 상황부터 챙겼다.

선호의 집에서 가져온 컴퓨터 두 대가 모두 포맷된 정황이 밝혀졌다. 어렵사리 복구 작업을 진행했지만 결국 실패로 돌아갔다는 소식이었다.

"아니, 우주에 떠다니는 혜성에 우주선을 착륙시키는 시대에 컴퓨터 하드 하나를 복구 못한다고? 이게 말이나 되는 소립니까?"

문 검사는 하드 복구를 전담했던 사이버수사대 특별팀의 보고서를 책상 위에 내팽개치며 소리쳤다.

"복구에는 실패했지만 포맷된 날짜가 의미 있습니다. 손유리의 컴퓨터와 이선호의 컴퓨터는 모두 같은 날에 포맷되었는데요, 그날 이선호는 미국에 있었던 것으로 확인됐습니다."

"손유리는?"

"한국에 있었습니다."

"그렇다면, 컴퓨터를 포맷한 사람이 손유리라는 얘긴가요?"

"확신할 수는 없지만 그럴 가능성이 많죠."

"좋아요. 빵점인 줄 알았더니 50점 이상은 되네요."

그때 문 검사의 사무실 문을 두드리는 노크 소리가 들렸다.

"들어와!"

문이 살짝 열리고 같은 팀의 후배 검사가 얼굴을 내밀었다.

"손유리 씨 변호인 측에서 연락이 왔습니다. 다음 주 소환에 응하겠답니다."

"그래? 알았어."

젊은 검사가 나가자 길 반장이 물었다.

"소환 수사에서 컴퓨터 얘기도 하실 겁니까?"

"아니죠. 결정적인 것들은 재판에서 까야죠. 도저히 반박의 여지가 없는 것들 말이에요."

그때 다시 노크 소리가 들렸다.

"또 뭔데?"

"팀장님, 손님이 찾아오셨는데요."

방금 전 그 검사가 방문을 빼꼼 열고 말했다.

"약속 안 하고 찾아온 손님은 돌아가시라고 해."

문 검사는 후배 검사를 쳐다보지도 않고 명령했다. 그러자 후배 검사가 난감한 표정으로 말했다.

"저기 그게…… 이선호 대표의 친누나라고 하시는데요."

"뭐라고?!"

문 검사는 의자를 박차고 일어났다.

도준이 출근하고 난 후 유리는 집 안 청소를 했다. 그리고 낮 시간 내내 법학서적을 탐독할 예정이었다. 재미로 치면 연기보다 훨씬 더 재미있었다.

서재로 들어가기 전에 유리는 간단히 샤워를 했다. 소환을 앞두고 그녀의 마음에 차오르는 공포와 걱정, 좌절감을 물에 씻어 내리고 싶었다. 샤워를 마치고 샤워타월을 몸에 감고 욕실에서 나오는데 갑자기 현관문 도어록을 누르는 소리가 들렸다. 도준이 뭘 놓고 간 모양이었다.

'엇…… 지금은 안 되는데…….'

당황한 유리가 방에 들어갈 새도 없이 현관문이 열렸다. 그런데 집에 들어온 사람은 도준이 아니라 처음 보는 여자였다. 유리 또래로 보이는, 상당한 미인이었다. 끌고 들어온 큼직한 루이비통 캐리어는 그녀가 여행에서 돌아왔음을 짐작케 했다.

유리도 놀랐지만 그 여자 역시 얼음처럼 굳은 채 가만히 있었다. 잠시 후, 둘은 동시에 물었다.

"누구세요?"

5화

비밀의 방

유리는 너무 당황한 나머지 알몸에 타월만 두른 상태라는 것도 잊은 채 계속 서 있었다. 반면 현관문을 열고 들어온 여자는 금방 침착한 상태로 돌아와서 다시 물었다.

"누구시냐고요."

"저는……."

유리는 깨달았다. 지금 그녀의 처지를 설명하려면 무척 긴 이야기가 필요하다는 것을.

여자는 현관에 서서 경고했다.

"30초 안에 신원을 밝히지 않으면 무단 침입으로 경찰에 신고하겠어요."

그제야 유리는 정신을 차리고 외쳤다.

"이도준 변호사의 의뢰인입니다."

그 말을 들은 여자는 미심쩍은 표정으로 고개를 갸웃하더니 신발을 벗고 거실로 올라왔다. 유리의 얼굴을 확인하고서야 여자의 표정이 풀렸다.

"손유리 씨네요."

"네…… 제가 손유리예요. 그쪽은……."

"저는 이도준 씨 약혼녀예요. 미국에서는 제니라고 부르고 한국 이름은 민정이에요."

약혼녀……. 유리는 온몸이 서늘해지는 기분이었다. 허탈함과 부끄러움이 머릿속을 멍하게 만들었다.

'도준 씨에게 약혼녀가 있었구나……. 왜 나는 도준 씨가 혼자라고 생각했을까?'

민정이 냉정한 톤으로 말했다.

"음…… 유리 씨가 어떤 상황인지는 미국에서 뉴스를 하도 봐서 잘 알고 있어요. 대디의 회사에서 유리 씨 사건을 맡았다는 얘기도 들었고요."

"대디…… 아니 그럼……."

"네. K&J 로펌 김성욱 대표가 제 아빠예요."

유리는 민정의 태도에 깃들어 있는, 세상 무서울 것 없는 당당함의 이유를 알 것 같았다.

"아빠가 도준 씨에게 이 사건을 맡겼다는 얘기도 들었어요. 하지만 아무리 의뢰인이라고 해도, 이 집에 왜 유리 씨가 있는지는 이해가 안 가네요."

"죄송합니다."

유리는 괜히 죄인이 된 기분이었다. 민정은 표정 변화 없이 물었다.

"죄송할 짓을 했나요?"

"네?"

"방금 유리 씨 입으로 죄송하다고 말했잖아요. 이 집에 있으면서 저한테 죄송할 만한 일을 했냐고 물었어요."

"그런 뜻은 아니었어요. 그냥…… 민정 씨가 지금 상황을 불편해할 것 같아서."

"지금 이 상황이 불편하지 않을 사람도 있을까요? 부처님이라도 짜증 나서 유리 씨 뺨을 갈길 상황 아닌가요?"

유리는 이해했다. 입장을 바꿔 생각해도, 결혼할 남자의 집에서 여자가 알몸으로 샤워타월만 두르고 나오는 모습을 봤다면…….

"일단 옷부터 갈아입고 나오세요. 그사이 저는 도준 씨하고 통화 좀 해볼게요."

"네……."

유리는 도망치듯 방으로 들어왔다.

도준은 동료 변호사들이 찾아온 이보라 대표와 그녀의 회사에 관한 정보를 훑어보는 중이었다. K&J의 정보력을 입증하듯 하루 사이에 무척 방대한 자료가 모였다. 복잡한 회계 서류를 보느라 머리가 지끈지끈 아플 때쯤 전화가 걸려왔다. 발신자 번호를 확인하는 순간 미간이 찌푸려졌다. 그는 심호흡을 한 번 하고 전화를 받았다.

"응."

"나 한국 왔어."

"뭐? 전화라도 하고 오지."

164

"너무 보고 싶어서 전화할 여유도 없었어."

도준은 그녀의 가식이 신물 났지만 가만히 듣고 있었다.

"나 여기 어디게?"

"회사 왔니? 아님 집이야?"

"집은 집인데…… 오빠 집이야."

그 말에 도준은 전화기를 떨어뜨릴 뻔했다.

민정은 좀처럼 도준의 집에 오는 일이 없었다. 1년을 넘게 만나면서 겨우 두 번인가 잠깐 들른 게 전부였다. 그런데 왜 갑자기 집에?

어떤 상황이 벌어졌을지 짐작이 갔다.

"손유리 씨 만났나?"

"아주 드라마틱하게 조우했지. 당신 의뢰인 말이야, 홀딱 벗고 있더라."

"뭐라고?"

"내가 거짓말하는 것 같아? 나중에 물어봐."

"아직 집이야? 손유리 씨는?"

"옷이나 좀 챙겨 입으시라고 방으로 보냈어. 키스의 여신이네 뭐네 하길래 엄청 예쁠 줄 알았더니, 화장 지운 얼굴 보니까 별론데? 몸매도 그냥 그렇고."

"나중에 설명해줄게."

"지금 설명해."

"그럴 상황이 아니야."

"알겠어. 아빠도 알고 계신가? 당신이 의뢰인에게 이해 못할 친절을 베푼 사실을? 어서 알려드려야겠다. 의뢰인에게 집까지 내주는 변호사라니, 감동하실지도 몰라."

"알았어. 얘기할게. 알다시피 손유리 씨는 전 세계 언론의 먹잇감이야. 사람들 눈에 띄는 순간 재판을 하기도 전에 물어뜯길 판이라고. 아무도 모르는 곳에서 보호할 필요가 있었어."

"그게 바로 당신 집이다?"

"상황이 급했어."

"오빠 말이야. 생각보다 재미있는 사람이네? 난 오빠가 싸구려 연민 같은 건 요만큼도 없는 아주 냉혈한인 줄만 알았는데. 생각보다 따뜻한 사람이었네?"

"비꼬지 마."

"혹시 손유리의 미모에 혹했나?"

"김민정!"

"오빠, 우리 짧게 진실게임 할까? 손유리하고 잤어, 안 잤어?"

"그만해."

"아직 물어볼 거 많은데?"

"자세한 얘기는 만나서 하자. 여기 회사야."

"그럼 어떻게 할까?"

"뭘?"

"집주인이 결정을 내려줘야지. 이 집에서 누가 나가? 약혼녀가 나가야 해, 의뢰인이 나가야 해?"

도준은 눈을 감고 긴 한숨을 쉬었다. 민정은 언제나 그를 꼼짝 못하게 하는 특별한 재주가 있었다.

"유리 씨가 있을 만한 다른 거처를 마련해볼게."

"이제야?"

"민정아……."

"그럼, 그때까지 이 여자를 집에 두겠다는 거야? 내 남편이 될 사람 집에서 생판 모르는 여자가 홀랑 벗고 다니게 놔두라고?"

결국 도준은 두 손을 들었다.

"오늘 중으로 구해볼게."

"진작 그럴 것이지. 오늘 저녁 같이 먹을 수 있지? 이따 봐!"

멋대로 온 전화가 멋대로 끊겼다. 동시에 도준의 마음에 있던 줄 몇 가닥도 투둑, 끊겨나갔다. 그는 누구를 원망해야 할지 몰랐다. 누군가를 원망하고 싶은데…… 그 대상을 찾지 못해 결국 자신을 원망했다.

정신을 차리고 유리에게 전화를 걸었지만 그녀는 받지 않았다. 두 번째 걸었을 때도 유리는 받지 않았다.

30분 뒤에 김 대표가 동석하는 회의가 있었지만, 도준은 망설이다가 재킷을 집어 들고 사무실을 뛰쳐나갔다.

"반갑습니다."

보라는 밝은 얼굴로 문 검사에게 악수를 청했다.

"반갑습니다, 대표님."

두 사람은 문 검사의 사무실 소파에 앉아 이야기를 나누었다. 단둘이서만.

"문 검사님의 명성은 익히 들어왔습니다."

"사건에 워낙 이목이 쏠려 있다 보니 제 커리어가 과장되어 보도된 부분이 있습니다. 그냥 대한민국의 평범한 검사라고 생각해주시면 고맙겠습니다."

"지금 저에게는 가장 중요한 사람이기도 하고요."

문 검사는 그녀의 말이 마치 응원처럼 들렸다. 생각지도 못했던 빛한 줄기가 그를 비추는 듯했다.

'동생 이선호가 사라진 지금, 이보라는 우리나라 IT 업계 최고의 거물이다. 이런 사람과 가까운 사이가 된다면…….'

"말씀만으로도 감사합니다. 제가 도와드릴 일이 있다면 얼마든지……."

그러자 보라가 문 검사의 말을 자르고 들어왔다.

"아니요. 당신은 일을 하고 제가 당신을 도와야죠."

그녀는 미소를 띤 얼굴과 다르게 매우 분명한 어조로 말했다.

"당신의 일은 제 동생의 살인범이 응분의 대가를 치르게 하는 것입니다. 당신이 그 일을 완수할 수 있게끔 제가 할 수 있는 모든 도움을 드리겠습니다. 힘이 필요하면 힘, 돈이 필요하면 돈. 저는 둘 다 갖고 있으니까요."

손유리 사건을 수사한 이래 문 검사는 가장 큰 응원군을 만난 기분이었다.

"대표님, 벌써 큰 힘이 되고 있습니다."

"우리는 같은 편이라고 생각해도 될까요?"

악수를 하는 보라의 악력이 여느 남자만큼 세서 문 검사는 깜짝 놀랐다. 그는 맞잡은 손을 흔들며 고개를 끄덕였다.

'네. 우리는 같은 편이죠. 힘을 모아서 반드시 살인마를 처넣을 거고요.'

옷을 갈아입은 유리는 핸드폰 액정을 물끄러미 보고 있었다. 도준에게서 계속 전화가 걸려오고 있었다.

벌써 다섯 통째……. 받아야 하는데…… 차마 받을 수 없었다.

그녀는 심호흡을 한 번 하고 방을 나갔다. 민정은 거실에서 핸드폰으로 누군가와 메시지를 주고받고 있었다. 그녀는 유리를 보더니 밝은 얼굴로 말했다.

"아, 금방 도준 오빠하고 통화했어요. 오늘 중으로 유리 씨가 지낼 만한 거처를 구해보겠대요."

"아니요. 그럴 필요 없습니다. 안 그래도 계속 여기서 지내기는 불편해서 저희 소속사에서 마련해주는 곳으로 옮기려던 참이었어요."

"아하, 하필 딱 그때 제가 나타난 거네요? 그것도 막 샤워를 하고 나오는 상황에서?"

그러고는 깔깔 웃는 민정을 바라보며 유리는 마치 불륜 현장에서 본처에게 머리채를 잡힌 상간녀가 된 듯한 기분이었다.

민정은 캐리어는 거실에 세워둔 채 핸드백만 메고는 현관으로 나갔다. 그녀는 현관문까지 열었다가 고개를 돌리고 유리에게 말했다.

"만나서 반가웠어요. 다시 볼일이 있을지는 모르겠지만요. 행운을 빌어요, 키스의 여왕."

그리고 민정은 나가버렸다.

침묵. 기다렸다는 듯 무거운 적막이 유리를 감쌌다. 거실의 넓은 창으로 들어오는 햇살은 화창하기만 한데 유리의 눈으로 보이는 주변은 온통 외롭고 쓸쓸한 그늘이었다.

'이럴 때가 아니야.'

유리는 스스로를 다잡으며 매니저 지희에게 전화를 걸었다.

"언니, 나 지금 있는 숙소에서 급하게 나가야 할 일이 생겼어. 일단 나 좀 데리러 올 수 있겠어?"

"지금 바로 갈게. 며칠 전부터는 기자들도 회사 주변에서 많이 빠져서 따라붙진 않을 것 같아."

전화를 끊은 유리는 차분하게 짐을 챙겼다. 옷가지와 화장품을 챙겨 나오며 마지막으로 도준의 집을 둘러보았다.

한 달도 안 되는 시간이었지만 이 집에서 지낸 기억은 무척 특별했다. 인생에서 가장 큰 절망에 쓰러졌을 때 겨우 몸을 회복할 수 있었던 곳이었다. 서재에서 혼자 수십 권의 법률서적을 독파했던 일, 도준과 함께 밥을 먹던 일, 음악을 들으면서 공포와 불안에 맞서 싸우던 일…… 불과 어젯밤만 해도 신비로운 슈퍼문 아래 줄넘기를 하고 쏟아지는 별빛 아래 누워 있지 않았던가.

어쨌거나 이곳의 주인 도준은 고마운 사람이었다. 부끄러운 건 속절없이 흔들려버린 자신의 마음이었다.

'잘 있어. 어쩌면…… 다신 못 만나겠구나.'

유리는 인사를 건네고 현관으로 걸음을 옮겼다. 그런데, 그녀의 발이 멈춰버렸다. 비밀의 방 앞에서. 지금 열지 않으면 다신 열 기회가 없는 문…… 그녀는 문고리를 쥐고, 돌렸다.

문이 열렸을 때, 유리는 눈앞에 펼쳐진 광경을 믿지 못했다. 그 방에는 5년 전의 시간이 고스란히 남아 있었다. 유리가 종종 놀러갔던 바로 그 방. 가난한 고시생 이도준의 자취방이 고스란히 보존되어 있었다. 중고가구점에서 산 책상과 문을 열 때마다 삐거덕거리는 옷장,

독서용 스탠드에 손때 묻은 책들까지……. 마치 타임머신을 타고 온 듯 그 방은 5년 전에 머물러 있었다.

격렬한 감정의 파도에 온몸이 잠겨버린 유리는 겨우 발을 떼고 방으로 들어갔다. 한때 그녀가 정리하고 청소하기도 했던 물건들을 다시 만져보았다.

도준은 왜 이 방을 보존해두었을까? 마치 동물을 박제하듯…… 방 하나를 통째로 박제해버렸다. 5년이라는 시간과 함께.

멍해져 있는 사이, 그녀의 귀에 절대로 들려서는 안 될 소리가 들렸다. 삑삑삑삑. 현관문 비밀번호를 누르는 소리. 유리는 그냥 가만히 서 있었다. 도둑질을 하다가 경찰과 직접 맞닥뜨린 심정이랄까, 저항도 할 수 없는 자포자기의 마음이었다.

집에 들어온 누군가는, 당연하게도 열린 방문으로 들어왔다. 도준이었다.

유리는 수치심에 온몸이 불타서 사라지는 듯했다. 민정에게 망신을 당한 쪽이 더 수치스러운지, 비밀의 방에 몰래 들어온 것이 더 수치스러운지…… 경중을 가리기 어려웠다.

"미안해요."

그녀는 있는 힘을 다 그러모아 말했다.

도준은 대답도 반응도 하지 않았다. 유리는 그의 곁을 지나 밖으로 나가려고 했다. 그때 도준이 유리의 손목을 턱, 잡았다. 유리는 숨이 멎을 뻔했다.

"민정이한테 얘기 들었어."

"약혼녀가 있다고…… 미리 말해주지 그랬어요…… 그랬으면 이 집에 안 들어왔을 텐데…….”

“그럴까봐 얘기 안 했어. 여기보다 더 안전한 곳은 없으니까.”

“여기가 무슨 벙커나 안전가옥이라도 돼요?”

“내가 있잖아.”

내가 있잖아……. 유리는 그 말이 비수가 되어 가슴을 찌르는 듯했다. 그녀는 묻고 싶었다.

‘언제까지 제 곁에 있어줄 수 있다고 생각했나요? 당신의 잘난 약혼녀에게 들키기 전까지?’

“매니저 언니하고 만나기로 했어요. 이만 가볼게요.”

“변한 게 없어.”

도준의 말에 유리는 울컥 치밀어 올랐다.

“변한 게 없다고요? 대체 뭐가요?”

“자기 멋대로 하는 태도 말이야.”

“지금 제가 멋대로 하고 있나요? 전 지금 전 세계에서 가장 궁지에 몰려 있는 사람이에요. 남편을 살해한 미친년으로 몰리는 것도 모자라서 이젠 약혼녀까지 있는 남자의 집에 숨어 살다가 쫓겨나는 제가, 제가…… 내 멋대로 하고 있다고요?”

도준은 싸늘한 눈으로 유리를 응시했다.

“네 멋대로 떠나는 버릇 말이야.”

하아…… 유리는 온몸에 힘이 풀렸다. 그러나 여기서 무력하게 주저앉기는 싫었다.

“떠날 때가 되었는데도 못 떠나는 바보보다는 낫지 않나요?”

도준의 눈빛이 흔들렸다. 유리는 계속 퍼부어버렸다.

"이 집 비밀번호, 우리가 헤어진 날짜 맞죠?"

도준은 말이 없었다. 유리가 내처 물었다.

"이 방도 옛날 우리가 같이 지내던 방하고 똑같잖아요. 당신, 사이코예요? 정말 무섭네요……."

방을 나오는 유리의 등 뒤로 도준의 목소리가 들렸다.

"내가 미안해."

그 말에 유리는 잠시 얼어붙었다.

"아까처럼 난처한 상황 만들어서 내가 미안해. 그 사람이 얼마나 무례하게 널 대했을지는 설명해주지 않아도 알아. 대신 사과하지."

"예전에 당신이 그랬죠? 남편을 무척 사랑하나 보다고. 그 말 돌려 드려야겠네요. 약혼녀를 무척 사랑하시나 봐요. 잘못까지 대신 사과하고."

유리는 다시 걸음을 옮겨 도준의 집을 나섰다.

지희는 유리가 찍어준 주소로 와서 도로변에 차를 대놓고 기다리는 중이었다. 저만치 멀리 보이는 빌딩 위 옥외 전광판에서 뉴스가 나오고 있었다. 화면 아래 큼직하게 박힌 헤드라인은 유리의 검찰 소환이 며칠 남지 않았음을 알리고 있었다. 그때 백미러로 유리가 다가오는 모습이 보였다.

후드를 뒤집어쓰고 짐 가방을 손에 든 그녀의 모습에서 아시아 최고 톱스타의 아우라는 더 이상 찾아볼 수 없었다. 지희는 차에서 뛰쳐나가 유리의 짐 가방을 받아 들었다.

"언니……."

유리가 지희의 품에 안겼다.

"유리야……."

자매 같은 두 사람은 서로를 꼭 안고 한참을 서 있었다. 유리가 도준의 집으로 숨어 들어간 뒤로 통화만 했지 한 번도 만나지 못했던 둘이었다.

"얼른 차에 타자. 사람들 눈도 있으니까."

지희는 유리를 뒷자리에 태우고 운전석에 앉았다. 지희가 유리를 돌아보며 물었다.

"괜찮은 거니?"

"괜찮고 안 괜찮고가 어딨어."

지희는 일단 차를 출발시켰다.

"일단은 회사 숙소에서 지내자. 제니스 애들이 쓰던 곳인데 이번에 걔들 숙소 옮기고 지금 비어 있거든."

제니스는 유리의 소속사 걸그룹이었다.

"안전하겠지? 팬들한테 숙소가 알려지진 않았을까?"

"보이그룹도 아니고 걸그룹은 숙소까지 찾아오는 사생팬들 없어. 제니스 애들이 엄청 인기 있는 것도 아니고."

유리는 고개를 끄덕이며 시트에 몸을 기대고 눈을 감았다. 방금 전까지 도준과 주고받았던 격렬한 감정의 잔향이 아직도 그녀의 몸을 뜨겁게 맴돌고 있었다. 현관문 비밀번호도, 방을 하나 통째로 박제시켜놓은 것도 너무나 충격이었다.

'바보같이…… 왜 그랬어요? 약혼까지 한 사람이 왜…….'

유리는 또 눈물이 나려고 해서 꾹 참았다. 지희한테 들키면 안 된다. 도준과의 사이를 털어놓으면 당장 변호사를 바꾸자고 할 테니까.

유리는 감정을 추스르고자 다른 이야기를 꺼냈다.

"사장님은?"

"말도 마. 이선호 대표가 대단한 사람이긴 한가봐. 난리도 아냐. 검찰에서 경찰에서 심지어 국세청 직원들까지 나와서 회사를 아주 마비시켜놨어. 사건과 관련 있는 증거를 찾기 위해서라는데…… 계속 이러다간 회사 망할 판이야."

"언니, 내가 회사를 나올게."

"야! 말이 되냐?"

"그 방법밖엔 없어."

"그래도 소용없어. 네가 회사에 있는 동안 터진 사건이니까."

"수사나 수색이 문제가 아냐. 지금 나는 공공의 적이야. 지금이라도 내가 나와야 회사가 살아."

"유리야. 그런 생각 하지 마."

"언니, 나 평생 감옥에서 썩을 확률이 90퍼센트야. 만에 하나 내가 무죄로 판명 난다 해도 다시 연기를 할 수 있을 것 같아?"

유리의 말이 다 맞다는 걸 알면서도 지희는 수긍을 하지 못하고 잠자코 있었다.

"언니는…… 나 믿어?"

"뭐? 그런 바보 같은 말이 어딨어. 당연히 믿지."

"하지만 내가 범인이라는 증거들이 떡하니 있잖아."

"네가 내 눈앞에서 사람을 죽이는 광경을 보지 않은 이상, 나는 네 말을 다 믿을래. 혈흔이니 수면제니…… 그런 건 모르겠어."

"모르는 게 아니라 모르는 척하고 싶은 거겠지. 모든 증거들은 지금 다 내가 살인범이라고 말하고 있어. 뉴스를 보고 있으면 심지어 나도 혹시 내가 범인인가 헷갈릴 정도야."

"유리야, 우리 끝까지 포기하지 말자."

"언니 알잖아. 내가 얼마나 악바리인지."

"알지."

"참, 아빠 병원에 잠깐 들러도 될까?"

"유리야, 좋은 생각이 아닌 것 같아. 아직도 기자들이 병원에 진을 치고 있는 데다가…… 지금 네 모습을 보면 아버지가……."

"그래……."

유리는 창밖으로 시선을 던졌다.

도준은 비밀의 방에 우두커니 서 있었다. 신림동 단칸방에서 이 아파트로 이사 올 때 아예 원래 방을 그대로 옮겨왔다. 그조차도 잘 들어오지 않는 방이었다. 가사도우미 아주머니도 이 방을 청소하면서 투덜거리시고는 했다.

—쓸데 하나도 없는 물건들만 잔뜩 있던데 제가 하루 날 잡아서 싹 비울까요?

그럴 때마다 도준은 그냥 놔두고 청소만 하시라고 부탁드렸었다.

인간은 가끔 스스로도 이해가 안 가는 행동을 한다. 도준에게는 이 방이 그랬다. 그냥 남겨두고 싶었다. 완전히 끝난 과거일 뿐이라는 걸 알면서도…… 그냥 남겨두고 싶었다. 약혼녀 민정이 집에 놀러왔을 때도 그 방을 보고 창고냐고 물었었다. 그는 맞다고 했다. 기억을 보관하는 창고…….

도준은 스스로에게 질문을 던졌다.

'너, 어쩌면 이 방에 유리가 들어와 보기를 바랐던 거 아냐? 정말 그녀에게 들키기 싫었다면 방문을 잠그면 그만이었잖아. 그녀가 알아주기를 바랐나? 아직도 네가 그녀를 잊지 못하고 있음을? 아직도 실낱같은 희망을 버리지 못하고 있음을? 너도 알잖아. 아예 희망이 없으면 미련도 남지 않아. 네가 서 있는 이 방은 비밀의 방이 아니라 미련의 방이야. 인정해. 인정하라고 이 겁쟁이 새끼야.'

도준은 방에서 뛰쳐나왔다. 비틀대는 걸음으로 소파에 앉은 그는 두 손에 얼굴을 파묻었다.

'지금 이러고 있을 때가 아니야. 검찰 소환이 코앞으로 다가왔어. 집중하자…… 집중…….'

핸드폰이 울렸다. 도준은 혹시 유리인가 싶어 후다닥 핸드폰을 집어 들었다. 민정이었다.

"오빠 회사야?"

"아니."

"어딘데?"

"잠깐 나와 있어."

"혹시 그 여자 만나러 집에 달려간 거 아냐?"

도준은 긍정도 부정도 하지 않았다.

"그런가 보네. 그 여자하고 무슨 관계야?"

"네가 생각하는 그런 일 없었어."

"키스의 여왕이라는 여자하고 보름을 넘게 한집에서 살았는데 아무 일도 없었다고?"

"믿기 싫으면 믿지 마."

"아빠한테 한번 물어봐야겠다. 아빠는 어떻게 생각하시는지."

"민정아, 일 벌리지 마. 중요한 재판이니까 제발 가만히 좀 있어."

"오빠가 계속 말도 안 되는 소릴 하니까 헷갈려서 아빠의 판단을 들어보잔 거야. 오빠가 지금 하는 말은 술 마시고 운전은 했지만 음주운전은 아니었다, 호텔엔 같이 들어갔지만 섹스는 안 했다, 뭐 이런 개소리라고."

"그럼 내가 뭐라고 말하길 바라니?"

"진실을 말하길 바라지."

"아무 일도 없었어. 섹스는커녕, 키스도 없었어."

"이도준. 너 참 웃긴다."

도준은 민정이 원하는 바를 알고 있었다. 그녀에게 굴복하기를 바라는 것이다. 아버지 김성욱 대표를 무기 삼아서 그를 굴복시키고 싶은 것이다. 그러나 그는 굴복할 생각 따위 없었다.

"그 얘긴 됐고, 이따 저녁 식사할 때 나 좀 데리러 와."

"그러지."

"오빠 나 안 보고 싶었어?"

"지금 바빠. 이따가 데리러 가면서 전화할게."

도준은 전화를 먼저 끊었다.

어떤 거대한 폭풍이 몰려오는 느낌이 들었다. 그가 민정을 선택했을 때, 정확히 말하자면 김성욱 대표의 제안을 받아들였을 때, 그의 인생은 모든 것이 결정되었다고 생각했다. 그러나 지금 그는 아주 먼

곳에서부터 뭔가가 흔들리고 있음을 깨달았다.

'이럴 때가 아니야. 지금은 오직 하나, 재판에만 신경 쓰자.'

민정은 그녀의 집, 정확히 말하자면 김성욱 대표의 집에 들러서 짐을 놓고 옷을 갈아입었다. 바쁘게 택시를 타고 그녀가 향한 곳은 논현동 임피리얼 펠리스 호텔. 그녀는 머뭇거리지 않고 로비를 지나 엘리베이터를 타고 객실로 올라갔다. 그의 연인이 기다리는 방으로.

"보고 싶었어."

건장한 남자, 크리스가 그녀를 안아주었다. 한때 국내 야구 프로선수로 활약했던 그는 민정을 안 지 한 달밖에 되지 않았지만 그녀의 매력에 흠뻑 빠져 있었다. 민정은 자신에게 약혼남이 있다는 사실을 미리 밝혔지만 그는 개의치 않았다. 그녀가 그의 육체에만 관심이 있는 것처럼 그도 그랬으니까.

둘은 긴 대화를 나누지 않고 바로 서로의 옷을 벗겼다. 호텔 바닥에 아무렇게나 옷을 던져놓고는 알몸으로 침대 위에서 엉켜들었다.

민정은 한국에서 초등학교만 졸업하고 미국에서 쭉 학교를 다녔다. 그녀는 원래부터 남들보다 두 가지가 유독 많은 아이였다. 욕심과 호기심. 사춘기를 지나면서 그녀의 욕심과 호기심의 대상이 남자로 옮겨갔다.

민정은 고등학교 1학년 때 처음으로 남자친구를 만들었다. 상대는 두 살 많은 백인이었는데 학교 최고의 쿼터백이었다. 첫 경험은 얼떨떨하고 아팠지만 오래 걸리지 않아 성에 눈을 떴고 미식축구 선수인 남자친구가 지쳐서 나가떨어질 정도로 강한 욕구를 분출했다.

6개월이 지났을 때쯤 민정은 남자친구와 같은 팀의 흑인 선수와 잤다. 물론 남자친구 몰래. 뒤늦게 이 사실이 밝혀졌을 때 그녀는 심각한 거짓말로 사태를 모면했다.

—그놈이 날…… 강제로 범했어.

며칠 뒤 큰 싸움이 벌어졌다. 늦은 밤 빈 창고에서 벌어진 싸움은 죽음으로 마무리되었다. 민정과 관계를 가진 흑인 선수는 관에 들어갔고 민정의 남자친구는 감옥에 들어갔다.

그녀는 며칠간 슬퍼하는 듯 보였으나 금방 학교생활에 적응했다. 그리고 졸업할 때까지 그 학교에서 가장 인기가 많은 부시장 아들과 오랜 기간 연인으로 지냈고, 그 와중에도 다섯손가락으로 꼽기 힘든 수의 남학생들과 잤다.

남성 편력으로 치자면 민정의 황금기는 대학시절이었다. 그녀는 학생으로도 모자라 교수들에게까지 추파를 던졌고 결국 몇몇 교수들이 그녀의 희생양이 되었다. 그즈음 문제가 터졌다. 꽤 저명한 경제학과 교수가 민정에게 빠져버린 것이었다. 그와 몇 번 관계를 가진 민정은 대수롭지 않게 그를 대했지만 그는 민정을 진심으로 사랑했다. 결국 그 교수의 부인이 이혼하면서 대학 당국에 민정의 행각을 고발했고, 학교에서는 민정은 물론이고 민정의 아버지인 김 대표에게까지 이 사실을 알렸다.

김 대표는 거액의 보상금을 교수의 부인에게 지급했고, 학교 측에도 장학금을 쾌척하는 것으로 겨우 민정의 제적을 막았다. 주변의 모든 사람을 통제하는 김 대표에게 유일하게 통제가 안 되는 사람이 바로 외동딸 민정이었다.

다행히도 김 대표는 무척 머리가 좋고 눈치 또한 빠른 사람이었다. 그는 딸의 성격적 문제를 간파하고 그녀를 관계 치료 클리닉에 보냈다. 그러나 민정은 의사마저도 교묘하게 속일 만큼 뛰어난 연기로 증상이 호전된 척을 하고 한 달 만에 클리닉에서 나왔다.

김 대표는 안심이 되지 않았다. 다른 집안과 결혼시켰다가는 망신을 당하기 십상이었다. 그렇다고 혼자 놔두자니 무슨 사고를 칠지 몰랐다. 그런 고민을 하고 있을 때 그의 눈에 들어온 타깃이 이도준 변호사였다.

김 대표의 눈에 비친 도준은 성공을 위해서라면 영혼이라도 저당 잡힐 각오가 되어 있는 패기 넘치는 젊은이였다. 그는 충분히 똑똑했고 차분했으며 가난했다. 완벽하게 통제 가능한 인물이었다.

김 대표는 민정을 한국으로 불러 도준을 만나도록 했다. 민정은 도준을 무척 마음에 들어 했다. 특히 변호사치고는 믿기 힘들 만큼 핸섬한 그의 외모를. 그리고 현대사회의 보통 남자들에게는 결여된 강렬한 의지와 깊은 슬픔을 머금은 눈을. 그중에서도 민정은 도준이 자신을 별로 사랑하지 않는다는 점이 가장 마음에 들었다. 그녀는 자신에게 반해 매달리는 남자들은 아주 딱 질색이었다. 그렇게 둘은 김 대표의 의지에 의해 연인 아닌 연인이 되었다.

김 대표는 도준에게 드러내놓고 말했다.

— 이변이 민정이를 책임져주면 이변은 내가 책임져주지. 막대한 부와 권력…… 변호사로서 가장 높은 위치에 오를 수 있도록 말일세.

김 대표는 결코 허언을 하는 사람이 아니었다. 그는 도준과 민정이 데이트를 하기 시작한 후 도준의 연봉을 100퍼센트 인상시켜주고 생일 선물로 마세라티 승용차를 사주었다. 또한 도준의 커리어에 도움이 될 만한 사건들을 골라 맡겼다. 그리고 도준은 언제나 실망시키는 법 없이 재판을 승리로 이끌었다.

도준과 민정은 한 달에 두세 번씩 만나 보통 연인들처럼 데이트를 했다. 밥도 먹고 영화도 보고 잠자리도 같이했다. 민정은 도준과의 잠자리가 나쁘지 않았다. 잠자리에서조차 자신을 갈구하지 않는 태도가 느껴졌지만 그런 느낌도 새로웠다. 침대 위에서 정신 못 차리고 그녀에게 덤벼드는 흔해빠진 놈들보단 훨씬 나았다.

만난 지 10개월이 되었을 때 김 대표는 약혼식을 올리도록 했다. 가족들만 참석하는 자리였지만 아예 쐐기를 박아버리는 의식이 필요했던 것이다. 다만 결혼을 앞두고 민정이 내건 조건이 있었다. 다니다 말다 하면서 질질 끌어온 미국의 대학을 졸업하고 결혼하겠다는 것이었다. 충분히 일리 있는 주장이어서 김 대표도 도준도 반대하지 않았다. 그렇게 해서 그녀는 다시 미국으로 떠났다.

미국으로 가면서 그녀는 스스로에게 다짐했다. 졸업할 때까지만이라도 남자와 엮이지 말아야겠다고. 그런데 한인들이 즐겨 찾는 클럽에 친구들과 놀러 갔다가 한 남자를 만나면서 결심이 깨졌다. 바로 지금 호텔 방에서 광란의 정사를 벌이고 있는 주인공, 크리스 리.

크리스는 민정처럼 미국에서 중고등학교를 나왔다. 체격이 건장하고 운동신경이 좋아 미국 학교에서도 야구선수로 활동했다. 고등학교를 졸업할 무렵, 190센티미터에 달하는 키와 딱 벌어진 어깨의 투수로 한국 땅을 밟았다. 한국 프로구단에 입단한 후 5년간 꾸준히 성적을 올리며 인기도 많이 누렸다. 그러나 부상 때문에 더 이상 뛸 수 없게 되자 미국으로 돌아와 아버지의 사업을 돕기 시작했다.

그가 민정을 만났을 때는 이미 다섯 살 아이가 있는 유부남이었다. 약혼남이 있는 민정과 가족이 있는 크리스는 한 달간 엄청난 욕정을 함께 불살랐다. 그리고 사업차 크리스가 한국에 들어가야 했을 때 민정은 주저 없이 그를 따라왔다. 그 결과가 바로 지금의 정사였다.

한차례 폭풍이 지나간 침대 위에서 크리스는 나른하게 늘어졌다. 민정은 그의 품에서 기분 좋게 콧노래를 부르다가 입을 열었다.

"나 아까 되게 웃긴 일 있었어."

"뭔데?"

"아까 공항에서 바로 남자친구 집에 잠깐 들렀거든. 뭐 갖고 올 게 있어서. 그런데 거기서 누굴 만난 줄 알아? 손유리."

"뭐? 이선호 대표를 죽인 그 여자?"

"내 남자친구가 그 여자의 변호를 맡았어."

"와우! 잠깐…… 그런데 왜 그 여자가 네 남자친구의 집에……?"

"그것도 아주 샤워를 하고 막 나오던 참에 딱 마주쳤지 뭐야."

크리스는 깔깔대고 웃기 시작했다.

"헤이, 제니. 네 말로는 남자친구가 엄청 답답한 사람이라고 했잖아?"

"맞아. 그렇다니까. 여자는 고사하고 술도 잘 안 마시고 친구들하고도 안 어울려. 고작해야 혼자 운동하고 음악 듣고 영화나 보는 한심한 놈인데."

"노노. 키스의 여왕, 아니 암살의 여왕을 집에 데려다놓고 홀랑 벗겼다면 절대 한심하다는 표현을 써서는 안 되지. 네 남자친구는 개츠

183

비만큼 위대해."

"나도 오늘 깜짝 놀랐어."

"멋진걸? 섹시한 의뢰인과 변호사라……."

"이따 저녁에 남친을 만나기로 했거든. 벌써 기대돼."

"뭐 하나 물어봐도 돼?"

"얼마든지."

"네 남자친구는 네가 이렇게 뜨거운 암캐라는 사실을 알고 있나?"

"아마도? 워낙 똑똑한 사람이라 대충 짐작은 하지 않을까?"

"그런데 어떻게 몇 달 뒤에 결혼한다는 거야?"

"그 녀석은 나하고 결혼하는 게 아냐. 우리 집안의 사위가 되는 거지."

"아하…… 원하는 게 다른 데 있구나."

"집안은 가난한데 머리 좋고 야망이 큰 스타일이랄까? 나름 매력 있어."

"나하고 정반대군. 나는 집안은 부자인데 머리가 나쁘고 야망은 없으니까."

크리스의 바보 같은 소리에 민정은 소리 내어 웃었다. 그녀는 크리스의 이런 솔직함이 좋았다.

"배신감 느껴?"

"잘 모르겠어. 아까 그 여자를 딱 마주치는데…… 뭔가 기분이 이상하긴 했어. 그렇다고 난리를 치거나 그러진 않았어. 남자친구 얼굴을 봐야 어떻게 대화를 풀어갈지 감이 잡힐 것 같아."

"이 일로 헤어질 수도 있어?"

"바보 같은 소리. 아까 말했잖아. 이 결혼은 나랑 그 남자의 결혼이 아니라고. 우리 아빠의 결정 그 이상도 이하도 아니야. 우리 아빠의 결정은 무조건 따라야 해."

"왜?"

"아빠는 언제나 가장 현명한 결정을 내리니까."

"남자친구가 헤어지자고 하면?"

"그럴 일 없어. 그 녀석에겐 나보다 더 아빠가 필요하거든."

"흠…… 너랑 남자친구가 무슨 대화를 나눌지 궁금해 미치겠어. 나도 껴서 같이 듣고 싶은걸? 나는 네 남자친구와 손유리가 열두 번쯤 잤다에 한 표."

"으이구. 다 너 같은 줄 알아, 크리스?"

민정이 크리스의 가슴을 꼬집으며 다시 그의 몸 위로 올라갔다.

문 검사를 만나고 호텔로 돌아온 보라는 가벼운 옷으로 갈아입고 책상에 앉아 노트북을 켰다. 늘 하던 대로 오직 그녀와 '마스터'만 사용하는 채팅 프로그램 X를 열었다. 그리고 채팅을 시작했다.

―서울은 정오입니다.

―하이, 보라. 여긴 막 아침 태양이 떠올랐어.

―그곳의 태양을 볼 날이 얼마 안 남았군요.

―기대해도 좋아.

―손유리의 소환 날짜가 잡혔습니다.

―예상보다 진행이 느리군.

―오늘 담당 검사를 만났습니다.

— 오호, 그래? 어떤 친구지?

— 믿을 만한 사람입니다.

— 보라의 사람 보는 눈이야말로 믿을 만하지.

— 감사합니다.

— 좋아. 손유리의 변론을 맡은 변호사는?

— 의외로 젊은 변호사가 맡았습니다. K&J에서는 특히 형사재판 쪽으로 상당히 인정받는 변호사이고 대표의 딸과 결혼을 앞두고 있습니다.

— 그래? 그쪽에서도 총력을 기울이겠군.

— 아무래도 그렇겠지요.

— 그래. 또 다른 보고 사항 있나?

— 없습니다.

— 그럼 오늘은 이만하도록 하지. 난 이제 하루 종일 해변에서 시간을 보낼 생각이야. 굿 바이.

김성욱 대표가 저녁 식사 자리로 정한 곳은 신라호텔의 중식당 팔선이었다. 1인당 25만 원짜리 저녁 코스를 먹으면서 이야기를 나누었다.

"졸업이 얼마 안 남았으니 이제 예식 준비를 해야 하지 않나?"

김 대표가 넌지시 물었다.

"네."

도준이 짧게 대답했다.

"민정이 네가 한국에 들어온 김에 좀 알아보거라. 엄마하고 같이."

"알겠어요, 아빠. 날짜는 언제쯤으로 해요?"

"손유리 재판이 마무리된 다음에 날짜를 잡아야 하지 않을까요?"

도준이 말했다.

"예상하고 넉넉하게 잡아놓으면 되지. 뭘 걱정인가."

"생각보다 길어질 수도 있으니까……."

"재판 중에 결혼한다고 아무도 뭐라고 안 해. 변호사가 자네밖에 없는 것도 아니고, 결혼해도 뭐 일주일 신혼여행 다녀오면 다시 복귀할 것 아닌가. 1심 재판만 피해서 잡아."

"네, 알겠습니다."

도준이 물러섰다.

아까는 의연하게 대꾸했지만 사실 도준은 민정이 김 대표에게 말을 꺼낼까봐 신경이 곤두서 있었다. 의뢰인을, 그것도 여자 의뢰인을 자기 집에서 지내게 하는 변호사는 없으니까. 질책이나 오해를 사는 게 문제가 아니라 아예 재판에서 그를 빼버릴까봐 두려웠다.

민정은 도준의 불안한 심리를 아는지 모르는지 자꾸만 싱글거리며 눈을 마주쳤다. 도준은 기분이 몹시 나빠져서 아예 그녀의 시선을 거부했다. 그러자 민정이 불쑥 입을 열었다.

"아빠, 나 도준 씨 행동 중에 이해 안 가는 게 있어요."

"이해 안 가는 행동이라니?"

김 대표가 되물었다. 도준은 고개를 떨어뜨렸다.

'결국은 일러바치고 마는구나.'

민정은 마지막으로 도준에게 기회를 주는 듯했다. 그가 자신을 향해 애처로운 표정을 짓기를 바라는 듯 싱글거리는 얼굴로 도준을 살폈다. 그러나 도준은 절대로 그녀에게 굽실거릴 생각이 없었다.

"아니다. 이런 얘기는 저 혼자 비밀로 알고 있을래요."

민정은 특유의 얌체 같은 표정을 지으며 다시 음식에 열중했다.

"싱거운 녀석."

김 대표도 허허 웃고 말았다.

"식사 대충 했으면 공부가주 한잔할까?"

김 대표가 술을 시켰다. 엄지손톱만 한 작은 잔에 한 잔씩 따라 건배를 하고 마셨다. 건배사는 김 대표의 몫이었다.

"손유리 재판의 성공을 위하여!"

"아빠는 대체 왜 그 사건을 맡은 거예요?"

"홍보 효과."

김 대표의 대답은 간단하고 명확했다.

"이길 경우 수백억 원의 광고 효과가 있다고 본다. 지더라도 끝까지 파이팅하는 모습을 보여줘야 해. 그 모습이 언론을 통해 알려질 테니, 얼마나 좋은 기회냐?"

김 대표의 설명에 민정은 고개를 끄덕였다.

"우리 도준 오빠 출세했네. 솔직히 아빠가 아니었으면 이런 어마어마한 사건을 맡을 수나 있었겠어요? 손유리 근처에나 가봤겠어요?"

"이도준 변호사가 뛰어나기 때문이지."

"뛰어난 사람은 널리고 널렸어요. 좋은 기회를 만나는 게 중요하지."

"저도 그렇게 생각하고 있습니다."

도준은 김 대표를 보며 말했다. 민정과의 관계를 이어나가는 그만의 방식이었다. 가끔 그녀의 자만심과 허영심에 장단을 맞춰주는 것.

"허허. 우리 이 변호사는 요즘 청년들 같지 않게 겸손해."

그러자 민정이 또 도준을 약 올리는 발언을 던졌다.

"아빠가 몰라서 그래요. 의외로 아주 엉큼하고 도발적인 구석이 있다니까요."

도준은 식탁 아래로 주먹을 불끈 쥐었다.

"앞으로 유심히 지켜봐야겠어요. 재미없는 오빠인 줄만 알았는데, 흐흐."

"그래? 일밖에 모르는 사람 아니었나?"

도준은 바보가 되어버린 기분이었다. 지금 이 자리까지 오면서 그가 겪은 수모는 이루 다 말할 수 없었다. 그러나 그는 모든 것을 견뎠다. 힘과 부를 얻기 위해. 그런데 왜 갑자기 허탈한 기분이 드는 걸까? 사막의 모래바람처럼, 훅 불어온 허무함이 도준을 온통 휩싸버렸다.

"잠깐 화장실 좀 다녀오겠습니다."

도준은 화장실에 가자마자 찬물로 세수를 했다. 물이 뚝뚝 떨어지는 얼굴을 거울로 보면서 그는 스스로에게 물었다.

'지금까지 흔들리지 않고 달려왔잖아. 네 인생에 더 이상 사랑은 없으니 오직 성공만을 위해. 그런데 왜 이제 와서 이렇게 흔들리는 거야? 대한민국 최고의 로펌을 물려받을 문턱에서 왜……'

그는 주머니에서 핸드폰을 꺼내 급하게 메시지를 남겼다.

—지금 잠깐 볼 수 있어?

6화

여왕의 심장을 지켜라

같은 시간, 노트북을 두드리는 백현서 기자의 손길이 바빴다. 집에서는 일절 기사를 쓰지 않는 그녀가 자주 이용하는 작업 공간인 위스키 바 '트래픽'이었다. 영화 본 시리즈의 테마곡이기도 한 모비(Moby)의 「익스트림 웨이즈(Extreme Ways)」가 흐르는 가운데 그녀는 오랜만에 특집 기사를 구상 중이었다.

　"뭘 그렇게 열심히 써?"

　미국 교포인 바텐더 케이가 백 기자에게 기네스 맥주 한 잔을 건네며 물었다. 백 기자가 자기 사무실처럼 자주 드나드는 곳이라 친한 누나 동생으로 지내는 사이였다.

　"특집 기사."

　"누나 특집 기사 잘 안 쓰잖아. 기자는 특종으로 승부해야 한다, 이게 누나의 신념 아니었나?"

　"그 신념은 여전히 유효해. 하지만 이번 기사는 안 쓸 수가 없는 기사거든."

"뭔지 물어봐도 돼?"

"손유리 사건에 관한 특집 기사야."

"벌써 두 번이나 특종을 썼잖아."

"그렇지. 이 아이템은 내 거나 마찬가지지. 이번에는 인물 탐구 기획물이야."

"인물 탐구?"

"손유리 사건 특별팀을 이끄는 문지환 검사와 손유리의 변호를 맡은 이도준 변호사. 두 명의 라이벌전."

"오호, 재밌겠다!"

"나이는 열 살도 넘게 차이가 나는데 둘이 무척 닮았어. 성공을 위해서는 무슨 짓이든 할 사람들. 우리나라 최연소 검찰총장을 꿈꾸는 문 검사는 전직 법무부장관 딸과 결혼했고, 이도준 변호사는 K&J 로펌 대표의 딸과 결혼을 앞두고 있어."

"우와 진짜 후덜덜하네."

"한 명은 서울대 법대 출신, 한 명은 서울대 경영학과 출신. 둘 다 이십 대에 사법고시를 패스했고 재판에 있어서는 무시무시한 승률을 자랑하지. 게다가 말이야……."

백 기자는 케이에게 노트북 화면에 띄워놓은 사진을 보여주었다. 바탕화면에 두 남자의 사진이 나란히 깔려 있었다.

"이게 문 검사하고 이 변호사야? 패션모델들이 아니고?"

"비주얼도 극강이란 말이야. 어때, 둘이 붙여놓는 것만으로도 아주 핫하지?"

정말 그랬다. 문 검사는 사십 대 중반임에도 군살 하나 없이 늘씬하고 탄탄한 근육질 체형을 유지하고 있었다. 키는 그리 큰 편이 아니었지만 연륜에서 나오는 남자의 자신감이 슈트를 갑옷처럼 보이게 하는 착각을 불러일으켰다.

외모로 치자면 이도준은 말할 것도 없었다. 몇 년 전인가 그가 맡은 사건이 텔레비전에 나온 적이 있는데 우연히 도준의 모습이 카메라에 잡혔다. 한 네티즌이 그 장면을 캡처해서 '패션모델 굴욕시키는 변호사'라는 제목으로 글을 올렸고, 각종 포털사이트에서 그의 사진과 이름이 오르내린 적이 있을 정도였다.

"이제 곧 이 두 사람의 결투가 벌어진다 이 말이지. 아마 목숨을 걸고 붙는 유혈 낭자한 결투가 될 거야."

백 기자는 생각만 해도 흥분된다는 얼굴로 눈을 반짝였다.

케이가 다른 손님의 주문을 받으러 간 사이 백 기자는 핸드폰을 꺼냈다. 전화번호부에 저장된 도준의 번호를 액정에 띄워보았다. 이미 문 검사와는 악어와 악어새 같은 이상적인 협력관계를 맺었고 이제 도준에게 접근할 차례였다.

이번 특집 기사는 기사 자체로서의 의미도 있지만 도준을 끌어내기 위한 미끼 역할로서의 기대가 더 컸다. 백 기자는 언젠가 도준을 마주하는 순간을 상상하며 다시 자판을 두드리기 시작했다.

학창시절부터 워낙 말이 없었던 도준에게는 남자 여자를 통틀어 친구가 별로 없었다. 공부도 잘하고 외모도 멋진 도준과 친해지려는 아이들은 많았지만 얼마 지나지 않아 도준의 어두움과 냉담함에 나가떨어졌다.

김시내가 도준과 친해질 수 있었던 계기는 영화였다. 지금도 그렇지만 도준은 클래식 음악과 고전영화의 광팬이었다. 당시 또래 아이들과는 공유할 수 없는 취미였다. 그런데 영화감상 동아리에서 만난 시내는 영화감독이 꿈인 아이였다.

고등학교 동아리 활동이라고 해봤자 우르르 몰려가서 영화를 보고 영화에 관한 수다를 떠는 게 전부였는데 도준은 늘 말이 없이 듣기만 하는 편이었다. 다들 어느 배우가 잘생겼네, 어느 배우가 섹시하네 따위의 소리나 늘어놓는 가운데 시내는 수십 년 전의 영화들까지 들먹이며 어른스러운 리뷰를 해서 도준의 시선을 끌었다.

그렇게 그녀를 특별히 봐오다가 결정적인 계기가 생겼다. '마카로니 웨스턴'이라는 장르를 새로 만들다시피 한 세르지오 레오네 감독의 고전 느와르 「원스 어폰 어 타임 인 아메리카」를 극장에서 재상영하는 이벤트가 있었다. 도준은 기대를 품고 극장을 찾았다.

—도준아!

이름을 부르는 소리에 돌아보니 시내가 서 있었다. 미성년자 관람불가 영화였기에 대학생처럼 보이려고 메이크업에 귀걸이까지 하고 나온 그녀는 무척 성숙해 보였다. 잘 웃지 않던 도준도 그 순간만큼은 환하게 웃었다. 신기하고 반가워서.

—네가 웃는 거 처음 보는 것 같아. 자리도 많은데 우리 영화 같이 볼래?

그렇게 둘은 세 시간이 넘는 영화를 나란히 앉아서 감상했다.

영화 도중에 도준은 시내가 눈물을 흘리는 장면을 목격했다. 그 순간 그는 그녀와 친구가 될 수 있겠다고 생각했다. 그 일 뒤로 둘은 가끔 영화를 보러 다니는 친구 사이로 발전했다.

방송국 피디인 아빠와 의사인 엄마 사이에서 태어난 시내는 부모의 사랑은 물론 오빠의 사랑까지 독차지하고 자란 귀한 막내딸이었다. 영화 한 편 보려면 돈을 아끼고 아껴야 했던 도준의 처지와는 많이 달랐지만 그래도 둘은 영화라는 매개체로 친구 사이를 유지했다. 서로 다른 대학에 가서도 가끔 만나 영화를 보고 영화 이야기를 나눌 정도로.

시내는 영화학과에 진학해서 감독이라는 꿈을 향해 한 걸음씩 나아갔다. 도준은 더욱 어려워진 가정형편에 쪼들릴 대로 쪼들렸지만 오직 시내를 만날 때만큼은 숨 쉴 여유가 생기는 기분이었다.

유리를 만났을 때도, 유리와 연애할 때도, 유리하고 헤어졌을 때도 도준이 가끔이나마 만나는 유일한 친구가 시내였다. 유리 이야기를 포함해 속마음을 털어놓기 위해 찾는 유일한 친구이기도 했다. 지금처럼.

"웬일이야. 세상에서 제일 바쁜 이 변호사님이 먼저 번개를 치시고?"

갑자기 연락받고 나온 시내는 스키니 진에 후드티를 걸친 모습으로 환하게 웃었다.

"그냥 좀 답답한 일이 있어서."

둘은 소주잔을 기울이며 이런저런 이야기를 나누었다. 도준이 맡은 손유리 사건, 시내가 1년째 매달리고 있는 시나리오 이야기 등등 대화는 자유롭게 흘러갔다.

도준은 김 대표와 민정과 함께 식사할 때는 가슴에 돌덩이를 올려놓은 것 같더니 시내를 만나자 속이 뻥 뚫린 기분이었다. 아직 본론은 털어놓지도 않았는데도.

아껴 마시던 소주병이 거의 다 비어갈 때쯤 시내가 불쑥 물었다.

"유리 씨 때문이지?"

오랜 친구는 이래서 좋기도 하고 나쁘기도 하다. 도무지 속일 수가 없으니까.

"다 말해봐, 친구야. 이 누나가 실전 연애는 꽝이지만 이론은 빠삭하잖냐."

"너도 알지? 내가 민정이하고 결혼하는 이유."

시내는 미소를 잃지 않고 고개를 끄덕였다.

"내가 민정이하고 결혼하겠다고 결정 내렸을 때, 넌 이해가 안 간다고 했었지?"

"내 가치관으로 이해가 안 간다는 얘기였어. 네 입장하고는 다르지."

"어떻게 다른데?"

"난 행복을 추구하는 사람이야. 넌 성공을 추구하는 사람이고."

"맞아. 그랬지. 그런데…… 더 이상 성공을 추구하고 싶지 않아졌다면…… 어떡하지?"

그 말에 시내의 눈이 움찔했다.

"이도준. 너 왜 그래……."

"모르겠다."

도준은 술잔을 들었다.

"참, 도준아, 너 혹시「더블 제퍼디」라는 영화 알아?"

"「더블 제퍼디」? 모르겠는데."

"애슐리 저드하고 토미 리 존스가 나오는 스릴러 영화야. 별로 유명한 영화가 아니니 모를 수도 있지."

"갑자기 그 영화는 왜?"

"그 영화가 왠지 이번 손유리 사건하고 비슷하다 싶어서."

별생각 없이 듣고 있던 도준의 눈이 반짝 빛났다. 시내가 말을 이었다.

"그 영화 보면 애슐리가 아이 엄마로 나와. 남편하고 아이하고 셋이 행복하게 사는데 어느 날 남편이랑 요트를 타고 나갔다가 남편이 사라져. 그런데 애슐리 저드가 남편의 살해범으로 몰려. 요트 안에서 피는 물론이고 칼까지 발견되었거든."

도준은 스토리를 듣고 깜짝 놀랐다. 그는 일단 핸드폰 메모장에 영화 제목을 적었다.

"애슐리 저드는 남편 살해범으로 몰려서 결국 살인죄로 감옥에 가. 그런데 남편은 사실 죽지 않았어. 사업으로 진 엄청난 빚을 해결하려고 죽은 것처럼 위장한 거지. 남편은 심지어 다른 여자와 다른 곳에서 다른 이름으로 살고 있었어."

도준은 뒤통수를 한 대 맞은 기분이었다.

'혹시 이선호가 살아 있다면? 이 모든 일을 꾸민 사람이 이선호라면? 혹시 그가 이 영화를 보고 범죄의 영감을 얻었다면? 그렇다면, 그가 원한 것은 무엇이었을까? 영화와 달리 그는 빚더미는커녕 막대한 재산을 소유한 재벌인데.'

도준은 빨리 영화가 보고 싶어서 마지막 잔을 들었다.

"마시고 나가자."

"그래."

둘은 건배하고 마지막 잔을 비웠다. 시내가 물었다.

"털어놓고 나니까 후련해?"

"아까보단 낫네. 아까 민정이하고 민정이 아버님하고 같이 저녁 먹다가 숨 막혀 기절하는 줄 알았거든."

"솔직히 난 지금도 반대다. 유리 씨하고 앞으로 어떻게 할지 상관없이, 김민정 그 여자하고 결혼하는 건 반대야."

"돌이키기에는 이미 너무 늦었어."

"이도준 변호사, 인생에 너무 늦은 때란 없다네."

도준은 한참 시내와 마주 보았다. 그녀가 특유의 '친구의 미소'를 지어줄 때까지.

집에 돌아온 도준은 옷도 벗지 않고 소파에 털썩 누웠다. 아까 시내가 알려준 영화를 찾아볼까 했지만 너무 피곤해서 잠시 그냥 누워 있었다.

'사람이란 참 이상하지. 몇 년을 혼자 지내다가 겨우 한 달도 안 되는 시간을 둘이 지냈는데…… 이렇게 썰렁하고 외로울 줄이야.'

도준은 누운 채로 핸드폰을 꺼내 유리의 번호를 띄웠다. 그러고는 스스로에게 말했다.

"이건 변호사와 의뢰인 사이의 통화야."

"도준 씨! 도준 씨……."

전화를 받자마자 터져 나온 유리의 다급한 목소리에 도준은 벌떡 몸을 일으켰다.

　식물인간처럼 누워 있던 유리의 아버지가 갑자기 심장박동이 약해지면서 한바탕 난리가 났었다. 도준은 택시를 타고 바로 달려왔고 다행히도 병원에 들어가기 전에 유리를 만나 함께 들어올 수 있었다. 병원 앞에 진을 치고 있던 기자들에게 유리의 모습이 노출되긴 했지만 매니저와 변호사를 동반한, 나쁘지 않은 그림이었다.

　"큰 고비는 넘겼습니다. 지금 잠드셨습니다."

　환자 상태를 살피던 의사가 말했다.

　"감사합니다, 선생님."

　이미 오는 길에 눈물을 한바탕 쏟아낸 유리가 연신 감사의 뜻을 전했다.

　"하지만 안심할 수는 없습니다. 기력이 거의 없는 상태세요. 전에는 조금씩 말도 하셨는데 며칠째 아예 의사소통이 안 되고 있고요."

　의사의 말에 유리는 가슴을 쥐어뜯고 싶었다. 아버지가 이 지경이 되도록 병원에 오지 못한 신세가 한탄스러웠다. 그녀가 구속된 상황에서 아버지가 돌아가시면 어쩌나 싶은 두려움도 컸다. 유리는 가느다란 숨을 이어가고 있는 아버지의 손을 잡았다.

　"아빠, 저 유리예요. 아빠 딸 유리."

　아버지는 눈을 뜨지 못했다. 그러나 유리는 왠지 잡은 손에 살짝 힘이 들어간 것 같기도 했다. 어쩌면 착각일지도 모르지만…….

　그녀는 속으로 말했다.

　'아빠, 제발 다시 건강해지셔야 해요. 제가 떳떳하게 병실을 찾아

간호해드릴 날이 올 때까지.'

"유리야, 여기 오래 있진 못할 것 같아. 기자들이 계속 모여들고 있대."

밖에 있는 다른 매니저와 통화를 마친 지희가 걱정스럽게 말했다. 유리는 알겠다며 고개를 끄덕였다.

"내가 잠깐 나가서 상황 좀 보고 올게."

지희가 병실 문을 열자마자 복도에서 기다리고 있던 기자들이 질문을 쏟아내는 소리가 들렸다. 병실 문이 닫히자 유리는 도준 곁으로 다가왔다.

"와줘서 고마워요."

"고맙긴. 당연한 일인걸."

사실 도준은 연애하던 시절에 유리의 아버지를 몇 번 뵌 적이 있었다. 한번은 유리를 통해 아웃도어 점퍼를 선물해드리기도 했다. 마지막으로 뵈었을 때보다 20년은 더 늙어버리신 것 같은 모습에 도준 역시 마음이 저렸다.

도준은 의자에서 일어나 유리 아버지 곁으로 갔다. 다시 뜨지 않을지도 모르는 감긴 눈을 보며 다짐했다.

'아버님, 유리를 구하기 위해 최선을 다하겠습니다.'

"지금 지내는 곳은 어디야?"

도준이 유리를 보며 물었다.

"회사에서 구해준 숙소예요. 예전에 가수들이 합숙소로 쓰던 아파트요."

"안전해?"

"네."

어색한 침묵이 흘렀다. 도준이 침묵을 깨고 말했다.

"오늘 병원행은 재판으로 봐서는 나쁠 게 없었어."

"왜요?"

"당신이 지금 기자들 앞에 모습을 드러내는 게 얼마나 힘든 일인지 사람들은 다 알아. 그런데도 아버지의 병실을 찾아왔잖아. 좋은 이미지를 보태줄 거야."

"그런 것도 다 신경 써야 하는군요."

"그럼. 재판에서도 여론과 심리전이 중요하지."

"아깐…… 미안했어요. 나도 모르게 감정적이 되어서."

"그 얘긴 그만하도록 하지. 일단은 검찰 소환 준비가 중요해."

"며칠 안 남았네요."

"내일 우리 회사에서 차를 보낼 거야. 소환조사를 대비한 미팅을 가져야 해."

"알겠어요. 이보라 대표 관련해서는 특별히 나온 게 있나요?"

"다른 변호사들이 조사 중이야. 탈탈 털어봐야지."

다시 어색한 침묵이 흘렀다. 유리가 뭐라고 입을 열려고 하는데 문이 열리더니 지희가 들어왔다.

"유리야, 남자 매니저 두 명이 오기로 했어. 길을 뚫을 테니까 나하고 같이 얼른 주차장으로 가자."

도준이 끼어들었다.

"잠깐만요. 매니저님 차를 기자들이 미행해서 유리 씨의 숙소를 알아낼 확률이 큽니다."

"그럼 어쩌죠?"

당장 병실 문밖에서 이리 떼처럼 드글거리는 기자들을 어떻게 뚫고 갈지, 도준은 마음이 다급해졌다.

손유리의 아버지가 장기 입원 중인 1인실 밖에서는 기자들이 잔뜩 모여 있었다. 원래 병원에 상주해 있던 기자들은 몇 명 되지 않았지만 속보를 보고 달려온 기자들로 그 수가 금방 불어났다. 백 기자도 뒤늦게 현장에 도착한 기자들 중 하나였다. 연락을 해준 후배를 만난 그녀는 비관적인 표정으로 고개를 내저었다.

"이 아이템은 물 건너갔네."

"왜요? 지금 병실 안에 손유리가 있는데."

"소문난 잔치에 먹을 거 없다고, 기자들이 이렇게 몰려와 있는데 특별한 기삿거리가 나오겠냐?"

"그래도 취재를 안 할 순 없잖아요."

"중요한 대목은 3일 뒤 있을 소환조사야. 그때는 꼼짝 없이 기자들 앞에 서야 하니까. 잘난 이도준 변호사도 한마디 해야 할 테고."

"그날도 어차피 다른 기자들로 바글바글할 텐데요."

"그러니까 그 전에 우리만의 커넥션을 만들어놔야지."

"어떻게요?"

"어이, 후배. 잘 들어둬. 특종 기자들의 공통점이 뭔지 알아?"

"아니요……."

"공생관계를 맺는 거야. 취재 대상한테 필요한 사람이 되는 거지. 그러면 알아서 특종 거리를 준다니까."

"그게 가능해요?"

"나와 문지환 검사 사이를 봐. 서로를 아주 효과적으로 이용하잖아. 멍청한 놈들은 평생 불가능하지."

"하하하."

후배 기자는 남의 얘기처럼 웃었다. 백 기자는 자기가 멍청한지도 모를 만큼 멍청한 후배 기자를 깨우치는 일은 포기하고, 어떻게 이도준 변호사와 공생관계를 맺을 수 있을지를 고민하기 시작했다.

그때였다. 건장한 체구의 남자 두 명이 기자들을 뚫고 병실 안으로 들어갔다.

"누구죠?"

"누구긴 누구겠냐. 손유리 소속사 매니저들이겠지."

잠시 뒤, 병실 문이 열리고 남자 두 명 사이에 낀 손유리가 등장했다.

"손유리 씨!"

"소환을 앞둔 소감이 어떠신가요?"

"정말 이선호 대표를 죽였나요?"

"팬들에게 한마디 해주시죠!"

기자들의 질문이 우박처럼 쏟아졌다. 그런데 백 기자는 손유리를 보고 있지 않았다.

"선배님, 손유리가 가는데…… 안 따라가나요?"

"따라가서 뭐 하게? 남들 다 찍은, 남자 점퍼 뒤집어쓴 손유리 사진이나 하나 건지려고? 저게 손유린지 누군지 알게 뭐…….""

거기까지 말하던 백 기자가 말을 딱 끊었다. 손유리를 따라 복도 끝

엘리베이터 쪽으로 떼 지어 몰려가는 기자들의 무리를 지켜보던 백 기자의 미간이 찌푸려졌다. 그녀는 중얼거리듯 후배한테 물었다.

"야, 손유리가 원래 저렇게 키가 컸어?"

"네?"

"손유리 프로필은 키 165에 몸무게 47이야. 지금 저 여자는 170은 넘어 보이지 않냐? 지금 막 네 앞으로 지나가는데 너랑 키가 비슷해 보이던데?"

"힐을 신었겠죠."

"아버지 응급 상황으로 병원에 달려오는데 힐을 신고 와? 게다가 기자들을 뚫고 가야 하는 걸 아는데? 너 아까 손유리가 병실에 들어가는 거 봤어?"

"네."

"힐 신고 있었어?"

"잘 모르겠는데요……."

"아이구, 이 멍청한 놈아. 눈은 장식으로 달고 다니냐?"

백 기자는 후배 남자 기자의 뒤통수를 때렸다. 그녀는 앞에 몰려 있던 기자들이 모두 사라진 병실 문을 가리키며 말했다.

"잘 봐. 이제 진짜 손유리가 나올 테니까."

백 기자는 후배를 데리고 비상구 계단 입구가 있는 모퉁이에 모습을 숨기고 병실 문을 엿보기 시작했다.

1분쯤 되었을까? 병실 문이 열리고 양복 차림의 키 큰 남자가 등장했다. 이도준이었다. 그는 주변을 살펴 기자들이 전부 사라진 것을 확인하고는 손유리의 손을 잡고 병실에서 나왔다. 후배 기자가 자기도 모르게 탄성을 내뱉었다. 백 기자는 구둣발로 후배의 정강이를 걸어찼다.

도준은 유리를 데리고 천천히 비상구 쪽으로 다가왔다.

"사진 찍을 준비해."

백 기자가 후배에게 속삭였다.

마침내 모퉁이를 돈 두 사람과 딱 마주친 백 기자.

"안녕하세요? 백현서 기자입니다."

생각지도 못한 마주침에 도준도 유리도 몹시 놀란 모양이었다. 그 사이 백 기자의 후배는 연신 카메라 셔터를 눌렀다. 백 기자는 녹음 기능을 활성화시킨 핸드폰을 들이대고 말했다.

"이도준 변호사님. 한 말씀만 부탁드리겠습니다. 아직 재판도 시작 안 했는데 마녀사냥을 하듯 손유리 씨를 범인으로 몰아가는 요즘의 분위기에 대해 한 말씀 해주시죠."

백 기자의 목소리는 침착했다. 속으로는 무척 떨고 있었음에도.

대답을 할까 말까 잠깐 망설이는 것 같던 도준 역시 침착한 목소리로 입을 열었다.

"검사…… 변호사…… 판사…… 모든 법조인의 신성한 사명은 진실을 밝히고 정의를 세우는 것입니다. 그러나 지금 이 사건은 한 개인을 희생양으로 삼는 양상으로 번지고 있습니다."

도준은 잠시 숨을 고르고 말을 맺었다.

"저희 의뢰인이 역사에 길이 남을 억울한 희생자가 되지 않도록 저와 저희 회사는 모든 힘을 기울일 것입니다. 이상입니다."

그러자 백 기자는 재빨리 명함을 꺼내 도준의 손에 쥐여주었다.

"변호사님께서 언론에 대해 어떻게 생각하고 계신지는 모르겠지만, 저만큼은 변호사님 이야기를 왜곡 없이 전달하고 싶습니다. 필요한 게 있으면 언제든 연락주세요."

도준은 간단하게 목례를 하고는 유리의 손을 잡고 비상구 계단으로 사라졌다. 쾅, 철문이 닫히는 소리와 함께 후배 기자가 다시 문을 열려고 했다. 백 기자가 그를 말렸다.

"왜요? 안 따라가요?"

"다 된 밥에 코 풀지 말고 가만히 있어. 사진은 제대로 찍었어?"

백 기자는 후배의 라이카 디지털카메라를 확인했다. 그녀의 입가에 미소가 번졌다.

여섯 장의 사진 중 두 장에 차가운 인상의 도준, 그리고 겁에 질린 유리의 얼굴이 정확하게 찍혀 있었다.

백 기자는 후배의 머리를 쓰다듬어주었다.

"사진은 잘 찍네."

그녀의 가슴에 짜릿한 불꽃이 터졌다.

'세 번째 특종이다!'

역사에 길이 남을 억울한 희생자가 되지 않도록 하겠다.

다음 날 아침 인터넷을 뒤덮은 특종 기사의 헤드라인이었다. 그 아래 마치 사랑의 도피를 떠나는 연인 같은 비주얼의 도준과 유리의 사진이 떡하니 실렸다.

기사를 종이 신문으로 읽은 문 검사는 피식 웃으며 책상 위에 신문을 내려놓았다. 그는 오전 티타임을 갖던 같은 팀 후배 검사들에게 물었다.

"이도준이라는 친구, 어떤 친구야?"

제일 어린 막내 검사가 대답했다.

"제 연수원 동기 변호사입니다. 형사사건 쪽에서는 명성이 대단하죠. 실력도 있고 근성도 있고, 게다가 K&J 대표의 사위가 될 놈이잖아요."

"그것 때문에 더 유명해졌지. 우리나라에서 그 친구만큼 탄탄대로인 놈도 없을걸."

다른 검사도 끼어들었다.

"K&J 쪽에서 아주 제대로 덤빌 모양이던데요. 친구 한 놈이 거기 있는데 대표가 직접 나서서 팀을 지휘한다고 들었습니다."

문 검사는 고개를 끄덕이며 신문 속 도준을 노려보았다. 승부욕이 끓어올랐다. 승부욕. 그것은 아주 어릴 때부터 그에게 가장 익숙한 감정이었다. 그리고 그가 가장 잘 이용하는 힘이기도 했다.

'애송이 녀석. 열심히 준비해라. 네가 누구든, 네 배경이 어떻든 간에 법정에서 피떡이 되도록 짓밟아줄 테니까.'

소환 전날 밤까지 유리는 K&J 회의실에서 변호사들에게 교육을 받았다. 김 대표를 비롯한 소속 변호사들은 유리에게 깊은 인상을 받았다. 그녀는 살인사건 용의자라고는 믿을 수 없을 만큼 침착했다. 게다가 변호사 못지않은 법률 지식을 갖고 있었다. 몇몇 문제에 있어서는 변호사들과 논쟁을 했고 그중 몇몇 부분은 유리의 의견이 받아

들여졌다.

가장 대표적인 대목이 범행동기에 관한 부분이었다. 변호사들은 그녀가 배우로서 벌어들인 수입과 재무 상태의 건전성을 가장 큰 근거로 삼았다. 한마디로 유리가 선호의 돈을 노리고 범행을 저지를 이유가 없다는 것이다. 이미 그녀에게는 충분히 많은 재산이 있고, 그동안의 재산 증식 과정을 봐도 투자에 있어서 무척 소극적이었다는 점, 즉 재산을 불리고 싶은 의도가 별로 없었다는 점을 그 구체적 증거로 내세웠다. 거기에 보라로부터 입수한 혼인계약서도 중요하다며 강조했다. 어차피 선호의 재산에는 손도 못 댈 상황이었으니까. 그러나 유리는 다른 논리를 들고 나왔다.

"물론 일반적인 살인사건에 있어서는 많은 경우 돈이 가장 큰 동기가 되죠. 그러나 제 경우는 그렇지 않다고 봅니다. 우리가 준비하는 논리들을 검찰에서 예상 못할까요? 오히려 검찰 쪽에서는 다른 동기를 문제 삼을 가능성이 크죠. 남편에게 어떤 분노를 느꼈다든가, 아니면 저한테 원래 폭력적이고 가학적인 성향이 있다든가. 심지어 저를 지금껏 드러나지 않은 사이코패스로 몰고 갈지도 모릅니다."

유리는 내로라하는 쟁쟁한 변호사들 앞에서 자기주장을 또박또박 전개했다.

"제가 연기자 생활을 하면서 지금까지 한 번도 우울증을 앓은 적도 없고 정신과 치료를 받은 적도 없으며 알코올중독 등의 경력도 없다는 증명원들이 꼭 필요할 듯싶습니다. 한마디로 제가 살인을 저지를 성향이 전혀 없는 사람이라는 것을 증명하는 것이죠."

미팅이 반복될수록 유리의 논리는 날카로워졌고 태도는 능숙해졌다. 그 모습을 지켜보던 도준이 뿌듯할 정도였다.

"우리 이도준 변호사가 아주 교육을 철저하게 했나 봅니다. 변호사가 다 되셨네요."

김 대표마저 유리를 보며 감탄했다.

소환 전날에도 회의가 이어졌다. 밤 10시가 넘어서 마지막 미팅이 끝나고 도준이 직접 유리를 데려다주기로 했다.

"잠이 올지 모르겠어요."

유리가 걱정스럽게 말했다.

"잘 자둬야 하는데. 내일 밤샘 조사가 될 수도 있어."

"그러게 말이에요."

"그럼 잠깐 바람 쐬고 갈까?"

"그래도…… 돼요?"

"사람들 눈만 조심하면 되지."

유리는 조심스럽게 물었다.

"도준 씨가 저하고 있는 거…… 민정 씨가 싫어할 거예요."

도준은 말없이 가속페달을 깊이 밟았다.

그의 차가 도착한 곳은 흑석동 한강변의 이름 없는 언덕 앞이었다. 그 위에 지어진 작은 정자, 효사정. 서울에서 가장 아름다운 야경을 볼 수 있는 곳들 중 다섯손가락 안에 들 만한 곳인데 비교적 많이 알려지지 않아 밤중에는 사람들의 인적이 드물었다.

효사정은 연인이었을 때 도준과 유리가 종종 찾던 데이트 장소이기도 했다. 신림동 고시원에서 비교적 가까운 곳에서 탁 트인 전망을 볼 수 있었기에.

천천히 언덕을 올라 효사정 앞에 선 유리는 눈앞에 펼쳐진 야경을 호흡하듯 길게 심호흡을 했다.

"여기 오랜만이네요."

도준은 고개만 가볍게 끄덕였다.

"왜 그렇게 표정이 어두워요?"

"나도 긴장되는 건 마찬가지니까."

유리는 먼 곳으로 시선을 던졌다. 마치 어둠이라는 꽃밭에 모인 색색의 꽃들처럼 수많은 불빛들이 메트로폴리스의 화려한 야경을 이루고 있었다.

"혹시 기억나요? 그때 우리가 여기 서서 했던 얘기."

도준은 당연히 기억하고 있었다. 그러나 대답을 하지 않고 가만히 있었다.

"그때 오빠가 그랬잖아요."

"오빠라고 부르지 마. 사람들 앞에서 실수할 수도 있잖아."

"아…… 죄송해요, 도준 씨. 여기 오니까 옛날 생각이 나서. 하여튼 그때 도준 씨가 그랬잖아요. 저 수많은 불빛들 중에 내가 켤 수 있는 불빛이 하나만 있으면 좋겠다고."

"그랬나?"

"도준 씨하고 헤어지고 난 다음에도 가끔 야경을 볼 때마다 그 생각이 났어요. 오빠는…… 아니 도준 씨는 지금쯤 불빛 하나쯤 켰을까…… 궁금하기도 했고요."

"밤엔 좀 쌀쌀하군. 오래는 못 있겠어."

도준은 다른 얘기로 화제를 돌리려고 했다. 하지만…….

"그거 알아요? 저 도준 씨가 결혼한다는 사실을 알고 나니까 대하기가 훨씬 편해졌어요."

"무슨 소리야?"

"모르겠어요. 하지만 제 마음은 분명히 그래요."

도준은 시선을 옆으로 돌렸다.

"민정 씨 아주 똑똑하고 딱 부러지는 여자 같아요. 도준 씨한테 멋진 짝이 될 거예요."

짧은 산책을 마치고, 도준의 차는 유리가 지내는 아파트 지하주차장에 도착했다. 혹시라도 뒤따라온 기자들이 있을까 싶어서 도준은 유리를 현관문 앞까지 바래다주었다.

"따뜻한 물로 샤워하면 잠이 잘 올 거야."

"그럴게요."

"그럼…… 좋은 꿈 꿔."

"도준 씨도요."

"내일 아침 일찍 데리러 올게."

도준이 돌아서려는데 유리가 갑자기 그를 안았다.

"고마워요."

도준의 심장이 쿵쾅거렸다. 유리는 진심을 담아 속삭였다.

"다…… 고마워요."

유리는 그의 허리를 꼭 감았던 팔을 풀고 빙긋 웃어 보였다.

"아까 말했잖아요. 마음이 편해졌다고. 이제 정말 친구가 된 것 같아."

도준이 말을 할 차례였지만 혀가 말을 잊은 듯 꼼짝도 안 했다.

"그럼 들어갈게요."

유리가 현관문을 닫고 들어간 뒤에도, 도준은 한참 더 서 있었다. 그녀의 체온이, 그녀의 향기가 마법의 향료처럼 그의 몸에 스며든 것 같았다.

아침이 밝았다. 날씨는 적당히 맑았다. 파란 하늘에는 구름이 조금 끼어 있고 바람이 불긴 했지만 외투를 걸치지 않아도 좋을 만한 온도였다.

사법기관이 만들어진 이래 이토록 주목을 받은 소환조사는 없었다. 전직 대통령들의 비리 조사 소환 때도 이만큼은 아니었다. 기자란 기자들은 전부 검찰청으로 몰려든 듯했다. 연예-사회-경제-국제 분야에 모두 걸쳐 있는 사건이다 보니 취재 경쟁은 더욱 치열했다.

유리가 도착할 검찰청 건물 입구는 정말 발 하나 디딜 공간도 없을 만큼 붐볐다. 온갖 종류의 고성능 카메라들도 발사 직전의 총처럼 긴장하고 있었다.

"전쟁터가 따로 없네요."

그 틈에 끼어 있는 후배가 백 기자를 보며 혀를 내둘렀다.

기자 생활 15년 차의 백 기자도 이렇게까지 붐비는 취재 현장은 처음이었다. 그간 많은 톱스타들이 이런저런 사건에 연루되면서 이곳에서 카메라에 난사를 당했었다. 그러나 손유리 사건처럼 규모 자체가 거대한 사건은 없었다.

"취재가 가능할까요?"

후배가 계속 묻자 백 기자는 하품을 했다.

"자꾸 떠들지 말고 가만히 있어. 그냥 놀러왔다고 생각해."

"취재 안 하고요?"

"이 세상은 사건들로 가득해. 연예계는 특히 더하고. 기자로서 제일 쓸데없는 짓이 티 안 나는 사건에 힘 빼는 거야. 그냥 분위기만 보고 가도 돼."

그렇게 말하면서도 백 기자는 타고난 본능이 삑삑 울려대는 경보음 소리에 귀를 기울였다. 실체도 징조도 없지만 뭔가 사건이 터질 것 같은 예감이 스멀스멀 꿈틀대는 느낌이었다.

'이상해…… 이 예감은 뭘까?'

백 기자는 눈앞에 펼쳐진 역사적 순간을 보며 불길한 예감의 이유를 찾기 위해 고심하고 있었다.

아이러니한 광경도 펼쳐졌다. 기자들 뒤편에서는 손유리의 팬들이 그녀의 무죄를 주장하며 시위를 하고 있었다.

―키스의 여왕을 돌려주세요!

―그녀는 결백하다!

―마녀사냥을 반대한다!

그들은 우리말뿐 아니라 영어, 중국어, 일본어까지 다양한 피켓을 들고 시위 중이었다.

피켓을 든 인종도 다양했다. 한국 사람은 물론이고 동남아에서 온 팬들에 백인들까지 줄잡아 수백 명의 남녀노소 팬들이 유리를 응원하고 있었다.

이제 곧 손유리를 태운 차가 기자들 앞에 멈춰 서고 그녀가 내릴 예정이었다. 차에서 내린 손유리가 검찰청 입구로 걸어 들어갈 때까지, 그 짧은 순간을 보기 위해 수많은 취재진과 팬들이 운집해 있는 것이었다.

"으악!"

난데없는 비명 소리가 들렸다. 소리 나는 쪽을 돌아보니 전경들이 막고 있는 앞에서 불꽃이 치솟았다.

"어머! 어떡해!"

사람들이 비명을 지르고 난리가 났다. 온통 검찰청 건물 입구만 조준하고 있던 카메라들도 일제히 방향을 틀어 불꽃이 치솟은 곳을 찍어댔다. 사십 대 초반으로 보이는 팬 한 명이 분신자살을 시도한 것이다. 남자는 온몸에 불이 붙은 채 미친 듯이 뛰어다녔다. 알아들을 수 없는 비명을 질러대며. 결국 남자는 고통에 굴복해 바닥을 데굴데굴 굴렀다. 야외에 소화기가 있을 리 만무했던 터라 남자의 몸에 붙은 불을 끄기 위해 전경들이 점퍼를 벗어 남자의 몸을 덮었다.

"오 마이 갓……."

외신 기자들도 경악을 금치 못했다. 살았는지 죽었는지도 불분명한, 시커멓게 그을린 남자의 몸 옆에 널브러진 피켓에는 이렇게 적혀 있었다.

'우리의 여왕님을 괴롭히지 마세요.'

뒤늦게 전경들이 소화기를 들고 와서 김이 모락모락 나고 있는 남자의 몸에 분사했다. 잠시 후 응급차의 사이렌 소리가 들리고 구급대원들이 축 늘어진 남자를 들것에 실었다.

한바탕 소란이 벌어지는 동안 백 기자는 옆에 서 있는 외국인 기자가 자꾸 신경 쓰였다. 밝은 금발의 그녀는 기를 쓰고 앞으로 나가려고 했다. 일단 자리를 잡고 나면 더 이상 남의 자리 앞으로 나가지 않는 것이 불문율인데 그녀는 무례를 무릅쓰고 제일 앞줄로 헤치고 나갔다.

"한국 아줌마의 영혼을 가진 여자네."

백 기자가 중얼거렸다.

유리는 K&J에서 나온 검은색 그랜저 뒷좌석에 타고 있었다. 도준은 조수석에 타고 있었고 그 차 뒤를 유리의 소속사 차가 뒤따랐다. 지희를 비롯한 매니저 두 명은 그 소속사 차에 타고 있었다.

담담하게 창밖을 보고 있는 유리를 돌아보며 도준이 물었다.

"잠은 잘 잤어?"

"네. 덕분에."

"나중에 같이 봐야 할 영화가 하나 있어."

"뭔데요?"

"「더블 제퍼디」. 우리 사건하고 비슷한 부분이 많대."

"구속되면 안 될 이유가 하나 더 늘었군요. 아참, 영화 얘기가 나와서 말인데…… 연기를 하러 간다고 생각하려고요."

"무슨 뜻이지?"

"저를 조사할 검사님이 엄청 무시무시한 사람이라면서요? 드라마나 영화 감독님들 중에서도 무섭기로 소문난 분들이 계세요. 배우들은 보통 그런 감독님들을 싫어하는데 전 오히려 그런 감독님하고 촬영하러 갈 때가 좋았어요."

"그래?"

"그런 감독님을 한번 겪게 되면 뭐랄까 한층 더 성장하는 기분이 들었거든요. 연기뿐만이 아니라 세상을 보는 눈도 달라지고. 결국은 더 강해진달까?"

"좋은 자세야."

"문지환 검사 앞에서 연기 한번 잘 해보려고요. 대본 없이, 있는 그대로 연기하는 건 처음이긴 하지만."

"좋은 뉴스하고 나쁜 뉴스가 있어. 뭐부터 들을래?"

"좋은 뉴스부터요."

"문지환 검사는 소환조사를 여러 번 하지 않아. 어젯밤에 호기심이 생겨 조사해봤더니 90퍼센트 이상은 딱 한 번의 소환조사로 끝냈어. 그러니까 이번이 마지막 소환조사일 가능성이 90퍼센트라는 거야."

"나쁜 소식은요?"

"두 번째부터는 구속 수사로 진행하더군."

"아주 나쁜 소식이네요."

"불리한 이야기를 할 필요는 없지만, 쓸데없이 문 검사의 비위를 거스르지는 마. 이번 조사가 끝나면 틀림없이 구속영장을 신청할 거야. 영장실질심사에서 꼬투리를 잡힐 빌미를 줘선 안 돼."

"변호사님, 지금 지구상에서 구속 수사를 가장 피하고 싶은 사람이 저일 거예요."

"그래. 잘하리라고 믿어."

두 사람을 태운 차가 서울중앙지방검찰청 앞으로 들어섰다. 마인드컨트롤을 하면서 담담하게 여기까지 왔던 유리의 얼굴이 순식간에 무너져버렸다. 창밖으로 보이는 풍경은…….

그녀를 기다리는 수많은 기자들이 마치 악어 떼처럼 보였다. 그녀
는 발가벗겨진 채 악어 떼가 우글거리는 늪으로 던져지는 기분이었
다. 키스의 여왕을 숭배하기 위해 몰려들던 카메라들이 이제는 살인
마를 난도질하기 위해 몰려들었다. 결국 유리는 진심을 털어놓고 말
았다.

　"도준 씨…… 무서워요."

　운전기사에게 보이지 않게 유리는 조수석과 문 사이의 틈으로 손
을 내밀었다. 도준이 그녀의 손을 꼭 잡아주었다.

　유리는 손에서 손으로 전해지는 목소리를 들었다.

　'걱정 마. 내가 널 지켜줄게.'

　후배한테 말한 대로 백 기자는 취재 자체보다는 현장의 분위기를
보기 위해 왔다. 그런데 막상 손유리를 태운 차가 눈앞에 나타나자
온몸에 전율이 흘렀다. 그것은 어떤 거대한 에너지의 흐름과도 같았
다. 대공연장에서 록스타의 공연을 볼 때 관중들의 가슴을 한데 꿰뚫
는 기운과도 비슷한.

　"도착했어요! 오…… 진짜 대박……."

　백 기자는 촐싹대는 후배 기자의 입을 막고 싶은 마음을 꾹 참고
역사의 현장을 주시했다.

　마침내 검은 세단이 검찰청 입구에 멈춰 섰다. 기자들의 플래시가
미친 듯이 터지기 시작했다. 전경들을 사이에 두고 피켓을 흔들며 시
위하던 팬들의 울부짖음도 고조에 다다랐다.

　'이건 일종의 현상이군…….'

백 기자는 잠시 주변을 둘러보고 다시 유리가 탄 차에 시선을 집중했다. 조수석 문이 열리고 도준이 나왔다. 뒤이어 도착한 차량에서는 매니저들이 나왔다. 남자 매니저 두 명이 경호원처럼 양쪽을 지키는 가운데 도준이 차 문을 열었다.

드디어 키스의 여왕이 모습을 드러냈다.

예상과 달리 그녀는 취재진들 쪽을 보며 잠시 멈춰 서 있었다. 그리고 담담한 표정으로, 정중하게 허리를 굽혀 인사했다. 더 이상 커질 수 없을 것 같던 플래시 소리가 더욱 커졌다.

"캬아…… 전략 좋은데? 역시 K&J야. 저 태도는 누가 봐도 살인마가 아니라 무고한 배우 같잖아."

백 기자가 감탄하며 중얼거렸다.

탕!

그때 들려온 한 발의 총성.

아까 백 기자를 밀치고 앞으로 나갔던 외국인 기자의 총에서 발사된 총알은 1초에 300미터의 속도로 날아갔다. 여왕의 심장을 향해.

지석현 회장은 텔레비전에서 눈을 떼지 못하고 있었다. 그는 보면서도 믿지 못했다. 백주 대낮에 검찰청 앞에서 총격이 벌어지다니.

"칼부림도 아니고 총이란 말이지……."

텔레비전을 보던 지 회장이 중얼거리자 옆에 서 있던 상도가 귀를 쫑긋 기울였다. 거대한 체격을 자랑하는 상도지만 지 회장의 말 한마디 한마디에 충직한 개처럼 반응하는 것은 10년째 본능처럼 지켜오는 철칙이었다.

"상도야."

"네, 회장님."

"어린 애들 중에 정말 믿을 만한 놈 한 명만 데리고 와봐."

"어린 애요? 어디다 쓰시게요?"

"내가 좋아하는 여자가 있는데 말이야. 지금 위험에 처했다. 지켜주고 싶어서."

"여자요?"

상도는 깜짝 놀랐다. 지 회장은 절대 여자를 마음에 두는 사람이 아니었다. 벌써 쉰의 나이지만 아직 결혼도 하지 않고 용산의 100평짜리 호화 펜트하우스에서 혼자 살고 있었다.

— 이 바닥에선 마음 가는 사람이 생기면 모래주머니를 차고 뛰게 되는 거다.

이것이 지 회장의 지론이었다. 그렇다고 부하들까지 가정을 꾸리지 못하게 하는 것은 아니었지만 그 자신만큼은 철저하게 혼자이고 싶어 했다. 그러한 자기관리가 지 회장을 암흑가의 대통령으로 만들었다.

스무 살 꼬맹이였던 30년 전, 인천 뒷골목의 유흥업소 삐끼로 밑바닥 생활을 시작한 그는 이제 서울 요지에 빌딩들을 소유하고 호텔과 유흥업소들을 전국에 가진 거부가 되었다. 그런 지 회장의 입에서 '좋아하는 여자'라는 말이 나왔다. 상도는 당황스러운 표정을 감추지 못하고 물었다.

"제가 적당한 아이를 물색해보겠습니다. 실례지만 그 여자분이 어떤 분인지 여쭤봐도 되겠습니까?"

지 회장은 시가를 한껏 빨아들인 뒤 연기를 허공에 뱉어냈다. 연기 속에서 그는 나지막이 말했다.

"키스의 여왕."

유리의 눈에서 눈물이 끝도 없이 흘러나왔다. 지희가 곁에서 달래 주었지만 그녀의 눈물은 멈출 줄을 몰랐다.

"다 나 때문이야, 언니. 나는 불행을 몰고 다니는 사람인가봐. 선호 씨도 그랬고 도준 씨도……."

벌써 며칠이 지났지만 유리는 그날의 충격적인 영상이 잊히지 않았다. 손실률 0퍼센트의 디지털 파일처럼, 그날의 영상은 틈만 나면 그녀의 눈꺼풀 안쪽에서 플레이되었다.

미셸이라는 이름의 기자의 손에서 발사된 총알은 정확히 유리의 심장을 향해 날아왔다. 아마 도준이 1초만 더 늦게 미셸을 봤다면 지금 유리는 죽어 있을지도 모르는 일이었다. 그러나 도준은 총알이 발사되기 직전 미셸을 발견했고 그녀가 방아쇠를 당기는 순간, 유리의 앞을 막아섰다. 총알은 도준의 늑골을 부수고 폐에 박혔다. 도준의 심장은 그 자리에서 멎었다.

모든 것이 가장 불행한 우연들의 조합이었던 그 상황에서 딱 한 가지 행운이 있었다. 피격 현장에서 5분 거리에 강남성모병원이 있었다. 구급차를 부를 것도 없이 바로 검찰청 관용차에 태워진 채 병원 응급실로 옮겨진 도준은 열두 시간에 이르는 대수술을 받았다. 세 조각으로 부서진 총알을 제거하고 폐의 일부를 잘라내야 했다. 수술은 무사히 끝났지만 총격 직후 끊긴 의식이 돌아오지 않았다. 병원 측에서는 이대로 뇌사 상태에 빠질 확률이 80퍼센트라고 했다.

"제발 살아나기만이라도 했으면 좋겠어."

유리는 몇 번이나 같은 말을 반복했다.

"그래. 나도 기도하고 있어."

지희는 눈물에 젖은 유리의 뺨을 어루만져주었다.

유리는 도준의 병실에 가보지도 못했다. 기자들 때문이기도 했지만, 그것보다는 민정 때문이었다. 민정이 병실을 들락거릴 텐데, 병실에 찾아갔다가 자칫 민정하고 마주치기라도 하면 의식 없이 누워 있는 도준에게 더 불편한 상황이 벌어질지도 모르는 일이었다.

보고 싶었다. 도움이 되지 못한다 하더라도 그의 손이라도 잡아주고 싶었다. 미안하다고, 미안해서 죽을 것 같다고 말해주고 싶었다. 듣지 못한다 하더라도.

도준이 쓰러진 뒤, 김 대표의 심정은 복잡하기 이를 데 없었다. 시내 호텔의 일식당 룸에서 함께 밥을 먹은 유 변호사는 어렵게 이야기를 꺼냈다.

"이도준 변호사 말입니다."

도준의 이름이 나오자 김 대표의 눈썹이 꿈틀거렸다.

"예전부터 궁금했는데…… 형님이 이 변호사를 택한 이유가 무엇입니까?"

최측근인 유 변호사만이 감히 할 수 있는 질문이었다. K&J의 서열 2위인 유 변호사는 김 대표의 2년 후배였다. 그는 뛰어난 참모였다. 김 대표의 결정을 전적으로 따르면서도 꼭 필요한 순간에는 직언을 서슴지 않았다.

"우리 K&J에는 유능한 변호사들이 수십 명이나 있지. 물론 이도준 변호사가 변호사로서의 능력도 뛰어나지만, 나는 그 친구의 인간적인 믿음과 영혼의 강인함 등등 내적 자질을 높이 샀지."

"손유리 사건을 맡긴 이유도……."

"짐작하는 대로 그 친구를 키워주기 위해서지. 회사 내부에서야 내 사위가 되면 아무 걱정이 없지만, 외부에 이름을 알릴 빅 이벤트도 필요하지 않나. 이번 사건이 적격이었지."

유 변호사가 묻고 싶은 질문은 따로 있었다.

'여전히 따님과 이도준 변호사를 결혼시키실 생각인가요?'

그러나 차마 그 질문은 입 밖으로 나오지 않았다. 그 대신 돌려서 물었다.

"이도준 변호사가 깨어난다 해도, 물론 깨어나야겠지만, 예전처럼 사건을 맡기엔 무리 아니겠습니까?"

"나도 지금 그 생각 중이네. 자네가 보기엔 누가 적격인 것 같은가?"

유 변호사가 조심스럽게 말을 꺼냈다.

"차시원이는 어떻습니까?"

김 대표의 미간이 모아졌다.

차시원 변호사의 이력은 화려하다기보다는 특이했다. 사법고시에 붙은 뒤 연수원을 차석으로 졸업했다. 그때 수석 졸업자가 도준이었다. 그런데 두 사람의 커리어는 정반대 방향으로 뻗어나갔다. 도준이 국내 최대 로펌인 K&J에서 바로 변호사 생활을 시작한 것과 달리 시원은 무턱대고 개업을 선택했다. 검사나 판사 이력도 없이 오픈한 법률 사무소가 잘될 턱이 없었기에 주변 사람들은 모두 그를 말렸다. 그러나 그는 아무도 생각 못한 기발한 홍보 방법을 이미 마음에 두고 있었다.

방송. 훤칠한 키에 배우 뺨치는 외모와 언변을 갖춘 시원은 각종 예능프로그램에 얼굴을 내밀며 연예인 못지않은 유명인이 되었다. 당연히 그에게 사건을 맡기는 이들이 급증했고, 시원은 자기보다 경력이 많은 선배 변호사들을 고용해가며 사세를 불렸다.

스물여덟 살에 20억 원이 넘는 반포 대형 아파트를 샀고, 스물아홉 살에는 벤틀리 승용차를 샀다. 그리고 서른이 된 올해 K&J에 회사를 팔았다. 100억 원이 넘는 돈을 받고. 동시에 그는 K&J의 파트너 변호사로 합류했다. K&J에서 가장 젊은 파트너 변호사인 셈이었다.

화려한 이력만큼 시원을 둘러싼 루머도 무성했다. 걸그룹 출신 미녀 가수와의 열애설은 애교였다. 톱스타 여배우와 동거설이 난 적도 있었다. 실제로 그는 수많은 방송 프로그램에 패널로 출연하면서 연예인들과 두터운 친분을 쌓았다. 게다가 미혼에 막강한 재력과 능력까지 갖추고 있으니 여자 연예인들이 그의 주위를 맴도는 것은 당연했다.

성격 또한 무척 괴짜인 그는 수십만 명의 팔로워를 거느린 SNS를 통해 파격적인 이벤트를 자주 벌이고는 했다. 그 이벤트들은 상반된 것들이 많았는데, 하루는 국내 최고 호텔의 스위트룸을 빌려 연예인들을 초청한 초호화 파티를 열어 뉴스가 되는가 하면, 어떤 날은 가난하고 억울한 사람들을 위해 무료 변론을 하기도 했다.

대단한 패셔니스타이기도 했는데 수백만 원짜리 양복도 잘 어울렸지만 어떤 날은 아이돌처럼 스키니 진에 스냅백을 뒤집어쓰고 홍대 클럽에서 밤새 즐기는 모습이 포착되기도 했다.

김 대표는 차시원이라는 이름을 몇 번이나 중얼거리다가 물었다.

"그 친구가 대단한 수완가라는 건 알겠네만, 변호사로서의 실력은 확인할 길이 없네."

"그래요? 저는 대표님이 그 친구에 대해 확신하고 계신 줄 알았습니다. 그 친구 회사를 인수하신 걸 보고……."

"그 일은 성격이 좀 다르지. 변호사로서 차시원이를 신뢰해서가 아니라 그 친구가 가진 대중적 인기와 친화력, 그리고 독특한 색깔이 우리 회사에 도움이 될 거라는 생각에서였네."

"이번 기회에 실력도 테스트해보는 게 어떻습니까? 그래도 연수원을 차석으로 졸업한 걸 보면 바보는 아닌 듯하니까요."

"그 딴따라 녀석에게 손유리를 맡긴다…… 화제는 되겠군. 한번 본인 의사나 물어보지."

김 대표는 시원에게 전화를 걸었다. 컬러링인 패럴 윌리엄스의 「해피」가 신나게 흘러나왔다. 김 대표는 마음에 들지 않는다는 표정으로 컬러링을 듣고 있었다. 한참이 지나서야 시원이 전화를 받았다.

"네, 대표님. 점심시간에 전화를 주신 걸 보니 뭔가 이슈가 있나 보죠?"

"오후에 회사에 있나?"

"영화나 보러 갈까 했는데."

태평하게 말하는 시원의 태도에 김 대표는 힘이 쭉 빠졌다.

"잠깐 얘기 좀 하지."

"영화가 4시 반에 끝나니까 그때쯤 뵐까요?"

'업무 시간에 영화라니. 그것도 대표가 보자는데 약속 시간까지 영화 시간에 맞추겠다고?'

김 대표는 하도 기가 막히다 보니 홀린 듯 이렇게 대답하고 말았다.

"그럼 영화 보고 내 방으로 오게."

"예스 써!"

유리는 지희와 함께 도준이 입원해 있는 병원을 찾았다. 피격사건이 있고 난 뒤 처음 며칠은 기자들이 들끓었으나 일주일이 지나자 많이 줄었다. 그래도 유리는 최대한 얼굴을 가리고, 옷도 수수하게 입고 병원에 갔다. 지희가 미리 찾아가서 상황을 살피고 간병인에게 사람들이 주로 면회 오는 시간까지 알아본 후였다.

엘리베이터 문이 열리고 복도로 들어서자 특실 앞을 지키고 서 있는 경호업체 직원이 보였다. 유리의 마음이 오그라들었다.

'바로 저곳에 도준 씨가 누워 있구나. 내 심장에 박혔어야 할 총알을 대신 맞고…….'

지희는 먼저 가서 경호업체 직원에게 미리 신원을 밝히고 방문록에 이름까지 써야 했다. 만약의 추가 피습을 우려한 김 대표의 지시였다.

병실 문 앞에 선 유리는 만감이 교차했다. 선호와 허니문을 떠났던 날부터 그가 사라져버린 아침, 미친 폭풍우에 휩쓸려 표류하던 날들, 첫사랑 도준의 등장, 그와 함께 재판을 준비하던 나날들, 그리고……

비극의 그날까지.

격랑과 같은 기억들이 짧은 순간에 그녀의 머릿속을 휩쓸고 지나 갔다. 그녀는 차라리 평온한 상태가 되어 병실 문을 열었다. 간병인 이 반갑게 웃으며 달려 나왔다.

"아유, 손유리 씨죠? 저 유리 씨 팬이에요. 뉴스 보면서 정말 걱정 많이 했어요. 변호사님까지 이렇게 되다니, 나쁜 놈들. 저는 유리 씨 를 믿어요. 끝까지 응원할게요."

생각지도 못한 타인의 진심 어린 응원에 유리는 울컥하는 무언가 가 올라왔다.

"고맙습니다. 잠깐 자리 좀 비켜주실래요?"

지희가 공손히 부탁하자 간병인은 흔쾌히 병실 밖으로 나갔다. 지 희도 뒤를 따라 나갔다. 등 뒤로 문이 닫히는 소리를 들으면서 유리 는 도준 앞으로 다가섰다.

병실에는 이제 둘뿐이었다. 물론, 만일의 경우를 대비한 CCTV가 천장 모서리에 붙어 있지만.

일주일 만에 보는 도준의 얼굴이었다. 그는 평화로워 보였다.

'이렇게 멋진 사람이, 이렇게 아름다운 사람이 나 때문에……'

유리는 입을 막고 오열을 삼켰다. 울부짖음을 참아냈지만 눈물은 막을 수 없었다. 유리의 눈에서 연신 뜨거운 눈물이 흘러내렸다. 유 리는 도준의 손을 꼭 잡고 흐느꼈다.

"오빠. 미안해요, 또 오빠라고 불러서. 오빠는 그렇게 부르는 거 싫 어하지만…… 난 그렇게 부를 때가 제일 좋은걸요."

유리는 도준의 손을 자신의 가슴에 파묻었다.

"나 진심으로 맹세할게요. 오빠를 다시 일어나게 할 수 있다면 재판 결과 따위 아무래도 좋아요. 남편을 지키지 못한 죗값을 받는다고 생각할게요. 그러니 제발 일어나기만 해요. 제발……."

유리는 도준의 손을 놓고 침대 앞에 무릎을 꿇었다. 그녀의 얼굴이 도준의 얼굴에 닿을 듯 가까워졌다.

"미안하다는 말은 다시 일어나면 할게요. 지금은……."

유리는 뭔가에 홀린 사람처럼 도준의 입술에 자신의 입술을 포갰다. 그 순간, 축 늘어져 있던 도준의 손끝이 파르르 떨리는 것을 유리는 보지 못했다.

시원은 낡은 청바지에 흰색 면 티만 걸친 차림으로 김 대표의 사무실에 앉아 있었다. 그는 회사에서 정장을 입지 않는 유일한 변호사이기도 했다. 물론 그의 사무실에는 최고급 슈트와 셔츠, 넥타이들이 여러 벌 걸려 있어서 의뢰인과의 미팅이나 외부 행사가 있을 때에는 갈아입고 나갈 수 있도록 준비되어 있었다.

"영화는 재밌게 봤나?"

"네. 그럭저럭이요. 본론부터 말씀해주시죠. 또 나가봐야 해서요."

"급한 일인가?"

"제가 출연하는 프로그램 피디님이 이 근처에 오셨다고 해서 같이 차 한잔하기로 했습니다."

"의뢰인보다 방송국 사람들을 더 많이 만나는군."

"그래야 우리 K&J가 더 유명해지고 더 돈을 많이 벌지요."

시원의 말이 틀리지도 않았다. 그가 방송에 출연할 때마다 'K&J 변호사 차시원'이라는 이름이 화면에 등장했고 그것 자체가 회사의 브랜드 이미지를 강화시키는 광고였으니까.

"그럼 용건을 얘기하지. 유 변호사?"

김 대표는 옆에 나란히 앉은 유 변호사에게 공을 넘겼다. 유 변호사는 침착한 톤으로 설명을 시작했다.

"자네도 알다시피 지난주에 우리 회사에 아주 불행한 일이 생겼네. 자네의 친구이기도 한 이도준 변호사가 다시 깨어나는 일이 가장 중요하지만, 우리 회사로서는 손유리 케이스 역시 진행해야만 하네. 그래서 말인데, 자네가 그 사건을 맡아주었으면 하네."

시원의 눈썹이 찡긋, 움직였다. 그는 잠시 뭔가를 생각하다가 말했다.

"도준이의 대타를 해라, 이 얘기군요?"

"대타라는 표현이 썩 마음에 들진 않지만, 내용은 그렇다고 보네."

"흠…… 스타 의뢰인과 스타 변호사의 조합. 광고 효과가 꽤 크겠군요?"

시원의 말에 김 대표와 유 변호사는 별 반응을 보이지 않았다. 수십 년을 재판장에서 살면서, 표정 관리에는 도가 튼 사람들이었다. 무덤덤한 얼굴로 유 변호사가 대답했다.

"그런 이유가 아주 없다고는 말 못하겠네. 그 외에도 다른 여러 가지 이유로 자네가 적임자라는 생각이 들었네."

"하나만 이유를 더 들어주시죠."

"자네 능력을 보고 싶어서."

이번에는 김 대표가 힘주어 대답했다. 그 말에 시원의 입꼬리가 올라갔다.

"재미있네요. 제 능력이요? 서른 살에 로펌을 키워 우리나라에서 제일 큰 로펌에 매각하고 파트너 변호사로 와 있는 제 능력을 또 보고 싶으시다고요?"

"자네가 착각하는 부분이 있군. 난 변호사로서의 자네 능력을 보고 데려온 게 아닐세. 홍보와 사업적 수완에 대해서는 100퍼센트 인정하지. 그래서 자네의 돌발 행동들도 다 용인하고 있는 거고."

"그래서 변호사로서의 실력을 보고 싶다, 이 말씀이시군요."

"사실 변호사로서 자네의 실력이 썩 뛰어나지 않다고 해도 우리 회사의 파트너 변호사로서는 아주 훌륭한 역할을 하고 있다고 생각하네. 단지, 자네의 젊은 나이를 생각하면 영업과 홍보가 아니라 실제 재판에서도 역할을 하는 것이 자네를 위해서도 좋지 않을까 생각하는 거지."

김 대표의 말이 끝나자 시원은 박수를 짝짝짝 세 번 쳤다.

"저를 꼼짝 못하게 하는 논리네요. 만약 거절하면 저는 실력에 자신 없는, 게다가 게으르기까지 한 변호사가 되는 셈이네요."

"뭐 그렇게까지 노골적인 표현은 쓰고 싶지 않네만……."

"하죠 뭐. 심심하던 차에."

시원은 자신만만한 표정으로 어깨를 으쓱했다. 김 대표와 유 변호사는 동시에 고개를 끄덕였다.

"바로 시작할게요. 대신 조건이 두 개 있습니다."

"말해보게."

"도준이랑 같이 일했던 팀 말고 제가 같이 일하기 편한 팀을 꾸리겠습니다."

　"좋아. 나머지 한 가지는?"

　"회사에서 반바지를 입게 해주세요."

7화

일어나요, 오빠

도준의 피격사건으로 가장 큰 혼란에 빠진 사람이 유리라면, 두 번째는 문지환 검사였다. 그는 부하 직원으로부터 수시로 도준의 상황을 보고받았다. 피격 5일째, 도준의 상태는 전혀 나아지지 않았다.

총을 쏜 외신 기자 미셸은 우연한 자리에서 선호를 알게 된 후, 스토킹을 하듯 그를 쫓아다닌 프랑스 여자였다. 과대망상 정신질환 경력이 있는 사람으로, 선호의 결혼 소식이 전해진 직후에 우리나라에 들어와서 치밀하게 범행을 준비한 것으로 밝혀졌다.

문 검사는 며칠째 고민에 고민을 거듭하는 중이었다. 부하인 김 검사가 조심스럽게 말을 꺼냈다.

"영장심사를 재개해야 하지 않을까요? 뇌사에 빠진 사람이 깨어나기를 마냥 기다릴 수도 없잖습니까?"

문 검사의 손에는 직원을 시켜 작성한 여론 동향 보고서가 들려 있었다. 이번 사건에 대한 기사들의 논조와 기사마다 달린 댓글을 분석

한 보고서였다. 손유리에 대해 부정적으로만 흐르던 여론이 이번 사건을 계기로 묘한 터닝포인트를 마련했다는 총평이었다. 아직 재판도 시작하지 않았으니 진실이 밝혀지기 전에는 마녀사냥을 자제하자는 여론이 지배적이라는 것이다.

굳게 닫혀 있던 문 검사의 입이 열렸다.

"아직."

그의 대답을 기다리던, 혈기왕성한 젊은 검사의 얼굴에 허탈함이 드리워졌다.

"상대가 쓰러졌으면 일어날 때까지는 기다려줘야지."

문 검사에게 있어 승리는 너무나도 당연히 가져야 할 것이었다. 그러나 그다음으로 중요한 것이 국민들의 지지였다. 국민들에게 비호감으로 낙인찍힌 채 재판에서만 이긴다면, 그것은 절반의 승리에 불과하다. 여론의 지지도 받고 승리도 하고, 그것이 문 검사가 진정으로 원하는 것이었다. 그래야 그의 진짜 목표에 한 걸음 다가갈 수 있으니까.

그는 속마음을 완전히 드러내지 않고 에둘러 말했다.

"살다 보면 말이지, 케이오보다 판정승이 더 나을 때가 있어. 지금이 바로 그때야. 쓰러진 상대에게 조금만 더 여유를 주자고."

"제가 알아본 바로는 이 변호사가 깨어날 확률이 별로 없다고 하던데요?"

"그 친구가 깨어날 때까지 기다리자는 말이 아니야. 보름. 딱 보름 뒤에 다시 키스의 여왕을 소환하도록 하지."

도준이 쓰러진 지 일주일이 지났다. 그의 약혼녀 민정은 일주일 만에 두 번째 문병을 오는 참이었다. 첫 번째 문병도 한 시간을 넘기지 않았고 이번에도 그럴 예정이었다. 지루한 건 딱 질색인데, 식물인간으로 누워 있는 사람을 지켜보는 일은 그녀에게 어떤 재미도 주지 못하니까.

도준이 입원해 있는 특실은 김 대표가 마련해주었다. 입구를 두 명의 경호업체 직원이 지키고 있었고, 병실 안에 작은 게스트룸이 따로 마련되어 있었다.

민정이 병실에 들어가자 소파에 앉아서 책을 보던 간병인이 일어나 인사를 했다.

"오셨어요?"

"안녕하세요? 잠깐만 자리 비켜주실래요?"

"네."

간병인이 병실에서 나가자 민정은 도준에게 다가갔다. 누워 있는 도준은 평온해 보였다. 피격 당시 쓰러지면서 바닥에 찧은 이마의 상처만 제외한다면, 왜 병실에 누워 있는지 의아할 정도로 멀쩡한 얼굴이었다. 상황을 모르는 누군가가 본다면 숙면을 취하고 있다고 착각할 법했지만, 일주일 동안 그의 눈꺼풀은 단 한 번도 열리지 않았다.

"공과 사를 구분 못하고 예쁜 의뢰인을 집에 불러들이니까 이런 꼴을 당하는 거야."

도준을 잠깐 들여다본 민정은 바로 게스트룸에 들어와서 내연남 크리스와 통화를 시작했다. 크리스는 도준의 피격사건을 몹시 흥미진진하게 여겼다.

"네 약혼남은 아직도 그대로야?"

"못 깨어난다잖아. 죽은 사람이지 뭐."

"그럼 어떻게 되는 거야?"

"대디도 고민 중이신 것 같아. 결혼을 한 것도 아니고, 평생 병원비를 대줄 수는 없는 일이지. 지금이야 언론의 눈도 있으니까 쇼잉하는 걸 테고."

"너랑은 어떻게 되는 거야?"

"이미 헤어졌어. 내 마음속으로는. 이별 통보를 할 필요가 없으니 편하긴 하네. 그 암살범한테 고맙다고 해야 할까?"

"정말 자기는 천하의 악녀야."

"그런 나를 자기는 사랑하잖아."

"그렇긴 해. 생각만 해도 몸이 불끈한데?"

"잠깐 볼까?"

"지금?"

"응. 왜, 바빠? 와이프랑 통화라도 하기로 했어?"

"무슨 소리야. 바쁘긴. 당연히 오케이지. 그리고 와이프는 내가 한국에 있는 동안에는 절대 전화 안 해."

"결혼 잘했네."

"어디서 볼까?"

"우리 항상 보던 호텔에서."

"오케이."

민정은 전화를 끊고 바로 일어섰다. 게스트룸의 문을 열고 병실로 나가려는 순간, 병실에 서 있는 사람을 보고 너무 놀라 주저앉을 뻔했다.

"아빠……."

"왜 그렇게 놀라? 그 안에서 무슨 나쁜 짓이라도 한 거냐?"

김 대표는 게스트룸을 슬쩍 들여다보았다.

"아니 그게 아니라…… 대디는 이 시간에 어쩐 일이세요?"

"이 변호사한테 전할 말이 있어서 왔다."

김 대표는 의심스러운 눈초리로 딸의 얼굴을 한 번 더 훑어본 다음 도준에게 다가갔다. 일주일째 조금의 변화도 없이 누워 있는 도준을 보는 김 대표의 입에서 긴 한숨이 새어 나왔다.

"그 사람한테 무슨 말을 해요? 말해봤자 듣지도 못할 텐데. 이 사람은 그냥 숨만 쉬는 시체라고요."

민정이 틱틱거렸다.

"그래도 꼭 해야 할 얘기다."

김 대표는 도준의 얼굴 쪽으로 몸을 숙이고 말했다.

"이 변호사, 내 말이 들리는지 모르겠지만 일단 얘기하겠네. 나는 자네가 깨어날 거라고 믿네. 그래도 마냥 기다릴 수만은 없는 일이라는 거, 자네도 잘 알 거라 믿네. 자네 대신 차시원 변호사한테 손유리 사건을 맡길까 하네."

도준은 조금의 미동도 없이 그대로였다. 김 대표는 숨을 한 번 고른 후 계속 말했다.

"자네하고는 연수원 동기지? 잠시 후에 차 변호사와 만나서 구체적인 얘기를 해볼 텐데, 적임자라는 생각이 들어. 의뢰인과 변호인이 잘 어울리는 것 같기도 하고. 손유리만큼은 아니지만 그 친구도 꽤나 유명인이니 말이야."

"차 변호사라면 텔레비전에 자주 나오는 그 남자요?"

민정이 끼어들었다.

"그래. 우리 회사에서 몇 달 전에 그 친구 회사를 합병했지. 이도준 변호사하고는 연수원 동기이자 친구이고 말야."

김 대표는 도준의 어깨를 가볍게 쥐어주고는 몸을 일으켰다.

"잠깐 나 좀 보자."

그는 민정을 게스트룸으로 데리고 들어갔다.

"도준이하고 네 문제를 생각해봤다."

"안 그래도 아빠하고 얘기를 해볼까 했어요."

"먼저 네 생각이 궁금하다."

"생각할 게 뭐가 있어요. 식물인간하고 결혼식을 올릴 순 없잖아요."

딸의 말에 김 대표는 긴 한숨을 내쉬었다.

"파혼을 하겠단 거냐?"

"자동 파혼이죠."

"마치 김 변호사가 죽은 것처럼 말하는구나."

"깨어날 리가 없지만, 깨어난다 해도 예전하고 똑같겠어요?"

김 대표는 이미 예상했지만 확인을 하자 허탈한 표정을 지었다.

"알겠다."

"대디야말로 어떻게 하실 작정이세요? 몇 달이고 몇 년이고 계속 이런 특실에 눕혀두고 병원비를 대주실 생각이세요?"

"당분간은."

"아하, 알겠다. 지금 당장 저 사람을 나 몰라라 하면 회사 이미지에도 타격이 온다, 이거죠?"

김 대표는 대답을 하지 않았다.

"알겠어요. 그건 뭐 아빠가 알아서 하세요. 저는 가볼 데가 있어서 먼저 나갈게요."

"나도 회사로 돌아가봐야 해."

"그럼 주차장까지 같이 가요!"

민정은 애교를 부리며 김 대표의 팔짱을 꼈다.

보라는 호텔룸에서 마스터와 비밀 채팅 중이었다. 도준의 피격사건에 마스터도 꽤나 흥분한 눈치였다.

— 대단해. 이런 변수가 생길 줄이야.

— 죄송합니다. 저도 전혀 예상 못한 일이었습니다.

— 아냐. 아주 멋져. 당신도 알잖아, 내가 얼마나 스릴을 좋아하는지.

— 그렇긴 해도 우리의 큰 계획에…….

— 원래 키스의 여왕 프로젝트는 위험할수록 가치가 있는 거지.

— 앞으로는 조심하겠습니다.

— 한국 검찰 쪽은 동향이 어때?

— 이도준 변호사의 상태를 지켜보면서 지금은 관망 중인 것으로 보입니다.

— 그렇겠지. K&J 쪽에서 많이 놀랐겠군.

— 그랬을 겁니다. 당장 다른 변호사를 구할 테지요. 이미 정했을 수도 있고요.

―새 변호사가 선임되면 신상 파악해서 알려주도록.

―네. 마스터.

―게임이 점점 재미있어지고 있어. 그럼 또 연락하게.

덴마크의 철학자 키르케고르는 일찍이 절망을 죽음에 이르는 병이라고 일컬었다. 유리는 바로 그 병에 걸려 있었다.

'내가 사랑한 남자, 나를 사랑한 남자는 모두 비참한 최후를 맞는구나. 나는 비극을 부르는 여자야. 이제 나에게 희망은 없어.'

어둠의 목소리가 그녀를 끌어당겼다. 희망도, 의지도 점점 사라지고 무기력한 상태가 지속되었다.

한남동 그랜드 하얏트 호텔 일식당의 룸에는 묘한 정적이 감돌았다. 테이블 한쪽에는 지석현 회장이 앉고 맞은편에는 그의 심복인 상도가 앉아 있었다. 그리고 상도 옆자리에 앳된 얼굴의 청년이 굳은 얼굴로 앉아 있었다.

100명이 넘은 조직의 아이들 중에서 상도가 고르고 또 고른 아이가 바로 혁이었다. 오늘이 바로 혁을 지 회장에게 인사시키는 날이었다.

지 회장은 한 병에 50만 원짜리 최고급 사케가 든 주전자를 들어 상도와 혁의 술잔을 채워주었다. 둘 다 고개를 숙이고 정중하게 두 손으로 잔을 받았다.

"우리 젊은 친구 잔 좀 받아볼까?"

지 회장이 혁의 앞으로 잔을 내밀었다. 혁은 네, 짧은 대답을 뱉고는 지 회장의 잔에 술을 따라주었다.

다들 가볍게 잔을 부딪치고 비웠다. 기분 좋게 술의 잔향을 음미하던 지 회장이 혁을 응시했다. 밤의 대통령이라 불리는 무시무시한 보스의 시선이었지만 혁은 쫄지 않고 담담하게 견디며 앉아 있었다. 지 회장이 상도에게 물었다.

"이 친구가 어디서 일한다고?"

"신사호텔 룸살롱에서 기도를 보고 있습니다."

한눈에 보기에도 혁의 체격은 단단해 보였다. 다만, 얼굴이 지나치게 곱상하게 생긴 점이 거슬렸다. 지 회장이 혁에게 물었다.

"너, 키가 몇이냐?"

"184센티입니다."

"몸무게는?"

"78킬로그램입니다."

"적당하구나. 그런데 너는 얼굴이 탤런트처럼 곱상하게 생겼다. 얼굴 다칠까봐 일이나 제대로 할 수 있겠냐?"

지 회장의 우려에 상도가 끼어들었다.

"회장님, 이 녀석이 이래 봬도 칼 들고 설치는 놈, 병 깨 들고 설치는 놈, 전부 눈 하나 깜짝 안 하고 몸으로 막아내는 놈입니다. 왜 몇 달 전에 평택 신시가지파 애들이 몰려왔을 때도 이놈이 제일 앞장서서 전부 작살을 냈다 아닙니까."

지 회장은 천천히 고개를 끄덕였다.

"그래. 먹으면서 얘기하자."

지 회장이 먼저 젓가락을 들자 상도와 혁이 차례로 회를 먹기 시작했다. 술을 포함해 100만 원이 넘는 상이었다. 최상급의 횟감에 좋은 술이 곁들여진.

한참 말없이 술과 안주를 즐기던 지 회장이 나지막하게 물었다.

"혁아. 여자는 있냐?"

"아니요. 없습니다."

"음. 네가 할 일이 무슨 일인지 상도한테 대충 얘기는 들었지?"

"네. 손유리 씨의 보디가드라고 들었습니다."

지 회장은 고개를 끄덕였다.

"얼마 전에 어떤 미친 기자가 손유리한테 총을 쏜 사건이 있었다. 너도 알지?"

"네, 뉴스에서 봤습니다."

"나는 말이다, 이 일 시작하고 여자한테 마음을 줘본 적이 없다. 물론 너만 한 나이 때 정말로 좋아했던 여자가 있었지."

혁은 물론이고 상도도 처음 듣는 이야기였다. 지 회장은 작정을 한 듯 어린 시절 이야기를 계속했다.

"이 일 시작하면서 그 여자를 놔줬어야 했는데 그러질 못했어. 깡패 짓 하고 돌아다니다가도 저녁에 반지하방에 와서 그 여자를 안으면 모든 일이 다 잘될 것 같은 기분이 들었지. 그 여자도 내가 깡패 짓 하는 걸 걱정하고 무서워하면서도 날 떠나지 못했고."

지 회장은 잠시 말을 멈추었다가 앞에 놓인 술잔을 비웠다. 술잔이 비자마자 상도가 채워주었다.

"코딱지만 한 단칸방에서 스무 평짜리 연립주택으로 이사도 갔고. 하늘이 계시를 내렸는지 딱 그때 맞춰서 아이도 생겼다. 그날은……우리가 혼인신고를 한 날이었지."

이런 식의 이야기를 들을 거라고는 요만큼도 예상하지 못했던 상도는 숨소리도 내지 않고 지 회장의 말을 경청했다. 지 회장은 평생 결혼도 연애도 안 하고 산 줄만 알았는데, 지그시 눈을 감고 회상하는 큰 형님의 모습이 낯설기만 했다.

"사실 그날 일을 그만둘 생각이었다. 모시던 형님한테 이미 얘기를 해두었지. 형님도 허락을 하셨고. 상황이 좋지는 않았어. 그즈음 우리 조직은 신흥 조직하고 매일같이 생존경쟁을 벌이고 있었거든. 매일매일이 전쟁이었어."

상도는 다시 술잔을 비우고 소리가 나게 잔을 탁, 내려놓았다.

"그날도 우리 조직이 운영하던 성인오락실에서 한바탕 전쟁이 있었지. 우리 조직 애들 세 명이 중환자실까지 갔던 큰 싸움이었다. 다행히 나는 다치지 않고 집에 돌아올 수 있었어. 그런데…… 집에 와보니까 사람 기척이 없더라. 원래는 내가 계단 올라가는 소리만 들려도 현관문을 열고 나와보던 사람이었는데."

지 회장은 그날 밤의 냄새까지도 기억했다. 비가 몹시 내리던 날이었는데 집 안에 역한 냄새가 풍겼다. 그런 냄새를 많이 맡아본 지 회장은 그 냄새가 피비린내라는 사실을 직감할 수 있었다.

방문을 열었을 때, 아직 아내는 살아 있었다. 피바다가 된 방 안에서 그녀는 고통스럽게 꿈틀거리고 있었다. 바들바들 떨리는 그녀의 손가락이 말을 하는 듯했다. 살려달라고, 구해달라고.

그는 아내를 업고 병원으로 뛰었다. 그러나 응급실에 도착하기도 전에 아내는 숨이 멎었다. 배 속의 아이도 함께…….

힘겨운 이야기를 끝낸 지 회장의 입에서 긴 한숨이 새어 나왔다. 상도와 혁은 고개를 푹 숙인 채 무슨 말을 해야 할지 몰랐다.

"이야기가 여기서 끝이 아니야. 여기서부터가 시작이다. 그 여자를 죽인 사람이 누구였을까?"

"전쟁을 벌이던 상대편 놈들이지요?"

상도가 대답했다. 지 회장은 피식 웃으며 고개를 저었다.

"그랬으면 지금 이 자리에 내가 없었을 거다. 여자를 죽인 놈은 바로 내가 모시던 형님이었다."

그 말에 표정의 변화가 없던 혁의 얼굴에도 충격이 드리워졌다.

"내가 조직을 나가려고 하니까 여자를 죽여버린 거지. 여자가 없어지면 날 계속 붙잡아둘 수 있을 거라고 생각했으니까. 내가 그 사실을 알아낼 거라고는 상상도 하지 못했겠지."

"그래서, 어떻게 하셨습니까?"

상도가 물었다.

"마음이야 그놈을 당장 죽여버리고 싶었지. 하지만 2년을 참았다. 상대 조직하고 전쟁이 완전히 끝나고, 우리 조직이 인천 유흥가를 접수한 뒤에 그놈을 담가버렸지."

행동대장 격이던 지 회장이 조직의 보스급으로 올라선 계기이기도 했다. 그 뒤로 지 회장은 어떤 여자도 곁에 두지 않았다. 오직 조직의 확장만을 위해 달리고 또 달렸다. 그것이 그의 인생이었다.

"그런데 참 웃기기도 하지. 손유리를 텔레비전에서 처음 봤을 때 그 여자 생각이 나더라고. 닮았어. 너무나도 닮았어. 특히 선하디 선한 그 눈매가……."

상도는 그제야 지 회장의 마음을 이해할 수 있었다. 혁을 데리고 오라고 시킨 이유도.

지 회장은 다시 혁을 정면으로 보며 물었다.

"네가 어떻게 살아왔는지는 안 물어보마. 다만 이것만 물어보지. 누가 또 손유리한테 총을 쏜다면, 네 몸으로 막을 수 있겠냐?"

혁은 잠시 생각한 다음 대답했다.

"네."

지 회장은 그의 대답을 듣지 않았다. 다만, 대답을 할 때 그의 눈을 들여다보았다. 그러고는 고개를 끄덕였다.

"됐다."

유리는 그녀 앞에 벌을 서듯 서 있는 청년을 보며 한숨을 내쉬었다. 유리가 묵는 숙소까지 청년을 데리고 온 사람은 그녀의 기획사 대표였다.

"대표님, 저 보디가드 같은 거 필요 없어요. 성의만 기억할게요."

유리의 태도는 완강했다. 그러나 대표의 입장도 일리가 있었다.

"이 변호사가 그 꼴이 나는 걸 보고도 그런 팔자 좋은 소리가 나오니? 재판도 못 해보고 개죽음 당하고 싶어?"

논리적으로는 대표의 말이 백번 맞았기에 유리는 계속 버티지 못했다. 그러나 그녀의 눈에 보이는 혁의 모습은 겨우 스무 살이 넘어 보이는 어린 청년이었다.

"보디가드는 둔다고 쳐도, 이 친구는 너무 어리지 않아요? 실례지만 지금 몇 살이시죠?"

유리가 혁에게 물었다.

"스물세 살입니다."

"경호 업무는 얼마나 하셨나요?"

"처음입니다."

혁의 대답에 유리가 이보란 듯이 대표에게 어깨를 으쓱해 보였다. 그러자 대표는 유리에게 최후통첩처럼 말했다.

"유리야. 내가 왜 이렇게 너하고 싸우면서까지 경호를 붙이려고 하겠니? 다 너를 위해서야. 이 친구는 비록 나이는 어리지만 믿을 만해. 왜냐하면 내가 지금까지 본 사람 중에서 가장 믿을 만한 사람이 보냈거든. 너의 빅 팬이기도 한."

유리는 한숨을 쉬고 혁을 쳐다보았다. 마치 고대 그리스의 석상처럼 미동도 없이 서 있는 남자. 남자라기보다는 아이같이 앳된 얼굴. 이 아이를 믿어도 될까?

그녀는 포기한 말투로 혁에게 말했다.

"일단 알겠어요. 한 달만 시험하는 셈 치죠."

"그래. 잘 생각했다. 이 친구 운전도 할 줄 안다니까 외출할 때는 항상 동행시키도록 해. 그분께서 여기 같은 아파트 단지에 이 친구 집을 얻어주기로 했다."

"그분은 돈이 남아도시나 봐요."

"네가 생각하는 것보다 훨씬 더. 나중에 뵐 날이 있을지도 모르지. 예전에도 몇 번 뵐 기회가 있었는데 오히려 그분 쪽에서 극구 사양하셨어."

"성함이라도 알아둘게요."

"지석현 회장님이시라고, 호텔, 콘도 등을 비롯해 각종 사업을 크게 하시는 분이야."

"지희 언니는요?"

"내가 잘 얘기해뒀어. 지희도 계속 네 곁을 지키고 싶어 하는데, 너도 알다시피 급한 상황에선 아무래도 남자가 나아. 이 변호사도 없는 상황에서는 더더욱 말이야. 오늘은 계속 집에 있을 거니?"

"아뇨. 지금 바로 나가봐야 해요."

"무슨 일인데?"

"새 변호사하고 미팅이 있어요."

'새 변호사'라고 말하는 유리의 마음이 바늘에 찔린 듯 따끔했다. 병원 침대에 누워 있는 도준의 얼굴이 바로 눈앞에 떠올랐다.

'죽은 사람보다 더 죽은 사람처럼 미동도 없이 누워 있던 그……. 그녀의 첫사랑. 그녀를 위해 목숨을 내놓은 남자. 그런데 나는 살아보겠다고 보디가드를 붙이고 새로운 변호사를 찾는다?'

유리는 갑자기 스스로에게 환멸을 느꼈다. 하지만 도준이 세뇌하듯 그녀에게 했던 말이 떠올랐다.

— 오직 살아남는 것만 생각해.

'그래. 살아남아야지. 남편을 죽였다는 누명을 벗기 위해서라도, 나를 위해 대신 쓰러진 첫사랑을 돌보기 위해서라도, 살아남아야지.'

유리가 혁을 보며 물었다.

"이름이 혁이에요?"

"네. 우혁입니다."

"성이 우, 이름이 혁?"

"네."

"특이한 이름이네요. 어쨌든 가요."

대표는 회사로 돌아가고 유리는 혁의 차를 타고 K&J 사옥으로 향했다. 혁이 준비한 차는 벤츠 S클래스였다.

"이 차도 그쪽 회장님이 마련하신 건가요?"

"네."

"부자신가 보네요."

"그런 건 잘 알지 못합니다."

혁의 어조는 낮고 침착했다. 앳된 얼굴과 어울리지 않는 목소리였다.

그는 기계처럼 정확히 운전을 했다. 급하지도 느리지도 않게. 뒷자리에 앉은 유리는 눈을 감고 잠시 머리를 식혔다. 이제 곧 변호사를 만나면 또 골치 아픈 이야기가 끝없이 이어질 테니까.

시원은 회의실에 비스듬하게 앉아 깊은 생각에 잠겨 있었다. 찢어진 청바지에 헤비메탈 그룹 메탈리카의 로고가 프린트된 티셔츠를 입고 스냅백까지 뒤집어쓴 그의 모습은 아무리 봐도 변호사로는 보이지 않았다. 그러나 그는 A4 용지 2천 장이 넘는 유리 케이스의 자료를 며칠 동안 독파한 천재적인 머리의 소유자였다.

그는 누구에게 져본 경험이 별로 없었다. 능력이 뛰어나기도 했지만, 질 것 같은 승부는 아예 피해버리는 인생관도 그의 승률에 한몫했다. 어쩌면 이번 손유리 케이스도 그의 방식대로 승부의 방향이 틀어질지도 모르는 일이었다.

그는 철저하게 자료와 논리에 의존하는 변호사였다. 솔직히 손유리가 정말로 이선호를 죽였는지 사실 여부 자체도 궁금하지 않았다.

지금껏 그가 사건을 맡은 의뢰인들에게 한 번도 묻지 않은 질문이기도 했다.

— 당신은 정말 결백한가요?

그에게 중요한 건 진실이 아니었다. 승리. 오직 그것뿐.

미팅을 앞두고 며칠 밤을 새우다시피 해서 분석한 손유리 케이스 자료가 그의 앞에 산처럼 쌓여 있었다. 자료만 읽어봐서는 재판에 이길 확률이 10퍼센트도 안 되어 보였다. 그는 몽블랑 만년필로 자료 더미를 툭툭 두드리며, 대체 이 캄캄한 터널에서 어느 쪽으로 가야 할지를 가늠하고 있었다.

며칠 동안 부족했던 잠 때문일까? 시원이 입이 찢어질 듯 하품을 하고 기지개를 켜는데 회의실 문을 두드리는 노크 소리가 들렸다.

"네! 들어오세요."

로펌 직원이겠거니 생각하고 흘깃 뒤를 돌아보는데, 문이 열리고 들어온 사람은 손유리였다.

시원은 잠시 마비가 온 것처럼 온몸이 굳어버렸다. 맹세코, 이토록 아름다운 여자는 처음 보았다. 이렇게 직접 대면하기 전에도 텔레비전이나 스크린에서 그녀를 수도 없이 보았다. 광고에서도 마찬가지고. 수십, 수백 번은 본 얼굴이었다.

모두가 그녀의 아름다움을 찬양할 때도 그는 긍정도 부정도 하지 않았다. 연예인이라면 으레 예쁘고 잘생겼다고 생각했으니까. 그러나 지금 화장을 하지 않은 민얼굴로 나타난 유리의 모습은 비교 대상이 없이, 단연 압도적이었다.

'남편을 잔혹하게 살해했다는 혐의가 그녀를 더욱 신비롭게 보이

도록 만드는 것일까?'

멍하니 서 있는 시원 앞으로 유리가 다가와 인사했다.

"안녕하세요? 손유리라고 합니다."

시원은 감정을 숨기거나 부끄러워하는 타입이 아니었다. 그는 보기 드물 만큼 자신의 감정에 솔직한 사람이었다.

"와우. 이렇게 예쁘실 줄은 상상도 못했네요."

예상치 못한 반응이었는지 유리는 당황한 기색을 보였다.

"이리 앉으시지요."

시원이 자기 옆자리 의자를 뒤로 빼주었다.

"고맙습니다."

웃음을 잃어버린 그녀의 파리한 인상은 보호 본능까지 강하게 자극했다. 여태껏 시원에게 이런 생각이 들게 한 의뢰인은 처음이었다.

"안녕하세요? 이도준 변호사 후임으로 변론을 맡은 차시원이라고 합니다."

명함을 받아 든 유리가 시원의 얼굴과 차림새를 슬쩍 보더니 말했다.

"변호사 같지 않은 분이네요. 나이도 굉장히 젊어 보이시고."

"아, 도준이하고는 연수원 동기입니다. 친구죠. 하하."

"아, 네…… . 텔레비전에도 자주 출연하신다고 매니저를 통해서 들었습니다."

"유리 씨를 보니 이제 텔레비전 출연은 그만해야겠다는 생각이 드네요. 이렇게 예쁜 분도 계신데. 부끄럽습니다."

"변호사님도 잘생기셨어요."

시원은 장난기가 발동했다.

"도준이보다 잘생겼나요?"

그의 농담에 유리의 표정이 굳어버렸다. 그 모습에 시원은 고개를 갸웃했다.

'뭐야, 이 진지한 반응은…….'

길고도 긴 터널이었다. 무의식이란 암흑과도 같았다. 살아 있는지 죽었는지조차 인지할 수 없는 캄캄한 암흑.

얼마나 시간이 흘렀을까? 도준의 의식에 희미하게 불이 들어왔다. 그는 여전히 눈을 뜨지도, 입을 열지도 못했다. 의료진에게 그는 여전히 같은 상태였다. 그러나 완전히 꺼진 것이나 마찬가지였던 그의 의식에 불이 들어온 것만은 확실했다.

그 불빛은 너무나도 연약했다. 아주 작은 바람에도 훅 꺼져버릴 수 있었다. 자궁 속의 태아처럼, 어렴풋한 의식 속에서 도준은 몸부림을 치고 있었다.

그녀에게 닿기 위해.

법무법인 K&J 사옥 주차장. 혁은 시동을 켜놓고 차 밖에 나와 있다가 유리가 오자 차 문을 열어주었다.

"이렇게까지 안 하셔도 돼요."

"아닙니다."

혁은 마치 공주를 모시는 기사처럼 유리를 차에 태우고는 도로 위로 올라섰다. 왔을 때처럼 침착하게 운전을 했다.

"집으로 모실까요?"

"네."

유리는 몸에 힘을 빼고 창밖으로 시선을 돌렸다. 그녀의 절박함 따위는 관심도 없다는 듯 도시의 풍경은 무서우리만큼 일상적으로 이어지고 있었다. 유리는 우울한 생각에 빠져들지 않기 위해 혁에게 말을 걸었다.

"회장님은 어떤 분이시죠?"

"저는 회장님을 잘 모릅니다."

혁은 무척이나 과묵한 사내였다. 오직 묻는 말에만 대답하는 투가 로봇 같기도 했다. 그런 그가 답답해서 유리는 다르게 물어보았다.

"우혁 씨는 어떤 사람이에요?"

혁은 잠시 대답을 못하고 있다가 대답했다.

"말 놓으셔도 됩니다."

유리는 나이가 어리다 해도 쉽게 반말을 하는 성격이 아니었지만, 앞으로 계속 같이 다니려면 말을 편하게 하는 게 나을 것 같았다.

"그래. 말해봐. 넌 어떤 사람이야?"

"저는…… 나쁜 사람입니다."

예상치 못한 대답이었다.

"왜? 왜 자신을 나쁜 사람이라고 생각해?"

"나쁜 짓을 하니까요."

화려한 수사를 구사하던 시원과 달리 혁이 쓰는 언어들은 단순하고 짧았다. 그러나 사람의 마음을 움직이는 힘이 느껴졌다.

"나를 지켜주는 일이 나쁜 짓이야?"

"아니요. 전에 제가 하던 짓이요."

"무슨 짓을 했는데?"

"불법적인 일들이요. 조직에서 시키는 일들."

유리는 혁이 폭력조직 출신이라는 사실을 대충 짐작하고 있었다. 앳된 얼굴과 상반되는 어떤 위험한 기운이 느껴졌기 때문이다.

"나이도 아직 어린데, 왜 조직에 들어갔어?"

"살기 위해서요."

도무지 둘러대거나, 변명하거나, 감추지를 못하는 아이였다. 유리는 더 이상 캐묻는 건 혁을 괴롭히는 일 같아서 그만두었다. 다시 창문을 내리고 시선을 밖으로 돌렸다. 그런데 그녀의 시선이 탁 걸리는 장면이 있었다.

옆 차선에 있는 차 창문을 열고 담배를 피우는 여자가 보였다. 섹시한 얼굴에 화려한 화장을 한 그녀. 딱 한 번 봤지만 절대로 잊을 수 없는 얼굴이었다. 그리고 옆에서 운전을 하고 있는 남자가 보였다. 얼굴은 보이지 않았지만, 건장한 남자의 손이 여자의 뺨을 만지는 모습이 선명히 보였다.

'이럴 수가……'

유리는 혹시라도 시선이 마주칠까 싶어 얼른 창문을 올리고 혁에게 말했다.

"혁아. 지금 우리 왼쪽에 있는 차, 보여?"

혁은 호들갑 떨지 않고 침착하게 눈을 돌려 차를 확인했다.

"은색 재규어 말인가요?"

"응. 그 차 따라가 줄 수 있어?"

"알겠습니다."

유리의 심장이 쿵쾅거리기 시작했다. 태어나서 처음 겪는 감정이 가솔린처럼 그녀의 혈관을 타고 돌았다.

민정이 탄 차를 쫓아 들어온 곳은 논현동의 임피리얼 팰리스 호텔 앞이었다. 주차요원이 조수석 문을 열자 민정이 내렸다. 모자를 쓰고 커다란 선글라스로 얼굴의 반을 가렸지만 도준의 약혼녀, 민정이 틀림없었다.

곧이어 운전석 문이 열리고 크리스가 내렸다. 둘은 사람들의 눈을 의식해서인지 타인처럼 거리를 두고 호텔로 들어갔다.

천천히 뒤를 따라오다가 차를 멈춘 혁이 돌아보며 물었다.

"어떻게 할까요?"

유리는 잠시 고민하다가 마음을 먹었다.

"더 따라가 볼 수 있겠어?"

"네."

혁은 주차요원 앞에 차를 멈추더니 바로 내렸다. 주차요원에게 차를 맡기고는 재빠르게, 하지만 티 나지 않게 호텔 안으로 들어갔다.

유리도 차에서 내려서는 호텔 안에 들어가지 않고 밖에서 기다렸다. 사람들의 시선을 피해 벽 쪽으로 몸을 돌린 채. 외출할 때 필수품이 되어버린 선글라스와 마스크를 핸드백에서 꺼내 쓰면서 그녀는 생각했다.

'얼굴을 가리지 않고 살 수 있는 날이, 과연 내게도 찾아올까? 남들처럼 눈과 입을 드러내놓고 햇살을 마주할 날이, 마음껏 웃고 울 수 있는 날이…… 내게도 올까. 그래. 그런 날을 위해 이렇게 싸우는 거야. 도준 씨가 나에게 용기를 북돋아준 것도 바로 그런 날을 되찾아 주고 싶어서였을 거야. 그날이 오면, 정말 그날이 오면…… 더 이상 연예인으로는 살지 않을래. 평범하게, 일상의 기쁨과 슬픔을 누리며 살고 싶어.'

하지만 그런 날이 오기는커녕 평생 답답한 감옥에 갇혀 있을 운명이라면?

발랄하게 웃으며 그녀의 등 뒤로 지나다니는 호텔 손님들의 소리에 유리는 더욱 비장해졌다. 누군가를 별로 부러워해본 적 없는 그녀였는데 이제 세상 모든 사람이 부러워졌다.

잠시 후, 혁의 목소리가 그녀의 등 뒤에서 들렸다.

"확인했습니다. 남자분과 여자분이 같은 룸에 투숙하셨습니다."

혹시나 했던 그녀의 마음이 무너져버렸다. 분노가 치밀었다. 이런 여자와 약혼한 도준이 바보 같고 불쌍했다.

다시 혁이 차를 갖고 왔다. 유리가 뒷자리에 오르자, 혁은 부드럽게 가속페달을 밟으며 물었다.

"이제 댁으로 모실까요?"

유리는 그의 말이 들리지 않았다. 그녀의 분노와 안타까움은 도준에게까지 번져갔다. 화산이 폭발한 듯 감정이 치솟았다.

"집에 가기 전에 술을 좀 사올 수 있겠니?"

"알겠습니다. 어떤 종류로?"

"위스키. 잭 다니엘."

"네, 알겠습니다."

혁은 집에 가는 길에 마트에 들러 잭 다니엘 한 병과 콜라, 레몬을 사왔다. 안줏거리로 육포와 견과류까지 함께.

"신경 써서 사왔네, 어린 친구가. 종종 잭콕 마시나봐?"

"아무래도 술집에서 일하다 보니까요."

"아하, 맞다."

그런데 유리의 집 앞까지 온 혁이 계속 서 있었다.

"왜? 무슨 할 말 있어?"

"회장님께서 혼자 술을 드실 땐 반드시 옆에서 지켜주라고 하셨습니다."

"아유. 걱정 마. 어서 술 주고 들어가봐. 무슨 일 있으면 전화할게."

유리는 혁에게서 술을 건네받으려고 했지만 혁은 완강했다.

"죄송합니다."

"미치겠네. 명령은 무조건 지킨다, 이거야?"

"……."

"그럼, 내가 혼자 술 마시는데 옆에서 구경하겠다?"

"멀리 떨어져 있겠습니다."

유리는 황당해서 헛웃음이 나왔다. 분위기를 보아하니 물러날 기세는 아니었다.

"혼자 술도 못 마시는 처지가 되어버렸네. 알았어. 들어가자."

유리는 혁이 보는 앞에서 혼자 취해버렸다. 도준이 쓰러지고 나서 처음으로 입에 대는 술이었다. 그녀는 혁에게 '누나'라고 부르도록 했고 혁은 어색해하면서도 토를 달지 않았다. 그리고 몸이 흔들흔들할 정도로 술에 취했을 때, 유리는 젖은 눈으로 부탁했다.

"혁아. 갈 데가 있어."

유리가 말을 꺼내자마자 혁은 자세를 곧추세우고 자동차 열쇠를 들었다.

"어디로 모실까요, 누나?"

도준의 테러 이후 백현서 기자는 열 개가 넘는 기사를 쏟아냈다. 피격 현장을 제일 먼저 스케치해 보낸 기자도 그녀였고, 당분간 소환을 미루겠다는 문지환 검사 측의 입장을 단독 보도한 사람도 그녀였다. 그 외에도 여러 각도에서 상황을 분석하는 기사, 앞으로의 재판 스케줄을 예측하는 기사들 중에서도 그녀가 쓴 기사가 제일 클릭 수가 높았다.

키스의 여왕 손유리 사건에 달라붙은 수백 명의 기자들 중에서 명백한 주도권을 쥐고 있는 사람이 바로 백 기자였다. 그런데 그런 백 기자조차도 기삿거리를 전혀 찾아내지 못하고 있었다. 특히 손유리 측에서는 새로운 뉴스가 하나도 나오지 않고 있었다. 변호사가 쓰러졌으니 당연한 일이겠지만.

재판 일정은 잠시 멈춰졌지만 기사까지 멈출 수는 없었다. 무슨 이야기를 써서라도 기사는 만들어내야 했다. 백 기자는 아메리카노를 홀짝이며 지금까지의 사건 흐름을 훑어보았다. 새로 재판이 시작될 때까지 기사를 뽑아낼 곳이 있나 살피기 위해서였다. 그렇게 하루가 다 갔다.

그녀를 졸졸 따라다니는 후배 기자가 퇴근하면서 그녀의 자리에 들렀다.

"선배님, 먼저 들어가겠습니다."

"오케이. 수고했어."

후배 기자를 보내자마자 백 기자의 핸드폰이 울렸다. 문지환 검사였다. 그녀는 느슨해졌던 몸의 끈을 단숨에 조여매고 전화를 받았다.

"네, 검사님!"

"백 기자님, 아직 퇴근 전이신가요?"

"네. 검사님은 재소환 준비에 바쁘시지요?"

"검찰 일이라는 게 변수가 하도 많아서 말이죠. 살다 보니 변호인이 피격당하는 일도 있네요."

"이 변호사는 일어나기 힘들 거라는 얘기가 많이 돌던데요?"

"아마 그럴 겁니다. 안 그래도 그 사건 관련된 일로 부탁드릴 게 있어서요."

'부탁? 문지환 검사가 나한테 부탁을?'

백 기자는 의자에 기댔던 등을 떼고 꼿꼿이 고쳐 앉았다.

"말씀하세요, 검사님. 제가 힘닿는 데까지 도와드리겠습니다."

"이건 백 기자님하고 저하고 단둘이서만 알았으면 좋겠습니다."

"약속드리죠."

그 말과 동시에 백 기자는 핸드폰의 녹음 기능 버튼을 눌렀다. 문 검사는 작은 한숨과 함께 이야기를 시작했다.

"K&J 측에서 이도준 변호사 후임을 결정해서 통보를 했더군요."

"그래야겠지요. 베테랑 변호사인 모양이죠?"

"그럴 줄 알았는데…… K&J에서 이 사건을 우습게 보는 모양이에요."

"네?"

"연예인을 변호인으로 앉혔더군요."

'연예인?'

백 기자는 무슨 소리인지 알아듣지 못해 가만히 있었다.

"차시원 변호사라고 알지요? 텔레비전에 자주 나오는 젊은 친구."

'헉! 차시원이라니!'

백 기자는 온몸에 소름이 돋았다. 차시원이 손유리의 변호를 맡는다니, 이번 건 역시 특종임을 직감했다.

그녀는 흥분을 감추고 물었다.

"의외의 선택이네요? 홍보 효과를 노린 걸까요?"

"그래서 말인데, 저는 K&J 친구들이 괘씸하다는 생각이 들어요. 사건을 사건 자체로 다루지 않고 회사 홍보에만 관심을 두고 있는 것 같단 말이죠. 제가 전화한 이유도 바로 그것 때문입니다."

"그것이라면……."

문 검사는 한층 목소리를 낮춘 채 말했다.

"차시원이 주변에 이런저런 소문들이 많았던 걸로 얼핏 기억을 합니다."

"아무래도 방송 출연도 잦고 연예인들하고도 자주 어울리다 보니 스캔들이 몇 번 있었죠."

"우리 백 기자님이 수고를 좀 해주셔야겠어요. 차시원 변호사 주변을 좀 캐줬으면 해요. 새로 스캔들이 날 만한 게 있으면 기사를 내주시고요."

전혀 예상하지 못한 부탁이었다. 백 기자의 머리가 빠르게 회전하

260

기 시작했다.

'재판을 하기 전에 변호인을 흔들어서 승기를 잡겠다는 얘기지? 그런데 이렇게까지 해야 하나?'

배경이야 어떻든 문 검사의 부탁은 거절하고 말고 할 성격이 아니었다. 그동안 그녀에게 안겨준 특종만 해도 여러 개니까.

"알겠습니다, 검사님. 탈탈 털어보겠습니다."

"하하. 내가 이래서 우리 백 기자님을 믿는다니까요. 재판 끝나면 내가 거하게 한턱 쏘겠습니다."

"별말씀을요. 새로운 이슈가 나오는 대로 바로 연락드리겠습니다."

"오케이, 고마워요."

백 기자는 방금 퇴근한 후배에게 전화를 걸었다.

"야! 아직 회사 근처지? 지하주차장으로 당장 튀어와."

달리는 차 안에 흐르는 정적이 불편했다. 혁이 운전하는 벤츠 S클래스는 뒷좌석에서도 엔터테인먼트 시스템을 컨트롤할 수 있었기에, 유리는 직접 라디오를 켰다. 오래된 가요가 흘러나왔다. 이문세. 사랑이 지나가면.

그 사람 나를 보아도 나는 그 사람을 몰라요.
두근거리는 마음은 아파도 이젠 그대를 몰라요.

도준은 이문세를 좋아했다. 좁은 반지하방에 꼭 껴안고 누워서 이문세의 노래를 흥얼거리던 순간이 그녀의 감각으로 고스란히 재현

되었다. 유리는 울지 않으려고 애썼다. 이제 슬픔에 지지 않겠다고, 슬픔과 싸워 이기겠다고 끊임없이 스스로에게 최면을 걸었다.

그런 그녀를, 혁이 룸미러로 보고 있었다.

슬픔보다 더 슬픈 표정. 혁은 아직도 눈이 발갛게 부어 있는 유리의 얼굴에 자꾸 시선이 머물렀다. 마음속 소리를 들을 줄 아는 사람이 있다면, 혁의 목소리를 들었으리라.

'제가 누나를 지켜줄게요.'

VIP 병실이 있는 복도는 조용했다. 이제 이슈가 되지 않는다고 생각하는지 기자들도 보이지 않았다. 여전히 병실 앞을 지키고 있는 경호업체 직원 두 명만 보일 뿐이었다.

"넌 들어오지 말고 복도에서 기다려."

"네, 누나."

병실 앞으로 간 유리는 지난번에 문병을 왔을 때처럼 방명록에 이름을 남겼다. 이름과 연락처를 적으면서, 앞에 병문안을 왔던 사람들의 리스트를 재빨리 확인했다.

지금 시간이 저녁 8시 반. 오늘 도준의 병실을 찾아온 사람은 그녀가 처음이었다. 아까 민정이 다른 남자와 호텔방에 들어가는 장면을 목격했을 때와는 또 다른 종류의 슬픔이 치밀어 올랐다.

'당신, 이토록 외로운 사람이었나요? 병문안 와줄 사람도 한 명 없는 세계에서 왜 그토록 치열하게 살아야 했나요? ……저 때문인가요?'

유리는 방명록 위에 펜을 내려놓고 병실로 들어갔다. 소파에 앉아서 책을 읽고 있던 간병인이 유리와 가볍게 눈인사를 하고는 병실을 나갔다. 유리는 천장의 CCTV를 흘깃 본 후 도준에게 다가갔다. 이제는 별로 신경 쓰이지도 않았다.

도준은 지난번 본 모습에서 하나도 변한 게 없었다. 간병인이 얼굴을 닦고 면도도 해주는지 당장 눈을 뜨고 출근해도 될 만큼 말쑥한 모습이었다. 어차피 그의 눈은 굳게 닫혀 있어 아무것도 볼 수 없지만 유리는 애써 미소를 지어 보였다.

"도준 씨, 당신 욕하러 왔어요."

유리는 심호흡을 하고 또박또박 말을 이었다.

"당신도 알고 있었어요? 당신의 약혼녀가…… 그런 사람인 줄? 알고 있었죠? 알면서도…… 왜 그렇게 불쌍하게 살았어요? 뭘 위해서? 누굴 위해서? 내가 알던 도준 오빠는 어디 있나요? 이문세의 노래를 들으면서 눈물을 흘리고, 시인의 꿈을 간직하던 그 사람은…… 어디 있나요?"

유리는 울지 않았다. 대신 도준의 손을 꼭 잡았다. 온기는 있지만 힘은 없는 손을.

"오빠, 제발 일어나줘요. 나를 위해서가 아니라 오빠, 당신을 위해서 일어나요. 다시 일어나서 당신의 삶을 찾아요. 그런 여자 따위 버리고 당신의 인생을 찾으라고요. 이렇게 누워 있으면……."

겨우 참고 있던 울음이 또 터지려고 했다. 도준이 의식이 있었다면 아프다고 소리를 질렀을 만큼, 유리는 세게 도준의 손을 잡았다.

"내가 꼭 당신을 이렇게 만든 것 같잖아요……."

시원은 책상에 발을 올리고 앉아 있었다. 헤비메탈의 굉음 속에서 유리를 생각했다.

그녀는 단순한 외적 아름다움 이외의 뭔가를 지닌 여자였다. 사람의 마음을 끄는 중력이랄까. 그런 오묘한 힘이 그녀 본연의 영혼에서 기인하는지, 아니면 바다 한복판에서 남편을 살해했다는 혐의를 받는 이 상황에서 기인하는지 궁금했다.

눈도, 코도 아름답지만 그녀의 궁극적인 아름다움은 입술에서 완성되었다. 그녀의 입술이 품은 신비로움을 글이나 그림으로 묘사할 수 있을까 싶었다. 셰익스피어라면 어떨까? 그녀의 입술을 어떻게 묘사했을까? 낭만주의 시인 키츠가 유리를 봤다면 그녀의 입술을 뭐라고 표현했을까?

무엇보다 그녀의 입술이 가진 힘은 성적인 매력이었다. 만지고 싶은 입술, 입 맞추고 싶은 입술, 정복하고 싶은 입술……. 남자를 바보로 만드는 입술이었다.

시원은 문득 그녀와 연인관계로 발전할 수 있을까 하는 상상에 빠져들었다.

여태껏 쉽게 여자를 만나고 즐겼던 그였다. 부와 명예, 인기, 뛰어난 지적 수준까지 겸비한 그에게 여자는 도전의 대상이 아니었다. 언제나 그의 주변을 맴돌고 그의 부름에 응하는 존재였다. 그러나 유리는 달랐다. 등산가들이 히말라야 거봉들 앞에서 느끼는 강렬한 도전정신이 시원에게 찾아들었다. 목숨을 걸고 낭가파르바트의 빙벽을 오르는 스릴이 그를 자극했다.

'안 되겠어. 이런 마인드로는 집중을 할 수 없어. 일단 유리를 구해야 해. 재판에서 지고 감옥에 들어가면 그녀에게 도전조차 할 수 없

어져버리잖아.'

계기가 필요했다. 마음을 잡고 냉정하게 재판을 준비할 계기가. 그래서 그는 퇴근 후 불쑥 도준이 입원해 있는 병원을 찾았다. 그런데 병실 앞에서 유리를 맞닥뜨린 것이다.

'지금 이 상황은 뭐지? 왜 손유리가 이도준 변호사의 병실을 찾아온 거지? 재판을 상의하러? 눈도 못 뜨는 식물인간한고? 아니면 죄책감에? 쓰러진 지 열흘이 넘은 지금에? 게다가 저 슬픈 표정은……'

유리 역시 시원과 맞닥뜨리고 무척 놀란 모양이었다.

"아…… 변호사님. 문병…… 오셨어요?"

"네. 아직 한 번도 안 와봐서. 재판을 앞두고 심기일전하자는 차원에서 들렀습니다. 유리 씨는?"

"아, 네. 저도……. 저 때문에 이렇게 되신 분한테 죄송하기도 하고…… 근처를 지나다가 잠깐 들렀어요."

유리는 시원의 시선을 피했다. 시원은 그녀의 태도가 더욱 미심쩍었다.

"네, 그럼……."

인사를 하고 돌아서려는 유리의 발걸음이 멈췄다. 그녀를 호위하듯 따르던 혁이 본능적으로 그녀 앞을 막아섰다.

백현서 기자가 후배를 데리고 병실로 걸어오고 있었다.

"아이고, 여기 다 모여 계셨네? 반갑습니다."

백 기자는 천연덕스럽게 인사하고는 시원에게 악수를 청했다.

"저 기억하시죠? 전에 한 번 인터뷰를 한 적도 있고 방송국 회식에서 만난 적도 있는데."

"아, 네……."

시원은 얼굴은 알아보면서도 이름은 모르는 듯했다.

"백현서 기자라고 합니다."

백 기자는 명함을 꺼내 시원에게 건넸다. 그리고 유리가 자리를 뜨려고 하자 얼른 그녀 쪽으로 몸을 돌렸다.

"유리 씨도 저하고 구면이시죠? 그때 이도준 변호사하고 만났었죠. 아, 그러고 보니 그때도 장소가 병원이었네요. 저희는 꼭 병원에서 마주치네요. 하하."

백 기자는 특유의 친화력을 발휘해 너스레를 떨었다. 그러나 유리의 표정은 풀어지지 않았다.

"죄송합니다. 나가는 길이라서."

"아, 그럼 하나만 여쭤볼게요. 차시원 변호사가 사건을 새로 맡았다고 들었습니다. 곧 재소환에 응하실 텐데, 지금 소감이 어떠신지요?"

유리는 뭔가 말을 할 듯 잠시 머뭇거리다가, 손을 들어 노코멘트를 표시하고 걸음을 옮겼다. 열심히 사진을 찍어대는 후배 기자를 혁이 막아섰다. 카메라를 부셔버릴 듯 무서운 눈빛으로 노려보자 후배 기자가 움찔했다.

혁은 유리를 호위하면서 복도를 걸어 나갔다. 백 기자는 그들의 뒷모습을 보며 생각했다.

'경호원을 붙였다라……. 도준의 피격사건 때문이군. 일반적인 경호원 같아 보이지는 않는데?'

"죄송하지만 기자님."

시원의 목소리에 백 기자는 고개를 돌렸다.

"아, 네. 변호사님."

"제가 손유리 사건을 맡았다는 건 어디서 들으셨는지요?"

"하하. 제가 워낙 발이 넓다 보니."

"문지환 검사하고 친하십니까?"

시원의 기습 질문은 펜싱으로 치자면 단숨에 목까지 칼끝이 밀려 들어오는 느낌이었다.

'헐. 보통내기가 아닌데? 딴따라 기질이 있는 잘생긴 변호사 정도로만 알았는데.'

백 기자는 재빨리 사근사근한 미소를 지으며 시원에게 말했다.

"변호사들도 직업윤리가 있듯이 저희 기자들도 취재원을 밝히는 건 곤란해서요. 양해 부탁드리겠습니다. 아, 간단하게 이번 사건을 맡으신 소감 정도만 말씀해주시죠."

시원은 이유를 알 수 없는 미소를 짓더니 흔쾌히 입을 열었다.

"이렇게 써주세요. 의뢰인의 무고함을 밝히기 위해 변호사로서 최선을 다하겠다, 라고요. 그리고 문지환 검사한테는 이렇게 전해주세요. 싸움은 법정에서만 하자고요. 그럼 이만."

시원은 백 기자에게 찡긋 윙크를 하고는 병실로 들어갔다.

백 기자와 후배 기자만 복도에 남았다. 잠시 총성 없는 전투처럼 벌어졌던 세 명의 신경전을 구경한 경호업체 직원들이 백 기자를 힐긋거렸다. 후배 기자가 작은 소리로 물었다.

"문병 마치고 나올 때까지 기다릴까요?"

"아니. 기삿거리는 충분히 챙겼어. 아주 멋진 장소에서. 돌아가자."

백 기자는 주차장으로 돌아가는 길에 물었다.

"그런데 이상하지 않니? 손유리가 왜 이도준 변호사의 병실을 찾았을까?"

"저도 이상하네요. 차시원 변호사하고 같이 인사 온 것도 아닌 것 같던데. 손유리는 병문안 마치고 나오는 길이었고 차 변호사는 병문안을 막 왔던 길 같던데요. 둘이 서로 마주치고 놀란 표정 아니었어요?"

"그게 이상하다는 거지. 혹시 손유리하고 이도준 변호사가 특별한 관계인 건 아닐까?"

"에이, 말도 안 돼. 이도준 변호사는 K&J 대표 딸하고 약혼한 사이 잖아요. 기사도 몇 번이나 났었고. 게다가 살인죄로 감옥에 갈 의뢰인하고……. 그렇게 무모한 사람 같진 않던데요?"

"미녀는 현명한 남자도 무모하게 만들지."

"이번에는 선배님이 좀 넘겨짚으신 것 같은데요?"

"보면 알겠지……."

백 기자는 차창 밖으로 스치는 서울의 야경으로 시선을 돌렸다.

'도시의 어둠 속에선 무슨 일이든 일어날 수 있지.'

도준의 침대 옆에 선 시원은 물끄러미 도준을 내려다보기만 했다. 시원이 도준을 처음 본 건 사법연수원에서였다. 도준은 모든 면에서 시원과 반대였다. 경제적으로도 성격적으로도 여유로운 시원과 달리 도준은 모든 면에서 절박했다. 시원은 태생적으로 진지함을 싫어했고 도준은 농담이라고는 할 줄 몰랐다.

시원은 도준의 존재를 늘 인지하고 있었다. 연수원에 들어오기 전까지만 해도 늘 1등인 삶만 살았는데 도준이 그를 만년 2인자로 만들었으니까. 사람은 원래 자신과 반대인 사람에게 끌린다고 했던가. 시원은 도준이 가진 집념이 좋았다. 자신에게는 태생적으로 결핍되어 있는, 강력한 의지와 삶에 대한 진지함이 부러웠다. 그래서 늘 도준이 잘되길 바랐다. 경쟁심이라기보다는 응원하는 마음이었다. 도준이 걷는 길은 영웅의 길이었으니까.

역사와 신화에 관심이 많아 관련 서적을 탐독했던 시원은 영웅이 되기 위한 조건에는 두 가지가 있다고 믿었다. 자신의 운명과 끊임없이 맞서는 용기, 그리고 장엄한 최후. 모든 영웅들은 원하는 것을 갖기 위해 자신의 운명과 맞선다. 아킬레우스는 사랑하는 동생의 복수를 위해, 테세우스는 진짜 왕이 되기 위해, 이순신 장군은 나라를 구하기 위해. 심지어 스콧 피츠제럴드의 소설 『위대한 개츠비』의 주인공 개츠비는 갖고 싶었으나 가질 수 없었던 어느 덧없는 여자를 갖기 위해 운명을 거스르고 비참한 죽음을 맞이했다.

시원은 나직하게 도준을 불렀다.

"도준아, 내 목소리 들리니?"

당연히 도준은 반응이 없었다. 시원은 선언을 하듯 말했다.

"내가 손유리 씨를 너 대신 책임지게 됐다. 너처럼 목숨을 걸고 지켜줄 수 있을지는 모르겠지만 나도 내 나름의 최선을 다할 거다. 그리고……."

그밖에도 하고 싶은 말, 묻고 싶은 말이 더 있었지만 시원은 접어두었다. 마지막으로 도준의 손을 한번 잡아주고는 병실을 나왔다.

8화

사자의 심장으로 돌아오다

재소환 날짜를 며칠 앞두고 시원과 유리는 K&J의 회의실에서 고강도 답변 준비에 열을 올렸다. 시원은 유리의 법률 지식에 깜짝 놀랐다. 그녀는 수사와 재판의 절차는 물론이고 여러 정황과 증거의 법적인 의미를 정확하게 알고 있었다.

"아니, 마치 변호사하고 얘기를 하는 것 같네요. 유리 씨가 영화에서 변호사 역을 맡은 적이 있나요?"

"아니요. 사실 저 법대 나온 여자예요."

"헐. 그래요?"

"사실 학교 다니면서 배운 건 다 까먹었지만 도준 씨하고 재판 준비하면서 많이 배웠죠. 책도 많이 읽고요."

유리가 '도준 씨'라고 부를 때의 느낌이 유난히 친근하게 들렸다. 그러고 보니 유리가 도준의 이야기를 할 때 '이 변호사님'이라는 호칭보다는 '도준 씨'라는 호칭을 유난히 많이 쓰긴 했다. 마치 오래전부터 알던 사람처럼.

시원은 여러 번 반복해서 강조했다.

"이번 소환조사의 핵심은 사전구속영장이 청구되지 않도록 하는 겁니다. 재판 준비와는 또 달라요. 법에는 구속영장을 발부할 수 있는 조건을 제한해놓고 있는데, 혹시 알고 있나요?"

"주거지가 일정하지 않거나, 증거를 인멸할 염려가 있거나, 도주의 우려가 있거나. 형사소송법 제201조 제1항. 맞죠?"

"이도준 변호사가 아주 잘 가르쳤네요. 그러니까 우리 쪽에서 볼 때 이번 소환조사의 핵심은 위의 세 가지 요건에 우리가 전혀 해당하는 바가 없음을 보여주는 겁니다."

"오케이."

모의로 진행하는 피의자 신문에서 시원은 검찰이 물어볼 수 있는 수백 개의 질문을 던졌고 유리는 답했다. 시원은 그녀의 답을 최대한 유리한 쪽으로 수정해주고 다시 물었다. 그러면 유리는 똑똑한 학생처럼 업그레이드된 답을 내놓고는 했다.

시원은 나날이 놀랐다. 유리는 그저 얼굴만 예쁜 인형이 아니었다. 그녀는 뛰어난 직감과 날카로운 논리를 갖추고 있었다. 배우가 아니었다면 변호사를 해도 좋았을 정도로. 그리고 연약해 보이는 외모와 달리 강인한 의지의 소유자였다. 그녀에게서 느낀 삶의 의지는 탐욕이 아니라 눈부신 생명력이었다.

재소환 전날까지, 두 사람은 전투태세를 가다듬었다.

집으로 돌아온 유리는 샤워를 하고 거실 소파에 잠시 몸을 파묻고 앉아 있었다. 내일 문지환 검사를 마주할 생각을 하니 마음이 쉬이 진정되지 않았다. 에스프레소를 열 잔쯤 마신 것처럼 몸이 각성되어 있었다.

그녀는 조용히 눈을 감고 생각했다. 도준의 얼굴을. 그를 위해서라도 잘해내야 한다. 그는 언젠가 반드시 깨어날 테니, 깨어난 그에게 자랑스럽게 보여주고 싶었다. '제가 이만큼 해냈어요'라고 말해주고 싶었다.

밤 10시가 조금 못 되어 침대에 누워 잠을 청했지만 통 잠이 오지 않았다. 결국 그녀는 이불을 박차고 거실로 나갔다.

배우 생활을 할 때에도 불면으로 힘들었던 밤이 종종 있었다. 그럴 때마다 그녀를 안정시켜주었던 건 영화였다. 화면 속의 이야기에 집중하고 나면 그녀 자신의 문제는 어느새 희석이 되어 졸음이 찾아올 여지가 생기고는 했다.

'그런데 무슨 영화를 보지?'

예전에 도준과 나누었던 대화가 떠올랐다. 첫 번째 소환일 아침, 검찰청으로 가는 차 안에서 긴장을 풀기 위해 그가 꺼냈던 말이었다.

— 나중에 같이 봐야 할 영화가 하나 있어. 「더블 제퍼디」. 우리 사건하고 비슷한 부분이 많대.

유리는 검색 버튼을 눌러 영화를 검색했지만 나오지 않았다. 핸드폰으로 찾아보니 원래 영어 제목이 「더블 제퍼디」였고 우리나라에서는 「더블 크라임」이라는 제목으로 개봉된 영화였다.

「더블 크라임」은 1999년에 개봉한 미국의 범죄 스릴러 영화였다. 브루스 베레스포드가 감독을 맡았고 토미 리 존스와 애슐리 저드가 주연이었다. 유리에게는 엄마뻘 되는 배우이긴 하지만 애슐리 저드는 그녀가 좋아하는 배우였다. 특히나 연기를 한참 배울 때 캐릭터 분석을 위해 본 영화 「히트」에서의 청순한 모습은 아직도 선명했다.

영화는 도입부부터 유리를 놀라게 했다.

애슐리 저드는 로맨틱한 남편과 아이와 함께 살고 있는 평범한 주부였다. 그런데 함께 요트 여행을 떠났던 남편이 사라지고 요트 안에서 피 묻은 칼이 발견된다. 그녀는 남편의 살인범으로 몰려 감옥에 가게 되고 형기를 남기고 가석방으로 풀려난다. 그사이 아들을 맡아 키워주던 절친한 후배도 아들과 함께 사라져버리고, 그녀는 그야말로 최악의 상황에 몰린다.

그러던 차에 그녀는 죽은 줄 알았던 남편이 신분을 위장한 채 살아가고 있다는 사실을 알아낸다. 사업으로 진 빚을 탕감하기 위해 죽은 것으로 위장한 것이었다. 그녀는 복수를 하기 위해 남편을 찾으러 가고, 결국 남편을 붙잡아 경찰의 손에 넘기고 사랑하는 아들도 되찾는다.

영화가 끝난 시간은 자정. 유리는 엔딩 크레딧이 올라가는데도 화면에서 눈을 떼지 못하고 있었다. 도입부 설정이 지금 그녀의 상황과 흡사한 것도 신경 쓰였지만, 만에 하나 이 모든 것이 선호의 조작이라면? 갑자기 눈앞이 캄캄해졌다.

유리는 문득 어릴 때 친구와 있었던 일을 떠올렸다. 방에서 친구와 둘이 놀고 있는데 방귀 냄새가 났다. 방에는 둘밖에 없으니 아무리 친구가 아니라고 해도 유리는 그녀가 거짓말을 한다는 걸 알 수밖에 없었다.

'이번 일도 마찬가지가 아닐까? 그날 밤 요트에는 분명 선호 씨와 나, 둘밖에 없었어. 내가 그를 죽이지 않았으니 그가 자기 손으로……. 내가 절대 깨지 못하도록 일부러 다섯 번이나 사랑을 나눠 녹초가 되게 하고 와인에 수면제까지 타서 먹였다면? 그리고 배를 떠났다면?'

갑자기 소름이 끼쳐 몸이 부르르 떨렸다. 혼란스러운 머릿속에는 서로 상충되는 증거들이 범퍼카들처럼 부딪치고 있었다.

'만약 선호가 죽지 않고 배를 떠났다면, 요트에서 발견된 피는? DNA 검사에서 선호의 피로 밝혀지지 않았나? 세상에서 가장 사랑스러운 존재인 양 나를 보던 그의 눈빛은? 사랑으로 반짝이던 눈동자는? 눈은 거짓말을 못한다고 하잖아. 나를 보던 그의 눈빛은 진실했어! 나를 만지던 그의 손길은 간절했어!'

그러나 방금 전 화면에서 애슐리 저드를 보던 남편의 눈빛도 진실해 보였다.

'아니겠지…… 설마 아니겠지…….'

유리는 가슴이 뛰어 미칠 것만 같았다. 당장이라도 시원에게 전화를 걸고 싶었지만 시간이 이미 자정이었다. 정확히 열 시간 뒤, 그녀와 시원은 검찰청으로 출두해야 했다.

'일단은 자자. 의심과 확인은 내일 이후로 미루자. 지금 내가 할 수 있는 일은 아무것도 없으니까.'

유리는 알람 소리에 눈을 떴다. 언제 잠들었는지 기억이 나지 않았다. 무서운 생각들이 괴물들처럼 그녀의 머릿속에서 날뛰던 밤이었다. 서너 시간은 잤을까? 어쨌든 이제 일어나 준비하고 검찰청으로 가야 한다.

그녀는 알람을 끌려고 베드 테이블에 놔둔 핸드폰을 집었다. 그러나 잠을 깨운 건 알람 소리가 아니었다. 전화였다. 액정화면에는 믿을 수 없는 이름이 떠 있었다. 이도준.

그녀의 손이 덜덜 떨리기 시작했다. 대체 이게 무슨 일일까? 아직 꿈인가? 아침 7시 반. 햇빛이 찬란하다. 꿈에서는 볼 수 없는 햇살이다.

유리는 심호흡을 하고 전화를 받았다. '누구세요'라는 습관적인 말도 건네지 못하고 그저 귀를 기울일 뿐이었다.

"잘 잤어?"

도준이었다. 마치 어제도 그제도 만난 사람처럼 아무 일도 없었다는 듯이.

유리는 핸드폰을 떨어뜨릴 뻔했다. 뭐라고 말을 하고 싶은데 목이 콱 막혀 말이 나오지 않았다. 그저 머릿속에서만 애타게 부르짖을 뿐. 도준 오빠? 당신이 맞나요? 정말 당신이 맞나요?

"서운하군. 벌써 내 목소리를 잊었나?"

유리의 커다란 눈에 눈물이 고이기 시작했다. 그녀는 겁이 나서 말을 하지 못했다. 그를 부르는 것만으로도 왈칵 눈물이 쏟아질 것만 같아서.

도준은 계속 능청을 떨었다.

"큰일이군. 의뢰인이 벙어리가 되어버렸으니, 재판을 어떻게 한다?"

"오빠……."

그녀가 두려워했던 대로, 눈물이 쏟아져 내렸다. 기쁨과 감사, 그리고 안도의 눈물이었다.

'고마워요. 다시 일어나줘서 고마워요. 이렇게 전화해줘서 고마워요. 나를 놓지 않아줘서 고마워요. 고마워요…….'

도준은 그녀가 실컷 울 때까지 기다려주었다. 한참이나 그렇게 목 놓아 운 것 같았다. 유리는 겨우 정신을 차리고 물었다.

"괜찮아요?"

"괜찮다는 게 어느 정도 상태를 말하는 건지 모르겠군. 내가 휠체어 신세를 지더라도 변호사로 고용해줄 텐가?"

"어디예요?"

"병원이지. 눈뜨자마자 간호사한테 핸드폰 갖다달라고 해서 전화하는 거야. 오래 안 썼더니 전원이 나가 있어서 충전기까지 빌려서 전화하는 거라고."

"지금 갈게요."

"소환조사는 어떻게 됐어?"

"지금 그게 중요해요?"

유리는 몇 시간 뒤에 검찰청으로 가야 한다는 말은 하지 않았다.

"그것보다 중요한 게 어딨어?"

"당신 제발……. 일단 전화 끊어요. 얼굴 보고 얘기해요."

"내가 보고 싶었나 보네?"

의식불명으로 쓰러져 있는 동안 도준은 꽤나 능청스러워진 것 같았다. 그게 아니라면 본인 스스로도 의식을 되찾아서 기분이 좋은 걸까?

278

"혼내주려고 가는 거예요!"

"혼을 낸다고? 난 혼날 짓을 한 게 없는데? 목숨을 구해준 은인한 테 그게 할 말인가?"

"그래서 혼내는 거예요. 왜 그렇게 위험한 짓을 해요? 왜 당신 멋대 로 목숨을 걸어요?"

"나는 제법 괜찮은 변호사니까. 의뢰인을 보호하는 게 변호사의 일 이기도 하잖아."

"끊어요."

혁의 차를 타고 병원으로 가는 동안 유리는 시원에게 전화를 걸었 다. 그가 전화를 받자마자 유리는 외치듯 말했다.

"도준 씨가 깨어났어요!"

"뭐라고요?"

"방금 전화가 왔다고요. 도준 씨한테 직접. 지금 병원으로 가는 길 이에요."

"아…… 알겠어요. 그럼 저도 지금 병원으로 가겠습니다."

전화를 끊고 유리는 두 손 모아 기도했다. 제발 아무 일도 없기를. 제발…….

셰익스피어의 희곡 『햄릿』에서 주인공 햄릿은 이렇게 말한다.

─ 죽음이란 잠을 자는 상태, 아마도 꿈을 꾸는 것일지도 모른다. 그렇다면 곤란하지. 죽음의 잠 속에서 어떤 꿈이 찾아올지 모르니, 차마 죽음으로 향할 수 없구나.

침대에 우두커니 걸터앉은 도준은 햄릿의 말에 공감했다. 죽음을 경험해본 사람은 아무도 없다지만 도준은 죽음의 문턱까지 가본 것이다.

햄릿의 독백처럼, 그가 엿본 죽음은 의미를 알 수 없는 꿈들이 뒤섞인 우주 공간과도 같았다. 추상화 속의 사물이 현실에서 어떤 모습인지 짐작하기 어렵듯이, 의식과 무의식이 한데 뭉쳐 있는 길고 긴 잠 속에서 도준은 그가 꾼 꿈을 파악할 수 없었다.

그러나 한 가지만은 놀랍게도 또렷했다. 그는 죽음의 문턱에서도 유리를 찾아 헤매었다. 아무리 찾아봐도 그녀가 죽음의 세계에 없다는 것을 깨닫고 긴 꿈에서 깨어난 것이다.

아침에 눈을 떴을 때 가장 먼저 느낀 육체의 변화는 무력감이었다. 총상을 입은 부위는 치료가 잘 끝난 덕에 묵직한 느낌 외에는 별다른 고통이 없었지만, 보름이 넘도록 침대에 누워만 있다 보니 몸의 근육이 풀어져 있었다.

그래도 숨을 쉴 때마다 실감이 났다.

'나는 살아 있다.'

인생에서 감당하기 어려운 큰일을 겪고 나면 모든 것이 달라진다. 세상을 보는 시야도, 사람을 대하는 태도도, 살아가는 방식도. 그 역시 그런 변화를 감지하고 있었다. 그리고 그 변화를 만들어내는 가장 큰 힘은 바로 용기였다.

지금까지 도준이 맹렬하게 살아온 원동력은 두려움이었다. 어릴 때는 가난에 대한 두려움, 유리에게 버림받은 후에는 버림받는 것에 대한 두려움이 그를 채찍질해서 몰아붙였다. 그러나 총을 맞고 죽음의 문턱을 걷다가 돌아온 지금, 그의 가슴속에는 전에 느끼지 못했던 용기가 불타오르고 있었다. 그가 잠든 사이 의사가 수술을 해서 심장을 바꿔놓은 기분이었다. 사자의 심장으로.

그리고 지금, 그녀가 오고 있다.

도준은 일어나서 거울을 봤다. 살이 너무 빠져서 환자 티가 팍팍 났다. 듬성듬성 지저분하게 수염이 난 얼굴도 영 마음에 들지 않았다. 간병인에게 일회용 면도기와 면도 크림을 사다달라고 부탁한 도준은 오랜만에 손수 면도를 했다.

'고맙습니다, 김 대표님. 덕분에 세면대가 딸린 병실을 다 써보네요.'

부드러운 크림을 얼굴에 바르는 느낌이 좋았다. 매일 아침에 아무 생각 없이 하던 면도가 지금만큼은 축복처럼 느껴졌다. 싸구려 면도 크림의 달콤한 향도, 겨우 날 두 개짜리 일회용 면도기의 설컹설컹한 느낌도 모두 감사했다.

산타클로스처럼 얼굴 전체에 허옇게 크림을 바르고 면도를 하고 있는데 병실 문이 벌컥 열렸다. 그녀였다.

도준과 마주 선 유리의 입술이 파르르 떨렸다. 그녀는 아무 말도 하지 못하고 와락 안겼다. 그리고 목멘 소리로 말했다.

"한 번만 더 함부로 목숨을 걸었다가는…… 내가 죽여버릴 거예요."

도준은 오랜만에 들어보는 유리의 앙탈에 빙긋 웃었다.

'어차피 죽는다면 당신한테 죽는 것도 나쁘지 않겠군.'

"바보…… 왜 그랬어요, 왜……. 그냥 죽게 놔두지."

"그럴 걸 그랬나봐. 아직도 아프네."

"어머!"

그제야 유리는 도준에게서 떨어졌다. 하도 세게 안고 있어서 총알이 박혀 있던 상처가 눌렸던 것이다.

서로의 품에서 떨어진 두 사람은 접견용 소파에 마주 보고 앉았다. 도준은 시계부터 확인했다. 아침 9시. 검찰 출두 시간까지는 딱 한 시간이 남았다.

"시간이 많지 않군. 시원이 변호를 맡았다는 기사 아까 봤어."

"이제부터는 아니죠. 오빠가 제 변호사예요."

"그게 그렇게 마음대로 되는 게 아냐. 회사에서의 업무 분담이라는 것도 있고."

"무슨 소리예요. 오빠가 없으면 몰라도, 오빠가 있는데 다른 변호사에게 제 사건을 맡길 이유가 없죠."

"고집부리는 성격은 여전하군."

"치이."

도준은 유리의 얼굴을 보니 미치도록 좋았다. 그저 보고만 있어도 행복했다. 좋은 마음이 뭉게구름처럼 피어올랐다.

그는 알 수 있었다. 유리 또한 비슷한 마음이라는 것을. 그녀의 얼굴에서도 지금 실없는 미소가 떠나지 않고 있으니까.

원래 시원의 계획은 유리의 집 앞으로 가서 혁의 차를 타고 함께 검찰로 출두하는 것이었다. 그러나 도준이 깨어나는 통에 동선이 어그러졌다. 시원은 소환조사에 필요한 서류를 챙긴 다음 직접 차를 몰고 병원으로 향했다.

마음이 복잡했다. 분명 기뻐해야 할 일인데 그의 입장에서는 불편한 구석이 있었다. 도준의 몸 상태를 봐야 알겠지만 아마도 그는 유리의 변호에 참여하려고 들 것이다. 변론 준비는 함께해도 상관없지만 법정에서 변론을 맡을 변호사는 한 명이어야 한다. 유리가 누구를 선택할지는 뻔했다.

그런 생각에 다다를 때면 기분이 영 개운치 않았다. 지는 것을 죽도록 싫어하는 그였다. 특히 도준에게 지는 것은 더더욱 싫었다.

병실 앞에 도착한 시원은 회사에서 고용해 병실을 지키던 경호업체 직원 두 명과 눈인사를 주고받고는 물었다.

"이도준 변호사 안에 있나요?"

"네. 지금 손유리 씨가 들어가 계십니다."

병실 문을 열고 들어가려다가 멈칫했다. 안에서 둘이 나누는 대화가 들렸기 때문이다.

"검찰 출두를 연기하겠어요."

시원은 너무 놀라서 헉, 하고 신음을 내뱉을 뻔했다.

'지금 저 여자, 제정신인가?'

"유리야. 그게 무슨 소리야. 한 시간도 안 남았어. 지난번에 내 사고는 불가피한 일이었지만 지금 와서 또 미룬다니?"

'잠깐만. 유리 씨가 아니라, 유리야? 뭐야 이거…….'

"오빠가 깨어났잖아요!"

'오빠?'

시원의 가슴에 서늘한 바람이 스쳤다. 지금까지 살아오면서 그가 별로 느낀 적 없는 감정이었다.

'저 두 사람…… 뭐지? 대체 내가 모르는 사이에 무슨 일이 벌어진 거야?'

도준의 목소리가 들렸다.

"유리야, 지금 갑자기 출두를 연기하면 이걸 꼬투리 잡고 구속 수사를 감행할 수도 있어. 절대 안 돼. 차시원 변호사하고 바로 검찰로 가."

유리의 대답은 들리지 않았다. 시원은 쓸쓸한 미소를 지었다.

'비참한 기분이군. 그냥 여기서 깔끔하게 물러날까?'

그러나 더욱 비참하게도, 그는 물러서고 싶지 않았다. 두 번째여도 좋았다. 끝까지 유리의 재판에 참여하고 싶었다.

시원은 똑똑 노크를 하고 병실로 들어갔다. 도준과 유리는 시원의 등장에 어색해하는 표정이 역력했다. 시원은 애써 더 쾌활한 목소리로 말했다.

"이야, 이도준 변호사! 내가 몇 년을 방송 활동하면서 겨우 조금 이름을 알렸는데, 단 하루 만에 우리나라에서 제일 유명한 변호사가 되셨어!"

"무슨 소리야. 민망하게."

시원은 도준과 악수를 하고는 등을 툭툭 두드려주었다.

"몸은 어때? 바보가 되거나 그런 건 아니지?"

시원의 농담에 도준은 피식 웃고 말았다.

"얘기는 대충 들었지? 유리 씨하고 준비 많이 했다. 아주 네가 의뢰인을 변호사로 만들어놨던데?"

"그래? 안 그래도 유리 씨가 법률 책 많이 읽더라. 학교에서 전공도

법학이셨대.”

“역시 이도준 변호사, 의뢰인에 대해서 아주 많이 알고 있네.”

시원은 뼈 있는 농담을 던졌다.

“그 말 칭찬으로 받아들이지. 아, 일단 하던 면도를 먼저 마쳐야겠어.”

도준은 세면대로 가서 면도를 마무리하고 다시 침대로 돌아왔다. 잠깐 유리와 눈이 마주쳤지만 둘 다 시원을 의식해서인지 일부러 무표정하게 서로를 보았다.

유리가 자리에서 일어서며 시원에게 말했다.

“그럼 가요. 차 변호사님.”

“그러죠. 좀 넉넉하게 가는 편이 아무래도 낫죠. 검사 나리들한테 점수도 딸 겸!”

그때였다. 새로운 방문객이 병실을 찾았다. 김 대표와 그의 딸, 민정이었다.

“오빠!”

민정은 감격스러운 표정을 짓더니 도준에게 달려와 안겼다. 시원은 재빨리 유리와 도준의 표정을 살폈다. 유리는 차마 포옹 장면을 보지 못하고 슬쩍 시선을 돌렸다. 도준 역시 약혼녀와의 재회가 달가운 표정은 아니었다.

시원은 이제 확신했다. 도준과 유리 사이에 위험한 전류가 흐르고 있음을.

“달링! 몸은 어때? 괜찮아? 오, 베이비. 언제 깨어난 거야?”

민정은 호들갑을 떨며 연신 도준을 끌어안고 그의 뺨과 입술에 입을 맞추기까지 했다. 도준은 그런 그녀를 밀어내려는 눈치였고.

"민정아, 그만해라. 아직 상처가 다 낫지 않은 총상 환자야."

보다 못한 김 대표가 딸을 꾸짖었다.

"아, 미안해요 대디. 제가 얼마나 이 순간을 기다렸는지 아시잖아요."

눈물까지 글썽이던 민정은 유리 쪽을 보고는 싱긋 웃었다.

민정의 가증스러운 모습을 본 유리의 가슴 깊은 곳에서 분노가 샘솟았다. 두 눈으로 똑똑히 목격한 장면들이 생생하게 떠올랐다. 다른 남자와 호텔을 들락거리던 민정의 추악한 모습이. 몇 시간 뒤 검찰에 조사를 받으러 가는 마당인데도, 유리는 화가 나고 안타까워서 미칠 것만 같았다.

'도준 씨에게 알려야 할까? 당신의 약혼녀가 어떤 여자인지 아느냐고.'

혁이 운전하는 차 뒷자리에 유리와 시원이 나란히 탔다. 둘은 별다른 대화를 나누지 않았다. 검찰청 건물이 눈에 들어올 때가 되어서야 시원이 입을 열었다.

"유리 씨, 김광석 노래 중에 이런 노래 아세요? 너무 아픈 사랑은 사랑이 아니었음을."

그러고는 대답도 듣지 않고 창밖으로 시선을 돌렸다.

유리는 시원이 왜 그런 말을 했는지 의도를 알 수 없었다. 궁금해할 틈도 없이 그녀가 탄 차는 검찰청 정문으로 미끄러지듯 들어갔다. 멀리 군중처럼 모여 있는 취재진이 유리의 시야에 들어왔다.

지난번 소환 때의 악몽이 떠올랐다. 마녀사냥을 하듯 그녀를 욕하던 군중들. 사냥개들처럼 달려들어 그녀의 이미지를 약탈해가던 기자들. 그리고 그 속에서 날아온 한 발의 총탄.

유리의 입술이 파르르 떨렸다. 그녀는 눈을 감고 기도했다.

'저를 지켜주세요.'

그녀는 신이 아닌 한 남자에게 기도하고 있었다.

유리와 시원이 검찰로 떠나고, 김 대표와 민정도 병실에서 나간 후 도준은 혼자 남아 생각을 정리했다. 죽음을 경험한 그는 자신이 진심으로 원하는 것을 위해 살기로 했다. 사자의 심장이 그렇게 시키고 있었다.

도준은 침대 위에서 몸을 일으켰다. 총상을 입은 부위가 아직 많이 욱신거렸다. 그러나 피부는 완전히 봉합되었다. 붕대를 감지 않고도 일상생활은 가능하겠다 싶었다. 의사 말로는 빠르면 3일 뒤에 퇴원해도 큰 무리는 없을 거라고 했다. 마음 같아선 당장 퇴원하고 싶지만, 당장 검찰청으로 달려가 문지환 검사를 상대하고 싶지만, 그는 진심으로 시원을 응원했다. 쓰러진 기사를 대신해 키스의 여왕을 구해주기를.

침대 옆 테이블에 놔둔 핸드폰에 메시지가 들어왔다는 램프가 반짝였다. 그의 눈이 번쩍 뜨였다. 유리의 메시지였다.

— 그때 오빠가 말했던 영화 「더블 크라임」 봤어요. 오빠도 꼭 찾아보세요. 할 말이 있어요.

도준은 VIP 병실에 비치된 컴퓨터 앞에 앉았다. 그러고는 파일 다운로드 사이트에 접속했다.

유리는 시원을 따라 검찰 조사실로 안내되었다. 큰 테이블에 마주
보는 식으로 의자들이 놓여 있었다. 유리는 시원과 나란히 한쪽 테이
블에 앉았다. 조사실 문이 철컥 열리고 운명의 상대가 모습을 드러냈
다. 저승사자처럼 검은 양복에 짙은 색 넥타이를 조여 맨 남자가 뚜
벅뚜벅 걸어왔다.

"문지환입니다."

시원이 잠깐 일어나서 문 검사와 악수했다. 둘은 마주 보며 자리에
앉았다. 시원 옆에는 유리가, 문 검사 옆에는 길 반장이 동석했다. 유
리하고는 안면이 있던 그는 유리와 눈이 마주치자 간단하게 인사를
했다.

문 검사와 길 반장 앞에는 준비해온 자료들이 두툼하게 놓여 있었
지만 시원은 일부러 소명자료를 많이 들고 오지 않았다. 소환조사에
큰 부담을 느끼지 않는다는 것을 보여주기 위한 작전이었다.

문 검사는 시원과 유리를 번갈아 보면서 말했다.

"지금부터 이선호 대표의 살해혐의를 받고 있는 손유리 씨에 대한
피의자 신문을 시작하겠습니다. 신문을 시작하기에 앞서 지금부터
이 방에서 진행되는 모든 신문 과정은 녹음과 녹화가 되고 있음을 알
려드립니다."

문 검사는 손으로 조사실 천장에 달린 카메라를 가리켰다.

"형사소송법 제243조 2에 1항에 따라 법무법인 K&J의 차시원 변호
사가 의뢰인과 함께 신문에 참석했습니다. 같은 조 3항에 따라 변호

인은 신문 후 의견을 진술할 수 있고, 신문 중에도 부당한 신문 방법에 대한 이의를 제기할 수 있습니다. 확인하셨지요?"

"네, 확인했습니다."

"그리고 수사준칙 제21조 4항에 따라 다음과 같은 경우에는 변호인을 신문에서 제외시킬 수 있습니다."

유리의 눈이 번쩍 뜨였다. 자칫하면 차시원 변호사가 쫓겨나고 혼자 신문을 받을 수도 있다는 뜻이니까.

"첫째, 부당하게 신문에 개입하거나 모욕적인 말과 행동을 하는 경우. 둘째, 피의자를 대신하여 답변하거나 특정 답변 또는 진술 번복을 유도하는 경우. 셋째, 신문 내용을 촬영 또는 녹음하는 경우. 모두 이해하셨죠?"

"네. 간단한 메모는 허용해주시는 거죠?"

"그 정도는 허용하겠습니다."

시원은 유리를 돌아보았다. 그는 눈으로 말했다.

'유리 씨, 이제부터는 당신이 주인공이에요. 당신이 적들과 맞서야 해요. 저는 당신 곁에 있겠지만 제 칼로 적들을 벨 수는 없어요.'

유리는 그의 눈빛에 담긴 뜻을 읽었다. 도준이 옆에 있었다면 더 안심이 되었겠지만 시원도 무척이나 신뢰감을 주는 사람이었다.

처음 시원을 만났을 때 날라리 같은 외모에 방송출연이나 즐기는 변호사라고 생각했는데, 피의자 신문을 준비하면서 그가 보여준 열정과 전문성은 유리의 닫힌 마음을 열었다.

유리는 힘을 내서 맞은편에 앉아 있는 문 검사와 길 반장을 마주했다. 최고의 검사와 베테랑 형사답게 그들이 풍기는 위압감은 실로 대단했다.

'수많은 사람들을 창살 너머로 보냈겠지. 그리고 이번에는 내가 사냥감으로 보이겠지. 싫어. 나는 사냥당하지 않을 거야. 나는 죄를 짓지 않았으니까. 나는 선호 씨를 죽이지 않았으니까!'

두려웠지만, 그녀는 지금껏 갈고 닦은 칼 손잡이를 꼭 쥐었다.

"그럼 피의자 신문을 진행하겠습니다. 지금부터 손유리 씨가 하는 말들은 앞으로 있을 재판에서 증거로 사용될 수 있음을 명심하기 바랍니다."

문 검사가 길 반장에게 눈짓을 주자 첫 질문을 길 반장이 던졌다.

"남편을 사랑합니까?"

유리는 순간 뒤에서 누가 밀어서 넘어진 기분이었다. 정말 상상도 하지 못한 첫 질문이었다. 시원과 피의자 신문을 대비하면서 수많은 예상 질문을 연습했지만, 이 질문은 없었다.

유리는 의도를 알 수 없는 질문을 한 번 곱씹어본 후 말했다.

"네. 저는 남편 이선호 씨를 사랑했습니다."

그 말에 길 반장이 고개를 갸웃했다.

"이상하네요. 저는 현재형으로 물었는데 손유리 씨는 과거형으로 대답하시네요."

'아······.'

유리는 당혹감을 감추며 바로 말을 이었다.

"착각했습니다. 남편이 실종된 지 오래되어서 저도 모르게 과거형으로 대답을 한 것 같습니다."

"남편이 죽었다는 걸 알아서 과거형으로 답한 건 아니고요?"

길 반장의 질문은 거침이 없었다. 축구로 치자면 뒤에서 들어오는 강력한 태클 같았다.

유리는 당황했다. 이런 식의 감정을 자극하는 방법으로 피의자 신문이 시작될 줄은 몰랐으니까.

당황하는 유리와 달리 문 검사는 무표정한 얼굴 뒤에서 웃고 있었다.

"아닙니다. 저는 남편이 아직 살아 있다고 믿습니다."

길 반장은 의미심장한 미소를 지으며 한쪽 눈을 치켜떴다.

"그동안 손유리 씨와 이선호 대표가 어떻게 만났고 연애를 했는지 기사들도 많이 찾아보고 주변 사람들 이야기도 들어봤습니다. 그런데 보통의 결혼하고 꽤 다르더군요?"

"어떤 점이요?"

"몇 번 만나보지도 않고 청혼을 받아들이고 결혼을 했더라고요. 일반적인 상식으로는 납득하기 힘든, 만난 지 겨우 몇 달 만에 이뤄진 결혼이었죠?"

"남녀가 만나서 결혼하기까지 꼭 정해진 기간만큼 연애를 해야 하나요?"

"그런 것은 아니지만 손유리 씨의 경우에는 과연 남편을 얼마나 잘 알고, 또 얼마나 사랑했는지에 대한 의문을 제기할 필요가 있습니다."

처음에는 황당한 질문이라고 생각했으나 길 반장의 질문은 극도로 날카로운 질문이었다.

"아까 남편분을 사랑했다고 하셨는데……."

"지금도 사랑합니다."

"아, 그래요. 남편분을 지금도 사랑하고 있다고 하시는데……. 그렇게 사랑하는 남편분 실종신고는 하셨나요?"

그 순간 유리는 얼어붙어 버렸다. 뻣뻣해진 고개를 돌려 시원을 바라보았다. 구조를 바라는 눈길로. 그러나 시원 역시 당황한 얼굴이었다. 길 반장은 자비 따위는 들어본 적도 없는 사람처럼 계속 몰아붙였다.

"아까 분명히 남편이 죽지 않았다고 확신한다고 하지 않으셨습니까? 그런데 남편 실종신고를 아직도 안 하셨어요? 저는 이런 경우는 본 적이 없네요."

유리는 흔들리는 정신을 꼭 붙들고 지금 당장 할 수 있는 최선의 방어책을 고민했다.

"제 남편의 실종사건은 워낙 화제가 된 사건이고, 또 경찰에서도 총력을 다해 수사하고 있다고 알고 있습니다. 그래서 제가 따로 실종신고를 낼 생각은 미처 못했습니다."

길 반장은 어깨를 으쓱했다. 그러자 잠자코 있던 문 검사가 끼어들었다.

"그것 참 이상하네요. 유리 씨는 지금 참고인 자격이 아니라 피의자 자격으로 이 자리에 와 계신 걸 알고 있습니까?"

"네."

"피의자 신분으로 바뀐 사실을 이미 오래전에 알고 있었고요?"

"네. 길 반장님을 통해 들었습니다."

"무슨 사건에 대한 피의자죠?"

"저희 남편 이선호 씨의 살해혐의……."

"손유리 씨!"

갑자기 문 검사가 목소리를 높였다. 유리는 놀라서 소리를 지를 뻔
했다.

"지금 장난치십니까? 저희 경찰과 검찰은 이선호 대표가 살해된
것으로 보고 수사를 진행 중이에요. 손유리 씨도 이미 그 사실을 예
전부터 알고 있었다고 지금 시인했고요. 그런데, 경찰이 이선호 대표
를 찾아줄 줄 알고 실종신고를 안 했다고요?"

어릴 때 유리는 얼음이 언 강 위에서 놀다가 발밑의 얼음이 깨지면
서 물에 빠졌던 적이 있다. 다행히 강물 깊이가 허리 정도밖에 되지
않아 물을 마시지는 않았지만 공포심만큼은 대단해서 아직도 발밑
의 얼음이 깨지던 그 순간을 기억하고 있다. 그런데 지금이 그랬다.
발밑의 얼음이 깨져 차디찬 얼음물 속으로 빠져버리는 기분이었다.
그때와 다른 점이 있다면 이번에는 물의 깊이가 키보다 더 깊다는 것
이었다.

유리는 문 검사의 질문에 대답할 수 없었다. 논리적으로, 그의 말이
맞으니까. 이미 포인트를 잃은 상황에서 신문은 계속 진행되었다.

시원은 걱정스러운 눈으로 유리를 지켜보고 있었다.

'유리 씨, 처음부터 무너지면 안 돼요. 이제 시작이에요!'

길 반장이 물었다.

"아버님이 많이 편찮으시다고 들었습니다. 일단 심심한 위로의 말
씀을 전하고요. 예전에 인터뷰했던 기사들을 살펴보니 이런 말씀을
하셨어요. 연기 활동은 서른 살까지만 하고 싶다. 연예인이라는 직업,

그리고 지금 내가 누리는 인기는 부담스럽다. 서른 살부터는 나의 진짜 인생을 찾고 싶다. 기억하나요?"

"네."

"유리 씨는 연예계에 데뷔하기 전에 상당히 형편이 어려웠다고 들었습니다. 연예계 데뷔 후에는 큰 인기를 얻으면서 돈도 많이 벌고 잘살았지만……. 서른 살에 은퇴를 하면 그 남은 생은요?"

유리는 아무리 정신을 집중해도 길 반장이 무슨 의도로 이런 말을 하는지 파악할 수 없었다. 의도를 알아야 적절한 대답을 고민해볼 텐데 도무지 알 수 없었다.

"그건 그때 가서 생각해보려고 했습니다."

"그때 가서 생각해보려고 했다……. 그 말을 누가 믿을까요? 본인 스스로 연예인 체질은 아니라고 했는데 서른 이후부터는 어떻게 살까……. 이미 소비 수준은 높아져 있고, 아버지 간병 비용도 계속 마련해야 할 텐데……."

"형사님, 죄송하지만 저는 이미 적지 않은 돈을 벌어놓았습니다. 제가 돈 때문에 선호 씨를 살해했다고 생각하신다면 그건 완전히 잘못 생각하신 겁니다. 원하신다면 제 재산 규모를 공개……."

다시 문 검사가 유리의 말을 막았다.

"이봐요, 손유리 씨. 살인사건의 동기 중에서 제일 많은 게 뭔지 알아요? 돈이에요. 그렇다면 돈 때문에 사람을 죽이는 살인범들이 다들 찢어지게 가난할까? 절대 그렇지 않아요. 돈이 있어도 더 큰 돈이 욕심나서 살인을 한다고요."

그제야 유리는 검사 측의 신문 방향을 눈치챘다.

'저들은 동기가 필요하구나. 이미 정황과 증거는 완벽하다고 생각하니 범행동기를 만들려고 하는 거야. 내가 선호 씨를 사랑하지 않은 것처럼 보이도록 만들고, 몇 년 뒤에 연예계를 은퇴할 계획하에 선호 씨의 재산을 노리고 살인한 것처럼 분위기를 몰고 있어.'

유리 자신이 보기에는 얼토당토않은 소리였으나 판사나 배심원들이 들으면 정말 그렇게 보일 수도 있을 것 같았다.

'그렇다면 살인동기를 반박하는 논리를 꺼내자. 어떻게 하면 될까? 어떻게 하면 내가 선호 씨를 죽일 이유가 전혀 없다는 것을 모두에게 알릴 수 있을까? 여기서 더 이상 밀리면 안 돼!'

"흔히들 배우라고 하면 비싼 집에 명품 옷 등 엄청나게 화려한 생활을 하는 것으로 알고 있을 겁니다. 그러나 저는 선호 씨와의 결혼을 앞두고 그가 살던 집으로 옮기기 전까지 일반 아파트에서 살았습니다. 보통 사람들의 수준에서는 비싼 집이라고 할 수 있겠지만 당시 제가 한 해 동안 번 수입보다도 적은 가격이었습니다. 현재 시세는 잘 모르겠지만 아마 크게 오르지 않은 걸로 알고 있습니다. 그리고……."

유리는 지금 자신이 잘하고 있는지를 확인하기 위해 시원의 눈치를 슬쩍 봤다. 시원이 특유의 싱글거리는 미소를 보여주었다.

"원하신다면 이곳에 제 옷을 다 가져와서 보여드리고 싶습니다. 제가 모델을 서거나 행사에 참여해서 협찬을 받은 옷이나 가방을 제외하면 제 돈으로 직접 산 옷들은 명품이라고 할 만한 게 별로 없습니다. 쇼핑을 많이 하지도 않고요. 제가 배우가 되기 전부터 지금까지의 제 카드 내역을 전부 조사해보시죠. 제 씀씀이는 크게 변한 게 없습니다. 원래 쇼핑을 별로 좋아하지 않으니까요."

옆에서 유리의 진술을 듣고 있던 시원은 고개를 끄덕였다.

'똑똑하군. 로스쿨에 입학해도 잘 해낼 것 같아.'

"검사님이나 형사님은 무슨 차를 타시는지 모르겠지만 제가 처음이자 마지막으로 산 차는 미니 쿠퍼입니다. 이것저것 다해서 3천만 원이 조금 넘었던 기억이 납니다. 그나마도 잘 타고 다니지도 않고요. 얼마 전에 회사 대표님이 비싼 차를 사주시긴 했지만 몇 번 타지도 않았습니다. 만약 제가 남편의 재산을 탐낼 사람이라면, 이런 식으로 살고 있을까요?"

문 검사는 속으로 고개를 끄덕였다.

'예쁘장하게 생긴 아가씨가 제법 똑똑하군. 하지만 안타깝게도 상대를 잘못 골랐어. 일단 이번 진술은 칭찬해주지. 잘했어.'

그는 전혀 설득이 되지 않은 표정으로 말했다.

"글쎄요. 돈 욕심이 많은 사람들이 반드시 사치스럽게 살진 않지요. 또……."

유리가 그의 말을 끊고 들어왔다. 문 검사는 흠칫 놀랐다.

"매년 제가 기부한 금액이 고스란히 기록에 남아 있을 겁니다. 원하신다면 다음에 조사받을 때 서류를 떼오겠습니다. 연예인들 중에서는 수입 대비 가장 많은 금액을 기부했다는 이야기를 소속사로부터 들은 적이 있습니다."

문 검사는 짜증이 나려고 했다.

'하필 기부천사야?'

그는 길 반장에게 눈짓을 했다. 신문의 방향을 바꿀 때가 왔다. 길 반장은 비닐에 든 수면제 약통을 꺼내 보였다.

"이게 뭔지 아십니까?"

"약 같은데…… 무슨 약인지는 모릅니다."

"이상하군요. 유리 씨가 먹는 수면제로 알고 있는데."

"저는 수면제를 먹지 않습니다. 처방 기록을 확인해보면 아실 거예요. 저는 어릴 때부터 잠을 깊이 자는 편……."

"이봐요, 손유리 씨! 우리를 얄팍하게 설득하려고 하지 말아요. 연예인들이 민감한 약을 탈 때 매니저를 통해 구하는 거 다 알고 있어요. 유리 씨의 전담 매니저인 이지희 씨의 처방 기록을 보니 바로 이 수면제를 꾸준히 처방해온 걸로 나와 있다고요!"

길 반장은 약통을 유리의 눈앞에 대고 흔들었다. 유리가 기억을 더듬어보니 지희 언니가 불면증이 있다는 얘기를 들은 것도 같았다.

"그건 저희 매니저가 원래 불면증이 있어서……."

"그걸 어떻게 증명합니까? 설령 이지희 씨가 원래 불면증이 있어도 유리 씨한테 약을 한 통쯤 췄을 가능성은 얼마든지 있어요."

"형사님, 그렇다면 그건 지희 언니한테 물어보시면 되잖아요."

"나 참. 당연히 유리 씨한테 유리한 얘기를 하겠죠. 유리 씨 매니저인데."

"저는 맹세코 수면제를 집에 갖다놓은 적이 없습니다."

"맹세를 하지 말고 증거를 대세요!"

길 반장이 윽박지르는 순간, 유리의 가슴속에서 작은 불꽃이 튀었다. 그녀의 여리디 여린 외모 안에 숨어 있던 영혼의 산화 같은 것이었다.

"증거란 의혹을 제시한 쪽에서 대야 하는 겁니다."

그녀의 얼굴은 자신의 운명을 두 눈 뜨고 맞서려는 한 인간의 숭고함으로 빛이 났다.

"길지환 형사님, 문지환 검사님. 그 수면제를 제가 준비했다는 증거가 있나요?"

지금 그녀를 누군가 봤다면 배우가 아닌 변호사라고 생각했을 것이다. 아니면 변호사 연기를 기가 막히게 소화하고 있는 배우라고 생각했거나.

길 반장은 침을 꿀걱 삼켰다. 문 검사는 방심하다가 칼에 찔린 아픔을 숨기고 있었다. 옆에서 지켜보던 시원의 입가에 미소가 걸렸다.

'키스의 여왕을 찬양하라!'

도준은 컴퓨터 앞에 한참을 멍하니 앉아 있었다. 유리의 문자를 받고 영화 「더블 크라임」을 막 본 뒤였다.

변호사가 된 뒤 그의 두뇌는 오직 법적 사고를 위해 봉사했다. 그런데 지금 그의 뇌는 전혀 법적이지 않은 상상으로 가득했다.

어쩌면 선호는 이 영화를 봤을지도 모른다. 이 영화에서 힌트를 얻어서 모든 일을 꾸몄다면?

그렇게 가설을 세워놓고 나니, 그날 밤 상황이 이해가 되었다. 선호가 유리에게 수면제를 먹인 뒤 요트에서 탈출했다면 상황은 완벽하게 맞아떨어진다.

그런데 두 가지만큼은 설명이 되지 않았다. 대체 선호가 왜 그런 짓을? 그리고 요트에서 발견된 선호의 피는? 확인한 바로는 단순히 자작극으로 꾸미기 위해 자해를 한 수준의 양이 아니었다. 즉사를 할 만큼의 엄청난 양의 피였다.

이 두 가지 의문을 풀지 않으면 선호가 이 일을 꾸몄다는 가설을 입증할 수 없다.

도준은 하루 종일 병실에서 추리에 추리를 거듭했다. 그러나 이미 뇌가 법적 사고에 길들여진 탓인지 단서를 풀어줄 기발한 상상력이 발휘되지 않았다.

'생각하지 말고 상상하자. 생각하지 말고 상상하자…….'

어느새 오후가 다 지나가고 병실 창문으로 노을이 지더니 짙푸른 저녁 하늘이 펼쳐졌다. 이른 달과 별이 반짝이는 창문을 우두커니 바라보다가 도준은 핸드폰을 들어 전화를 걸었다. 그가 갖지 못한 상상력을 가진 친구에게.

신호가 울린 지 얼마 안 있어서 시내가 전화를 받았다. 의구심이 가득한 목소리로.

"여보세요?"

"나야, 도준이."

"도준이? 도준아! 너 정말 도준이 맞아? 세상에! 깨어난 거니?"

시내의 목소리는 기쁘다 못해 감격에 겨워 목이 멘 것처럼 들리기도 했다.

"응. 아침에 의식을 찾았어."

도준은 빙긋이 웃으며 말했다.

"오 마이 갓. 정말 걱정했잖아. 한 열흘쯤 전인가? 나 문병도 갔었어."

"알아. 방명록에서 봤어. 나 정신 못 차리고 누워 있다고 이상한 짓 한 건 아니지?"

친구여서일까? 도준은 시답잖은 농담을 하는 자신이 살짝 신기하 기까지 했다.

"그냥 코랑 귀 몇 번 잡아당기기만 했어. 아, 머리카락도 몇 개 뽑았 다."

시내도 도준의 농담을 받아주었다.

"물어볼 게 있어서. 방금 네가 그때 말해줬던 영화, 「더블 크라임」 봤어. 도입부에 벌어진 사건이 손유리 사건하고 정말 비슷하더라."

"그치? 나도 딱 그 생각이 들더라니까."

"오해하지 말고 있는 그대로 들어줘. 영화를 보고 나니 혹시 이번 사건도 영화처럼 이선호의 자작극이지는 않을까 하는 생각이 들어."

"도준아, 혹시 그러기를 바라는 마음 때문에 그런 생각이 드는 건 아닐까? 아직 유리 씨한테 마음이 있어서?"

"시내야, 있는 그대로 들어달라고 했잖아. 내 의도는 신경 쓰지 말 고 들어줘. 그럴 가능성이 있을까?"

"없진 않겠지? 돈이면 뭐든 할 수 있는 세상인데 이선호는 막대한 부를 가진 사람이잖아."

"좋아. 그렇다고 쳐도 두 가지 지점이 설명이 안 돼. 내가 변호사라 서 그런지 상상력이 부족한가봐."

"두 가지가 뭔데?"

"첫 번째. 요트에서 엄청난 양의 피가 발견됐어. 그리고 DNA 검사 결과 이선호 본인의 것으로 밝혀졌고. 만약 이선호의 자작극이라면

이 부분을 어떻게 설명하지?"

"어렵지 않은데?"

시내의 말에 도준은 핸드폰을 귀에 바짝 갖다 댔다.

"할리우드 영화에서는 가끔 쓰이는 수법인데 말이야. 영화 「나를 찾아줘」 알아?"

"「나를 찾아줘」? 요즘 영화들은 잘 몰라."

"한때 영화광께서 그 영화를 모르다니! 원래 제목은 「Gone Girl」인데 그 영화도 「더블 크라임」하고 비슷해. 그 영화는 반대로 아내가 실종되고 남편이 아내의 살인범으로 몰리지."

"그런 영화가 있었어?"

"꽤 유명한 영화야. 밴 애플렉이 주연했고. 하여튼 그 영화에서도 아내의 피가 발견되는데 사실은 아내가 미리 수혈하듯 피를 뽑아놓고 뿌린 거였어."

도준은 한 대 얻어맞은 느낌이었다.

'이선호가 오랜 기간에 걸쳐 자기 피를 조금씩 모아놨다가 요트에 뿌렸다면? 그리고 허니문을 떠나기 전에 그 피를 유리에게 들키지 않을 정도로 닦아냈다면? 누가 봐도 유리가 이선호를 칼로 찔러 과다출혈로 죽은 것처럼 보이겠지!'

"이 정도면 설명이 됐어?"

"충분해."

"안 풀린다는 의문, 나머지 한 가지는 뭐야?"

"동기. 「더블 크라임」에서는 남자가 사업에 실패해서 돈이 필요하잖아. 그런데 이선호는 범행을 저지를 동기가 없어."

"너도 오해하지 말고 있는 그대로 들어. 난 말이야, 직업이 영화감독이다 보니 요즘도 일주일에 몇 편씩은 영화를 봐. 영화 속에는 정말 희한한 캐릭터들이 많지. 그런데 우리 현실에 더 희한한 놈들이 많아. 아무리 황당한 영화도 우리 현실만큼 황당하진 않아. 어쩌면 이선호에게도 우리가 상상하지 못한 비밀이 있을지도 모른단 얘기지. 또 어쩌면…… 이선호가 이런 영화들을 보고 모방범죄를 저질렀을 수도 있고."

도준은 뒤통수를 제대로 맞은 기분이었다. 불가능한 가정이 아니었다. 충분히 가능한 일이었다.

사람들에게 알려진 것들만 모아봐도 선호는 항상 재미와 모험을 쫓는 사람이었다. 언제나 예상 밖의 이상한 선택을 해온 것이 그의 인생이었다. 그가 정말 스릴러 영화의 주인공들을 모방해 자기 인생을 영화처럼 만들어버렸을지도 모르는 일이었다.

갑자기 도준은 소름 끼치는 생각에 몸을 부르르 떨었다.

'혹시 그가 어디선가 이 모든 것을 지켜보고 있는 건 아닐까? 마치 영화를 감상하듯이.'

"어…… 고맙다 시내야. 도움이 많이 됐어. 정말…… 정말 큰 도움이 됐어."

"도준아, 잠깐만. 주제넘게 들릴지도 모르지만…… 한마디만 해도 될까?"

시내의 목소리는 아까 열정적으로 영화 이야기를 할 때와는 완전히 달랐다. 차분하고 진지하게 가라앉아 있었다.

"도준아, 솔직히 네가 민정 씨하고 결혼하는 거, 미친 짓이라고 생각해. 그런데 네가 다시 유리 씨한테 마음을 둔다면, 그건 더 미친 짓이야. 어디 비교할 데도 없어. 정말 미친 사랑이야. 그녀는 널 버린 여자야. 네가 가난해서 싫다고 버린 여자라고. 널 버리고 스타가 돼서 재벌과 결혼을 한 여자라고. 그런 여자한테 또 네 인생을 걸어?"

"나도 알아."

"내가 아는 이도준은 그 정도로 멍청이는 아니야. 그렇지? 널 믿어도 되지?"

"응. 고마워."

전화를 끊은 도준은 잠시 멍하니 앉아 있다가 기운을 차렸다.

유리를 구하기 위해 할 일이 바뀌었다. 지금까지는 재판에서 그녀의 무죄를 입증하는 것만이 그녀를 구할 유일한 방법이라고 생각했다. 그런데 방법이 한 가지 더 있었다. 이선호의 유죄를 밝히는 것. 영화 속 주인공들처럼 어딘가 살아 있을지도 모르는 그를 찾아내는 것.

'과연 나 혼자 이 일을 할 수 있을까? 누군가에게 도움을 청해야 한다면……. 이선호를 함께 찾아줄 사람…… 이선호의 비밀을 함께 밝혀낼 사람……. 누굴까? 누가 적임자일까?'

그조차도 예상하지 못했던 한 사람의 얼굴이 툭 떠올랐다. 도준은 스스로도 어이가 없어서 중얼거렸다.

"황당하군."

그때 메시지가 도착했다는 알람음이 울렸다. 유리였다.

— 피의자 신문은 잘 끝났어요. 오빠는 자고 있겠죠? 내일 전화로 알려드릴게요. 계속 잘 자요.^^

도준은 전화를 걸었다. 유리의 목소리는 예상보다 밝았다.

"뭔가 잘된 것 같은 목소리인데?"

"그냥 다 끝나고 집에 와서 쉬니까 좋아서요. 퇴원은 언제쯤 하래요?"

"사실 내 기분으로는 지금 당장 퇴원해도 상관없는데 의사는 며칠 더 지켜보자고 하네."

"의사 말 들어요."

"마음이 급해. 얼른 사건에 합류하고 싶어."

"그래야죠. 차 변호사님하고도 친구라면서요? 솔직히 텔레비전에 하도 많이 나오셔서 별로 기대를 안 했는데 되게 열심히 해주세요."

"실력 있는 친구야."

"좀 엉뚱하기도 하고요. 하여튼 오빠는 퇴원할 때까지만이라도 머리 비우고 푹 쉬세요."

"그럴 수 없다는 거 알잖아. 안 그래도 조심스럽게 새로운 방향으로 알아보려는 중이야."

"새로운 방향?"

도준은 아까 시내와 대화를 나누면서 정리했던 생각을 유리에게 전해주었다.

이선호가 살아 있을지도 모른다. 이선호가 이 모든 일을 꾸몄을 수도 있다. 어쩌면 지금도 그가 이 모든 상황을 지켜보고 있을지도 모른다.

도준으로서도 마음 편한 이야기는 아니었다. 어쨌든 그녀의 남편을 미치광이로 모는 논리니까.

유리는 숨소리도 내지 않고 이야기를 들었다. 그러고는 파르르 떨리는 목소리로 물었다.

"그럴 가능성이 얼마나 있을까요?"

도준의 입에서 무서운, 그러나 단호한 대답이 나왔다.

"100퍼센트."

침묵이 둘 사이를 서성였다. 한참 뒤에 유리가 되물었다.

"어째서, 어째서 100퍼센트라고 생각해요?"

"네가 그를 죽였을 가능성이 0퍼센트라고 믿으니까."

"하아……."

"이건 밀실게임이야. 둘 중 하나야. 너, 아니면 이선호. 네가 아니면 이선호라고. 나에겐 네가 절대로 아니기에 이선호가 100퍼센트라는 거야."

유리의 흐느낌을 들으며 도준은 눈을 꼭 감았다.

'미안하다, 유리야. 그러나 나는 돌려서 말할 수가 없어. 그럴 여유도 없고. 나는 너의 변호사니까.'

"미안해요, 오빠. 자꾸 눈물이 나서……."

도준은 그녀를 달래주었다. 밤이 늦었으니 내일 얘기하자고, 오늘 고생 많았노라고 격려해주고 전화를 끊었다. 그리고 누군가에게 메시지를 남겼다.

— 안녕하세요? 이도준입니다. 다행히도 오늘 혼수상태에서 깨어났습니다. 혹시 내일 뵐 수 있을까요?

그는 전송버튼을 누른 후에 자신이 한 짓이 미친 짓이 아니길 빌었다.

다음 날 아침. 도준의 병실을 찾은 첫 번째 손님은 바로 백현서 기자였다.

"변호사님, 다시 뵙게 되어 정말 반갑습니다."

그녀는 먼저 씩씩하게 손을 내밀며 인사했다. 도준은 차분한 표정으로 악수를 받았다. 마주 보고 소파에 앉은 둘은 첫눈에 서로를 살피고 있었다. 아직 신뢰 관계가 쌓이지 않은 파트너들의 전형적인 행동이었다.

도준의 눈에 비친 백 기자는 목적을 위해서라면 수단과 방법을 가리지 않는 여자였다. 사람을 찾아내고, 정보를 캐내고, 비밀을 들쑤시는 데는 그 누구도 따를 사람이 없는 전문가. 또한 그렇기 때문에 매우 조심해야 할, 날카로운 칼 같은 인물. 요리사의 손에 들어가면 멋진 요리를 탄생시키지만, 범죄자의 손에 들어가면 흉기로 돌변하는 그런……

백 기자의 눈에 비친 도준 역시 크게 다르지 않았다. 맡은 사건에 이기기 위해서라면 무슨 짓이든 할 수 있는 변호사. 성공을 위해 자기 로펌 대표의 딸과 약혼하고 세계인의 이목이 쏠린 사건을 맡고……. 그러나 비밀스러운 구석도 많은 인물이다. 심지어 의뢰인인 손유리와의 관계도 미심쩍었다.

도준이 먼저 입을 열었다.

"먼저 실례되는 말씀부터 드려야겠습니다. 워낙 민감한 이야기이기에 혹시 기자님께서 녹음을 하고 계실지도 모른다는 생각이 들어서요."

"아, 이런. 그렇지 않아요."

백 기자는 도준이 보는 앞에서 핸드폰을 끄고 핸드백 안도 열어 보여주었다.

"죄송합니다."

"아니에요. 아주 꼼꼼한 성격이시네요. 그럼 이제 얼마나 무서운 이야기인지 들어볼게요. 우황청심환 먹고 왔어요. 하하."

백 기자는 분위기를 풀어보려고 농담을 던졌지만 도준은 받아주지 않았다. 그는 백 기자의 눈을 똑바로 보면서 말했다.

"저는 이선호가 살아 있을지도 모른다고 생각합니다. 이선호가 이 모든 사건을 벌인 주동자일지도 모른다고요."

"맙소사…… 그렇게 생각하시는 증거가 있나요?"

"그 증거를 찾아달라고 백 기자님한테 부탁을 드리는 겁니다."

백 기자로서는 상상도 하지 못한 제안이었기에 그저 눈만 껌벅거릴 뿐이었다. 산전수전 다 겪은 베테랑 기자로서 아무리 황당한 사건을 목격해도 놀라는 법이 없는 그녀였는데…….

"잠깐만요. 이건 진짜 당황스럽네요. 그러니까 혹시 어딘가 살아 있을지도 모를 이선호를 찾아달라?"

"이선호를 찾을 수 있다면 베스트고요. 그를 찾지 못한다 하더라도 실종 전에 뭔가 미심쩍은 동향이 있는지 알아봐주시면 고맙겠습니다."

"이상하네요. 이선호가 죽었다는 증거도 있잖아요? 이선호의 피가 요트 바닥에 흥건했다던데……."

"저한테 1년만 시간을 주면 저도 요트 바닥에 피를 뿌릴 수 있습니다."

"네?"

"평범한 사람 기준으로 1년에 여섯 번까지 헌혈이 가능합니다. 한 번에 400밀리리터. 즉, 1년이면 2리터가 훨씬 넘는 피를 모을 수 있다는 뜻이죠."

"아……."

"이선호처럼 건장한 체격의 소유자였다면 1년에 3리터까지도 피를 모을 수 있었을 겁니다. 그 피를 한꺼번에 바닥에 뿌려놓고 닦아낸다면, 루미놀 검사에서 치명상의 흔적으로 위장하기에 충분하죠."

"그건 정말 그럴 수 있겠네요. 그렇다 해도 이선호가 왜……."

"네. 아까 말씀드린 대로 바로 그 부분에서 기자님이 필요한 겁니다. 이선호가 살아 있다면, 만약 이 모든 짓이 다 그가 벌인 일이라면, 그는 왜 그랬을까?"

'만약 이선호가 이 모든 것을 꾸민 장본인이라면? 그걸 기사화시켜서 특집으로 내보낸다면? 만에 하나, 정말 살아 있는 이선호를 발견해서 사진을 찍을 수만 있다면……. 그 뉴스는 얼마에 팔 수 있을까?'

백 기자의 속을 들여다보는 듯한 제안을 도준이 덧붙였다.

"만약 기자님이 이선호의 생존 흔적을 찾아낸다면 기자님 마음대로 그 뉴스를 쓰셔도 됩니다. 방송국에 엄청난 돈을 받고 파셔도 상관없습니다. 제가 원하는 건 오직 그 증거 자체니까요."

백 기자는 차오르는 흥분과 동시에 두려움을 느꼈다.

'이 엄청난 일을 내가 할 수 있을까?'

'해보자. 밑져야 본전이다.'

도준은 이미 그녀의 눈빛을 읽은 것처럼 구체적인 조건을 이야기했다.

"아마 전국을 누벼야 할 겁니다. 취재비도 적지 않게 들 거고요. 먼저 착수금으로 1억 원 드리겠습니다. 성공하시면 1억 원을 더 드리죠. 하긴 이선호의 사진이라도 건지는 날엔 1억 원은 돈으로도 안 보이는 부자가 되어 계시겠지만요."

백 기자는 침을 꼴깍 삼키고 물었다.

"만약 제가 거절하면 어떻게 하실 겁니까?"

"저 혼자는 어려운 일입니다. 그쪽의 전문가도 아니고요. 아마 다른 기자분에게 행운이 돌아가겠지요."

'다른 기자에게? 있을 수 없는 일이지!'

"해보겠습니다."

백 기자의 눈에 강렬한 빛이 번득였다.

논현동 임피리얼 팰리스 호텔. 정사가 끝난 침대 위.

도준이 깨어났다는 소식을 들은 크리스는 이불을 걷어차며 벌떡 일어났다.

"오 마이 갓! 정말이야? 식물인간이라고 하지 않았어?"

"정확히 말하자면 의식불명. 식물인간하고는 조금 다르지."

"와우. 정말 대단하군. 그럼 다시 당신 약혼남이 키스의 여왕을 변호하게 되는 거야?"

"그건 모르겠어. 대디가 결정하겠지."

민정은 크리스의 단단한 가슴을 쓰다듬으며 고개를 묻었다.

"이렇게 좋은 시간을 갖는 것도 얼마 안 남았군."

"왜?"

"생각해봤는데, 당신이 결혼하면 난 당신을 못 만날 것 같아."

"치이. 부담 돼서?"

"그렇게 말할 수도 있겠지. 당신 남편도 무섭고 아버지는 더 무서우니까."

"우리 베이비 멋진 사나이인 줄 알았더니, 겁쟁이구나?"

"멋진 사나이는 너의 약혼남 같은 사람이지. 의뢰인을 위해 몸을 날리는 변호사라…… 미국 같았으면 아마 인기 폭발했을 거야. 당장 선거에 출마해도 될걸?"

내연남에게 약혼남 칭찬을 듣고 있으려니 기분이 이상했다. 그동안 민정은 한 번도 도준이 섹시하다고 생각한 적이 없었다. 그런데요 며칠 사이 그를 볼 때마다 그녀는 강한 성적 매력을 느꼈다. 도준은 당당하고 거침없는 남자로 변했다. 게다가 손유리와의 관계에 대한 확신이 들수록 이중적인 감정이 민정의 가슴속에 피어났다. 남 주기 아까운 마음.

그녀는 자신도 모르게 중얼거렸다.

"여자의 직감으로 확실히 느낄 수 있어. 그 사람은 아직 손유리를 못 지웠어. 지금도 그녀에게 **빠져** 있어."

"그건 키스의 여왕이 너무 예뻐서겠지. 그런 여자를 쉽게 포기하기란 힘들지."

크리스의 말이 질투심이라는 뇌관을 건드렸다.

"그래서, 그 살인마년이 나보다 더 예쁘다는 거야?"

"갓 세이브 미! 내가 말실수를 했군. 이렇게 말하면 어떨까? 손유리가 키스의 여왕이라면 당신은 침대의 여왕이라고."

"침대의 여왕? 그 표현 나쁘지 않네."

민정은 문득 도준에게 보여주고 싶어졌다. 침대의 여왕이 얼마나 섹시한지.

도준은 며칠째 심각한 고민에 빠져 있었다. 이선호가 이번 사건을 꾸몄음을 조사해보자고 김 대표에게 말했다가 호되게 질책만 당한 것이다.

'그렇다면 개인적으로 알아봐야 하는 것일까? 그러다가 김 대표한테 들키면 난리가 날 텐데?'

한 가지는 분명했다. 도준은 절대 재판에만 모든 걸 걸고 싶지 않았다. 재판은 재판대로 최선을 다해 이겨야 하겠지만 졌을 경우도 대비해야 한다. 김 대표의 말대로, 변호사라면 그렇게까지 할 필요는 없지만, 이미 몸을 날려 총탄을 막아냈을 때부터 변호사로서의 선은 넘어버렸다.

의사는 내일 퇴원해도 좋다고 했다. 이렇게 고민할 시간도 오늘까지, 내일부터는 행동에 들어갈 셈이었다. 병원에서 먹는 마지막 저녁 식사를 끝내고 그는 인터넷으로 이선호에 관한 정보를 찾아보았다.

IT 업계의 전설이라는 인물치고는 어린 시절이나 회사를 키운 과정이 지나치게 감취져 있었다. 대학시절 창업 전선에 뛰어든 후부터의 활동만 알려진 듯했다. 호기심이 한껏 부풀어 오르는데 병실 문이 열렸다. 노크 소리도 없이. 민정이었다.

가슴이 깊게 파인 미니원피스에 붉은 하이힐, 망사스타킹까지 신은 그녀는 문병을 온 약혼녀가 아니라 술집 여자처럼 보였다.

"무슨 일이야? 온다는 전화도 없이."

"치이, 남편 만나러 오는데 꼭 전화를 하고 와야 해요?"

"우리가 언제 결혼했지?"

"이제 곧!"

민정은 도준에게 성큼성큼 다가오더니 와락 안겼다.

"달링. 나 좀 안아줘. 그동안 자기 품이 너무 그리웠어."

도준은 눈을 지그시 감았다. 그가 맞서야 할 또 다른 운명의 파도가 지금 눈앞에 닥친 것이다. 비겁하게 외면하고 싶지 않았다. 스스로에게 핑계를 대며 더 이상 질질 끌고 싶지도 않았다.

"민정아, 나 할 이야기가 있어."

도준은 아이처럼 어리광을 부리며 그의 품을 파고드는 민정을 겨우 떼어냈다.

"시져 시져. 민정이는 오빠하고 키스부터 할 거야. 그리고 오빠 옷도 다 벗겨버릴 거야."

그녀는 혀까지 잔뜩 꼬아가며 다시 달려들었다.

"너 왜 이래!"

도준이 소리를 지르고 나서야 민정은 이상한 분위기를 감지한 듯 앙탈을 멈추었다.

"무슨 얘긴지 얼른 해봐. 대신 오늘 나 오빠 그냥 안 놔둘 거야."

민정은 붉은 입술을 긴 혀로 슬쩍 핥았다.

"병원 침대에서 나누는 사랑은 어떤 맛일까? 스릴 만점이겠지?"

도준은 천천히 심호흡을 했다.

'그래. 여기까지다. 어쩌면 진작 했어야 할 말이었을지도.'

그의 단호한 목소리가 병실 안에 흩어졌다.

"우리 이제 그만하자."

9화

새로운 시작

애교로 넘쳐나던 민정의 얼굴이 슬로모션처럼 천천히 굳어갔다. 그녀의 얼굴이 분노와 모멸감으로 채워지는 데는 오랜 시간이 걸리지 않았다.

"오빠, 지금 뭐라고 했어?"

"우리 관계 여기서 정리하자고."

"오빠, 우리 약혼한 사이야. 무슨 클럽에서 만나서 몇 번 데이트한 사이가 아니라고!"

"알아. 파혼하자는 말이야."

"허!"

민정은 소리를 팩 지르면서 도준을 확 밀쳤다. 침대에서 일어난 그녀는 이마를 짚고선 병실 안을 돌아다녔다. 또각또각 스틸레토 힐 소리가 신경질적으로 공간을 쪼갰다. 그녀의 마음에선 불이 났다. 그것도 아주 큰 산불이.

"오빠, 못 들은 걸로 할게. 다신 내 앞에서 그딴 미친 소리 하지 마."

"진심이야."

"마음 따위, 하룻밤에도 몇 번이나 바뀔 수 있어. 내일이면, 어쩌면 한 달 뒤에는, 어쩌면 1년 뒤에는 그 마음 또 바뀔지도 몰라. 그러니 섣불리 까불지 마."

"민정아, 하나만 묻자. 너는 나를 사랑하니?"

민정은 한순간의 망설임도 없이 대답했다.

"응. 사랑해."

"평생 나한테만 충실하게 살 자신 있니?"

'충실'이라는 표현에서 찔리긴 했지만 민정은 그런 감정을 속이는 데는 익숙했다.

"그럼. 내 남은 인생에서 남자는 도준 오빠뿐이야."

민정은 배우처럼 진심을 담아 말하고는 도준에게 안겼다. 도준의 옅은 한숨 소리를 들으며 민정은 쾌재를 불렀다.

'역시. 이도준, 너는 마음이 약해서 탈이야.'

그런데 도준이 금방 민정을 밀어내고는 말했다.

"그렇다면 정말 미안하다. 네가 그렇다 해도 어쩔 수 없으니까."

도준의 눈빛은 어느 때보다 강렬했다.

"나는 널 사랑하지 않아."

병실 안의 공기가 얼어붙는 듯했다. 민정은 천천히 숨을 쉬면서 도준의 시선을 마주했다. 참을 수 없을 만큼 무겁게 정적이 쌓였을 때 민정이 물었다.

"그 여자 때문이야? 손유리? 키스의 여왕?"

"그 여자와 상관없이, 난 처음부터 너를 사랑하지 않았어. 성공하고 싶어서, 대한민국 1퍼센트의 세계에 들어가고 싶어서, 너와 관계를 맺었어. 정확히 말하자면 김성욱 대표님과 관계를 맺었지."

"나는 오빠를 사랑했어."

민정의 눈에서 눈물이 뚝뚝 떨어졌다. 살아오면서 그녀는 눈물의 효용성을 너무나 잘 알게 된 여자였다.

'이도준. 너는 절대 날 버리지 못해. 왜냐하면 미안할 테니까. 너는 미안한 일은 죽어도 못하잖아. 난 너를 너무나 잘 알지.'

그러나 그녀가 아는 도준은 다시 태어나기 전의 도준이었다.

"민정아, 이제 어쩔 수 없어. 나는 남은 인생을 다르게 살려고 해. 내가 진정으로 원하는 인생을 살 거야. 그리고 그 인생에 너는 없어."

"좋아. 그럼 사랑 타령 안 하고 단도직입적으로 물어볼게. 나하고 파혼하면 아버지가 가만히 계실까?"

"그러지 않으시리라 믿지만, 직장을 잃는다 해도 어쩔 수 없어."

"오빠가 이뤄놓은 모든 것, 탄탄대로가 다 사라질 거야."

"어차피 허상이었어."

민정은 마지막으로 도준의 눈을 들여다보았다. 이토록 확신에 찬 남자의 눈은 처음이었다. 그럴수록 더 매력적이어서 그녀의 소유욕을 자극했다. 그녀는 도준의 손을 부드럽게 끌어 잡았다.

"오늘은 그냥 돌아갈게. 푹 쉬어. 아무 스트레스도 받지 말고."

"알아들었기를 바라."

"얼른 회복하기를 바라."

둘은 서로 다른 이야기로 대화를 끝냈다. 민정은 병실을 나가면서

쾅 소리가 날 정도로 세게 문을 닫았다.

혼자 남은 도준은 한숨을 토하고는 소파에 털썩 앉았다. 김성욱 대표가 마련해준 VIP 병실을 둘러보며 씁쓸하게 미소 지었다.

'곧 퇴원이라서 다행이군. 사위가 될 사람도 아닌, 말단 변호사에게 이런 병실을 쓰게 해주진 않을 테니까.'

꿈을 꾸었다. 장소는 엉뚱하게도 일본 도쿄의 유흥가 골목에 있는 라면 가게였다. 늦은 밤, 도준은 시원한 맥주 한 잔과 라면을 먹고 있었다. 유리와 함께. 그녀도 후루룩후루룩 소리를 내며 라면을 먹고 가끔씩 건배도 하며 맥주를 마셨다. 두 사람은 사소한 농담에도 웃으며 깊어가는 도쿄의 밤 정취를 나누었다.

오직 둘뿐이었다. 세상에 둘만 남은 외로운 기분이 아니라, 세상 누구도 둘을 방해할 수 없는 행복한 기분이었다. 그가 그토록 원하던 바로 그 순간이었다. 서로의 눈을 하염없이 바라보며 말없이 사랑을 속삭이고 실없이 키스를 나누는 연인. 그가 그토록 그녀와 되고 싶었던…….

그러나 아침 햇살에 눈을 떴을 때 그는 도쿄 심야 데이트가 꿈임을 깨달았다. 병원에서 맞는 마지막 아침이었다.

그는 몸을 일으켜 잠시 앉아 있었다. 이제는 웬만한 동작을 해도 통증이 안 느껴졌다. 의사가 퇴원 결정을 내릴 만했다.

왜 그런 꿈을 꾸었을까? 너무나도 생생했다. 사랑이 가득한 그녀의 눈은 물론이고, 라면의 맛과 골목의 사소한 풍경까지도. 정작 유리와 사귈 때는 도쿄는 고사하고 서울 밖에 나가본 적도 없었는데.

이제 꿈에서 깨라고 명령하듯, 핸드폰이 울렸다. 액정에 뜬 유리의 이름을 보고 도준은 피식 웃었다.

'양반은 못 되겠군.'

전화를 받자마자 유리가 급하게 물었다.

"어디예요? 아직 병원?"

"응. 일어난 지 얼마 안 됐어."

"다행이네요. 오늘 밥이라도 같이 먹어요. 제 목숨을 구해줬는데 퇴원 기념 식사라도 사야죠. 할 말도 많이 있고."

"그러지. 나도 상의할 일이 많으니까. 그런데 아무래도 조심스럽군."

"미안해요. 나 때문에 도준 씨까지 사람들 눈을 피해야 하는 상황이 되어버렸네요."

"우리 집에서 치맥이나 할까?"

"그럴까요?"

유리의 목소리에서 다시 들뜬 티가 났다. 그러나 그녀는 또다시 걱정스럽게 말했다.

"아…… 그건 좀 그렇겠어요. 아무래도 같이 밥 먹는 건 재판 이후로 미뤄야겠네요."

도준은 유리가 왜 그러는지 이유를 알았다. 민정이 신경 쓰여서겠지. 하지만 도준은 민정하고 끝냈다는 말이 쉽게 안 나왔다. 그가 파혼을 결정했다고 해도 유리는 그렇지 않다. 만약 이선호가 살아 있다면, 아직 그녀는 유부녀.

그는 자신에게 물었다.

'유리를 다시 찾고 싶어서, 이선호가 자작극을 벌였기를 바라는 건가? 그런가, 이도준 변호사? 모르겠어. 정말 모르겠어.'

이 세상 모든 일에 단호할 자신이 있었지만 오직 유리에 대해서만큼은 단호할 수 없었다. 도준이 스스로에게 쉽게 대답을 내놓지 못하고 있는 가운데 유리의 목소리가 들렸다.

"그럼 나중에 회사에서 만나요."

도준은 씁쓸하게 고개를 끄덕이며, 이제 회사에 다니지 못할 수도 있다는 말을 삼켰다.

집에 돌아온 도준은 청소부터 했다. 긴 여행을 다녀온 기분이었다. 무려 사후 세계로.

먼지가 쌓인 집 안을 직접 쓸고 닦고 하다 보니 본격적으로 현실의 삶으로 돌아온 실감이 났다. 오후에는 라흐마니노프의 피아노 협주곡 2번을 서재가 쩌렁쩌렁 울릴 정도의 볼륨으로 틀어놓고 앞으로의 계획을 점검했다. 정리하고 챙길 일이 한두 가지가 아니었다. 유리를 만나서 상황을 듣고, 시원에게도 물어볼 것이 많았다.

그러나 무엇보다, 바로 오늘 저녁에 김 대표와 약속이 있었다.

—잠깐 만나지.

전화로 들려온 김 대표의 목소리는 창밖의 하늘처럼 무거웠다. 다섯 글자의 짧은 말이었으나 도준은 목소리만 듣고도 그사이 어떤 일이 있었는지 충분히 짐작할 수 있었다.

도준은 잠시 자리에 서서 눈을 감고 있다가 곧장 샤워 부스로 들어가 땀을 씻어냈다. 총상은 거의 다 아물어 샤워를 해도 아무 문제가 없을 정도였다. 그러나 흉터만큼은 선명했다. 도준은 손가락으로 총알 자국을 만져보았다.

이걸 뭐라고 불러야 할까? 여왕에게 바치는 흉터? 제 것도 아닌 여자에게 두 번씩이나 인생을 건 바보 같은 남자의 증명서?

쓸쓸한 미소가 절로 지어졌다.

여의도 콘래드 호텔 37층에 위치한 '37 그릴&바'는 호텔 바 중에서도 환상적인 전망으로 유명했다. 한강은 물론 메트로폴리스 서울의 반짝이는 야경이 최고급 안주며 술과 잘 어우러졌다.

콘래드 호텔의 VIP인 김 대표는 예전에도 종종 도준을 이곳에 데려오고는 했다. 법조인들은 물론이고 기업 대표들이나 고위 공직자, 정치인들과도 인사를 시켜주었다.

김 대표는 언제나처럼 프라이빗룸에서 도준을 기다리고 있었다. 정복을 입은 웨이트리스에게 안내를 받은 도준은 가볍게 목례를 하고 김 대표 앞에 앉았다.

안주도 없이 와인을 마시던 김 대표가 도준의 잔에 와인을 따라주었다.

"이 와인 마셔본 적 있나?"

김 대표의 말에 도준은 와인의 라벨을 보았다. 샹베르탱이라는 이름이었다.

"아니요. 처음입니다."

"나폴레옹이 좋아하던 와인이야. 이 변호사도 알다시피, 나폴레옹은 가난한 섬마을 출신 촌놈이잖나. 그래서 출세 가도를 달리면서도 늘 긴장해서 술을 입에 잘 대지 않았어."

김 대표는 와인을 다 따르고 도준에게 가볍게 건배를 청했다. 청아한 와인잔 건배 소리를 들으면서도 도준은 얼떨떨했다. 분노에 차 욕을 내뱉어도 시원찮을 판에, 최고급 와인을 따라주다니.

"그럼에도 불구하고 유일하게 즐기는 술이 딱 하나 있었는데 바로이 샹베르탱이야. 평상시에도 전시에도 항상 이 술을 곁에 두었지."

한 모금 깊이 와인을 마시는 김 대표를 따라 도준도 와인을 머금었다. 긴장을 한 탓인지 무슨 맛인지 제대로 느껴지지도 않았다.

"나폴레옹의 운명을 비극으로 바꿔놓은 워털루 전투를 치를 때는포도가 흉작이 들었는지 마침 샹베르탱 재고가 없어서 전쟁터에서이 술을 마시지 못했지. 그래서 워털루 전투에서 졌다는 우스갯소리도 있지."

농담을 하면서 김 대표는 가볍게 미소를 머금었지만 도준은 차마웃지 못했다.

"나는 말일세, 나폴레옹처럼 가난한 섬마을 집 출신이야. 지금 내가 이룬 것들은 모두 맨손으로 일궈낸 거지. 나폴레옹처럼 대륙을 정복하지는 못했지만 내 두 손으로 한 나라의 법조계를 정복했어."

그의 눈은 자신감으로 번득였고 목소리에는 웅변처럼 힘이 느껴졌다. 도준은 과연 자신이 나폴레옹 같은 이 남자를 상대할 수나 있을지 겁이 덜컥 났다.

"내가 자네를 왜 좋아했는지 아나? 자네 눈에서 내가 어릴 때 느꼈던 욕망을 봤기 때문이야. 자네를 처음 봤을 때, 자네도 내 젊은 날처럼 헐벗은 청춘이었지."

"항상 감사하게 생각하고 있습니다."

"아니. 감사할 필요 없네. 나도 누군가가 필요했고, 그게 자네였을 뿐이니까. 내가 이룬 이 제국을 계속 이어갈 누군가가 필요했지. 알다시피 민정이 그 녀석은 이 제국에 관심이 없어. 제국의 보물창고에나 관심이 있을까."

김 대표는 다시 잔에 와인을 따랐다.

"민정이한테 얘기 들었네."

"죄송합니다."

"그 이야기, 못 들은 걸로 하지. 다시 합치도록 해."

강하다. 도준은 김 대표의 단호한 명령에서 거역할 수 없는 힘을 느꼈다. 그러나 거역해야만 한다. 다시 거짓 인생으로 돌아갈 수는 없으니까.

"죄송합니다. 그럴 수는 없습니다."

"그럴 수가 없어?"

김 대표의 찌푸린 미간 사이로 깊이를 가늠할 수 없는 분노가 느껴졌다. 아마 예전의 도준이라면 그 힘을 견디지 못해 무너졌을 것이다. 그러나 그에게는 이제 사자의 심장이 있었다.

"네, 대표님. 저는 따님을 사랑하지 않습니다."

"사랑한 적이 있기는 한가?"

도준은 대답하지 못했다.

"나도 알고 있네. 우리 민정이도 자네를 진심으로 사랑하지 않는다는 걸. 사랑? 그게 무슨 소용이 있나? 나폴레옹의 아내 조제핀도 기껏 호위장교와 바람이 났어. 나폴레옹은 처절히 버려졌고."

도준은 테이블 밑으로 주먹을 꽉 쥐며 의지를 다졌다. 절대로 설득당하지 않으리라는.

"자네나 나 같은 정복자들에게 사랑은 독배와도 같아. 자네도 알지 않나? 왜 그 독배를 마시려고 해?"

"대표님. 손유리 씨와 제 관계에 대해서는 민정이가 잘못 알고 있는 것들이 몇 가지……."

"상관없어! 민정이가 어떻게 말했든, 자네가 손유리에게 정말로 빠졌든 말든 상관없다고! 중요한 건 이제부터야. 정신 똑바로 차리고 다시 예전의 모습으로 돌아가. 어린 정복자의 모습으로."

도준은 숨을 깊이 들이쉬고 한 마디 한 마디 진심을 담아 말했다.

"훌륭한 변호사가 되라고 하시면 그렇게 하겠습니다. 그러나 사랑하지 않는 여자와 결혼을 하라는 말은 따를 수가 없습니다."

"답답하군! 민정이와 결혼한다고 생각하지 말고 내 후계자가 된다고 생각하란 말이야. 법적으로 내 사위가 되는 게 중요하단 말이야!"

"저는 그렇게 생각할 수 없습니다. 회사가 아니라 대륙을 물려주신다 해도 저는 사랑하지 않는 여자와 살 수는 없습니다."

"그놈의 사랑 타령!"

언성을 높인 김 대표는 도준을 노려보면서 와인을 한 모금 마셨다.

"지금 내 말을 거역하는 건가?"

"네."

한 글자의 말을 이렇게 어렵게 내뱉기는 처음이었다.

"그 대답, 후회하지 않을 자신 있나?"

도준은 힘겨웠지만 김 대표의 시선을 똑바로 마주하며 말했다.

"대표님. 잘 아시겠지만 저는 죽음의 문턱을 넘었다가 돌아왔습니다. 제 머리가 아니라 제 영혼이 깨달음을 얻었습니다. 논리로는 대표님의 뜻에 따르는 것이 맞겠지만, 제 영혼이 다른 곳을 보고 있습니다. 저는 그쪽으로 가려고 합니다."

"그게 변호사가 할 소린가? 훌륭한 변호사인 줄 알았더니 삼류 시인이었구만."

김 대표는 눈을 지그시 감고 심호흡을 했다. 몇 시간처럼 느껴진 몇 초가 지나고 그가 물었다.

"자네는 그러고도 뻔뻔하게 손유리 사건을 맡겠다고 부탁하러 이 자리에 나왔겠지?"

"대표님. 지금 저에 대한 감정이 좋지 않으시다는 건 알고 있습니다. 하지만 저만큼 이 사건을 열정적으로……."

"열정? 연정이 아니고?"

김 대표의 싸늘한 말에 도준은 반박할 수 없었다. 환상적인 뷰가 펼쳐지는 스카이라운지 바의 프라이빗룸이 긴장감으로 폭발할 지경이었다.

김 대표는 선언하듯 말했다.

"나는 내 뜻을 거스르는 놈을 회사에 둘 수 없다."

도준은 가슴이 철렁 내려앉았다.

'결국 회사를 나가란 말이군.'

"최대한 빨리 정리하도록 하게. 이 변호사야 이미 전국적으로 유명한 스타 변호사가 되었으니 모시고 가려는 회사는 많겠지. 다만, 앞으로 나하고 마주치지 않는 게 좋을 거야. 나도 인간이야. 이런 모욕을 당하고도 내가 아무렇지 않게 널 대할 수 있을 것 같아?"

도준은 더 이상 사과도 무의미하다는 것을 깨닫고 가만히 있었다.

"내 눈에 띄지 마라. 너의 건방진 면상을 보면 복수를 하고 싶어질지도 모르니까 말이야."

김 대표는 자리에서 일어나 나가버렸다.

도준은 몸이 얼어붙은 듯 꼼짝도 할 수 없었다. 마치 총알이 가슴에 박혔을 때처럼, 인생의 한 챕터가 순식간에 넘어가는 기분이었다. 창밖으로 펼쳐진 메트로폴리스의 황홀한 야경이 그를 비웃는 것만 같았다.

그는 자리를 박차고 일어났다. 술 생각이 간절했다.

유리는 하루 종일 아무것도 하지 못했다. 도준의 말만 계속 귓가에 맴돌았다.

―100퍼센트.

선호의 자작극일 가능성이 얼마냐고 물었을 때 도준은 망설이지 않고 그렇게 답했다.

그렇게 생각하는 이유 또한 명확했다.

― 네가 그를 죽였을 가능성이 0퍼센트라고 믿으니까. 이건 밀실 게임이야. 둘 중 하나야. 너, 아니면 이선호. 네가 아니면 이선호라고. 나에겐 네가 절대로 아니기에 이선호가 100퍼센트라는 거야.

그의 말이 맞았다. 그녀가 귀신이 들린 게 아니고서야 이선호를 죽이고도 기억을 못 할 리는 없었다. 그녀는 맹세코 이선호를 죽이지 않았다.

제삼자의 소행일 가능성도 아예 없다고는 할 수 없었다. 그 얼마 안 되는 가능성까지 꼼꼼하게 짚어봐야 했다. 혼자 끙끙 앓던 유리는 혁에게 전화를 걸어 잠깐 올라와달라고 했다. 그리고 영문도 모른 채 앞에 앉은 혁에게 자신의 추리를 검증받기 시작했다.

　"자, 지금부터 누나가 하는 말 들으면서 이해가 안 가는 점이 있으면 얘기해봐."

　"네."

　"사건을 처음부터 다시 짚어보고 있어. 네가 믿을지 안 믿을지 모르겠지만 기본 전제는 내가 선호 씨를 죽이지 않았다는 거야. 그 전제하에서 제삼자가 선호 씨를 죽이거나 납치했을 경우의 수가 얼마나 될지 알아보고 싶은 거야."

　"알겠습니다."

　"먼저 누군가 선호 씨를 죽였을 가능성을 생각해보자. 경찰 조사 결과 내가 마신 와인에서 수면제가 검출되었어. 그날 밤 나는 정말 깊이 잠들긴 했어. 그런데 아무리 수면제를 먹고 잠들었다 해도 바로 옆에서 자던 남편이 피범벅이 되어 죽는 상황에서 안 깰 수 있을까?"

　혁은 곰곰이 생각하다가 고개를 내저었다.

　"요트 바닥은 분명 핏자국 하나 없이 깨끗했어. 그런데 경찰 조사 결과는 선호 씨가 목숨이 위험할 만큼의 피를 흘렸고 그 피를 누군가가 깨끗이 닦았다는 거거든. 내가 침대에서 자고 있는데, 그런 난리가 벌어지는데도 못 깼을 리는 없잖아?"

　"그렇죠."

　"도준 씨는 이 모든 것이 선호 씨가 벌인 자작극일 수도 있다고 했어. 오래전부터 피를 모아두었다가 요트에 뿌려놓고는 청소를 해놓았을 거다, 그 뒤에 나를 태웠을 거다 이거지. 그러면 내 눈에는 피가 안 보이지만 경찰 수사에서는 엄청난 혈흔이 루미놀 반응에 의해 검출되는 거지."

유리의 설명을 듣고 있던 혁이 고개를 갸웃했다.

"침대 시트를 확인해보면 제일 확실하지 않을까요?"

"침대 시트?"

"사람을 칼로 찌른 현장을 보면."

혁은 잠시 멈칫하며 유리의 눈치를 살폈다. 그가 사람을 찌른 현장을 자주 봤다는 사실, 즉 조폭 생활을 했다는 사실을 말하는 게 부끄러웠기 때문이다.

"괜찮아, 혁아. 뭐든 얘기해봐."

"네. 술집이나 길거리에서 다른 조직하고 붙은 적이 많이 있는데 칼부림이 나면 사람 옆에만 피가 떨어지는 게 아니에요."

"그럼?"

"피가 엄청 멀리까지 튀어요. 보통 사람들이 상상할 수 없는 데까지도 튀어요. 한번은 가라오케 방에서 칼부림이 심하게 난 적이 있었어요. 제일 안쪽 자리에서 한 놈이 칼에 맞았는데 나중에 보니까 그룸 문까지 피가 튀었더라고요."

유리는 소름이 끼쳤다. 잔인한 장면을 상상해서가 아니었다. 생각지도 못한 강력한 반증이 지금 막 나온 것 같아서였다.

"그러니까 요트 객실 바닥이 흥건할 정도로 피를 흘렸다면 바로 옆에 있던 시트에 피가 안 튀었을 리가 없잖아요?"

유리는 수백 번 떠올렸던 그날 밤의 기억을 다시 떠올렸다.

침대에 피가 튀었었나? 아니다. 절대로. 선호가 사라진 걸 알고 요트를 샅샅이 뒤질 때 침대도 몇 번이나 확인했었다. 온통 새하얀 침대 시트에 핏방울이 하나라도 튀었다면 그녀 눈에 띄지 않았을 리가 없다. 그녀는 그날 밤 이후로도 며칠을 더 그 침대에서 잠을 잤지만 핏방울을 본 적은 없었다.

"오, 세상에! 혁아!"

유리는 혁을 부둥켜안았다.

"넌 네가 지금 얼마나 대단한 발견을 했는지 모르지? 바로 눈앞에 있었지만 아무도 못 보고 있던 증거를 발견한 거야. 요트 바닥에서 발견된 피가 그날 밤의 난투극에 의한 피가 아니라 미리 뿌려놓았다가 닦아낸 것이라는 증거!"

"침대 시트가 아직 있을까요?"

"그럼. 대한민국 경찰이 증거품으로 잘 보관하고 있지."

유리는 선호의 자작극 가능성이 점점 높아지는 상황을 좋아해야할지 슬퍼해야 할지 알 수 없었다. 그녀는 애정을 가득 담은 채 자신을 바라보던 선호의 눈동자를 떠올렸다.

'정말 당신이 그랬나요? 대체 왜요?'

유리의 표정이 또 어두워지자 혁은 그녀를 안심시키고 싶은지 이런 말까지 했다.

"만약 필요하면 제가 증언할 수 있어요. 사람이 칼에 맞았을 때 피가 얼마나 여기저기 멀리까지 튀는지."

유리는 혁의 손을 꼭 잡고 말했다.

"이런 말, 이상하게 들릴지 모르지만…… 네가 조폭이어서 정말 다행이야."

시원은 퇴근 후 헬스클럽에서 운동을 하다가 도준의 전화를 받았다. 잔뜩 술에 취한 목소리로, 와달라고 부탁하는 전화였다.

상수동의 바 '럭키 스트라이크'의 문을 열고 들어간 시원은 쉽게 도준을 찾을 수 있었다. 가게가 워낙 작아서 손님이라고 해봤자 열 명도 되지 않았으니까. 시원은 어서 오라고 손짓하는 도준 옆에 앉았다. 공간이 좁아서 옆자리에 앉은 손님하고 몸이 닿을 지경이었다.

도준이 타준 잭콕을 한 모금 마신 시원은 빙긋 웃으며 물었다.

"퇴원하니까 좋지? 아주 얼굴에 미소가 한가득이네."

"좋냐고? 좋을 리가 있나. 불과 몇 시간 전에 직장을 잃었는데."

"그게 무슨 소리야?"

"말 그대로. 김성욱 대표님이 해고 통보를 하셨어. 가능한 한 빨리 자기 회사에서 꺼지라시네."

"야. 장난치지 말고 똑바로 얘기해봐!"

시원이 정색을 하고 묻자 도준은 술기운을 떨치고 말했다.

"나, 민정이하고 파혼했어."

파혼이라는 말을 듣는 순간 시원의 마음에 한차례 찬바람이 불었다. 대단한 충격이었다.

'역시…… 그런 건가? 손유리 때문인가?'

차마 대놓고 묻지 못하는 시원 앞에서 도준은 잭콕 한 잔을 쭉 들이켜고는 중얼거렸다.

"김 대표가 만류했는데 끝까지 거절했어. 쫓겨날 만하지."

"그런 이유로 직원을 자를 순 없어."

"하하. 그 정도는 나도 알지. 하지만 대표가 꺼지라고 분명히 말까지 했는데, 그런 회사에 하루라도 더 남아 있는 게 나에게 무슨 도움이 되겠어? 제대로 된 사건도 하나 못 맡고 월급이나 축내라고?"

"그렇다고 당장 그만둬?"

"할 일이 있으니까."

"할 일?"

시원이 되묻자 도준은 무겁게 고개를 끄덕였다.

"시원아. 내가 지금부터 하는 말 잘 들어줘라."

언제 술에 취했냐는 듯 그의 눈빛에서는 특유의 날카로움이 번득였다.

"손유리 사건, 내가 맡고 싶다."

시원은 얼떨떨했다. 도준이 손유리 케이스를 맡고 싶어 할 거라고 짐작은 했지만 당장 회사를 나가겠다는 놈이 무슨 수로 사건을 맡는다는 건가?

"야, 이도준. 너 똑바로 말해. 회사 그만둔다며? 그런데 손유리 사건은 또 뭐야?"

"시원아, 내가 회사를 그만둔댔지 변호사를 그만둔댔어?"

"뭐? 그럼……."

"바로 사무실 차릴 거야. 최종 결정은 의뢰인의 몫이겠지. 변호사한 명 딸랑 있는 사무실에 사건을 맡길지, 대한민국 최고의 로펌에 계속 사건을 맡길지."

"도준아, 너 존나 오버하고 있는 거 알고 있냐?"

"어, 존나 잘 알고 있어."

도준의 얼굴에 약간의 미소가 서려 있었지만 취기가 아닌 각오에서 나오는 것이었다.

"네가 생각해도 말도 안 되는 소린 거, 알고 있지? 이 사건 너 혼자서 절대 못해."

"차시원, 너 많이 컸다?"

"널 무시하는 게 아니라, 나 혼자 하라고 해도 못해. 누구라도 혼자서는 절대 못 맡을 사건이라고."

"그래서 내가 널 불렀잖아."

"뭐?"

갈수록 태산이었다. 시원은 기가 막혀서 말이 안 나왔다. 그저 도준의 얼굴을 마주 볼 뿐.

"나한테 투자할 생각 없어?"

'투자······.'

도무지 도준의 속을 알 수 없는 시원이 속으로 되뇌었다.

"사법고시 수석, 사법연수원도 수석으로 졸업한 이도준 변호사. K&J 형사부문 최고 승률. 외모도 그럭저럭 쓸 만하고. 젊고. 손유리 사건으로 뉴스에도 나오고. 이 정도면 투자할 만하지 않아?"

그 말까지 듣고 나니 도준의 의도가 이해가 되기 시작했다. 하지만 여전히 황당한 제안이긴 마찬가지였다.

"도준아, 너도 안 되는 거 알잖아. 나 K&J 파트너 변호사야. 내가 어떻게 다른 사무실을 같이하니?"

"사무실 같이하자는 얘기는 안 했다. 말 그대로 투자. 돈만 대달라는 얘기야."

시원은 말문이 턱 막혔다. 도준은 너무나도 당연한 이야기를 한 사람마냥 태연하게 마주 보고 있었다.

"나 참……."

시원은 황당해서 웃음이 나올 지경이었다. 그러나 도준은 어이없는 이야기를 계속 태연한 말투로 이어나갔다.

"당장 집도 팔고 있는 돈을 다 합쳐서 사무실을 낼 생각이야. 나 혼자 할 거면 그 정도 돈이면 충분하겠지만 손유리 사건 정도라면 최소한 변호사 둘은 필요해. 그것도 똘똘한 놈들로. 사무장하고 직원들도 필요하겠지. 딱 10억 원만 투자해라."

"하! 이도준, 너 진짜 재미있는 구석이 있다? 의외야. 10억 원이 누구네 집 애 이름이냐? 내 지갑 열면 10억 원 있을 것 같아?"

"왜 이래 차시원 변호사. 10억 원 정도 투자하는 일은 어렵지 않잖아. 너 부자인 거 변호사들 중에 모르는 사람 없어."

틀린 말은 아니었다. 10억 원 정도는 큰 무리 없이 도준에게 빌려줄 수 있었다. 하지만 그가 하려는 계획이 너무나 무모해 보였다.

"좋아. 이래저래 해서 변호사 사무실을 낸다고 치자. 손유리가 K&J에서 그 사무실로 사건을 옮길까? 지금 상태로도 유죄 떨어질 확률이 높은데, 뭘 믿고 사무실을 옮겨?"

"나를 믿고."

시원은 더 이상 참을 수가 없었다. 심호흡을 두 번 길게 한 뒤에 도준에게서 뺏은 잭콕까지 한 번에 비워버리고 물었다.

"10억 원이 걸린 질문이니까 솔직하게 얘기해줘라."

도준은 고개를 끄덕였다.

"너, 손유리하고 무슨 관계냐?"

"변호사와 의뢰인 관계지."

"장난치지 마. 내가 바보인 줄 알아? 너 때문에 수석은 놓쳤지만 나도 사시 차석, 연수원 차석이야."

"의뢰인의 비밀유지의무 조항, 지금 나한테도 적용해줄 수 있냐?"

시원은 고개를 끄덕였다. 마음의 준비를 단단히 하고.

"유리하고 나는 연인이었어. 변호사가 되기 전에. 대학 다닐 때 사귀었지. 하루라도 못 보면 못 견디는, 아주 열렬한 연인이었어."

소금기둥처럼 굳어버린 시원에게 도준은 유리와의 과거를 털어놓았다. 그리고 아직까지 그녀에게 마음이 남아 있음을, 시인했다.

"내 마음이 그렇다는 거야. 유리의 마음이 어떤지는 알 수 없어. 물어보지도 않았고. 지금은 물어볼 상황도 안 되니까. 어차피 재판에 지면 모든 게 끝이야. 재판은 무조건, 이겨야 해."

"그럼 김 대표 딸이랑 파혼한 것도……."

도준은 고개를 끄덕였다.

'이 정도냐? 이렇게까지 그녀를 좋아하는 거야? 약혼녀를 내치고, 출세 가도를 포기하고, 법조계 최고의 권력을 적으로 두면서까지?'

시원은 자신에게 물어보았다.

'나는 누군가를 이렇게 무모하게 좋아할 수 있을까?'

시원은 예전에 사법연수원에서 느꼈던 열패감을 또다시 느꼈다.

'아무도 부럽지 않은 나는 왜 이 녀석에게만은 패배하는 것일까?

왜 하필 이 녀석과 같은 해에 사법시험에 붙었고, 왜 하필 같은 로펌에 들어왔고, 왜 하필 같은 여자를…….'

시원은 타임머신이 있으면 돌아가고 싶었다. 혼수상태에 빠진 도준을 대신해 손유리의 사건을 맡기 전으로. 그럴 수만 있다면 거절할 텐데. 그랬다면 그녀의 매력에 홀리지도 않았을 테니까. 또다시 이런 패배감에 얻어맞지 않을 테니까.

그러나 이미 상황은 이렇게 벌어져버렸다. 그가 할 수 있는 일이라고는 고작, 도준 앞에서 마음을 감추는 것 정도였다.

"옛 연인을 다시 찾겠다는 건 좋은데…… 일을 다 그르칠 수도 있다는 걸 명심해라. 유리는 남편을 죽인 혐의를 받고 있는 1급 살인용의자야. 만약 너와의 관계가 언론에 노출되기라도 하는 날이면…… 증거고 나발이고 100퍼센트 재판에서 진다. 남편이 죽었는지 살았는지 알지도 못하는 와중에 옛날 남자친구인 변호사랑……. 너도 알지? 재판에서 여론이 얼마나 중요한지."

도준은 무겁게 고개를 끄덕였다.

"차시원 변호사. 그래서, 나한테 투자할 건가, 말 건가?"

"변론 계획이나 들어보자. 무슨 특별한 수가 있지 않고서는 우리 회사에서 사건을 옮길 이유가 없잖아? 제일 중요한 건 재판에서 이기는 거라고 네 입으로도 말했고."

"모든 것이 이선호의 자작극일 가능성이 높아."

'뭐……라……고……?'

"너 아까부터 나 놀라게 하려고 작정했냐? 그건 또 무슨 소리야?"

도준은 선호의 자작극일 가능성이 높은 논리를 찬찬히 전개했다.

시원은 간혹 인상을 찡그리거나 고개를 갸웃거리면서 도준의 설명을 들었다. 설명이 끝나자 시원은 석고상처럼 가만히 굳어 있었다.

"말은 되는군. 하지만……"

"나도 알아. 동기가 전혀 없다는 거."

"그게 제일 큰 문제지. 범행동기가 전혀 없어. 만우절 장난도 아니고 지금까지 이뤄놓은 모든 것, 자기 삶 자체를 포기하고 숨어 살아야 하는 건데."

"그래서 동기를 찾으려고."

도준은 내친 김에 백 기자를 통해 이선호 대표에 관한 자료를 수집할 계획까지 털어놓았다.

'대단하군. 정말 대단해.'

시원은 속으로 감탄하면서도 그저 고개만 끄덕였다.

"이 정도면 투자할 만한가?"

신중한 판단이 필요한 문제였다. 10억 원도 적지 않은 돈인 데다가 자칫하면 K&J 김 대표와 척지게 될 수도 있는 이슈였다. 시원은 한숨을 토해내듯 말했다.

"이렇게 하지. 일단 10억 원은 내일 바로 입금해주겠어. 원하는 계좌에. 단, 조건이 있어. 내가 너한테 투자한 일은 철저하게 비밀에 부쳐야 해."

"이제 서로 비밀을 공유하는 셈이군."

"너와 손유리의 비밀이 더 위험하긴 하지만, 그렇다고 할 수 있지. 그리고 또, 손유리 사건은 우리 K&J에 그대로 둬."

"뭐? 그게 무슨 소리야? 그럼 투자하는 게 무슨 의미가 있어?"

"잘 들어봐, 이도준 변호사. 손유리 사건을 네가 새로 개업하는 사무실로 옮기면 김 대표가 가만히 있을 것 같아? 김 대표의 인맥과 정보력을 우습게 보지 마. 안 그래도 위험한 그 재판, 손도 못 써보고 질수도 있어. 언론에서는 아주 불륜 커플처럼 매장당하고."

너무나도 맞는 말이어서, 도준은 반론할 수가 없었다.

"잘 들어. 작전을 이원화하자고. K&J에서는 내가 재판 준비를 맡고, 네 사무실에서는 이선호 쪽 조사를 맡아. 그게 위험은 최소화하고 효과는 최대화하는 방법이야."

도준이 무겁게 고개를 끄덕였다. 시원이 찡긋 윙크했다.

"나 천재 인정?"

"방송물 먹더니 말하는 투가 꼭 애들처럼 변했군."

"네가 너무 딱딱하게 말한다는 생각은 안 들고?"

"말장난하고 싶지 않아. 일단은 그렇게 하도록 하지. 그런데 하나 물어볼게. 결국 법정에는 네가 서겠다는 말인가?"

시원은 마치 속을 들여다보는 것 같은 도준의 시선이 부담스러웠다. 그의 말이 맞았다. 법정의 변론만큼은 양보하고 싶지 않았다.

"어쩔 수 없잖아. 네가 김 대표하고 등을 져버렸으니. 정 네가 법정에 서고 싶으면 민정 씨하고 다시 합치든가."

"잘할 수 있겠어? 내가 알기로 넌 생방송 경험보다 재판 경험이 더적은 걸로 아는데?"

도준의 말이 맞았지만 시원은 인정하고 싶지 않았다. 게다가 시원은 어떤 변호사보다 더 능숙하게 변론할 자신도 있었다.

"일일이 그런 횟수를 세고 다니지 않아서 모르겠네. 여하튼 이렇게 딜을 하는 걸로!"

시원이 결론을 내렸으나 도준은 여전히 찜찜한 표정이었다.

"뭐야 그 표정은 지금? 술 취해서 땡깡 한 번 피우고 10억 원을 받았으면 기뻐서 셔플댄스라도 춰야 하는 거 아닌가?"

"고맙다, 친구야."

도준이 불쑥 손을 내밀었다. 시원은 도준을 안 이후 처음으로 손을 잡아보았다. 악수를 하면서 도준이 부탁했다.

"유리한테는 비밀로 해줘라."

"뭘?"

"내 마음."

다음 날 아침. 도준은 라면으로 숙취를 달래며 하루를 시작했다. 채 반도 먹지 못했을 때, 유리에게 전화가 왔다. 무척이나 들뜬 목소리였다.

"기분 좋아 보이네?"

"모르겠어요. 기분이 좋아야 하는지 나빠야 하는지. 좋은 소식과 나쁜 소식이 있는데."

"좋은 소식부터."

"제가 선호 씨를 죽이지 않았다는 사실을 밝혀줄 강력한 증거를 찾아냈어요."

"그건 들어봐야 알겠고. 나쁜 소식은?"

"그 증거는 선호 씨가 저를 자신의 살인범으로 만들었다는 증거이기도 해요."

"무슨 증거인지 말해봐."

"시트. 침대 시트요."

유리가 딱 그렇게만 말했는데도 도준은 금방 그 말의 의미를 알아 챘다. 그는 냄비를 들어 라면 국물을 마시고 중얼거렸다.

"시트에 피가 튀지 않았다면 그날 밤 이선호가 누군가에게 찔려 죽 었을 리는 없다 이거지?"

"역시 최고의 변호사답네요?"

"완벽한 증거는 아니지만 상당히 설득력 있는 증거가 되겠군. 법정 에서 시연도 가능하겠어."

"좀 황당하게 들릴지 모르겠지만 증인도 있어요."

"증인? 무슨 증인?"

"수년째 폭력조직에 몸담고 있는 조폭이요. 실제로 칼부림 싸움을 여러 번 겪어본. 칼부림이 날 때 피가 얼마나 멀리까지 튀는지 증언 해줄 수 있대요."

조폭 증인이라…… 어이없긴 했지만 세우지 못할 법도 없었다.

"그런데 만약 시트에서 핏자국이 발견된다면 우리한테 불리한 증 거가 될 수도 있어."

"그건 제가 장담할 수 있어요. 제가 그 침대에서 며칠을 지냈어요. 핏방울이 하나라도 있었다면 못 봤을 리가 없어요."

"핏방울은 안 보이는데 루미놀 반응이 나타난다면? 바닥처럼?"

"그럼 오히려 저한테 유리한 증거가 되죠. 바닥 정도야 제가 청소 했다고 생각할 수도 있지만 바다 한복판에서 시트 빨래는 불가능하 지 않겠어요? 그 배엔 세탁기가 없다고요. 만약 누가 시트를 빨아서 눈에는 안 보이는 혈흔이 시약에만 반응한다면, 오히려 저를 살인범으로 몰기 위한 계획적인 범행이라는 증거가 아니겠어요?"

도준은 믿을 수가 없었다. 지금 유리가 하는 말들이 너무나 정교하고 논리적이어서.

"내가 지옥에 다녀온 사이에 넌 로스쿨에 갔다 왔나 보다. 제법이네."

"그렇죠? 차 변호사님한테도 칭찬 많이 들었어요."

"좋아. 재판 전에 경찰 측에 당시 요트 침실의 시트를 증거로 확보해달라고 요청해야겠어."

"아무리 생각해도 모르겠어요. 선호 씨가 왜 날……."

"이번에는 내가 말할 차례군."

도준은 차근차근 설명을 이어갔다. 백현서 기자를 통해 이선호에 관한 정보를 수집하겠다는 이야기를 먼저 꺼냈다. 그리고 K&J에서 나와서 개인 변호사 사무실을 차리겠다는 말까지.

"물론 네 사건은 여전히 K&J에서 맡을 거야. 다만 K&J에서는 이선호의 뒷조사를 할 수가 없기에 나는 투 트랙으로 이선호를 캐는 활동에 전념할……."

"잠깐만요."

유리가 도준의 말을 끊었다.

"그런 제 변론은요?"

"변론은 차시원 변호사가 할 거야. 변론도 중요하지만 이선호의 연관성을 알아내는 것도 중요해."

"그렇다고 오빠가 회사를 그만두기까지 해요?"

"김 대표한테 말해봤지만 절대 반대라는 뜻을 밝혔어."

"오빠. 다른 뭔가가 있죠?"

'그래. 나는 네 앞에서 거짓말을 못하지. 예전이나 지금이나.'

"회사를 그만두는 거, 내 의지도 있지만 다른 상황도 있어."

"다 말해줘요. 저도 오빠한테 제 모든 걸 다 말했으니까."

"민정이하고 파혼했어."

"아, 그렇군요……. 김 대표님이 몹시 실망했겠어요."

상당히 충격적인 소식일 거라고 생각했는데, 의외로 유리의 목소리는 홀가분하게 들렸다. 마치 이럴 줄 알았다는 양.

그때, 그녀가 조용히 너무나도 어려운 질문을 던졌다.

"선호 씨가 살아 있다면, 어디에 있을까요?"

K&J를 나온 도준은 사무실 개업을 위한 준비를 바로 시작했다. 개업은 처음이라 모든 것이 낯설고 서툴렀다. 그중에서도 가장 어려운 일은 변호사를 구하는 일이었다.

민정과 파혼하고 김성욱 대표와 등을 졌다는 소문은 이미 법조계에 쫙 퍼졌다. 파혼 문제로 김성욱 대표와 도준이 원수지간이 되었다는 루머도 파다했다. 그런 상황을 변호사들이 부담스러워해서인지 채용공고를 내도 아무도 지원을 하지 않았다. 리크루트 회사를 통해 몇몇 젊은 변호사들에게 전화를 걸어도 대답은 한결같았다.

—죄송합니다. 저는 좀 어려울 것 같습니다.

며칠 동안 정말 단 한 통의 전화도 걸려오지 않았다. 사무실과 사무장, 직원은 어렵지 않게 구했는데 변호사가 감감무소식이자 도준은 속이 탔다. 백 기자와 함께 전국을 누비며 다닐 일이 많을 거라서 그가 직접 할 수도 없었다. 아주 중요한 일이면 몰라도 매번 자리를 비울 수는 없기 때문이었다.

채용공고를 낸 지 3일 만에 드디어 한 통의 전화가 걸려왔다. 넘치는 힘이 느껴지는 젊은 남자의 목소리였다.

"안녕하십니까? 변호사 채용공고를 보고 연락드렸습니다. 저는 정봉수라고 합니다. 인터뷰 기회를 주신다면 꼭 찾아뵙고 싶습니다!"

씩씩한 태도는 마음에 들었다. 도준은 책상 위에 놓인 서류 한쪽에 정봉수라는 이름을 적으면서 물었다.

"네…… 정봉수 씨…… 그럼 한번 뵙죠. 언제쯤 시간이 될까요?"

도준이 상상도 하지 못한 대답이 낭랑한 목소리로 툭 튀어나왔다.

"음, 지금은 어떨까요?"

도준이 핸드폰으로 주소를 보낸 지 정확히 40분 만에 사무실 안으로 앳된 얼굴의 남자가 들어왔다. 마치 대기업 입사면접을 보는 복장 같은 정장 차림이었다. 아직 사무집기가 덜 들어와서 어수선한 사무실의 분위기는 신경도 쓰지 않는 듯 당당하게 걸어와서는 도준에게 꾸벅 인사했다.

"안녕하십니까? 변호사 정봉수라고 합니다."

그렇게 후다닥, 면접이 이루어졌다.

봉수는 프로필과 자기소개서를 도준에게 건네주었다. 도준은 서류를 읽어보는 대신 그의 입으로 직접 들어보고 싶었다. 자신을 소개해 보라는 첫 질문에 봉수는 이렇게 대답했다.

"어린 시절부터 저는 법에 관심이 많았습니다. 초등학교 때부터 변호사라는 꿈을 한 번도 포기한 적이 없습니다. 중학교 때는 법조문을 달달 외우고 다녀서 여수의 천재소년이라고 불리기도 했습니다."

'여수의 천재소년' 부분에서 도준은 웃음을 참느라 애를 먹었다. 봉수는 아랑곳하지 않고 말을 이었다.

"가난한 집안 사정 탓에 사교육을 많이 받지도 못하고, 비록 지방대 로스쿨을 나왔지만 법과 정의에 대한 애정과 열정은 그 어떤 변호사보다 강하다고 생각합니다. 솔직히 대형 로펌부터 중소형 로펌까지 지원을 많이 했지만 지방대 출신이라서인지 서류에서 번번이 떨어졌습니다. 그러나 그런 과정이 오히려 이도준 변호사님과 이렇게 얼굴이라도 뵐 수 있는 기회로 이어져서 다행이라는 생각이 듭니다."

"그게 무슨 뜻이죠?"

봉수는 눈빛 하나 변하지 않고 분명히 말했다.

"저는 키스의 여왕이 무죄라고 생각합니다."

도준은 정신이 번쩍 들었다.

"왜 그렇게 생각하죠?"

"그녀가 이선호를 죽였다는 주장을 뒷받침하는 정황과 증거들은 고스란히 그녀가 무죄라는 정황과 증거로 쓰일 수도 있기 때문입니다."

"자세히 좀 설명해볼까요?"

"검찰에서는 오직 둘밖에 없었던 상황이었기에 손유리가 이선호를 죽였다는 결론이 불가피하다고 말합니다. 하지만 그 상황을 다른 시각에서 보면 둘밖에 없는 상황에서 손유리가 과연 이선호를 죽일 수 있을까요? 키가 20센티나 더 크고 몸무게는 무려 30킬로그램이 더 나가는 건장한 남자를요?"

원론적인 이야기였지만 봉수의 강한 어조는 상대를 설득하는 힘이 있었다.

"수면제라든가 혈흔 같은 증거는 어떻게 설명할 겁니까?"

"수면제 역시 양쪽의 주장에 모두 쓰일 수 있습니다. 손유리가 썼다면 그녀를 유죄로 만들 증거가 될 테고, 그렇지 않다면 누군가 다른 사람이 손유리를 살인범으로 만드는 음모를 꾸몄다는 증거가 되겠지요. 혈흔도 같은 방식으로 뒤집을 수 있는 증거라고 생각합니다."

도준은 절로 고개가 끄덕여졌다. 그쯤에서 도준은 봉수의 프로필과 자기소개서를 읽어보았다. 말과 행동뿐 아니라 글에서도 거침없는 성격이 묻어났다.

'기다린 보람이 있군.'

"출장을 자주 다녀야 할지도 몰라요. 채용이 확정되면 자세히 설명해드리겠지만, 사무실보다 밖에서 할 일이 많거든요."

"저는 여행을 냉면보다 더 좋아합니다!"

도준은 결국 웃음을 터뜨리고 말았다.

"정봉수 씨. 합격입니다."

이틀 뒤 도준의 변호사 사무실 '법무법인 J&S'가 오픈했다.

잘나간다는 대부분의 법무법인은 서초동을 중심으로 한 강남 지역에 포진해 있었지만, 강남의 비싼 임대료를 감당할 자신이 없는 도준은 강 건너 옥수동에 자리를 잡았다. 10층 건물 제일 위층. 사무실에서 한강이 내려다보여 전망은 나쁘지 않았다.

스태프는 단출했다. 도준을 대표 변호사로 하고 이제 막 로스쿨을 졸업한 이십 대 후반의 정봉수 변호사가 실무를 맡았다. 사무장 역할의 김 부장은 법조계에서 잔뼈가 굵은 사십 대 중반의 베테랑이었다. 나이 어린 변호사들을 커버하기 위한 도준의 포석이었다. 그리고 행정업무를 보는 도준의 비서 스물두 살 막내 슬기는 불타는 것처럼 새빨간 커트머리가 인상적이었다. 이렇게 네 명으로 법무법인 J&S는 돛을 올렸다.

개업식에 온 사람은 네 명의 스태프 외에 유리와 시원이 전부였다. 물론 유리 곁을 그림자처럼 따라다니는 혁도 함께. 시원이 도준에게 슬쩍 말했다.

"깜짝 놀랄 손님이라도 기대했는데, 뭐 그냥 소박하군."

그러자 도준이 손목시계를 보면서 중얼거렸다.

"지금쯤 깜짝 손님이 올 때가 됐는데……."

그의 말이 끝나기도 전에 사무실 문이 열리더니 백현서 기자가 들어왔다.

백 기자는 시원 앞으로 다가와 인사를 건넸다.

"차 변호사님, 반가워요. 같이 일하게 되었네요?"

"얘기는 들었습니다. 엄밀히 말하면 같이 일하는 건 아니고요, 저는 K&J에서 손유리 씨의 변호를 맡은 변호사이고, 새로운 법무법인에 투자를 했을 뿐이죠."

"그래요? 이도준 변호사님은 같이 일하는 거라고 하시던데?"

"그게 아니라……."

시원이 선을 그으려는데 도준이 말을 막았다.

"어차피 손유리 사건의 승리를 위해 싸운다는 점은 똑같잖아? 같이 일하는 게 별건가? 목적이 같으면 같이 일하는 거지. 도준의 '준'에서 J, 시원의 '시'에서 S를 따서 지은 회사 이름만 봐도 알잖아?"

'이 녀석, 언제부터 이렇게 능청스러워진 거야?'

시원은 사무실 안에 모인 다양한 사람들을 둘러보았다.

대한민국 최고 엘리트의 출세 가도를 마다하고 승산 없는 재판에 인생을 건 순정파 변호사부터 펑크록 그룹의 여자 보컬 같은 행정직원까지. 사무실에는 생기가 넘쳤다. 살아 움직이는 느낌. 사람 냄새. 그것은 모든 것이 돈의 논리를 따라 제어되는 K&J 같은 거대 로펌에서는 느낄 수 없는 에너지였다.

초대한 손님들이 모두 모인 가운데 아주 전통적인 방식으로 사무실에 돼지머리를 놓고 고사를 지냈다. 재판 준비가 K&J의 시원을 중심으로 이뤄지는 가운데 이곳은 이선호에 관한 의혹 추적을 전담하는 기지가 될 터였다. 혁을 포함해 여덟 명이 비장하게 돼지머리에 절을 올리고 각자 지갑에서 지폐를 꺼내 돼지 입에 끼웠다. 유리와 시원은 10만 원짜리 수표를, 막내 슬기는 만 원짜리 한 장을 바쳤다.

그렇게 모인 돈으로 저녁에는 사무실 근처에서 삼겹살 파티를 벌였다. 유리 때문에 사람들 눈에 띄지 않게 방을 따로 잡고, 유리는 화장실에 갈 때도 혁이 찰싹 붙어서 가려줘야 했다. 오늘만큼은 아무도 재판 이야기를 꺼내지 않았다. 그저 웃는 얼굴로 소주잔을 주고받으며 서로에 대해 알아가는 시간을 가질 뿐이었다.

사무장 역할의 김 부장은 소맥 폭탄주를 기가 막힌 비율로 제조해 냈고, 유리는 직접 집게를 들고 고기를 구웠다. 원래 얼굴도장만 찍고 돌아가려던 시원은 삼겹살 파티 끝까지 남아 있었다. K&J 파트너 변호사들과 호텔 레스토랑에서 먹는 식사보다 열 배는 더 맛있었다.

유리는 사람들 속에서 도준과 눈이 마주쳤다. 말로 표현하기 어려운 고마움이 가슴에 번졌다. 도준을 위해서라도, 그를 실망시키지 않기 위해서라도 재판은 꼭 이기고 싶었다. 유리는 우연히 마주치고는 쉽게 떨어지지 않는 시선을 통해 마음을 전했다.

'제가 할 수 있는 모든 것을 다 할게요. 당신이 제게 그렇게 해주었 듯이.'

이제 막 탄생한 법무법인 J&S의 첫 회식 분위기는 점점 무르익었다. 주고받는 술잔 속에, 가식 없는 대화 속에 그들은 식구로서 서로의 존재를 확인했다. 잘 모르는 사람이 보면 무시무시한 재판을 한 달 앞둔 사람들이라고 상상할 수 없었을 것이다. 그들의 마지막 건배 구호만 아니었다면.

"키스의 여왕을, 위하여!"

다음 날 아침. 법무법인 J&S 사무실에 식구들이 모두 모였다. 도준과 정봉수 변호사, 김 부장, 막내 슬기까지. 전날 밤의 거한 회식 직후여서인지 다들 열의로 가득한 얼굴이었다. 슬기가 센스 있게 숙취해소 음료를 준비해서 돌렸다.

도준은 음료를 한 입에 마신 다음 입을 열었다.

"오늘부터 재판까지 딱 한 달 남았습니다. 재판 준비는 K&J 측이 주도해서 하겠지만 우리는 이선호 대표에 관한 미심쩍은 부분을 밝혀내야 합니다. 결코 긴 시간이 아닙니다. 아주 작은 단서, 아주 작은 정보까지도 모조리 정리해주세요. 이렇게 생각하면 쉬울 겁니다. 이선호 대표라는 사람의 아주 자세한 전기를 쓰는 겁니다. 어디서 태어나 어떻게 자랐고 누구와 친했고 학창시절은 어땠는지 등등. 아주 시시콜콜하게요."

스태프들은 이유를 묻지도 토를 달지도 않았다. 그들은 결연한 눈빛으로 복종의 뜻을 전했다.

"인터넷, 전화, 책, 경로는 뭐라도 좋습니다. 이선호 대표에 관한 모든 정보를 정리해봅시다. 저는 지금 이선호가 살던 삼성동의 아파트에 갈 예정입니다. 다행히 손유리 씨에게 그 집의 접근 권한이 있으니까요. 손유리 씨의 허락하에 이선호의 물건을 모조리 갖고 오겠습니다. 그것들도 파악해주셔야 합니다."

"네, 알겠습니다."

사무실 식구들이 입을 모아 대답했다. 도준은 마지막으로 말했다.

"우리의 최종 목표는 이선호라는 사람의 진짜 모습을 밝혀내는 것입니다. 제가 의심한 것처럼 자기 아내를 살인범으로 몰려고 했던 사이코일 수도 있고, 아니면 제 생각이 틀렸을 수도 있지요. 그것이 무엇이든 우리는 그의 실체를 밝혀내야 합니다. 어느 쪽이든, 그의 진짜 모습을요."

도준은 해외여행을 갈 때나 쓰는 커다란 캐리어를 들고 사무실에서 나왔다. 이선호의 집에서 정보가 될 만한 것들을 담기 위해서였다. 유리는 혁의 차 안에서 기다리고 있었다. 도준이 캐리어를 트렁

크에 신고 차에 오르자 혁은 간단하게 인사를 한 후 출발했다.

현관문 비밀번호를 누르고 들어가면서 유리는 묘한 감상에 사로
잡혔다. 사건 직후에 나온 후 처음 와보는 집이었다. 사람의 손길이
한참 닿지 않은 펜트하우스 곳곳에 뽀얀 먼지가 내려앉아 있었다. 수
사관들이 증거자료를 압수해가느라 집을 뒤진 흔적이 그대로 남아
있어, 얼핏 보면 도둑이 든 집 같기도 했다.

"쓸 만한 증거가 남아 있을까요? 검찰 쪽에서 다 가져갔을 텐데."

유리가 걱정스럽게 말했다.

"뒤져보면 알겠지."

도준은 아랑곳하지 않고 이선호의 서재로 향했다. 일반 서적들은
건드리지 않고 이선호의 개인용 컴퓨터와 노트북, 회사와 관련한 자
료들을 위주로 수집해간 모양이었다.

"부탁이 있어. 서재 곳곳을, 아주 구석구석 사진으로 찍어줘. 그리
고 이선호가 이용했던 공간들, 이를테면 주방이나 욕실까지도 다 사
진으로 남겨줘. 이선호의 모든 흔적을 카메라에 담는다는 생각으로."

"네, 오빠."

어쩌면 잘 이해가 가지 않는 부탁일 수 있는데도, 유리는 이유를 묻
지 않고 도준이 시키는 대로 했다.

'꽤 쓸 만한 조수인걸?'

유리의 뒷모습을 보는 도준의 입가에 미소가 그려졌다.

도준은 서재에서 이선호를 파악하는 데 도움이 될 만한 책들을 골
라 캐리어에 담았다. 유리의 말대로 쓸 만한 자료는 검찰 쪽에서 다

털어갔다고 생각할 수도 있지만 도준은 반대의 가능성에 주목했다.

이 집을 압수수색 할 당시 검찰과 경찰은 유리를 용의자로 보고 있었다. 그 관점에서 압수수색을 했기에 주로 유리의 물품 위주로 가져갔고, 이선호와 관련한 것들은 직접 연관이 있어 보이는 것들만 들고 갔다. 그러나 이선호를 용의자로 놓고 보면 상황이 달라진다. 그토록 주도면밀한 사람이 컴퓨터에 사건과 관련한 파일을 떡하니 놔뒀을 리가 없다. 수사관들이 압수수색으로 들고 간 물건들은 소용이 없을지도 모른다는 뜻이다.

도준은 서재에서 책을 쓸어 담은 뒤 안방으로 가서 드레스룸을 뒤졌다. 옷장에는 캐주얼한 티셔츠와 점퍼, 니트류만이 가득했다. 따라온 유리에게 물었다.

"IT 재벌의 드레스룸치고는 이상하리만치 소박하군."

"양복을 잘 입지 않는 스타일이었어요. 회사에 출근하거나 사람들을 만날 때도 그냥 노타이셔츠 차림이거나 심지어는 반팔 티셔츠를 입고 출근하기도 했으니까요."

도준은 고개를 끄덕이며 드레스룸을 계속 뒤졌다.

"이선호의 어린 시절 사진이라든가 졸업앨범이라든가, 그런 거 본적 없어?"

유리는 곰곰이 생각해보았다. 그런데 정말, 단 한 번도, 그녀는 본적이 없었다. 선호의 어린 시절 사진을. 텔레비전이나 잡지에서 자료 사진처럼 쓰이는 대학시절 사진 몇 장이 그녀가 본 유일한 그의 예전 모습이었다.

"정말 이상하네요. 오빠 말을 듣고 보니…… 그 사람은 마치 과거가 없는 사람 같아요."

"이선호의 친구들은 어때? 학창시절 친구 중에서 만나본 사람 있어?"

"그 사람은…… 친구가 없어요."

"뭐라고?"

"그 사람 입으로 그랬어요. 친하게 지내는 사람들은 많지만, 또 실제로 그 사람들을 친구라고 부르긴 하지만, 속으로는 그렇게 생각하지 않는다고요. 다들 동료거나 비즈니스 파트너들이라고. 그 사람이 그렇게 말했어요."

"무섭군. 그래서, 이선호의 학창시절 친구는 한 번도 만난 적이 없다?"

유리는 고개를 끄덕였다. 연애를 할 때는 괴짜 천재 사업가의 독특한 사고방식 정도로 생각하고 말았는데, 지금 생각해보니 무척 이상한 일이었다.

도준은 침착하게 핸드폰에 메모를 했다.

— 이선호의 학창시절 친구, 교사들을 만나 직접 이야기를 들어볼 것.

백 기자에게 전해줄 메모였다.

옛날 사진이나 앨범 찾는 것을 포기하고, 도준은 서재에 꽂힌 수많은 책들 앞에 섰다.

"유리야. 아무래도 좀 도와줘야겠어."

"네. 제가 어떻게 하면 될까요?"

"여기 있는 책들을 다 확인해볼 수는 없으니까, 좀 오래된 것들, 특히 대학교나 고등학교 때 봤던 책들 위주로 뒤져봐 줘."

"뭘 찾으려는 건데요?"

"낙서나 메모. 이선호가 직접 쓴 글씨라면 뭐든지."

그렇게 둘은 서재의 책들을 뒤지기 시작했다. 바다 한복판을 표류하며 구조의 손길을 기다리는 것과 마찬가지로 막막한 작업이었다. 그러나 유리는 믿었다. 그녀도 그렇게 구조되었듯이 언젠가 실마리를 찾아낼 것이라고.

서재에 꽂혀 있는 모든 책들을 차례로 꺼내 출판연도를 확인했다. 이선호가 사업가로 두각을 나타내기 전, 그러니까 2010년 이전에 출판된 책을 따로 모으는 작업을 먼저 했다. 서재 가운데에 오래된 책들이 수북이 쌓였다. 얼핏 봐도 100권은 넘어 보였다. 그중에는 한눈에 봐도 십수 년 이상 이선호가 간직해왔을 책들도 보였다.

그다음 작업은 그 책들을 뒤져서 이선호가 손으로 쓴 글씨의 흔적을 찾는 일이었다. 한 시간이 넘게 단순 작업을 반복하던 중, 유리가 들고 있던 책에서 뭔가가 툭 떨어졌다.

오래된 폴라로이드 사진이었다. 사진 속에는 어린 소년 둘이 어깨동무를 하고 있었다. 그중 한 명의 얼굴이 익숙했다. 그녀조차도 처음 보는 선호의 어린 시절 모습이었다.

'어쩌면 이 사진 한 장이 실마리가 될 수 있을까?'

감전이 된 듯 짜릿한 발견의 기쁨이 그녀를 전율케 했다. 그녀는 최대한 흥분을 가라앉히고 도준을 불렀다.

"오빠, 나 뭔가를 찾은 것 같아요."

10화

미로 속으로

도준은 유리의 손에서 폴라로이드 사진을 받아 들었다. 사진 아래 하얀 여백에 또렷하게 날짜가 적혀 있었다. 2000년 2월 2일. 해와 달, 날까지 모두 2였던 날. 그리고 두 명의 소년.

사진에 적힌 글은 딱 날짜뿐이었다. 이름이라도 적혀 있으면 좋으련만.

"둘 중 한 명이 이선호인가?"

"네. 왼쪽이 선호 씨예요."

과거의 흔적이라고는 표백한 듯 찾아볼 수 없던 이선호의 거처에서 유일하게 발견한 사진이었다. 도준은 화가이자 사진사이자 심리학자라도 된 듯 꼼꼼히 사진을 살펴보았다. 대략 열서너 살쯤 되어 보이는 소년 둘. 언뜻 보면 친한 친구 두 명이 흔히 찍을 수 있는 평범한 사진인데…….

그래도 아직까지는 유일한 단서였다. 그저 어린 시절에 별 의미 없이 찍은 사진이라고 묻어버릴 수는 없었다. 아무래도 동료들의 머리를 전부 빌려야 할 일 같았다. 도준은 사진을 지갑 안에 넣고, 사진이 들어 있던 책을 살펴보았다.

책 표지는 붉었다. 그리고 주먹 하나가 큼직하게 그려져 있었다. 책 제목은 『Fight Club』. 작가의 이름은 읽기가 어려웠다. Chuck Palahniuk. 처음 보는 작가의 처음 보는 소설이었다.

유리가 인터넷으로 도서 정보를 검색하는 동안 도준은 책을 뒤져보았다. 표지부터 시작해서 한 장씩 꼼꼼히 넘겨보았다. 본문이 시작하기 바로 전 페이지, 하얗게 비어 있는 페이지 안에 손으로 쓴 메모가 적혀 있었다.

From Tyler to Jack

하나씩 드러나는 의문의 단서들 앞에서 도준은 침을 꿀꺽 삼켰다.

"타일러가 잭에게? 혹시 이선호의 친구들인가? 들어본 적 있어?"

"아니요. 그런 이름은……."

인터넷으로 도서 정보를 찾아보던 유리가 고개를 저었다.

"아, 여기 나왔어요. 『파이트 클럽』. 척 팔라닉 소설. 20년 전에 출간되어 미국에서 굉장히 인기 있었던 소설이라고 하네요."

도준은 계속 책을 살펴보면서 유리가 읽어주는 줄거리를 들었다.

"유약하고 무료함에 빠진 샐러리맨 잭은 거칠 것 없이 야성적인 타일러를 만나 인생의 비밀을 갖게 된다. 아무 목적도 없이 그저 치고받고 싸우는 '파이트 클럽'을 결성해 일상의 지지부진함을 폭력으로 날려버리는 것. 이들은 나아가 '메이햄 프로젝트'라는 것을 모의해 세상을 날려버리려 한다."

"잠깐, 잠깐! 잭과 타일러가 소설 속 등장인물이야?"

"그런가 보네요."

도준은 본문 앞의 빈 종이에 적혀 있는 글자를 다시 확인했다.

From Tyler to Jack

도준은 폴라로이드 사진을 들여다보며 곰곰이 생각했다.

'그렇다면 두 소년이 타일러와 잭의 역할을 했다는 건가? 누가 타일러이고 누가 잭이었을까?'

책을 꼼꼼히 읽어보기 전에는 더 이상 추론을 진행시킬 수 없을 것 같았다.

"영화로도 만들어졌네요? 옛날 영화이긴 한데 영화도 꽤 인기가 많았나봐요. 엇. 영화가 나온 게 1999년이네요. 아까 사진에 2000년이라고 적혀 있었잖아요?"

"영화가 나온 직후군."

도준은 다시 시내에게 도움을 청해야겠다고 생각했다.

"일단 나머지 책들도 훑어보자. 또 수확이 있을지 모르니까."

한 번도 본 적 없는 이선호의 과거가 모습을 드러냈다. 어린 시절, 이름을 알 수 없는 친구와의 폴라로이드 사진. 2000년 2월 2일이라는 특이한 날짜. '파이트 클럽'이라는 책과 영화. 잭과 타일러라는 극 중 이름.

비록 발톱 정도의 작은 단서였지만, 용의 발톱만 봐도 용임을 알 수 있는 것처럼 유리는 심상치 않은 비밀의 기운을 직감했다.

'대체 나의 남편은 어떤 사람이었을까?'

공포가 스멀거렸다. 이 집에서 벌어지고 있는 일조차 선호가 지켜 보고 있을 것만 같았다. 바로 맞은편에 도준이 앉아 있지 않았더라면 유리는 펜트하우스에 더 머물지 못하고 뛰쳐나갔을지도 몰랐다.

사무실로 돌아온 도준은 J&S 식구들을 불러 모았다. 그는 슬기에 게 폴라로이드 사진을 건네주며 말했다.

"이 사진, 일단 최고 화질로 스캔해서 컴퓨터에 저장해놓고 컬러로 네 장 뽑아와요."

"네, 변호사님."

슬기가 주문대로 사진을 처리해서 갖고 오자 도준은 원본 사진을 다시 지갑에 넣었다. 김 부장과 정봉수 변호사, 슬기까지 다 모여 앉 아 사진을 살펴보았다.

도준은 사진을 찾은 과정을 설명해주고 지시를 내렸다.

"다들 소설과 영화를 찾아서 보세요. 16년 전에 두 소년이 어떤 관 계였는지 유추를 해보세요. 그리고 정 변호사."

"네, 변호사님."

"백 기자하고 이선호와 관련한 정보를 수집할 때 이 사진 속 주인 공을 반드시 찾아내도록. 아마 초등학교나 중학교 때 친구일 가능성 이 커."

"이름은 모르고요?"

"아까 얘기한 것처럼 서로를 책 속의 인물들 이름을 따서 타일러와 잭이라고 불렀다는 것밖에는 몰라. 지금으로 봐서는 이선호가 잭, 다른 한 명이 타일러였던 것 같고."

"책이 이선호의 집에 있긴 했지만 이선호가 친구에게 선물했던 책이 어떤 이유로건 다시 이선호의 손에 들어왔을 가능성도 있지 않나요? 그런 경우에는 이선호가 타일러, 다른 한 명이 잭이었겠죠."

도준이 생각하지 못한 가능성이었다.

"그럴 수도 있겠군. 좋은 지적이야."

"감사합니다."

"자, 그럼 모두 추리를 시작해봅시다."

"네, 변호사님."

"사무실에 있으면 머리가 안 돌아갈 테니 오늘은 각자 책과 영화를 구해서 집에서 일하도록 합시다."

집에 들어간 도준은 저녁 뉴스가 끝나기 전에 마지막 책장을 덮을 수 있었다. 그는 배고픔을 참고 영화까지 내리 봤다. 책을 본 뒤인데도 전혀 지루하지 않게 영화를 볼 수 있었다. 브래드 피트와 에드워드 노튼의 연기도 훌륭했지만, 책과 영화로 되풀이해서 봐도 흥미진진할 만큼 스토리가 파격적이었다.

잭은 그럴듯한 중산층의 삶을 누리지만 내면적으로 매우 권태롭다. 일상의 무료함과 공허함 속에서 어떤 의미를 찾고 싶어 하던 잭은 우연히 독특한 친구 타일러 더든을 만난다. 잘생긴 외모와 파격적인 언행의 타일러는 몹시 위험해 보이지만 거부할 수 없는 매력을 지닌 인물.

잭은 타일러와 친해지고, 사람은 맨손으로 죽을 때까지 싸워봐야 진정한 자신을 알 수 있다는 타일러의 주장에 따라 파이트 클럽을 결성한다. 파이트 클럽은 매주 토요일 밤 술집 지하에서 맨주먹으로 일대일 격투를 벌이는 비밀 모임이다. 일상의 무료함과 패배감에 찌들어 있던 도시인들에게 파이트 클럽은 엄청난 반향을 일으킨다.

그런데 반응이 지나치게 뜨거워지다 보니 도시마다 지부가 설립되고 군대처럼 조직이 변해간다. 잭이 감당할 수 없는 상황이 되어버린 것이다. 그 와중에 타일러가 갑자기 사라지자 잭은 어쩔 줄 몰라 패닉에 빠지는데, 결국 타일러라는 인물은 처음부터 존재하지 않았다는 사실을 알아낸다. 잭의 내면에 있던 또 다른 자아가 마치 살아 있는 친구처럼 잭을 조종했던 것이다. 타일러라는 이름으로.

책도 영화도 너무 집중해서 본 탓일까? 다시 현실로 돌아왔을 때 도준은 기분이 얼떨떨하기까지 했다. 유리의 전화가 왔을 때 흠칫 놀랄 정도였다. 그녀는 몹시 흥분한 목소리였다.

"책 봤어요?"

"영화도 봤어. 지금 막 끝났어."

"저도요. 저녁도 못 먹었어요."

"나도 마찬가지야."

"그럼 우리 집에 와서 같이 저녁이나 먹으면서 얘기를 나눠보는 건 어떨까요? 잭과 타일러, 그리고 이선호에 대해서."

"좋아. 친구 한 명을 불러도 될까? 나에게 영화 「더블 크라임」을 소개해준 친구. 무려 영화감독님이셔."

"와우. 언제든 환영이죠."

유리와 전화를 끊은 도준은 곧바로 시내에게 전화를 걸었다. 시내는 무척 소란스러운 속에서 전화를 받았다. 술자리 중인 것 같았다. 그래도 항상 전화를 받아주는 그녀가 도준은 늘 고마웠다.

"하이 친구. 새로 시작한 인생은 어때?"

"나쁘지 않아. 자세한 얘기는 만나서 들려줄게."

"뭔가 또 물어볼 게 있군. 손유리 사건 관련해서."

"넌 날 너무 잘 아는 게 문제야. 혹시 『파이트 클럽』이라는 소설 봤어?"

"그럼. 영화도 봤고. 영화감독 지망생이라면 꼭 봐야 하는 영화지. 클래식이랄까."

"좋아. 진짜 미안한데 딱 한 시간만 시간 내줄 수 있어?"

"그래. 난 주말도 괜찮으니까 너 편한 날에 약속 잡자."

"아니, 지금."

"지금은 곤란해. 술자리 중이야."

"너 영화 언제 들어간다고 했지?"

"시나리오는 다 마무리했어. 지금 캐스팅 중이니까 큰 변수만 없으면 곧 찍겠지?"

"그다음 작품에 손유리를 주연으로 캐스팅할 수 있다면, 지금 술자리를 박차고 나올 수 있어?"

"무슨 소리야?"

"지금 손유리하고 같이 만나자는 얘기야."

잠시 동안 흐르던 침묵을 깨고 시내가 말했다.

"어디로 가면 돼?"

도준은 차를 몰고 시내가 있는 곳까지 가서 그녀를 태웠다. 그리고 이선호의 서재에서 찾은 폴라로이드 사진과 『파이트 클럽』 영문판 소설책을 보여주면서 지금까지의 상황을 설명했다.

"우리 김시내 감독님의 무한한 상상력을 발휘해줘."

시내는 유리의 집까지 가는 동안 말없이 생각에 잠겨 있었다.

유리는 초밥 도시락 세 개와 맥주를 준비해놓고 기다리고 있었다. 그녀는 시내를 보자마자 정중하게 인사를 했다.

"안녕하세요? 손유리입니다. 말씀 많이 들었습니다."

"와우, 대박. 영광이에요. 저는 신인 영화감독 김시내라고 합니다. 잘 부탁드리겠습니다."

"별말씀을요, 감독님."

도준이 끼어들었다.

"유리야. 재판에서 이기면 우리 김시내 감독 영화에 출연, 콜?"

"지금 기분으론 재판에서 이길 수만 있다면 엑스트라로도 출연할 수 있겠어요."

"약속하는 거지?"

"네, 변호사님."

시내를 의식해서인지 유리는 도준을 변호사님이라고 불렀다. 시내는 민망한지 손을 내저었다.

"손유리 씨가 출연해주신다면 영광이긴 하지만, 저는 벌써 캐스팅 중이고요. 곧 촬영에 들어가요."

"다음 작품 얘기야. 지금은 재판 때문에 다들 관망 중이지만, 그때쯤 되면 서로 모셔가려고 난리일 테니까. 물론 김시내 감독도 첫 영화가 대박이 나서 충무로의 기대주로 꼽히고 있을 거고. 둘이 윈윈이네. 하하."

도준은 영화계 관계자라도 되는 것처럼 말했다. 일부러 모두의 기분을 띄우려는 의도가 역력히 보였다.

셋이 앉아 초밥 도시락을 먹으면서 도준이 해석을 내놓았다.

"이선호의 어린 시절 친구가 있었어. 둘은 '파이트 클럽'에 빠져 있었지. 아마도 비슷한 비밀 클럽을 직접 만들었을 수도 있겠고. 그 친구가 타일러 역할을 했을 가능성이 커. 그 친구가 우리 사건과도 연관이 있는지는 아직 모르겠고. 어때?"

유리도 고개를 끄덕였다.

"시내야, 네 생각은 어때? 전문가의 견해를 듣고 싶어."

시내는 사진과 책의 메모를 한참 동안 살펴보더니 의외의 이야기를 했다.

"이선호가 잭의 역할, 다른 친구가 타일러의 역할이라는 의견에는 동의해. 사진만 봐도 알 수 있지."

"사진을 보고? 어떻게 알지?"

"사진을 잘 봐. 두 소년의 표정과 자세를. 이선호는 어딘가 위축되어 있는 표정이야. 다른 친구는 아주 활짝 웃고, 자신만만하지. 게다가 다른 친구가 적극적으로 이선호의 어깨를 휘감고 있어. 이선호는 수동적으로 안겨 있다고."

시내의 말을 듣고 사진을 다시 보니 정말 그랬다. 역시 영화감독은 다르시구나, 하고 유리는 감탄했다.

시내의 분석은 거기서 그치지 않았다.

"이 책은 그 당시에 선물해준 책이 아니야."

유리와 도준의 눈이 동시에 동그래졌다.

"책 커버 뒤의 발행일을 봐. 초판이 나온 건 1996년, 그러니까 지금으로부터 20년 전이지만 이 책이 인쇄되어 출간된 건 2012년이야."

도준도 책의 발행일을 확인했다. 시내의 말대로 초판은 1996년이지만 책의 출간일은 2012년이라고 또렷하게 적혀 있었다.

"그러니까 아무리 오래전이라고 해봤자 2012년 이후에 이선호가 선물로 받은 책이라고. 어쩌면 몇 달 전일 수도 있고."

유리의 입에서 신음이 흘러나왔다. 시내가 계속 추리를 이어갔다.

"그때까지만 해도 두 소년, 그러니까 어른이 된 두 소년은 파이트클럽 놀이를 하고 있었던 거지."

도준이 미간을 잔뜩 찌푸린 채 되물었다.

"이선호가 최근까지도 타일러라는 별명을 가진 친구와 비밀스러운 관계를 유지하고 있었다?"

"최소한, 2012년까지는."

시내가 유리에게 물었다.

"이선호가 영화를 좋아했나요?"

"네. 아주 좋아했어요. 영화배우인 저보다도 영화를 많이 봤더라고요."

"그렇다면…… 영화 「파이트 클럽」처럼 이선호의 친구도 실제로 존재하지 않는 사람일 수도 있어요."

"무슨 소리야. 이렇게 사진에 친구가 떡하니 찍혀 있는데. 이 사진이 조작이라고?"

도준이 폴라로이드 사진 속의 소년을 가리켰다.

"아니. 이 사진 속 소년은 실제로 누군가 있었겠지. 다만 그 소년은 그냥 존재했던 것뿐이고, 이선호가 그 소년의 이미지만 빌려서 혼자 타일러와 잭 역할을 했을지도 모른다는 거야."

시내의 설명을 듣는 순간 도준과 유리는 동시에 팔에 소름이 돋았다. 유리는 목이 탁 막힐 정도였다.

자기 친구 중 한 명의 이미지만 빌려서 이선호 혼자 1인 2역 놀이를 했다? 그런 사이코라면 신혼 첫날밤에 신부에게 살인죄를 뒤집어씌우는 미친 짓도 할 수 있겠지. 게다가 최근에 책을 선물한 일까지 쉽게 설명이 된다. 두 소년이 어린 시절에 하던 역할 놀이를 15년이 지난 뒤까지 계속하고 있다는 가정보다는 혼자서 사이코 짓을 했을 가능성이 더 높다.

도준과 유리가 충격을 받은 것 같자 시내가 부연 설명을 했다.

"너무 단정적으로 생각들 하지 말자고. 지금 내가 한 말도 그저 가능성일 뿐이니까. 제일 중요한 건 이 사진 속 소년을 찾는 거야. 그러면 잭과 타일러 놀이를 하던 두 친구가 실제로 있었는지, 아니면 이선호 혼자 벌인 1인 2역 놀이인지 확인할 수 있겠지."

도준이 손가락을 들어 주의를 환기했다.

"잠깐만! 이 책에 적힌 필체를 보면 이선호인지 아닌지 알 수 있잖아?"

도준은 『파이트 클럽』 책 안에 'From Tyler to Jack'이라고 쓰인 글자를 가리키며 말했다.

"이 글씨와 이선호의 글씨를 비교해서 같은 필적으로 나오면 이선호 혼자 미친 놀이를 해왔다는 게 증명되겠지. 아니라면 다른 친구와 지금까지 이상한 관계를 유지해왔다는 뜻이고."

"그렇겠네."

시내가 고개를 끄덕였다. 도준은 유리에게 물었다.

"이선호의 손글씨가 남아 있는 뭔가가 있을까? 편지나 서류, 계약서 같은."

유리는 생각에 잠겼다. 그런데 그녀의 얼굴이 점점 일그러지기 시작했다.

"정말 이상해요. 아무리 기억을 더듬어봐도 그 사람이 손으로 뭔가를 쓰는 걸 본 적이 없어요."

"어떻게 그럴 수가 있어? 신용카드 영수증에 사인이라도 했을 거 아냐?"

"그것도 항상 ^^ 표시였거든요."

도준은 화가 치밀어 올랐다. 생각해보니 정말 그랬다. 오늘 하루 종일 이선호의 집을 샅샅이 뒤졌지만 이선호의 손글씨는 어디서도 찾아볼 수 없었다. 사람이라면 생활하면서 어딘가에는 글씨를 끄적이기 마련이다. 급하게 메모를 할 수도 있고 전화번호를 적을 수도 있고 낙서를 할 수도 있고. 그러나 이선호에게는 그런 흔적이 조금도 없었다.

"이선호의 회사 사무실에는 자필 글씨가 있지 않을까?"

"원래 회사는 이보라 대표가 경영권을 맡았고 선호 씨는 주식을 보유했어요. 결혼 얼마 전에 새로 벤처 기업을 세웠고요."

"그 회사는 어디 있지?"

"신혼여행을 다녀와서 본격적으로 세팅을 한다고 하긴 했어요. 사무실은 마련해뒀었는데…… 판교에 있는 빌딩을 빌렸어요."

"위치를 알고 있어?"

"어…… 그쪽으로 지나갔던 적이 있는데……."

유리는 미간을 찌푸리고 기억을 더듬었다.

청혼을 하고 얼마 안 있어 선호와 데이트를 하던 날이었다. 드라이브를 하던 그는 판교에서 새 비즈니스를 시작할 계획이라면서 새 회사의 둥지를 틀 사무실을 보여준 적이 있었다. 사무실에 들어가지는 않고 차 안에서 손가락으로 가리켜 보여주었다.

―저 건물 두 개 층을 빌렸어.

"아, 미치겠네. 갔던 기억은 있는데 어디라고 말을 못하겠어요."

유리가 머리를 쥐어뜯었다.

"가서 보면 알 수 있겠어?"

"아마도요. 아! 네이버 본사 근처였어요."

"지금은 너무 늦었고, 내일 같이 가보자고."

"네. 알겠어요."

시내는 방긋 웃는 얼굴로 도준과 유리를 번갈아 보았다.

"자, 그럼 내 역할은 대충 끝난 것 같은데? 나는 이만 가볼게."

도준도 엉거주춤 일어섰다.

"시간이 많이 늦긴 했다. 나도 들어가 봐야지. 가는 길에 내려줄게."

도준의 차 안은 언제나처럼 클래식 음악이 낮게 깔리고 있었다. 조수석에 앉은 시내는 오랫동안 침묵을 지키다가 내릴 때가 다 되어서야 물었다.

"유리 씨하고는 대체 무슨 관계야?"

"무슨 관계긴. 변호사와 의뢰인이지."

"이도준."

도준은 대답하지 않았다. 시내의 목소리가 높아졌다.

"야, 이도준! 날 봐!"

"운전 중이야."

"차 세워."

도준은 한숨을 토해내더니 길 한쪽으로 차를 세웠다. 하지만 여전히 시선은 앞을 보고 있었다.

"내 눈을 보라니까."

다시 시내가 다그치고서야 도준은 고개를 돌렸다. 서로 시선을 마주한 오랜 친구 사이에 첫눈처럼 침묵이 내려앉았다.

"너, 어쩌려고?"

"정말 미안하지만 너한테 해줄 말이 없어. 왜냐하면 나도 아직 내 마음을 정확히 모르겠으니까."

"웃기지 마."

"유리는 1급 살인죄로 감옥에서 평생을 보내야 할지도 모르는 상황이야. 그녀를 구해내기 전까진 내 마음 따위 아무 소용없다고."

"만약 이선호가 살아 있다면? 법적으로 그녀는 유부녀야. 앞으로도 쭉 그럴 수 있고."

"알아."

"지금의 너를 봐. 넌 말로는 감춘다고 하지만 누가 봐도 손유리를 사랑하는 마음이 흘러넘쳐. 그게 그 여자를 위해, 너를 위해 도움이 된다고 생각하니?"

시내의 말이 맞았다. 더 냉정해져야 한다. 더 긴 호흡으로 나아가야 한다.

"만에 하나라도 너희 사이가 대중에게 알려지면 어쩔래? 재판 전에 알려지면 재판은 하나 마나 질 거고, 다행히 재판이 이긴 뒤라 하더라도 사람들의 시선이 고울까? 온갖 루머가 다 떠돌 텐데. 손유리는 아시아 최고의 스타야. 과연 대중을 등지고 너와의 사랑을 선택할까?"

시내는 구구절절 맞는 말만 하고 있었다. 도준은 한 마디도 끼어들지 못하고 묵묵히 듣고만 있었다.

"손유리의 재판을 이기는 것보다 더 이루기 어려운 사랑이야. 나는 내 소중한 친구가 그런 불구덩이에 뛰어드는 거 응원 못해."

시내는 말을 마치고는 차에서 내렸다. 도준은 그녀를 잡지 못했다.

막연하게 꿈꾸던 장밋빛 미래가 온통 잿빛으로 퇴색되어버린 것 같았다. 그러나 아무리 생각해도 시내의 말에 틀린 구석은 없었다.

— 재판을 이기는 것보다 더 이루기 어려운 사랑이야.

그러나 사자의 심장을 가진 남자의 영혼은 다시 이글이글 불타고 있었다. 어렵다는 이유로 물러서서는 안 된다고, 정신과 육체에 명령을 내리고 있었다.

다음 날, 도준은 유리와 함께 판교로 향했다. 다행히도 건물을 쉽게 찾을 수 있었다. 그들은 빌딩 관리인에게 신분을 밝히고 이것저것 물어보았다. 머리가 반쯤 센 오십 대 중반의 관리인은 변호사 명함에 지레 겁을 먹은 듯했다.

"여기 두 층을 빌려 입주하기로 했던 업체가 있었죠?"

"아 네. 두 달 전에 사무실을 빌려놓고선 감감무소식이네요. 연락을 해도 받지도 않고."

"사무실을 좀 볼 수 있을까요?"

"네. 안내해드릴게요."

관리인을 따라 올라간 곳은 빌딩의 중간층쯤인 16층이었다. 엘리베이터에서 내린 도준은 한 대 얻어맞은 기분이었다. 텅 비어 있었다. 한 층이 온통. 책상 하나, 의자 하나 없이 그야말로 운동장처럼 비어 있었다.

"여기 위에 17층도 통째로 빌렸는데 거기도 똑같아요. 아무것도 없어요. 의자 하나도 없어."

관리인이 설명을 보탰다. 도준은 머리가 복잡했다.

'월세가 한두 푼이 아닐 텐데, 아무리 돈이 많다고 해도 아직 아무 세팅도 안 한 회사가 사무실부터 덜컥 빌려놓는 일이 상식적일까?'

"이 빌딩 관리하는 업체 담당자분 연락처를 알 수 있을까요?"

"아, 그럼요."

관리인은 도준에게 전화번호를 알려주었다. 에이스 애셋 김병준 과장이라는 이름도 함께. 도준은 바로 전화를 걸어 본론을 물었다.

"이 빌딩 16층, 17층 계약할 때 말이죠, 임대료는 어떻게 하기로 했

371

나요?"

"이미 1년 치를 선불로 완불하셨어요."

"뭐라고요?"

"저도 그게 의아하긴 했어요. 계약하고 바로 입금해주시더라고요. 뭐랄까 좀 급해 보였어요."

"법인으로 계약을 한 게 아니고요?"

"아니에요. 분명 개인 계약이었어요. 서류도 있으니까 확인 가능합니다. 나중에 보니까 그분이 이선호 씨더라고요. 이번에 살해당한…… 그래서 깜짝 놀랐어요."

'살해'라는 표현이 귀에 거슬렸지만 도준은 가만히 있었다.

"저희 회사에서도 지금 세입자를 구하고 있습니다. 세입자가 구해지는 대로 미리 입금하신 임대료를 돌려드리려고요. 저희 회사 법무팀에서는 일단은 손유리 씨 앞으로 입금해야 한다고 하더군요."

"이런 경우가 흔합니까?"

"무슨 경우요?"

"아직 법인도 설립 안 한 회사가 사무실부터 임대하는 경우요."

"아유, 사실 말도 안 되죠. 그 건물 월세가 한 달에 얼만데요. 사무실 임대는 회사를 만들고 난 다음이죠."

"보통 상식과는 다르게, 이례적인 계약이었다?"

"네. 저희 업체도 빌딩 관리만 10년을 넘게 했는데 이런 식으로 계약한 건 처음입니다."

"지금 저한테 하신 말씀이 모두 사실이죠?"

"네? 그럼요. 제가 왜 거짓말을 하겠어요."

"법정에서 증언하실 수도 있으신가요?"

"법정이요? 어…… 뭐 필요하다면요."

"감사합니다. 다시 연락드리겠습니다."

전화를 끊은 도준은 허공에 시선을 던진 채 골똘히 생각에 잠겼다.

"저는 그만 내려가 봐도 될까요?"

관리인이 물었다.

"아 네. 그럼요. 저희는 좀 더 둘러보고 내려가겠습니다."

관리인이 내려가고 도준과 유리 둘만 남았다.

"저기…… 오빠. 지금 뭐가 어떻게 돌아가고 있는지 얘기 좀 해주실래요? 법정은 뭐고, 증언은 또 뭐예요?"

도준은 잠시 생각을 정리한 다음 유리의 손을 잡고 텅 빈 사무실 안으로 들어갔다. 광활하다는 표현이 맞을 정도로 드넓은 공간이었다. 한쪽 벽이 모두 유리로 되어 있어 아래가 까마득히 내려다보였다. 한국의 실리콘밸리라고 할 수 있는 판교 테크노밸리의 한복판이었다. 막 태어난 고층건물들이 화려한 외관을 뽐내는 IT 비즈니스의 요람.

도준은 현기증 나는 아래를 내려다보며 천천히 사무실 안을 거닐었다. 그러다가 다시 유리 앞으로 돌아와서는 중얼거렸다.

"모든 게 다 연극 같지 않아? 이선호는 정말로 새로운 사업을 할 생각이 있었을까? 사무실만 덜컥 계약해놓고 아무런 준비도 하지 않고 있었어. 심지어는 법인도 없는 상태라고."

"그거야 갑작스러운 결혼 때문에……."

"사무실을 계약한 건 결혼 발표를 한 다음이야. 왜 굳이 그렇게 서

둘렀을까? 네 말대로 결혼을 한 다음 천천히 사업 준비를 하는 편이 나았을 텐데. 게다가 정말로 사업 준비를 한 게 아니라 사무실만 빌려놨어. 다른 사람들에게 보여주기 위한 것 같지 않아?"

"누구한테 뭘 보여줘요?"

"궁극적으로는 판사겠지. 한국에서 사업을 시작하려고 사무실까지 빌려놓았다면, 자살을 했거나 자기 발로 사라졌을 리가 없다는 증거가 되잖아."

"모든 게 다 재판을 생각하고 준비한 거다?"

"어쩌면 결혼까지도."

"말도 안 돼요!"

유리는 소름이 돋아서 한기가 느껴질 정도였다.

'선호 씨, 정말 그랬나요? 정말 모든 것이 다 계획된 것이었나요? 우리의 운명적인 만남과 불꽃처럼 타오른 사랑도? 모두 쇼였나요? 무엇을 위해? 대체 무엇을 위해?!'

"저 지금 너무 어지러워요. 오빠의 말이 맞다면 전…… 정말 견딜 수 없을 것 같아요."

도준은 유리의 어깨를 붙잡았다. 그리고 그녀의 눈을 보며 말했다.

"유리야, 잘 들어. 미친 소리처럼 들릴 수도 있지만, 이선호를 고소하자."

"선호 씨는…… 없잖아요."

"그러니까 고소하자는 거지. 아내에게 살인죄를 뒤집어씌우고 도주한 혐의로."

"하아……."

"왜, 안 될 것 같아? 합당한 근거만 있다면 대한민국의 누구라도 고소할 수 있어. 심지어 정부도."

"고소가 받아들여질까요?"

"나도 그 정도로 바보는 아니야. 우리가 이선호를 고소한다고 검찰과 경찰이 이선호의 혐의점을 찾으려고 수사할 거라고 생각하진 않아. 그건 우리의 몫이지. 다만 우리 재판에 영향을 줄 순 있지. 이선호가 살아 있을지도 모른다는 가능성에 무게를 실어줄 테니까. 어차피 재판은 사람들이 하는 거야. 심리게임이라고."

"정말…… 그런 방법은 생각도 못했어요."

"나도 지금 생각했어. 이 말도 안 되는 사무실을 보고."

넓디넓은 사무실에 도준의 카랑카랑한 음성이 잔향으로 울렸다.

"차시원 변호사하고 상의해볼게. 지금으로 봐서는 충분히 좋은 전략이야."

"네……. 저는 오빠의 결정에 따를게요. 워낙 생각지도 못한 일이라……."

도준은 텅 빈 공간을 둘러보며 농담을 했다.

"그나저나 여기 정말 끝내주네. 비워놓기 아까운 사무실이야. 어차피 당신 남편이 1년 치 임대료까지 내줬는데, 우리가 사무실로 쓸까?"

그날 밤 도준은 다들 퇴근한 사무실로 백현서 기자를 불렀다. 이미 정봉수 변호사와 미팅을 가졌던 백 기자는 이선호에 관한 자료와 사진 등등을 모두 건네받은 상황이었다. 사무실 소파에 앉아 있는 백 기자에게 도준은 김이 모락모락 나는 민트차를 한 잔 건넸다.

"고마워요. 손수 차까지 타주시고."

"잘 부탁드리겠습니다."

"최선을 다해볼게요."

"이번 일을 맡은 진짜 이유가 궁금합니다."

"등산 좋아하세요?"

"등산이요? 아뇨. 전혀."

"저도 별로 안 좋아해요. 하지만 산악인들은 좋아해요. 왠지 저하고 동질감이 느껴지거든요."

"무슨 뜻이죠?"

"우리나라에 있는 산을 운동 삼아 등반하는 경우는 안 그렇지만, 히말라야 산맥 같은 높고 험한 산을 오르는 사람들은 목숨을 걸고 오르는 경우가 많아요."

"실제로 목숨을 잃는 분들도 많잖아요."

"네. 그래서 많은 사람들이 물어보죠. 왜 그렇게 위험하게 산에 오르느냐고. 저도 살아 계실 때 박영석 대장님을 인터뷰한 적이 있어요. 산악 그랜드슬램을 달성한 뒤에 했던 인터뷰였죠. 제가 물어봤죠. 왜 그렇게 끊임없이 산을 오르느냐고. 위험한데도. 뭔가 거창한 대답이 돌아올 것 같죠? 그런데 박 대장님은 이렇게 말씀하시더라고요. 음악을 좋아하는 사람이 매일 음악을 듣는 것처럼, 나는 산을 좋아하고 모험을 좋아한다. 그래서 계속 산에 오르고 모험을 할 것이다."

"결국 산에서 돌아가셨죠?"

"네. 히말라야 산맥의 안나푸르나 봉을 등반하다가 실종되셨죠. 저도 마찬가지예요. 저는 진실을 좋아해요. 진실을 알아내는 일을 좋아하죠. 그것이 제 생계이기도 하지만 밥벌이와 상관없이 진실에 대한 갈구는 제 본능이에요."

그렇게 말하는 백 기자의 목소리에는 힘이 들어가 있었다.

"이번 일도 그래서 맡은 거겠죠. 저는 정말 알고 싶어요. 그날 밤, IT 업계의 거물과 키스의 여왕이 허니문을 떠났던 요트에서 대체 무슨 일이 있었던 건지. 너무나도 알고 싶어요."

도준은 물어보길 잘했다는 생각이 들었다. 그리고 그녀를 파트너로 삼기를 잘했다는 생각 또한 들었다.

"함께 따라가는 정봉수 변호사도 나이는 어리지만 굉장히 똑똑한 친구예요. 많은 도움이 될 겁니다."

"정말 귀엽더라고요. 자기가 여수의 천재소년이라나요?"

도준과 백 기자는 함께 웃었다.

보라는 저녁 7시가 되자 청담동에서 가장 비싼 디자이너가 특별히 디자인한 블랙 미니드레스로 갈아입었다. 그리고 지미 추에서 한정판으로 생산했던 스틸레토 힐을 신었다. 루비를 얇게 잘라 표면을 전부 덮은 그 신발은 오직 그들을 만나러 갈 때만 신는 신발이었다.

그녀는 거울 앞에 서서 자신의 모습을 살폈다. 1년에 한 번씩 그들을 만난 지도 벌써 다섯 번째, 그러니까 5년째였다. 매번 긴장이 목까지 차오르는 것은 어쩔 수 없었다.

보라는 마지막으로 립스틱을 바르고 방을 나섰다.

제주도 신라호텔의 프레지덴셜 스위트룸 다이닝 테이블에 '그들'이 모여 있었다. 그들은 언제나 한 명도 빠짐없이 모두 모일 수 있을 때만 만났다. 그들은 그 모임을 '회합'이라고 불렀는데 그 명칭 역시 1966년 이래로 한 번도 바뀐 적 없는 전통이었다.

그들은 모두 일곱 명이었다. 원래 멤버 역시 일곱 명이었는데 그중에서 다섯 명이 세상을 떠나고 다섯 명이 새로 충원되었다. 원년 멤버와 새로 들어온 멤버 중 가장 어린 사람의 나이 차는 무려 52세, 할아버지와 손자뻘이었다.

겉에서 보기에 그들의 가장 특별한 전통은 마스크였다. 순은으로 제작한 얇은 마스크는 입술 위로 얼굴의 절반을 가리는 크기였다. 눈과 코에 구멍이 뚫려 있었지만 서로의 얼굴을 보는 것은 불가능했다.

가면을 쓰고 검정색 연미복을 입은 일곱 명의 남자가, 많게는 나이 차이가 50세가 넘게 나는 그들이, 마호가니 회의 테이블에 모여 앉은 모습은 일종의 장관이었다. 마치 이 세계의 질서와 운명을 결정짓는 신들의 회합 같은 인상을 주었다.

그러나 정작 그들이 잠깐 나누는 이야기는 스포츠 경기나 대통령 선거에 관한 잡담 정도였다. 보라가 들어오기 전까지는.

회합의 방으로 안내된 보라는 가면을 쓴 일곱 명의 남자들 앞에 서서 공손하게 인사를 했다.

"보라가 인사드립니다. 위대한 손들이시여."

늦은 밤, 퇴근하는 길에 도준은 유리의 집에 잠깐 들렀다. 유리는 반색하며 문을 열어주었지만, 도준은 들어가지 않고 작은 쇼핑백을 건네줄 뿐이었다.

"생일 축하해."

"어…… 기억하고 있었어요?"

"다른 때 같았으면 팬들한테 온 선물이 집에 한가득이었겠지만, 올해는 쓸쓸할 것 같아서."

유리는 눈물이 날 것 같았다. 그녀를 위해 목숨을 던졌던 그 순간만으로도, 한 여자가 남자에게 받을 감동을 한꺼번에 다 받았다고 생각했는데. 자꾸 이렇게, 감동을 준다.

그녀는 젖어드는 목소리를 감추고 말했다.

"잠깐 들어와서 차라도 한잔하고 가요."

"아냐. 너무 늦었어. 내일 봐."

도준은 빙긋 웃어주고는 돌아섰다. 어쩌면 그의 처신이 맞다고, 유리는 생각했다.

도준을 보내고 유리는 거실 소파에 앉았다. 떨리는 마음으로 쇼핑백 안의 상자를 열어보았다. 목걸이가 들어 있었다. 목걸이에 정교하게 세공되어 달린 보석은 에메랄드였다. 손가락으로 목걸이를 걸어올렸다. 그녀의 눈앞에 뜬 에메랄드는 영롱함 그 자체였다. 신비로운 녹색이 마치 살아 있는 색의 정령처럼 어른거렸다.

그녀는 배우로 활동할 때 수많은 보석 장신구를 착용해봤다. 협찬을 받기도 하고 선물로 받기도 했는데 대부분은 다이아몬드였다. 진주나 루비도 간혹 있었지만 에메랄드는 처음이었다.

보석에 대해 잘 모르는 그녀였지만 순도가 높은 에메랄드는 다이아몬드보다 비싸다는 얘기를 들은 적은 있었다. 그러나 도준이 일부러 제일 비싼 보석을 찾아 선물했을 리는 만무했다. 그는 그렇게 얄팍한 과시를 즐기는 타입이 아니니까. 분명히 무슨 의미가 있으리라. 목걸이가 담긴 상자를 뒤져봤지만 보증서만 있을 뿐 편지나 카드, 메모는 없었다.

유리는 핸드폰으로 에메랄드의 의미를 검색했다. 검색 결과는…… 행운. 그녀에게 가장 필요한 보석이었다.

목걸이를 목에 걸어보았다. 지금까지 그녀가 했던 어떤 보석보다 아름다웠다. 마치 부적처럼 그녀를 보호해주는 느낌이었다. 유리는 목걸이를 한 채 침대에 걸터앉아 메시지를 썼다.

— 선물 고마워요. 고맙다는 말로는 제 마음의 한 귀퉁이도 전하지 못하겠네요.

떨리는 손끝에 힘을 줘본다.

— 당신은 언제나 그랬죠. 당신이 줄 수 있는 가장 귀한 것을 줬어요. 자격이 없는 여자에게요.

차오르는 눈물을 꾹 참아본다.

— 당신은 원래부터 그렇게 바보였나요? 언제쯤이면 정신을 차릴 셈인가요? 저는 당신에게 해줄 수 있는 게 아무것도 없어요. 더 이상 미안하게 만들지 말아요.

어쩌면 염치없고 냉정하게 들릴지도 모르는 말이었지만, 그녀는 일부러 차갑게 썼다. 그것이 그를 위해주는 일이라고 여겼으니까.

몇 번이나 망설이던 끝에 결국 전송버튼을 누르고 침대에 몸을 던졌다.

늦은 밤, 올림픽대로의 어둠을 가르며 도준의 차가 질주했다. 핸들을 잡은 손에는 필요 이상으로 힘이 들어가 있었고, 눈에는 필요 이상으로 신경이 집중되어 있었다. 그의 차는 세로로 늘어진 밤과 가로로 뻗은 길을 교차했다. 그사이 눈물 같은 별이 반짝이고 달이 부르는 노래가 흘렀다.

유리의 메시지를 본 것은 집에 도착해서였다. 지하주차장에 차를 댄 뒤에도 그는 액정화면에서 눈을 떼지 못하고 한참을 앉아 있었다. 그는 종이에 손글씨를 쓰듯 답장을 썼다. 작은 액정에 담고 싶은 수많은 말들을 물리치고.

— 잘 자.

햇빛이 쨍하게 맑은 아침. 백현서 기자와 정봉수 변호사는 반포의 사립학교 앞에서 만났다. 이선호가 졸업한 학교였다.

나이는 백 기자가 열 살이나 더 많았지만 워낙 어려 보이는 백 기자의 얼굴과 나이에 비해 원숙해 보이는 봉수의 얼굴 때문에 둘은 몇 살 차이 안 나는 누나와 동생 정도로 보였다.

두 사람은 학교에 들어가기 전에 근처 상가의 순댓국집에서 아침 겸 점심을 때웠다. 봉수는 국물 한 숟가락 남기지 않고 뚝배기를 싹싹 비웠다.

"정말 잘 드시네요."

"제가 좀 없이 살아서요. 하하."

"저도 뭐 썩 부잣집 딸은 아니었어요."

"저희 부모님은 여수에서 작은 가게를 하셨어요. 그런데 건물 주인한테 사기를 당해서 제가 초등학교 때 쫄딱 망했어요. 그때부터 제가 법에 관심이 생겼던 것 같아요."

"대견한 아들이네요."

"아직까진 아니죠. 로스쿨 나와서도 일자리가 없어서 부모님 용돈 한번 못 드렸으니까요. 이제 첫 월급 타면 나란히 속옷을 사드리려고 요."

"좋아하시겠네요."

"이 재판에 이기면 더 좋아하시겠죠."

"부모님이 아세요? 봉수 씨가 손유리 씨 사건을 조사하는 거?"

"네. 유명한 사건을 맡았다고 엄청 흥분하셨어요."

"하하하. 봉수 씨는 알면 알수록 귀엽네요."

"기자님은 보면 볼수록 예쁘세요. 저보다 열 살이나 더 많다고 하셔서 깜짝 놀랐어요."

"여자는 꾸미기 나름이죠."

"사실 저는 노안이 엄청 콤플렉스인데……. 저도 어려 보일 수 있을까요?"

"음……."

백 기자는 봉수의 얼굴을 꼼꼼히 보았다. 봉수는 성형외과 의사 앞에서 견적이라도 뽑는 환자처럼 턱을 들고 가만히 있었다. 그 모습에 웃음이 나왔지만 백 기자는 꾹 참고 말했다.

"일단 안경부터 벗고, 화장도 살짝 해주면 훨씬 어려 보일 거예요. 누가 봐도 변호사같이 보이는 머리 스타일도 좀 바꾸고요."

"누가 봐도 변호사 같은 머리 스타일요? 제 머리가 그런가요?"

"아니, 그걸 여태 몰랐어요?"

"헐. 왜 아무도 나한테 얘기 안 해줬지?"

"주변에 변호사들밖에 없죠?"

"네······."

"이번 사건 끝나면 제가 변신시켜드릴게요. 제 주변에 스타일리스트들은 널렸으니까."

"와, 진짜 감사합니다, 기자님! 근데······ 말씀 낮추세요."

"그 얘기 왜 안 하나 했어요. 그럼 말 놔도 될까?"

"물론이죠!"

"기분이다. 너도 누나라고 불러. 이모라고 부르든가."

"이모라니요! 액면가로 보면 동갑내기 같은걸요? 하하."

의외로 수다의 합이 잘 맞는 둘이었다.

두 사람은 밥을 다 먹고 나서 학교로 들어섰다. 강남에서도 상류층 자제들만 다니는 것으로 유명한 학교답게 교정에서부터 품위가 느껴졌다.

"이야. 학교 끝내주네."

봉수는 고운 잔디가 깔린 운동장을 보며 탄성을 질렀다. 학교 건물 역시 고풍스러움과 세련된 느낌을 동시에 품고 있었다.

"저는 이 학교의 반도 안 되는, 진짜 쪼끄만 시골 학교를 다녔는데, 매일 서울로 전학시켜달라고 떼쓰는 게 일이었어요."

"그래?"

"정말로요. 지금 돌아보면 시골 생활이 좋은 추억도 있지만, 그땐 정말 심심했어요."

봉수는 어린 시절을 떠올렸다. 동네에 극장이 없어서 영화를 보려면 차를 타고 시내로 나가야 했다. 그 흔한 맥도날드도 없었다.

이미 십수 년의 화려한 커리어를 자랑하는 백 기자와 달리 봉수는 이번 출장이 사회에 나온 후의 첫 번째 업무였다. 내딛는 한 발 한 발이 설레고 벅찼다. 반드시 선호에 관한 중요한 자료를 찾아서 돌아가겠다는 결심이 산봉우리처럼 그의 마음에 솟아 있었다.

학생들이 뛰어노는 운동장을 지나 학교 건물로 들어섰다. 봉수는 미리 통화했던 이정은 선생님에게 전화를 걸었다. 잠시 후 반가운 얼굴로 나온 이 선생님은 봉수와 백 기자를 접견실로 안내했다. 인터뷰는 백 기자가 주도했다.

"이선호 대표님의 담임선생님이셨다고요? 실종되었다는 소식을 듣고 충격이 크셨겠어요."

"말도 마세요. 며칠 동안 잠도 못 자서 수면제 처방을 받았을 정도예요. 제가 듣기로는 키스의 여왕이라는 여자가 우리 선호를 죽였다는 것 같은데, 어서 법의 정의로운 실현이 이뤄지기를 고대합니다."

"저희도 그날의 진실을 밝히는 데 도움이 되고 싶어서 여기까지 온 거랍니다. 선생님이 기억하시는 학창시절 이선호 대표는 어떤 학생이었나요?"

"선호는 언제나 리더였어요. 사교성도 뛰어나고 야망도 강한 아이였죠. 학교 대표로 활동하기도 했고요. 저는 그때도 선호가 나중에 대단한 사람이 될 거라고 확신했답니다."

"아, 그래요? 조금 특이하네요."

"특이하다니요?"

"제가 조사한 바에 따르면 대부분의 IT 천재들은 학창시절에는 괴짜이거나 외톨이, 심지어는 왕따였다고 하더라고요."

"그래요? 선호는 무척 야망이 강한 아이였어요. 저는 선호가 정치가나 사업가가 될 거라고 확신했었어요."

"그렇군요……."

백 기자는 다이어리에 끼워놓은 사진 한 장을 꺼내 선생님에게 보여주었다.

"혹시 이 사진 속에 이선호 대표하고 같이 있는 소년이 누군지 아시나요?"

이 선생님은 절로 눈살을 찌푸렸다.

"그럼요. 알다마다요. 신주성을 모를 수가 있나요."

"신주성이요?"

"말썽꾸러기였어요. 학생이 할 수 없는 짓들을 서슴없이 해댔죠."

"그런데도 학교를 계속 다닐 수 있었나요?"

"그 아이의 아버지 덕분이죠."

"아버지가 누군데요?"

"신건호 회장이요."

"신건호? 그 재벌회장 신건호요?"

"뭐 아버지 역시도 둘째가라면 서러운 괴짜이긴 하죠. 그 아버지에 그 아들이라고, 주성이는 정말 고삐 풀린 망아지였어요. 녀석이 사고를 칠 때마다 신 회장이 학교에 엄청난 기부금을 냈죠."

"이선호 대표와 신주성이 친했나요?"

"그건 기억나는 바가 없네요. 둘이 어울리는 모습을 본 적이 없는 것 같은데요?"

"별로 안 친하면서 이런 사진은 왜 찍었을까요? 그럼 학교를 졸업한 후에 신주성 씨는 어떻게 되었나요? 지금은 뭘 하고 있는지 혹시 아시나요?"

"대통령이라도 주성이를 만날 순 없을 거예요."

"왜요?"

"죽었으니까요."

백 기자와 봉수는 학교에서 나와 근처 카페에서 이야기를 나누었다. 커피를 마시는 백 기자의 얼굴이 한약을 마시는 환자처럼 구겨져 있었다. 표정이 좋지 않기는 봉수도 마찬가지였다. 마치 매달려 있던 동아줄이 툭 끊어진 느낌이었다.

"신주성이 죽었다니 이건 좀 낭패인데요?"

"황당하군. 맥은 빠지지만 의심은 더 커졌어. 이상하지 않아? 소설 『파이트 클럽』의 내용도 그렇잖아. 타일러가 사라져버린단 말이야."

"소설 속에서는 타일러가 곧 잭이잖아요. 같은 인물의 두 개의 자아. 현실에서는 이선호와 신주성이 따로 있었고."

"그렇긴 하지만 어쨌든 사라진다는 면에서는 똑같지."

백 기자의 손에는 몇 개의 사람 이름과 연락처가 적혀 있었다. 학창시절 선호와 특별히 친하게 지냈다는 친구들이었다. 십수 년 전의 일이었으나 선생님은 누가 누구와 가까웠는지 귀신같이 기억하고 있었다. 그중에서도 가장 친했다며 뽑아준 세 명이 있었다.

세 친구들 사는 곳이 전국에 흩어져 있어 오늘 다 만나지는 못하겠지만 며칠이 걸려서라도 만나볼 생각이었다. 누가 무슨 단서를 줄지 모르니까.

"가까운 데 사는 친구부터 찾아봐야겠죠?"

봉수가 물었다. 백 기자는 친구들 연락처 중 한 명을 손가락으로 짚었다.

"김병훈. 이 친구는 인천에 살고 있네."

"송유철은 대전에 살고 있네요. 카이스트에서 교수로 있고. 김병훈을 만난 뒤에 송유철 교수를 만나보죠."

선생님이 알려준 세 명의 친구 중에서 제일 멀리 사는 사람은 최나리였다. 그녀는 부산 해운대에 살고 있었다. 선생님의 말에 따르면 어릴 때 이선호와 사귄 적도 있다고 하니 멀더라도 만나봐야 할 인물인 건 확실했다.

봉수는 먼저 인천에 사는 김병훈에게 전화를 걸어 약속을 잡았다. 연안부두 근처에 위치한 통조림 회사의 간부로 있는 그는 무척 씩씩하고 거침없는 말투였다. 흔쾌히 약속을 잡아주었다.

사무실로 돌아온 도준은 봉수의 메시지를 읽었다. 폴라로이드 사진 속 이선호 옆의 소년이 건호그룹 신건호 회장의 아들 신주성이며 자살을 했다는 내용이었다. 도준은 점점 미궁으로 빠져드는 기분이었다. 봉수의 메시지에 따르면 신주성은 22세에 죽었으니 벌써 10년 전이다. 타일러라는 이름으로 선호에게 선물한 『파이트 클럽』에는 출간일이 2012년이라고 또렷하게 적혀 있었다.

'죽은 사람이 책 선물을 해줄 순 없는데! 시내의 추측처럼, 죽은 친

구의 역할까지 하면서 이선호 혼자 벌이는 사이코 짓인가?'

당장은 백 기자와 봉수의 활약을 응원하는 수밖에 없었다.

이어서 시원에게 전화가 걸려왔다. 좋지 않은 소식이었다. 시원은 선호를 고소하기 전에 명예훼손에 해당하는 사안인지를 검토했다면서 도준에게 물었다.

"사자(死者) 명예훼손 보상액이 몇 억 원까지 이른 경우가 있어. 대상이 유명한 사람이거나 사회적 지위가 높은 사람일수록 보상액이 높아지는데, 이선호 대표 같은 경우엔 부담이 상당한 편이지. 그래도 할래?"

무고죄 소송을 거는 주체는 유리여야 한다. 그렇다면 배상도 유리가 감당해야 할 몫이다.

도준은 유리에게 전화를 걸었다. 둘 다 아직 밥을 먹지 않아서, 같이 밥이나 먹으면서 상의하자며 자연스럽게 이야기가 흘러갔다. 사람들 눈에 안 띄는 곳에서, 오랜만에 바람이나 쐬고 싶다는 생각에 정한 목적지가 소래포구였다.

혁이 아는 사람이 하는 식당을 미리 예약해둬서, 다른 손님들 없는 방에서 단둘이 편안하게 회를 먹을 수 있었다.

선호를 고발하는 문제에 대해 당연히 유리는 매우 신중했다.

"오빠 생각은 어때요?"

"나는 7대 3. 고발하는 쪽이 얻는 게 더 많다고 생각해. 당연히, 위험 부담은 있지만."

"조금만 더 생각해볼게요. 오랜만에 이렇게 밖에 나와 밥 먹는데, 맥주 한잔할까요?"

"그래. 바다를 보면서 회를 먹는데 소맥이 빠지면 섭섭하지."

도준이 술을 주문해 유리에게 따라주었다. 그녀는 단숨에 소맥 한 잔을 비웠다.

"정말…… 너무 맛있네요."

"내가 원래 소맥을 잘 타."

"모든 게요. 회도, 술도, 밑반찬도, 심지어 물까지. 그저 고맙고 소중해요."

두 사람은 재판 얘기도, 실패한 사랑에 대해서도 말하지 않고 그저 사소한 것들을 이야기하면서 함께 술잔을 비웠다.

그녀의 미소를 보며, 웃음소리를 들으며, 도준은 다시금 깨달았다.

'겨우 이렇게 초라한 식당에 숨어 있어도 그녀만 있다면 행복하구나.'

술기운 때문이었을까. 도준은 불쑥 묻고 싶었다.

'모든 것이 다 정리되면, 재판에서도 이기고 너도 자유로운 몸이 되면, 날 받아줄 수 있겠니? 자격이 없다고, 미안하다고 하지 말고, 고맙다고만 하지 말고…… 나를 다시 사랑해줄 수 있니?'

두 사람은 나란히 항구를 걸었다. 노을로 붉게 물든 서해바다가 그들 곁에서 출렁이고 고깃배들이 잔잔하게 흔들렸다. 말없이 항구를 한 바퀴 돌고 혁의 차로 돌아왔다. 돌아오는 길, 누가 먼저였는지는 모르겠지만 서로의 손을 슬쩍 잡고 있었다. 혁의 차가 멀리 보이는 곳까지 왔을 무렵, 유리는 걸음을 멈췄다.

"약속해줘요. 만약 재판에서 이기면, 꼭 여길 다시 와주겠다고."

도준은 고개를 끄덕였다.

'그런 약속이라면, 백번이라도 해줄 수 있지.'

"그때는 우리 좀 더 취하고 좀 더 많이 먹어요. 그리고 더 오래오래 산책도 해요."

도준은 빙긋 웃으며 미래의 어느 순간을 상상했다. 그의 상상 속에서 둘은 팔짱을 꼬옥 낀 채 걷고 있었다. 더 머뭇거리다간 마음이 넘쳐흐를 것 같아 도준은 유리의 손을 놓았다.

"이제 서울로 돌아가자. 더는 위험해."

"오빠."

유리는 취한 목소리로 도준을 불렀다. 미지의 별빛을 담은 눈을 깜박이며.

"고마워요."

맞닿은 가슴과 가슴을 통해 그녀의 진심이 혜성처럼 그의 가슴에 날아들었다. 하지만 반갑지 않았다. 고맙다는 말은, 더 이상 고맙지 않았다.

그저 가볍게 포옹했다. 고작 그것이 그들이 할 수 있는 최대한의 표현이었다.

서울로 돌아오는 차 안에서 유리는 무심코 말했다.

"우리, 선호 씨를 고발해요. 나무를 흔들어보면 뭔가가 떨어지겠죠."

유리는 변호사처럼 말했다. 도준은 말없이 고개를 끄덕였다. 그리고 하늘을 불태워버리려는 듯 붉디붉은 노을이 번지는 서쪽 하늘로 시선을 옮겼다.

내일, 이선호 대표를 고소한다. 문지환 검사를 비롯한 검찰 측의 반응이 어떨지, 언론의 반응은 어떨지 상상조차 가지 않았다.

'어쩌면 재판을 시작하기도 전에 전쟁이 시작되겠군.'

통조림 회사의 임원인 김병훈은 전형적인 비즈니스맨의 외양을 지닌 사람이었다. 큰 키에 적당한 살집, 단정하게 가르마를 탄 머리 아래로는 무슨 일에건 적극적일 것처럼 보이는 표정을 짓고 있었다. 넥타이까지 정확하게 맨 양복 차림의 그는 사무실을 찾아온 백 기자와 봉수에게 차례로 악수를 청했다.

"만나서 반갑습니다!"

김병훈의 비서가 튜나 샌드위치와 커피를 갖다주었다.

"내가 자신하건데, 한국 최고의 튜나 샌드위치가 확실합니다. 같이 들어요."

그의 목소리는 필요 이상으로 컸다. 백 기자와 봉수는 샌드위치를 먹으면서 인터뷰를 진행했다. 먼저 선호의 학창시절에 대해 물어보았다. 김병훈은 이 선생님의 평가와 비슷하면서도 조금 다른 평을 했다.

"내가 아는 선호는 일종의 중독자였어요. 명성, 성공, 이런 것들을 집요하게 좇았죠. 성적도 매우 우수했고 대인관계도 좋고, 뭐 하나 나무랄 데가 없었던 이유도 자신의 명성을 지키기 위해서랄까?"

"아하, 그런 성격이 젊은 나이에 엄청난 성공으로 그를 이끌었군요?"

"아니요. 저는 의외였어요. 저는 선호가 그런 식으로 성공할 줄은 몰랐어요. 그 친구는 누가 봐도 정치가나 사업가 타입이었거든요."

"사업을 해서 성공했잖아요?"

"들어봐요. 그 친구가 무역을 했거나 제조업을 했다면 수긍을 했을 거예요. 그런데 벤처 사업, 특히 게임을 개발해 성공했다? 이상하지. 난 그 친구가 그런 타입이라고는 생각 못했어요. 차라리 이십 대에 국회의원이 되었다면 모를까."

"그런가요?"

"내가 잘 알지. 왜냐면 나도 벤처 사업에 뛰어들었던 적이 있거든. 아마존 같은 전자상거래 사이트를 개발하려고 몇 년 동안 돈과 시간을 쏟아부었던 적이 있어요. 결과는 처참했지. 그런 벤처 사업, 특히 IT 비즈니스는 빌 게이츠나 스티브 잡스, 엘론 머스크 같은 컴퓨터 괴짜들이나 성공할 수 있는 비즈니스예요. 선호는 절대 그런 타입이 아니지. 내가 그렇지 않듯이."

"그럼 이선호 대표는 어떻게 성공했을까요?"

"나도 그 점이 미스터리라니까. 사실 선호가 우리나라의 스티브 잡스로 우상화되고 있기 때문에 그동안은 차마 이런 얘기를 쉽게 못했어요. 친구의 성공을 시기하는 못난 녀석처럼 보일까봐."

"혹시 상무님께서는 이선호 대표의 실종사건에 대해서 특별히 추측이 된다거나 의심이 간다거나 그런 지점이 있으신가요?"

"물어봐줘서 고맙소. 나는 선호가 절대로 그렇게 바보같이 당할 녀석이 아닌 걸 알고 있거든. 게다가 여자한테? 키스의 여왕하고 결혼할 때도 다들 난리가 났지만 나는 내내 찜찜했었소."

"왜죠?"

"선호는 연예인을 싫어했거든. 학창시절에도 선호는 한 번도 예체능 쪽 여학생을 사귄 적이 없어요. 우리 학교에도 여럿이 있었지만 거들떠도 안 봤지. 선호의 여자 취향은 아주 정확한 금수저, 엄친딸 타입이었어요. 집안도 좋고 공부도 잘하는 애들. 사귄 애들이 전부 그랬다니까."

이건 또 무슨 소리인가……. 백 기자와 봉수는 혼란스러운 시선을 주고받았다.

백 기자가 폴라로이드 사진을 꺼내 보여주었다.

"혹시 신주성이라는 친구를 아시나요?"

사진을 보자마자 김병훈의 얼굴이 찡그려졌다.

"이럴 리가 없는데."

"뭐가요?"

"둘은 서로 엄청 싫어하는 사이였거든요."

"네?"

"주성이는 선호를 노골적으로 싫어했어요. 선호는 우리 학교에 다니는 애들 중에서는 거의 유일하게 집안이 평범한 편이었는데 주성이가 거지새끼라며 엄청 깔봤거든. 심지어 저한테도 선호하고 친하게 지내지 말라고 경고까지 한 놈이에요."

그는 사진을 보며 연신 믿을 수 없다는 표정을 지었다.

"어떻게 이럴 수가 있지? 대체 이 사진은 어디서 구한 거요?"

백 기자는 봉수의 눈치를 슬쩍 봤다. 출처를 얘기해도 괜찮은지 동의를 구하기 위해서였다. 봉수는 멈칫하다가 직접 말했다.

"신주성이 이선호 대표에게 선물로 준 책에 끼어 있었어요."

10년 전에 자살한 사람이 몇 년 전에 나온 책을 선물로 주는 것이 불가능하다는 건 알고 있었지만 봉수는 일단 그렇게 말했다. 그런데 김병훈이 큰 소리로 웃음을 터뜨렸다.

"정말 황당하군. 그건 우리 공장에 있는 통조림 안의 물고기가 헤엄을 칠 확률만큼이나 말도 안 되는 소리지."

"무슨 뜻인지……."

"신주성이라는 녀석은 책이라고는 포르노 잡지 빼고는 제대로 읽어본 적도 없는 놈이에요. 교과서도 잘 읽지 못할 정도였으니까. 그런데 놈이 책 선물을 해요? 그것도 그렇게 경멸하던 이선호에게?"

그렇다면 눈앞에 있는 이 사진은 뭐란 말인가? 선호의 집에서 발견된 책과 그 안의 글귀는?

도준은 시내 호텔의 콘퍼런스 룸을 급히 빌려 기자회견을 열었다. 수많은 기자들이 모여들었다. 이슈에 굶주린 수십 대의 카메라 앞에 도준과 유리가 나란히 등장했다. 정말 오랜만에 등장하는 유리의 모습에 카메라 셔터가 일제히 터졌다. 유리는 순백의 단정한 원피스 차림에 화장기 하나 없는 얼굴이었다. 그러나 표정만은 당당하게 카메라를 피하지 않고 마주했다.

역시 하얀 커버로 덮인 테이블에 유리와 나란히 앉은 도준은 심호흡을 하면서 기자들을 둘러보았다. 미친 듯이 터지는 플래시 불빛에 눈이 부셨지만 힘을 주어 눈을 크게 떴다. 그는 단호한 음성으로 입을 열었다.

"안녕하십니까? 오늘 이렇게 여러분과 만나려 한 이유는…… 제

의뢰인이 내린 중요한 결단에 대해 설명드리기 위해서입니다. 저희 의뢰인 손유리 씨는 남편인 이선호 대표를 고소합니다."

도준은 미리 준비한 고소장을 들어 보였다. 기자들은 순간 셔터 누르는 것도 잊은 듯했다. 진공상태와도 같은 몇 초간의 정적이 흐른 뒤 누가 나지막이 말했다.

"미친 거 아냐?"

그 뒤로 봇물처럼 웅성거림이 터져 나왔다. 중력 가속도가 붙듯 카메라 플래시 터지는 속도가 빨라졌다. 아시아 최고의 배우로 살면서 유리는 카메라 플래시에 익숙했다. 그러나 오늘만큼 플래시 하나하나가 번개처럼 꽂히는 기분은 처음이었다.

'남편을 고소한다. 심지어 그녀가 이미 죽인 것으로 다들 생각하는 남편을. 여론이 더 악화되면 어쩌지? 재판부에 안 좋은 인상을 주면 어쩌지?'

유리의 두려움을 읽은 듯, 도준은 테이블 아래로 손을 뻗어 그녀의 손을 꼭 잡아주었다. 길게 늘어뜨린 테이블보 덕분에 기자들에게는 잡은 손이 보이지 않았다.

도준 역시 긴장하기는 마찬가지였다. 오늘은 예비 재판이나 마찬가지였다. 진짜 재판에서 판사를 설득하기에 앞서, 미리 여론을 설득하는 과정.

전날 밤 도준은 시원과 긴 통화를 했다. 예비 재판에서 깔 카드를 고르기 위해서. 너무 많은 카드를 써버리면 진짜 재판에서 쓸 카드가 없어진다. 시원과의 긴긴 협의 끝에 오늘 쓸 하나의 카드를 골라냈다. 이제 그 카드를 내놓기 직전이었다. 도준은 냉철한 눈빛과 목소리를 유지하면서 설명을 이었다.

"많이들 놀라셨으리라 생각합니다. 아, 먼저 말씀드릴 것이 있는데, 저는 더 이상 K&J 소속 변호사가 아닙니다. 따라서 이선호 대표의 살해혐의에 관한 재판은 제 소관이 아니고요. 저는 이번에 손유리 씨가 이선호 대표를 고소한 사건을 맡은 것뿐입니다."

무테안경을 쓴 기자가 손을 번쩍 들고 물었다.

"무슨 혐의로 이선호 대표를 고소한다는 겁니까?"

"무고죄입니다. 자신이 죽은 것처럼 꾸미고 손유리 씨에게 살인혐의를 뒤집어씌웠습니다."

"대체 무슨 근거로 이선호 대표가 살아 있다고 생각하십니까?"

"가장 큰 증거는 시체가 발견되지 않았다는 겁니다. 이선호 대표가 살해당했다는 검찰의 주장은 가설에 불과합니다."

"요트 바닥에서 치사량의 피가 검출되었다면서요? 그것도 치운 흔적이 있는 피 말입니다."

"기자님은 헌혈해보셨습니까? 1년이면 그 정도의 피를 모아놓을 수 있습니다. 요트 바닥의 혈흔은 이선호 대표가 살해당했다는 주장의 증거가 아니라 오히려 이선호의 자작극이라는 주장의 증거에 가깝습니다."

"무슨 근거로 그런 소릴 합니까?"

기자들 몇몇이 격앙된 목소리로 따지듯 물었다. 도준은 전혀 떨지 않고 침착하게 비장의 카드를 내놓았다.

"사건 현장에서 수거한 침대 시트를 얼마 전에 확인했습니다. 요트 바닥이 그렇게 피바다가 될 지경인데 침대 시트에는 핏자국이 하나도 없더군요. 상식적으로 이해가 되십니까?"

술렁이던 기자들이 잠잠해졌다. 1초······ 2초······ 3초······. 침묵 속에서 다들 머릿속으로 그날의 상황을 복기해보는 중이었다. 도준은 타이밍을 놓치지 않고 계속 몰아붙였다.

"그래서 저는 이런 결론에 이르렀습니다. 이선호 대표는 저희 의뢰인에게 수면제를 먹인 후, 미리 준비해둔 자신의 피를 바닥에 뿌렸습니다. 그렇게 저희 의뢰인에게 살인혐의를 뒤집어씌운 후 사라졌습니다."

기자들이 일제히 손을 들고 질문을 쏟아냈다. 선호가 그런 짓을 한 이유는 뭐냐? 선호의 신원은 확보했느냐? 다른 증거는 없느냐?

그런 질문들에 대답할 계획은 원래 없었다. 남은 의혹들에 대해선 진짜 재판에서 가리면 될 터였다. 심지어 도준의 신상에 관한 질문도 이어졌다. K&J에서는 왜 나왔는지, 손유리의 재판에서는 아예 손을 뗀 건지······. 이런 질문 역시 대답할 생각이 없었다. 이슈를 분산해서는 안 되니까. 유리에 대한 질문도 쏟아졌다. 하도 많아서 일일이 다 대답해줄 수 없을 정도였다. 그중에서 제일 많이 들리는 질문은······.

"손유리 씨! 당신도 남편의 자작극이라고 생각하시나요?"

도준은 당연히 유리가 가만히 있을 줄 알았다. 그런데 유리의 목소리가 들려왔다.

"저는 제 남편 이선호를 죽이지 않았어요. 제가 아는 것은 그것뿐입니다. 그렇다면 남편의 자작극일 수밖에 없다는 결론에 이릅니다. 그래서 고소장을 접수한 것입니다."

키스의 여왕이 입을 열자 잠시 잠잠하던 카메라 플래시가 다시 섬광을 쏟아냈다. 질문 세례도 거세졌다. 유리는 초인적인 침착함을 보여주면서, 차분하게 말을 이었다.

"제가 가장 바라는 것은…… 저의 남편 이선호 씨에게 지금 저와 제 변호인의 논리로는 설명할 수 없는 어떤 상황이 존재하는 것입니다. 저는 지금 선호 씨를 무고죄로 고소하지만, 실상은 그렇지 않기를 빕니다. 그래서 이 고소장이 종잇조각이 되어버리기를 간절히 바랍니다. 왜냐하면……."

그녀의 커다란 눈에 눈물이 고이기 시작했다.

"남편이 저에게 살인죄를 뒤집어씌웠다는 생각만으로도, 숨 쉬기도 힘들어지니까요."

그녀의 눈에서 주르륵 눈물이 흘러내렸다. 바로 지금이 클라이맥스였다. 유리의 젖은 얼굴 위로 카메라 플래시의 섬광이 절정을 이루었다.

『키스의 여왕』 2권으로 이어집니다.

키스의 여왕 1

초판 1쇄 인쇄 2017년 3월 3일 **초판 1쇄 발행** 2017년 3월 10일

지은이 이재익
펴낸이 연준혁

출판 1본부 이사 김은주
출판 7분사 분사장 최유연
편집 최유연
디자인 이세호

펴낸곳 (주)위즈덤하우스 **출판등록** 2000년 5월 23일 제13-1071호
주소 경기도 고양시 일산동구 정발산로 43-20 센트럴프라자 6층
전화 031)936-4000 **팩스** 031)903-3893 **홈페이지** www.wisdomhouse.co.kr

ⓒ 이재익, 2017

값 13,000원
ISBN 978-89-5913-487-8 03810
       978-89-5913-489-2 (SET)